佛洛伊德小姐 下

Carpe Diem

唐隱 著

無力愛人的煎熬就是地獄。

——杜思妥也夫斯基

第二十一章

一個小時之後，朱明明被張乃馳拖進酒店房間。張乃馳扒下她身上的薄風衣，酒氣和香水味頓時充滿整間屋子。朱明明喝得滿臉緋紅，黑色緊身針織裙扯得七歪八斜，大半個胸脯露在外面。她搖晃著一頭倒在床上，嘴裡還不停地嚷著：「親愛的、親愛的Richard……你、你快過來啊！人家想你嘛……」

張乃馳仰躺在她的身邊：「現在想起我來了？這幾天打你無數電話，你從來不接。」

「哎呀，閉門……會議嘛！你、又不是、不知道！」朱明明翻了個身，撩弄著張乃馳胸前的衣襟，突然爆發出一陣狂笑，「哈哈哈哈！Richard，看看你現在的臉色……真、真像個……被拋棄的……怨婦！」

張乃馳氣得臉色鐵青，還沒等他開口，朱明明滑下床沿，捂著嘴跌跌撞撞地往洗手間跑。

「別吐在洗臉池裡！」張乃馳衝過去甩上洗手間的門。

朱明明吐完了，扶著牆走出洗手間。張乃馳倒了杯水給她：「喝點水吧，活像個女鬼，噁心死了！」

朱明明撩開披散在額前的亂髮，一口氣喝掉大半杯水，毫不示弱地反駁：「我噁心，你也不比我好多少！」

「我噁心無所謂，我親愛的、美麗的Maggie，是什麼讓你憔悴成這個模樣的？又是誰讓你傷心到如此地步？哎呀呀……看得我好心痛啊！」

他靠在床頭，做出一副哀哀疼惜的表情，朱明明在床前咬牙切齒了好一會兒，突然往他身上一撲，惡毒地乾笑起來：「親愛的Richard，你對我這麼好心，我真感動啊！不過，在如此美好的週末夜晚，凌晨時分，你怎麼在這裡獨守空房啊？你不是有老婆的嘛？你那位弱不禁風的病美人呢？你的林妹妹……哦，不，薛妹妹，哦，不是，還是林……薛……咦？到底是……」

朱明明左手和右手各豎起一根食指，跪在床上來回顧盼：「薛……林……」沒完沒了。張乃馳氣得抄起個枕頭往她頭上猛砸過去：「十三點，你給我閉嘴！」

朱明明被砸倒下去，隨即一骨碌爬起來，也抓住枕頭劈頭蓋臉向他反擊：「你才十三點！你人妖！！你男妓！！！你烏龜！！！！」

他們在大床上滾作一團。朱明明喝醉了酒，蠻力大增，張乃馳居然制不住她。床單、枕頭、被子全被撕扯到地上，一男一女也跟著滾落床下，在地毯上繼續搏鬥。等到兩人都筋疲力盡地仰躺著喘氣時，豪華客房裡已經一片狼藉了。

亢奮過去，朱明明抬起手捂著臉，又嗚咽起來：「嗚嗚，嗚嗚……他要趕我走了……徹底趕我走了……嗚嗚……」

「什麼趕你走……趕、趕哪兒去？」張乃馳喘著粗氣問。

「戴希！」朱明明好像要把這個名字咬爛嚼碎似的，「都是為了她！全都是為了她！」

「戴希又怎麼啦——」張乃馳把聲音拖得很長。

「嗚嗚，他真的不要我了……他讓我、讓我去幫猶太人組建那個、那個狗屁研發中心！」

張乃馳從地毯挪到沙發上坐好：「哦，挺好的嘛！」看看鬧鐘，將近五點，再折騰會兒就該天亮了，真他媽的倒楣啊！

朱明明一把抱住他的雙腿，開始痛哭流涕：「第二輪重組居然叫那個小妖精參加，呸！她懂個屁啊！嗚嗚……」

「哎呀，這還不懂嘛？肯定是在香港的時候得手了，許諾了唄。」

張乃馳有氣無力地回答，他真想好好地睡一覺啊。

朱明明不說話了，把滾燙的面頰貼在他的大腿上，眼淚鼻涕全糊上去。張乃馳直起雞皮疙瘩，但畢竟對她有所企圖，再加上一點同病相憐之感，只好湊合著忍受。她迷迷糊糊地哭了一會兒，突然抬起頭：「奇怪……既然有了、有了新寵兒，為什麼還要霸佔你的……老婆？」

張乃馳把頭擱在沙發背上，仰望著天花板喃喃地問：「你到底是怎麼知道的？」

「我都……看見了！」

「你看見了？看見什麼？！」

「看見他上了她的車……」

張乃馳閉上眼睛，覺得心力交瘁，現在什麼都刺激不到他了，他只想昏沉睡去。可是朱明明依舊精神矍鑠，沒看到預想中的反應，很不甘心：「喂！聽見沒有，是他上了她的車！」

「嗯，你搞情報工作很不錯……天生的窺視癖。」

「你懂個屁！」朱明明揪住張乃馳的睡衣下襬，「這不叫窺視叫盯梢！我再說一遍，是他上了她的車！你老婆開的是奧迪吧？」

「哦？」張乃馳猛地睜開眼睛，「那麼說他們離開上海了。」

「離開上海？」朱明明酸溜溜地重複著，「還真小心啊，也不用自己的車和司機，看樣子他挺給你面子，哼哼。要不然就是你的病西施對你心懷歉疚？」

張乃馳沒有回答，他太瞭解薛葆齡了，她歸根結底就是個對愛情充滿浪漫憧憬的小女人。似乎她和李威連總是選擇在上海之外幽會，李威連應該無所謂，這樣做只是為了減輕薛葆齡的壓力，也能讓她在與情人相處時，更加全心投入地享受所謂的兩人世界。直到此刻，張乃馳的知覺好像才從麻木中恢復過來，與葆齡戀愛時的甜蜜回憶猶如重錘，一下又一下打擊著他的心房，她的溫柔可人、纖巧細膩曾經多麼令他著迷啊，可是現在這一切都不再屬於他，而給了他最切齒痛恨的那個人……他們會去哪兒呢？

張乃馳問朱明明：「這個週末你們不開會了？」

「嗯，都結束了！全完了！」朱明明用力拍打著沙發，「週末放假休息！下週一就公布新的組織結構啦！」她在張乃馳的膝蓋上撐起身子，抬手撫摸他那線條清晰的下巴，「可憐的人……你有什麼想知道的嗎？」

張乃馳的兩眼放光了：「當然！親愛的Maggie，看在你我都是傷心人的分上，你就……」

「等等！你總得先讓我開開心吧……我都難受死了、難受死了……」

朱明明像條蛇似的纏在張乃馳的身上，短裙堆在腰間，半透明的蕾絲內衣在他的眼前來回搖晃著。張乃馳感到自己的身體有動靜了，想像著妻子在李威連的懷抱裡輾轉呻吟，他突然有了發洩和佔有的衝動。

兩具肉體都已大汗淋漓，張乃馳向濡濕和高溫的包圍圈挺進，他就要成功了——

「William……」朱明明緊閉雙眼，從潮紅的雙唇中吐出這個朝思暮想的名字，雙臂使勁抱攏張乃馳，好像要把他壓進自己的身體裡去似的。

「咚！」她被張乃馳用盡全力推開，後腦勺狠狠砸在床頭上，險些暈厥過去。張乃馳翻身落馬，面如死灰。短暫的寂靜之後，他發出斷斷續續的笑聲，又似瀕死時的悲泣。張乃馳笑著笑著，眼角邊慢慢滲出水珠，落在皺巴巴的床單上。

夜已盡。

張乃馳一醒來就看見滿室陽光。房間裡依舊狼藉遍地，倒是站在大鏡子前梳妝的朱明明，已經穿戴得整整齊齊。她扭過頭來，口氣一如平常般傲慢：「中午了，快起床吧。我早餓了。」化妝只能略微掩飾蒼白的臉色，黑眼圈在日光下暴露無遺。即使恢復了跨國公司人事總監的做派，朱明明的內心依舊徬徨無依，剛剛過去的那個夜晚，對於他倆同等痛苦。

她沒有離開，這很好。

張乃馳在床上哼唧：「頭疼死了……我不想吃飯，你自己去吃吧。」

「起來！」朱明明衝過來掀開被子，「頭疼我有特效藥！這個房間裡臭死了，你居然還待得下去！」

張乃馳捧著腦袋爬下床，繼續矯揉造作地呻吟著。

「吃藥！」朱明明往他手裡塞過來水和藥片，看著張乃馳吞下去，突然說，「這藥也是他給我的。」

太可怕了！她跌坐在沙發上，直勾勾地瞪著前方，眼裡又漸漸蓄上淚水。假如他不是這樣無所不在地滲透在她的生活中，也許她還有希望擺脫如此無望的沉迷，但是她做不到，她真的做不到……朱明明抱緊雙肩，想到很快就連陪伴在他身邊的機會都要失去，她的心就像沉入了無底深淵。

張乃馳反倒精神起來，很快梳洗停當，在鏡子前左照右照，對自己絲毫無損的英挺頗為得意。他吹了聲口哨：「走吧，我們吃飯去！」

吃午飯時，朱明明始終是一副萬念俱灰的樣子。

「Maggie，下午我帶你去個有趣的地方吧？」買完單，張乃馳提出建議。

「隨便。」

張乃馳駕駛著淩志往青浦方向開去，週末中午的高架路上車流比平時還要湍急，絕大部分是趁著早春出城踏青的私家車。他的興致很高：「Maggie，別這樣憂鬱嘛。你多看看我，就會覺得自己還不算最倒楣的，哈哈！」

朱明明從鼻子裡哼了一聲。

「對啦，關於新的組織結構，你不是有消息要透露給我嗎？」

朱明明朝窗外別過臉去：「算了吧，我怕你聽到以後承受不住。」

「你看我還有什麼不能承受的？」張乃馳說得很輕鬆，但朱明明卻看到這副皮囊下那喪家犬般的靈魂。憐憫他吧，她對自己說，憐憫他就等於憐憫我自己，我們都被無情地丟棄了，就像丟掉一堆垃圾……

汽車拐下大路，駛入一個別墅區。

車道兩旁栽種著整排的柳樹和櫻花樹，正是芳菲之春，櫻花如大朵的粉色祥雲般次第盛開，嫩綠的柳枝在春風中蹁躚起舞，柳絮絲絲縷縷飛過朱明明的眼前，她有些失神：「Richard，你帶我來這裡幹什麼？」

張乃馳沒有回答，依舊興致勃勃地駕著車，沿社區中的人工河蜿蜒而行，河岸兩旁的獨棟別墅形態各異，都有著向脈脈綠水上伸展出的露臺，好幾戶人家在露臺上休閒，孩子蹲在披著雪白長毛的牧羊犬身旁玩耍：「親愛的Maggie，這個週末咱們就在這裡散心，怎麼樣？」

朱明明狐疑地打量著面前的三層小別墅，深褐色的屋頂罩著奶黃的牆面，圓拱形窗戶外圍繞著雕花的鑄鐵欄杆，頗有地中海建築的風格。窗臺上的原木花格裡，淺黃色的雛菊開得正歡，微風吹過，門簷下懸掛的風鈴叮咚奏響。

「歡迎來到我們的度假樂園！」張乃馳幾步蹦上門廊，微曲雙腿，做出個誇張的迎客姿勢。

朱明明站在門口朝裡張望：「這是你的房子？」客廳是乳白色調的，花枝吊燈的式樣挺合她的口味，陽光如洗般從落地長窗投入，灑在暗紅的地磚上。她不自覺地走過去，推開長窗，迎面拂來的清風果然帶著水氣，鋪著木條的露臺比她想像的還要大些。

張乃馳走到她的身後，雙臂圍攏她的腰肢：「是我的房子，如果你喜歡，也可以是你的……」

「真的？」朱明明驀地轉過身來，盯著張乃馳的眼睛，「我怎麼從來不知道你還有這麼漂亮的房產啊？既然自己有房子，為什麼還老讓公司給你貼錢住酒店？」

「不管我有沒有房產，按規矩公司都應該給我住房補貼，這是兩碼事。」他攬著朱明明的腰走上露臺，深深地吸一口春日午後的馨香之氣，「空氣多好啊……Maggie，我真心希望你快樂。」

「空氣確實不錯，這個地方很適合你的病美人，幫她調養身心。」朱明明譏諷他。

張乃馳哈哈一笑：「有人幫她調養身心，就不需要我這個做丈夫的操心了。」

「哦？這麼說她不知道這裡？」

「當然不知道。」張乃馳兩手攤開，滿臉無辜地說，「我向上帝發誓，今天還是我頭一次帶女人來呢。」

「算了吧！」

「是真的，我騙你幹什麼。」張乃馳聳聳肩，「葆齡有她老爸在法租界留下的花園洋房，看不上我這種小手筆，我呢，也沒必要都向她坦白。這棟別墅是我在二〇〇一年，也就是和她結婚的前一年買下的，她確實對此一無所知。」

「原來是這樣。」朱明明看著腳下的一汪碧水，「難怪這個別墅區裡的樹木花草長得好，已經很成熟了。」她斜瞟著得意揚揚的張乃馳，「喂，沒想到你還挺有投資眼光的，二〇〇一年時買這房子很便宜吧？」

「八千元一平米，四百五十平米的別墅，總價才三百六十萬，我又花了四十五萬裝修，四百萬全部搞定，合算吧！」

「嗯，現在按市價該翻了好幾倍吧？」

張乃馳指了指河對岸：「上個月對面那棟房子剛賣掉，面積和位置都比不上我這棟，成交價也有一千多萬了。」

朱明明點點頭：「看來你是賺到了。不過……」她狡黠地微笑起來：「假如我沒記錯，二〇〇一年你不過是中國公司的產品經理，一下子拿不出四百萬的現金吧？」

「太對了，太對了。」張乃馳搖頭晃腦地感歎，「Maggie，你實在是聰明，什麼都瞞不過你啊。那時我肯定拿不出那麼多現金，所以我當然得貸款啦。不過嘛，這房子我買下裝修好就立即租出去了，租金收入還房貸，去年剛剛好還清！所以上月最後一個租約到期，我就沒有急著掛牌——Maggie，你要是喜歡這裡，咱們就先享受著再說，好不好？」

「這裡當然好了，」朱明明靠在露臺邊，瞇起眼睛感覺著風中的春意，「比酒店客房強太多了，那裡就像個豪華的監獄……」喃喃自語著，她的神情又開始恍惚，憑欄垂首，點點碎花在眼前的碧波中幾經浮沉，最終還是旋轉著，隨流水無奈而逝。

張乃馳默默地在旁邊的木椅上坐下，在這片刻的靜謐中，他的容顏顯出少有的莊重。

「Richard，你不是想知道新的組織架構嗎？」周圍如此恬幽，朱明明的聲音轉瞬就消散在春風中。

張乃馳扭頭看著朱明明，很有智慧地保持緘默。

「第一層組織架構裡沒有你。」

他好像並不很震驚，過了好一會兒，才露出含義複雜的陰沉笑容：「他倒是曾經許諾過，讓我負責貿易。」

朱明明悠悠地歎了口氣：「貿易仍然由他親自負責，這也是眾望所歸，最合理的安排。」

又是長久的沉默，直到日影西斜、晝已成暮。

抬頭望去，卻發現不過是一片隨風飄來的厚雲，遮去了半空豔陽。

「……也好，今後我們就會有更多的時間來這裡休閒了。」張乃馳說著，起身向屋內走去。

朱明明朝他的背影望過去——多少有些踉蹌，那空乏無力的腳步，一如她此刻的心緒，沒有期待、沒有依傍，這一次他們都損失得太多了，可他們又有什麼錯？

朱明明跟進客廳，在張乃馳的對面坐下。

「你恨他嗎？」

張乃馳只是仰靠在沙發上，一副垂死的姿態。

「其實我覺得，你還是應該感謝他。不說別的，就看看這棟房子，」朱明明的眼睛閃亮，「我猜也是William給你的建議吧。」

張乃馳有動靜了：「你憑什麼這麼說？」

「因為十年前的你，絕對沒有這種長遠眼光。」

「朱明明！」張乃馳倏地坐直身體，「你太過分了！說我商業頭腦、公司經營不及李威連，我認了。為什麼連買房投資這種事情，你也要往他身上扯？難道我張乃馳沒有他的指點，就連房子也不會買嗎！」

「你會買，你當然會買……」朱明明再次悠悠地歎息，張乃馳青白糅雜的臉在她的眼前忽遠忽近，這一刻她的內心產生了巨大的恐懼，是對自己將要做出的行為的恐懼，也是對可預見的後果的恐懼，更是對她自身作為一個人的品格的恐懼……

張乃馳緊盯著她：「你到底什麼意思？」他嗅到了異乎尋常的、決定生死的氣息。

朱明明拿過香奈兒的手包，從最裡層取出一張疊得四四方方的紙。

她的手不停哆嗦著，張乃馳的全身都繃緊了：「這是什麼？！」他幾乎想劈手來奪，但還是用最大的意志力控制住自己，又問了一遍：「Maggie，告訴我，這是什麼？」

「你聽說過一個叫尹惠茹的人嗎？」她問，聲音更像悲泣。

張乃馳愣了愣，隨即醒悟過來：「我當然知道，一個癡呆多年的老女人……她怎麼了？」

「為什麼、為什麼她會是『逸園』的屋主？」

朱明明的臉色慘白，好像下一秒就要心臟病驟發似的。張乃馳盯住她手裡的紙，那肯定是性命攸關的東西！她雖然還死命捏著，紙片卻已搖搖欲墜。

「還有……一家叫歆源的公司……」朱明明上氣不接下氣了。

「歆源？」張乃馳皺起眉頭努力思索，「這個名字我好像有點印象……和西岸化工有過生意往來嗎？」

紙片終於從朱明明的手中掉落下來，隨著落下的還有她的兩行清淚。張乃馳向前猛撲過去，跪在地上接住了那張紙。

她的聲音縹緲空洞：「一九九九年，一個叫尹惠茹的人買下『逸園』，第一筆六百萬的頭期款是從這家歆源公司匯入房產仲介的帳戶的。這就是當時的付款憑證。」

張乃馳全然忘記站起來，就那麼跪在地上，雙手顫抖得比剛才的朱明明還要厲害，他看了一遍又一遍，突然叫起來：「我想起來了！『歆源』是一家註冊在香港的公司，是李威連找來的關係公司！一九九八年到一九九九年之間，西岸化工向中華石化的銷售曾經透過這家公司，但只做了一筆大生意後，李威連就再沒用過這家公司。我的天……他不會這麼瘋狂吧？！」

「你說什麼瘋狂？」朱明明恍恍惚惚地問。

張乃馳又看了一遍：「這上面寫著首付30％，那麼說『逸園』當時的成交價是兩千萬，還剩一千四百萬的貸款？Maggie！」他大叫一聲：「大中華區總部在『逸園』的租金是多少？」

朱明明還是雙眼發直，好像夢囈似的回答：「從二〇〇二年起，總共簽了十年的租約，年租金一百二十萬。」

「哈！」張乃馳從地上一躍而起，在房間裡疾速地繞起圈子，「這就是一千兩百萬啊，連本帶息還了一大半！」

兜了幾圈，他又「撲通」一聲在朱明明身邊坐下，一邊抬手把她摟到懷中，一邊感歎：「難怪啊！當初他建議我投資別墅，我就問他自己為什麼不買，他說是Katherine Sean不喜歡上海，所以他只在美國買房子，不會在上海置業。我當時還擔心他是下套害我呢，結果猶豫了一年多才下手買了這棟房子，還好當時房子漲得不快——」

「他真不該建議你的！」朱明明打斷他，眼淚奪眶而出。

張乃馳這才看清朱明明的樣子：「Maggie，你哭什麼呀？」

「我心痛！」朱明明用力推開張乃馳，捧著臉抽泣起來。

心痛？張乃馳蹺起二郎腿靠到沙發背上——女人真是不可思議，現在知道心痛了，剛才又是在幹什麼呢？不過，現在他對朱明明的情緒沒有興趣，他全部的注意力都集中在手裡那張薄薄的紙上，等待了那麼久的致命打擊，千載難逢的機會就這樣到來了嗎？

他還是不敢確定，遭受了太多次失敗，張乃馳深深地懼怕這又是一場空歡喜。

張乃馳再度仔細地查閱這張紙，突然問：「這是影本啊？正本在哪裡？你到底是從什麼地方弄到這東西的？」

「你不要就還我！」朱明明撲過來就搶。

「這可不能還你！」張乃馳右手擋住朱明明的身子，左手把紙塞進襯衫前胸的衣兜，還拍了拍，「其實複印不複印的無所謂啦，關鍵是要把歆源公司、尹惠茹和李威連之間的關係調查清楚，只要相關邏輯充分合理，一張付款憑證算不了什麼！」

朱明明頹然坐下：「你打算怎麼樣？」

「我？我……」張乃馳的臉扭曲得變了形。朱明明只顧傷心，並沒注意到她同伴那張出名英俊的面孔，此時已如惡魔般凶狠。

他湊到朱明明的耳邊：「Maggie，你聽我說……我們不過是為自己掌握些有力的籌碼，到關鍵的時候可以拿出去談談條件。你不願意去研發中心，我更不肯被降級，咱們是在正當防衛啊！」

朱明明迷茫地點點頭：「是正當防衛……讓人逼的。」

張乃馳鬆了口氣：「Maggie，告訴我嘛，這東西究竟從哪裡來的？」

「夾在他的一份快遞裡。我不敢把正本拿走，怕他會發現，所以就複印下來……」

「親愛的Maggie，你真是我的大救星！」他托起她佈滿淚痕的面孔，深深地吻下去。而她，似乎對一切都失去反應、從身到心都徹底麻痹了。

週一上午，重組的首層組織架構正式公布。戴希讀著郵件，對八卦飯團佩服得五體投地，他們的預測真準！一起公布的還有後續行動計畫，首層新組織架構將從五月一日起實行，並從即日起開始第二輪重組的準備工作。戴希的名字赫然出現在第二輪重組的核心團隊中，不過她排在中國公司人事經理葉家瀾的後面，類似協助工作的角色，還不至於太引人注目。朱明明對戴希的態度的確有所改善，重組方案一公布，她就和戴希談了次話，勉勵了幾句，可惜總給戴希一種口是心非的感覺。她們談的另一件重要的事情是「逸園」。改造工程如期完工，李威連已經把大中華區總部遷回「逸園」的日期定在五月一日，四月裡可以再做些內部裝修。朱明明將把工作重心轉到研發中心籌備上，所以把「逸園」整個放權給了戴希。談到這裡，戴希才在她的臉上看見了熟悉的酸澀表情。戴希在心裡悄悄地笑了，這樣的朱明明其實滿可愛，難怪李威連一直挺喜歡她。

第一輪重組的過渡相當平滑順利，西岸化工的日常運轉幾乎沒有受到影響。李威連的公開表現也證明了他對局面掌控的超強自信。組織結構公布的當天下午，他向全體員工做了一次簡短的溝通，第二天就飛赴美國去了，將在美國待一週，既是向總部溝通重組進展、匯報第一季度的業務情況，也是去給Isabella慶祝生日。每年的這一週，無論何種情況下，李威連都要返回美國給女兒過生日。

天氣在一天天轉暖，人們身上的衣飾也一天比一天更加輕薄靚麗。

西岸化工辦公樓地下二層的車庫裡，身穿Locaste薄絨運動外套的張乃馳步履輕捷、面帶笑容，精神狀態出奇地好。他打開凌志的後備廂蓋，把肩上的高爾夫球袋裝進去。恰在這時，一輛黑色賓士平穩地停在他的車旁。

張乃馳直起腰，笑容可掬地打招呼：「小周，你好啊。」

周峰連忙繞到他跟前：「張總你好。呵呵，又去打球？」

「是啊！」張乃馳正一正頭頂的Pebble Beach棒球帽，朗聲大笑，「我現在每天打四小時高爾夫，水準直追職業選手啊！我算想明白了，什麼業績職位，那都是給別人看的，只有身體健康才是自己的。」

「還是張總想得開。」

「小周，這個禮拜William不在，你也難得清閒啊？」

周峰摸了摸腦袋上的禿斑：「老闆不在，我正好把車送去保養，這不是剛剛開回來。」

「嗯，真是盡職的好司機啊。」張乃馳朝周峰豎起大拇指，後者靦腆地笑了笑。

「對了，上次在三亞開會的照片，我這兩天剛有時間整理出來，還是發到你兒子的郵箱？」

「是，謝謝張總了。」

張乃馳笑著搖頭：「你也該學學電腦，現在七老八十的人都會上網，你太落後了！」

「我笨，學不會……老闆也沒說什麼，呵呵。」

「那還不是因為你和William關係不一般嘛，哈哈哈！」

張乃馳正要抬腿上車，周峰突然想起什麼：「對了張總，我剛才在公司樓外見到位小姐，好像在等什麼人……我彷彿記得曾經見到她和你在一起過。」

張乃馳皺起眉頭：「是你不認識的人？」

「不認識，不是咱們公司裡的……」

「長什麼樣？」

「普普通通，看樣子還挺年輕，比較瘦，紮個馬尾辮。」周峰描述得有些費力，張乃馳卻眼睛一亮，難道是她？

「小周，謝謝你啊，我這就去看看。」

「是，張總你忙你忙。」兩人客客氣氣地揮手告別。

一週時間很快過去。李威連回到中國，直接飛去北京。Gilbert Jeccado似乎有意將研發中心定址在北京，李威連是和他一起去與相關部委及北京市政府討論合作事宜、爭取更多優惠政策的。同去的還有新組織架構的兩員主將：Mark和Raymond。一聽說這個消息，張乃馳便肯定李威連會替Mark和中華石化之間牽上線，這樣張乃馳本人在西岸化工的存在價值即將歸零。

但是他有信心，自己絕對不會在西岸化工消失，決戰才剛剛開始。

又一週之後的週三清晨。

不到七點半的上海市中心，街面還很清靜，鱗次櫛比的漂亮店鋪尚未開門迎客，青灰色磚牆上纖塵不染，裝飾感遠遠蓋過真實的歷史滄桑。沿牆側斜靠著收起的白色遮陽傘，戶外放置的桌椅歸攏在一起，夜晚那些光怪陸離的影像彷彿還在其間隱現，給偶爾經過的人們心頭平添幾分落寞和冷清。上早班的打工族腳步匆匆，大多會在唯一開門營業的Starbucks前停留片刻，買上一杯咖啡後繼續趕路。

朱明明奔進雅詩閣的大堂時，手裡並沒有拿著咖啡，連妝都沒化。身上的米色套裝雖說是高檔品，卻絲毫沒有為她增添優雅的韻致，今天的朱明明，幾乎驚慌失措、氣質盡喪。

站在大堂裡，全身都在顫抖，她用冰冷的手指按下手機鍵——求求你，快接電話，接電話啊！

「喂，Maggie？」

「William！」朱明明含淚輕呼，謝天謝地他還沒出門，「William，我在你樓下，我有話要和你說，就現在！」

他猶豫了一下：「Maggie，周峰馬上就到了。有話我們可以去公司談，或者你等一等，坐我的車一起去。」

「不！」她衝著電話叫起來，「William，不能去公司，別去！」拚命忍住眼淚，她急促地說，「先別去公司，我有非常、非常重要的事情和你談。就在樓下的咖啡廳……求你了……」

靜了靜，李威連說：「你上來吧。」

走進李威連的套房起居室，朱明明的雙腿哆嗦得更厲害了。他已經裝束整齊，只是沒穿西服外套，把朱明明引進房間，李威連略顯詫異地端詳著她：「先坐下吧。」

屋裡飄散著好聞的咖啡香氣，李威連給朱明明倒了杯咖啡：「周峰都已經到樓下了，我剛剛讓他先把車開回公司，去取Lisa準備好的資料。我們不需要談很久吧？九點我必須和Raymond他們一起出發。」

朱明明端起咖啡喝了一口，手抖得太厲害，在潔白的托盤裡濺上很多黑色的液體。李威連微笑了：「看樣子你不喜歡我煮的咖啡……Maggie，是什麼事？」

他的語調是那麼溫柔，充滿真切的關懷。朱明明情不自禁地抬起頭——從沒見過有人能像他把淺灰色的襯衫穿得這樣好看，深沉華貴的男子氣中那一絲含蓄的寂寞，每每都引得她心馳神移、無法自已。朱明明絕望地垂下眼瞼，她明白從此後自己連這樣夢想的權利都沒有了。

見她始終不開口，李威連微微皺起眉頭：「問題好像還挺嚴重的？是不是為了要去北京？Maggie，關於讓你去研發中心的安排，我還沒有和你好好聊聊。你也知道，我昨天半夜剛從北京回來，實在沒有時間……其實，對此我是有通盤考慮的，當然，假如你真的很不願意去北京工作，你也可以明確地告訴我，咱們再商量其他的解決方案。」

朱明明似聽非聽著，目光掠過桌上打開的筆記型電腦，驚跳起來：「八點到了嗎？」

李威連愣了愣：「剛到，怎麼了？」他也朝自己的電腦螢幕看去。

「不！別看！別看郵件！」朱明明歇斯底里地叫起來。

李威連的臉色陰沉下來，他逼視著朱明明：「Maggie，到底是怎麼回事？」

朱明明雙手抱住腦袋，就在這時，李威連的手機響起來。

他接起來：「Lisa？」

「William，你在哪裡？」Lisa的語調完全失去了一貫的明朗從容，「你看郵件了嗎？」她帶著哭音問。

李威連開始翻看郵件，朱明明把頭埋在胸前，拚命閉緊雙眼，卻好像仍能清清楚楚地看見他的表情。

短暫的寂靜之後，她聽到他在說話——「Lisa，你立刻給洛杉磯的資料中心打電話，讓他們從伺服器上刪除這封郵件。」他的聲音一如既往地沉著，朱明明卻頓時淚如雨下，她還是聽到了，琴弦崩斷的裂帛之音。她抬起頭，李威連在撥電話，他接連撥了好幾次，似乎是沒有打通。又有電話進來了。

「已經刪除了？很好，Lisa，謝謝你……那些下載和轉發的不用管，沒什麼大不了的。另外，請你現在就去車庫找一找周峰，我剛給他打電話，但打不通。你要是見到他，讓他立即和我聯繫……好了，別為我擔心，像往常一樣工作吧。」

這次的沉默有點長，對朱明明彷彿是一個世紀過去了。

「你知道會有這封郵件？」

她不敢回答。

「Maggie，我在問你問題。」

朱明明絕望地點頭，她覺得自己的整個身心都在迅速崩塌。

「你知道郵件的內容？」

「不！我不知道！」她叫起來，涕淚橫流，「是昨天晚上他、他喝醉了，說今天……今天上班前就要、要給你一個surprise……我想了一整夜、我不能……我……」

「他？」李威連的聲音冷硬似鐵。

朱明明向他投去哀求的目光：「他是、是——」

「不，你不需要告訴我他是誰。」李威連冷笑著打斷她，「我已經很清楚了。我不清楚的是——你怎麼會和他在一起？」李威連微微向她傾了傾身子，「Maggie，為什麼是你？是不是我曾經做錯過什麼？是我考慮不周，得罪了你？還是……」

「不！不是的！」朱明明失聲痛哭。

他盯著她，搖了搖頭：「一定是的，一定是我有對不起你的地方。否則你的眼淚又代表什麼呢？想必是對我的指責吧。」

朱明明感到無地自容，但是她不願意離開，因為她深知，現在只要走出這扇門，恐怕這輩子都再見不到他了。

李威連靠到椅背上，直到此刻他才顯露出疲倦至極的神情：「你走吧，別再讓我見到你。」

朱明明走了，屋子裡只剩下李威連一個人。他一動不動地坐了很久，才拿起電話。

「嗨，爸爸！」

「嗨，寶貝，你的詩歌我翻譯成中文，一個小時前剛發給你，收到了嗎？」

「收到了，爸爸！」

「能看懂嗎？」

「能啊，這下我能用中、英文朗誦自己的詩了，太棒了！」

「我的寶貝，我可是六點不到就起來為你工作了……」

「謝謝爸爸，你真好。我現在就唸給你聽，好嗎？」

「好。」

「嗯……還是讓我先練習練習吧，再給你唸！」

「都可以，任何時候都可以。」

「我要去洗澡了，再見，爸爸！」

「晚安，寶貝，我永遠愛你。」

他還有一個電話要打。

「Lisa，找到周峰了嗎？」

「沒有。哪兒都找不到他，手機也打不通……還有，Raymond剛才問我，今天的日程有變化嗎？」

「請你告訴Raymond，讓他來雅詩閣接我，今天的日程照原計畫進行。你繼續找周峰，隨時與我溝通情況。」

李威連走到窗前，街景和剛才朱明明來時已迥然不同，川流不息的人群與明媚春光交織在一起，匯成一幅生動的城市畫卷。稍遠處，高架路上開始塞車了。

他對自己說，每一天都周而復始、空虛乏味，這樣的人生實在不值得留戀。

為什麼不一了百了呢？

第二十二章

西岸化工的正式上班時間是九點整。不過全公司的人都知道，大中華區總裁李威連只要人在上海，通常早上八點之前就會到達辦公室。大中華區的核心高管層及相關人員也會根據具體排程提前上班，所以，這天早上的郵件選擇在八點發出，顯然是熟知李威連工作節奏的人懷有險惡用心的特別策劃。

郵件是從公司外部以密送方式發出的，寄件者的互聯網郵箱位址無據可查，也無從確認送至哪些收件人。在李威連的指示下，八點十五分這封郵件就從西岸化工在北美的伺服器上徹底刪除了。然而，我們畢竟是生活在一個以毫秒速度更新的資訊世界中，一刻鐘的時間已經足夠讓這封郵件像病毒一樣繁衍傳播，迅速蔓延開來，何況它還包含著極為震撼、令人興趣大增的內容。

因此，僅僅過了半天左右的時間，這封郵件已成為這個城市白領間熱議的話題，就連平時和西岸化工沒什麼業務往來的日本貿易公司——高井株式會社的員工們都開始交頭接耳起來。

高井株式會社是一家相當有規模的日資貿易公司，業務涵蓋的領域非常廣，核心業務是食品、日用百貨和電子、機械方面的中日貿易。孟飛揚在這家公司已經工作滿三個月，帶領了一個不到十名業務員的小團隊，他主要負責農藥、化肥、食品添加劑和塑膠產品，都是他過去在伊藤所熟悉的業務，同時也是高井公司致力開拓的新領域。

孟飛揚工作得很賣力，已經整理了客戶資源、初建了團隊，而且還簽下了幾個不大不小的合同，雖說在三名貿易課長中年紀最輕、資格最嫩，也算是初戰告捷。

今天的會議是每週例會，由各位業務員報告所負責的客戶及合約情況，孟飛揚做了簡單的總結，但是他奇怪地發現，一向很認真參加會議的這幾位都心猿意馬、眼神閃爍，三三兩兩聚攏在電腦螢幕前，居然還紛紛露出滿臉詭異的笑容來。

「喂？喂？你們在幹什麼？」孟飛揚皺起眉頭敲了敲桌子。

眾人心懷叵測地笑起來，七嘴八舌地起鬨：

「孟君，飛揚！好哥兒們！」

「看看，看看，絕對是好東西啊！」

「飛揚，你結婚了沒？這可是未成年人不宜啊！」

「哎呀，咱們飛揚君天天趕回去給女朋友做飯，每天早晨來上班都是紅光滿面的，他還稀罕看這些……」

「什麼亂七八糟的！」孟飛揚讓他們說得一頭霧水，定睛往電腦螢幕上瞧。

原來是一段總長兩分鐘不到的視頻，很快就看完了。

「夠香豔吧？」

「雖說比不上日本AV，可好歹是真人秀啊……」

「我覺得沒啥，一般一般。」

「女的不錯，很豐滿啊，功夫也好，我喜歡！」

孟飛揚板起臉來：「喂，各位！雖然這東西不怎麼樣，可你們也不至於要上班時間在會議室裡集體欣賞討論吧？行了行了，開會吧！」

眉飛色舞的一幫人這才住了口，重新回到工作狀態中。但在後續的會議裡，孟飛揚反而開起小差來，剛才的視頻讓他心裡很不舒服。

視頻的畫面模糊、燈光昏暗，人物的面部表情很難辨別，也沒有聲音，很有可能是偷拍。整個視頻是由許多個不同片斷剪接而成的，視頻的全部內容都是一男一女的性事，經過剪接後顯得程度非常激烈，造成了頗為刺激的效果。

問題是，如此肆無忌憚地傳播偷拍的視頻，是否會給當事人帶來極其不利的影響呢？多個不同片斷的剪接，又表明這種偷拍很可能是長期的行為，不由使人懷疑視頻背後隱藏著可怕的企圖。經過一番別有用心的組合，原本無足為奇的性事顯出變態和淫虐的感覺來……會後，孟飛揚仍在想這件事，眉頭越皺越緊。

「飛揚！」陳輝突然湊到他耳邊，緊張地問，「我記得你女朋友是西岸化工的？」

「是啊，怎麼？」

陳輝左右看了看：「這段視頻就是從西岸化工裡傳出來的！」

「什麼？」孟飛揚大吃一驚，與此同時他的心猛地一沉，剛才看視頻時的某種模糊的感覺突然清晰起來……

陳輝把聲音壓得更低了：「據說視頻的男主角就是西岸化工大中華區的總裁！沒想到吧！唉？你還不快和你女朋友聯繫聯繫？搞點內部猛料來聽聽？」

孟飛揚驚呆了，想了想才說：「過會兒我給戴希打個電話吧。」

陳輝走了幾步又轉回來：「飛揚，其實他們轉發給我的是一個郵件，視頻只是附件，郵件是全英文的，你要不要看看？」

「哦，」孟飛揚有些神不守舍，「要看的，你馬上轉給我！」

郵件挺長，但是孟飛揚立刻就看完了。

這封英文郵件有個滿搞笑的標題「你們肯定知道他是誰」，可惜孟飛揚一點兒都笑不出來。除了視頻附件之外，郵件裡就是大段大段的英文，本來孟飛揚要花些時間才能讀懂這些複雜的英語，但是今天他只瀏覽了幾行，就立即明白了全部內容，因為所有這些都是他曾經讀到過的！

郵件裡的文字全部引述自諮詢者X的心理諮詢文檔。歷歷在目：

當然女人還是很有用的。她們的肉體可以讓我獲得滿足，她們對我的癡迷，雖然充滿了虛情假意，可是很能夠娛樂我，幫助我釋放壓力。

……我不再嘗試去愛，而是肆意玩弄她們，結果非常有趣，女人們反而對我產生了最狂熱的情感，發瘋一樣地崇拜我。我仍然不認可這種情感就是愛，她們根本不懂得如何去愛，不過我倒是很享受這種狂熱和崇拜。

在單純的肉體滿足之外，玩玩情感遊戲也很有意思。要俘虜她們實在太輕而易舉了，到後來我只能在拋棄的手段上動些新鮮腦筋。使我頗為無奈的是，很快她們連被欺凌都能忍受能習慣了。

甚至包括我的妻子，當初我因為她的美貌和身分追求她，我沒有費太大力氣就成功了。結婚之後，我從來沒有中斷過和其他女人的關係，起初我還有些內疚，但是她對我的不忠瞭若指掌，為了家庭的體面，為了我們的孩子，當然更為了我們共同的利益，她和我達成了共識，只要我不把事情鬧得不可收拾，損壞她和她家族的臉面，她就對我聽之任之。

……我的結論是：沒有任何女人值得愛，更沒有任何女人值得信任。

再次讀到這些文字，孟飛揚的心情異常沉重。一直以來，孟飛揚對李威連懷著極其複雜的情緒，今天這封顯然是惡意損毀李威連名譽的郵件，更使孟飛揚的心中五味雜陳，而最令他擔心的是——戴希的反應！她會怎樣面對這個突發事件？

他忍不住了，抓起手機跑到走廊裡。彷彿是心有靈犀，孟飛揚的手機響起鈴聲，正是戴希！

「小希……」

「飛揚！你有沒有把我的文件給別人看過？」戴希劈頭蓋臉地問，聲音完全變了。

孟飛揚的心劇烈跳動起來：「小希？什麼文檔？」

「諮詢者X的文檔！」她叫著。

「當然沒有……小希，出什麼事了？」

戴希叫得更大聲了：「這不可能，絕不可能！沒有其他人看過這個……只有我、你……只有我們知道他是誰！」

「小希，你在說什麼呀？你別急，說清楚些！」孟飛揚也抬高聲音，試圖讓心愛的女孩冷靜下來。

但是她什麼都聽不進去了，從電話那頭只傳來又像質問又像自責的喃喃：「不是你……難道是我嗎？還有誰會知道……怎麼會這樣！你在公司等我，我有話要問你！我馬上就過來！」

她把電話掛斷了。

孟飛揚急忙再撥，電話通了，她立即掐斷。再撥，再斷，孟飛揚氣急敗壞，差點兒把手機扔出去。他想抽菸，摸摸口袋什麼都沒有。

前些天他答應戴希戒菸，已經堅持兩個多禮拜了。

孟飛揚疾步走回自己的辦公位，他記得桌子裡還放著幾包菸。

「飛揚。」柯亞萍剛從電梯出來，正好和他在走廊裡面對面。

「哦，亞萍，你好。來上班啦。」孟飛揚隨口打了個招呼，他依稀記得柯亞萍請了兩天假，說是家裡有事。

孟飛揚來到自己桌前，在抽屜掏了半天一無所獲。正在懊惱之際，兩條七星香菸放到他的桌上。孟飛揚一抬頭：「亞萍？」

柯亞萍冷冰冰地說：「我把我爸抽剩的菸都拿到公司來了，逼他戒菸。這些就送給你了，不過你也少抽點才好。」

「哦，謝謝……」孟飛揚很尷尬。

柯亞萍看了看他，從口袋裡掏出一串鑰匙，繼續面無表情地說：「我從你家搬走了，鑰匙還給你。」

孟飛揚這下意外了：「你搬回去住了？」

「是，我這兩天請假就是為這個，你那裡我全部打掃乾淨了，你放心。」

「你突然搬回去住，是家裡有麻煩嗎？」

柯亞萍垂下頭，手指輕輕撫過孟飛揚桌上的那隻紅色絨布小牛：「前些日子一直在和哥哥嫂嫂談判，總算是談妥了。爸爸把家裡現在這間房子賣掉，賣的錢一分為二，哥哥嫂嫂拿一半自己去過日子，我和爸爸拿一半再買間小房子住……就這樣。」

孟飛揚躊躇著說：「賣房買房也不是一兩天的事情吧？要不你和你爸乾脆都住我那裡去……呃，過渡一下？」

聽到這話，柯亞萍抬起眼睛，今天頭一次露出淺淺的笑容：「你就這麼想把自己的家借給別人住？不用了，這兩天我請假，和爸爸一起去把買賣合同都簽了。」

「這麼快？」

「嗯，我實在不想再像現在這樣過下去了，正好最近房市挺熱的，我家的房子掛牌一個星期就賣出去了，爸爸在我家附近找到一間房子，我去看了也覺得不錯，我們辦完交易後，只要打掃乾淨就可以搬進去了。」

孟飛揚只顧著點頭，看來老柯家的麻煩暫告一段落了，他立即回到剛才的心煩意亂之中。看看手錶，離戴希掛下電話已經二十多分鐘了，從西岸化工搭車過來也快到了吧。

「飛揚？」看到孟飛揚走神，柯亞萍又叫了他一聲。

「嗯？」

她的臉微紅起來：「不過，你的錢我們一時還還不出來……」

「哎呀！我都說過多少次了，你們別老把這筆錢放在心上，我現在不急著用！」孟飛揚說起這筆錢就面紅耳赤。

柯亞萍愣愣地看著孟飛揚，雙眼突然熠熠生輝：「飛揚，我知道那筆錢是你存著打算買房結婚用的。就是因為借錢給我們，耽誤了你的大事，我心裡特別過意不去，我想你女朋友也一定很不開心……」

「哎呀，沒有的事！你別胡思亂想了！」孟飛揚不自覺地提高了嗓音，他還想說什麼，身後有人在叫他——「孟飛揚！」

戴希站在前臺邊，正神情焦躁地朝他望過來。

「小希！」孟飛揚拋下柯亞萍，疾步朝戴希走去。周圍的同事們受到驚動，齊齊向他們行注目禮。這也是柯亞萍第一次見到戴希。

孟飛揚一眼就看到戴希發白的面龐和嘴唇，束在腦後的黑色長髮有些凌亂，亮晶晶的蝴蝶髮夾歪在一邊，齊膝短裙因為趕路匆忙而打起褶來，甚至能感覺到她蹬著高跟鞋的纖細雙腿在微微顫抖，在孟飛揚的眼中，此刻的戴希是多麼慌亂無措，讓他不知該如何去安慰去疼惜才好。

然而，其他人所見的卻迥然不同。突然出現在這家日本公司門口的戴希，對大家來說分明是個略顯憔悴的大美女，靚麗、高挑、氣質皓潔，直叫人眼前一亮。柯亞萍用力地咬起嘴唇來，沒想到戴希這樣光彩照人，她知道自己比對方差得太多。

實際上，戴希是在進入西岸化工的這幾個月中才發生了巨大的改變。她的儀態、品味和風度都有了可觀的提升，而且這些改變絲毫沒有破壞戴希原本的清新自然，反而把她的優點恰到好處地襯托出來。

孟飛揚並非看不到這種變化，但他選擇性地忽略了這一切，因為他比任何人都清楚，戴希的變化從何而來。

「小希，」孟飛揚快步趕到戴希的身邊，「你來啦。要不我們到樓下的咖啡廳去談？」

戴希沒理他，還在朝辦公室裡面張望，似乎要找什麼人。

孟飛揚的部下們紛紛往前臺旁繞著走，陳輝轉到柯亞萍身邊，故意壓低聲音驚歎：「沒想到孟君的女朋友這麼出色啊？難怪他一提起來就眉飛色舞的……對嘍，你知不知道，這個美女還是西岸化工的。」

孟飛揚感覺到背後的目光和竊竊私語，忙抓起戴希的胳膊：「小希，咱們走吧。」

「誰是柯亞萍？」戴希甩脫他的手，繼續直勾勾地盯著辦公室裡面。

「什麼？」孟飛揚摸不著頭腦，隨著戴希的目光看過去，進入視線的還真是柯亞萍佝促的身影！

戴希說：「叫她一起走，我也要和她談！」

孟飛揚張口結舌：「為什麼？」

「因為我懷疑她！」戴希清亮的雙眸一下子變得霧濛濛的，緊緊抓住孟飛揚的雙手，語無倫次地嚷著，「我在路上拚命想，拚命想！如果不是你、也不是我，那還有誰有可能？我想來想去……只有她，柯亞萍！她在你家裡住了那麼久！文檔就在你的電腦裡面！她的嫌疑最大！最大！」

「你……這都說的什麼呀？」孟飛揚又急又氣，想要制止戴希，可是她已經不顧一切地朝公司裡面跑進去，徑直衝到柯亞萍的面前，氣喘吁吁地問：「你就是柯亞萍？」

「是我……」柯亞萍的聲音好像蚊子叫，她比戴希矮半個頭，又瘦又小的樣子十分可憐。

「那好，我要和你談談！」戴希說。

「你、你是誰？我在上班呢……」

孟飛揚從震驚中清醒過來，過去一把揪住戴希：「小希，你胡鬧什麼！快跟我出去。」

「還有她！」戴希指著柯亞萍，「就現在談！一起談！」

高井株式會社的前臺旁簇擁起了一大堆人，半個公司的同事都來看熱鬧了。孟飛揚忍無可忍，一邊抓住戴希的胳膊往外拽，一邊小聲對柯亞萍說：「要不就請你一起過來下，她是我女朋友，有些事要談。」

柯亞萍低著頭跟了出來。

電梯裡人挺多，三個人都沒開口，戴希始終緊盯著柯亞萍。

一出辦公大樓，戴希就迫不及待地擋在柯亞萍面前：「你說，你有沒有動過我們的電腦？！」

柯亞萍嚇得倒退一步，求救似的望著孟飛揚：「我……」

「小希！」鬧到現在，孟飛揚只覺在眾人之前顏面掃地，對戴希真有些生氣了，「說到現在都是些沒頭沒腦的話，你冷靜些好不好？」

「你讓我怎麼冷靜！」戴希鬱積了很久的憤怒和恐慌一起爆發出來，「今天公司裡的人收到一封郵件，裡面有個視頻，還有文檔裡的話……我不敢相信，這些話怎麼會傳出去的！怎麼會！」

行人們都朝這古怪的兩女一男看過來，孟飛揚的腦袋大了一圈，竭力用平緩的語調說：「小希，你說的郵件我也看到了，已經傳得全天下都是。如果沒猜錯，這封郵件是針對你們那位李總裁的吧？」

戴希沒有回答，眼眶裡似乎蓄了一些亮閃閃的東西。

孟飛揚的心中愈加不是滋味，深吸口氣說：「這事其實和我沒什麼關係，我也不感興趣。郵件裡的英文我也看到了，確實從你的文檔裡讀到過，可是我不明白，小希，你為什麼一口咬定是從我這裡洩露出去的呢？」

戴希喃喃地說：「肯定是的……沒人知道諮詢者X就是他……只有我……我也只告訴了你。」她這麼說著，心又一陣一陣地揪痛。

從第一次看到郵件起，每次想到「諮詢者X」，戴希的心就痛到喘不過氣。

孟飛揚皺起眉頭思索了一會兒，才說：「小希，我認為你的想法不對。文檔是希金斯教授給你的，除了你之外起碼還有教授知道吧？教授也可能給別人看過——」

「不會的！」戴希厲聲打斷他，「教授是著名的心理學專家，最懂得尊重病患的隱私！而且你還沒聽明白我的話！只有我……只有我才知道他就是諮詢者X，就連希金斯教授都不知道的……」她說不下去了，痛苦的樣子讓孟飛揚恨不得立即把她摟進懷裡，卻伸不出手。

「你們到底在說什麼呀？」柯亞萍插嘴了，「我聽不懂！要是和我沒關係，我就走了！」

戴希跺著腳嚷：「你不許走！你老實說，是不是你動過那篇文檔？是不是你把它拿給別人看了？！」

「飛揚！她要幹什麼呀？」柯亞萍直往孟飛揚身後躲。

孟飛揚握緊戴希的雙肩，臉色變得很難看：「小希，你別發瘋了！好好聽我說話！就算像你說的，只有你、我才知道李威連就是諮詢者X，可我有什麼必要把這事捅出去？現在這封郵件一看就是西岸化工內部人員作案，明擺著要製造醜聞、把他搞臭，小希，你說我有什麼動機這麼做？你還懷疑亞萍，就更沒道理！她和西岸化工狗屁關係都沒有，李威連是何許人也她壓根就不知道，就算她看過電腦上的文檔，她能用來幹什麼？別說她根本沒可能陷害李威連，即使她想提供資料給陷害者，她也沒處去找啊！其實這封郵件的重心是那段視頻，小希你想想看，連那麼隱私的畫面都能拍到，發郵件的人肯定有辦法找出諮詢者X的身分！」

戴希垂下眼睛不作聲了，孟飛揚命令自己耐心，先讓她安靜地想想。

在突如其來的沉重靜默裡，突然響起柯亞萍尖細的嗓音：「哦，我還當是什麼事呢？就是早上的那個視頻啊？那麼下流的東西我看得都想吐！我才不認識那種噁心的人呢，扯上我幹什麼？」

「噁心？」好像被人摑了一掌似的，戴希猛抬起煞白的臉，乾脆俐落地反唇相譏，「你說誰噁心？！你說誰下流？！看得想吐你還看什麼？！錄製視頻、散播它，看它的人才噁心！尤其是你這種以別人的痛苦為樂，還要偽裝聖潔的人才最最噁心！最最無恥！」

完全沒料到會遭到這樣的迎頭痛斥，柯亞萍瞪大眼睛說不出話。

「戴希！」孟飛揚的怒火直撞腦門，快要克制不住了，「戴希！亞萍和這事完全無關，你不要把火氣都出在她的身上！何況她說得沒錯，那個視頻本來就噁心，確實令人作嘔！」實在忍了太久，他終於把胸中積壓的憎恨發洩了出來。

戴希愣住了，上下打量著孟飛揚，用的是一種他從未見過的奇特目光。孟飛揚一陣發怵，剛才的話一出口他就後悔了，但是來不及了……戴希看完了孟飛揚，又慢慢轉向柯亞萍，聲音清朗、一字一句地說：「柯小姐，你在我男朋友的家裡住了一個多月了。我希望你知道，你的這位好同事、好朋友、見義勇為的好人，曾經夜夜和我做那些讓你想吐的下流事，就在你每天睡的那張床上！」

柯亞萍舉起雙手捂住臉。

「戴希！你發什麼瘋！」孟飛揚大喝一聲，這一刻三個人的臉色同樣蒼白如紙。

戴希搖了搖頭，血色盡失的臉好像一下子變得稚嫩，活脫脫是孟飛揚記憶中初見的小女孩，但從她的雙唇中吐出的話語卻有著令人顫慄的力量：「孟飛揚，我沒有發瘋，我說的全都是事實。我只不過讓你感受一下當事人的心情！你們在這裡口口聲聲地說噁心、罵下流，可是對於受到殘酷傷害的人，難道你們就沒有一絲一毫的同情心？」

「李威連是我們的什麼人？我們憑什麼要同情他？！」孟飛揚喘著粗氣說，「戴希，我們不對這事添油加醋就已經夠道德了，同情大可不必！我倒是覺得，你的同情心有些太過了吧？戴希，你捫心自問一下，假如今天視頻的主角不是李威連，你還會這麼激動這麼在意這麼同情嗎？！哼，你自己好好想想，你對他，根本就不是同情心這麼簡單吧！」

戴希向前跨了一步，雙眸亮得嚇人：「你說，我對他除了同情還有什麼？」

「你自己心裡清楚！」

戴希轉身就走。

孟飛揚呆在原地，死死瞪著戴希遠去的背影，不叫也不追。

過了好一會兒，他才聽到柯亞萍怯生生的呼喚：「飛揚，我們要回公司嗎？」

「哦，你回去吧。」孟飛揚瞥了一眼她哭喪的臉，「我先不上去了。」

「……那我再陪你會兒。」

孟飛揚吼道：「你快走吧！讓我一個人待著！」

戴希在街上飛快地走著，沒有明確的方向。自己好像置身於一個陌生的星球上，周圍晃動的全都是冷漠含混的面孔，僵硬的五官上找不到任何可以信賴、可以託付的溫暖表情。在這個春日的午後，行走在晴空豔陽下，戴希卻感到侵入骨髓的寒冷，她不知道，那些使人們獲得存在價值和生活勇氣的理解、同情與安慰都去了什麼地方？在這個人頭濟濟的熱鬧街頭，她看不到一個朋友。

眼前出現了一大片綠地，年輕的媽媽推著童車，剛學會走路的孩子跌跌撞撞地走在前頭，發出無憂無慮的笑聲。戴希在身邊的第一條長凳上坐下，雙腳疼得麻木了，心卻沒有失去知覺，只要有片刻安靜，一波一波的心痛就向她襲來。戴希雙手抱住頭，彎下腰等待著更劇烈的疼痛，而且她明白，自己無論如何感同身受，都難以真正體嘗他正在遭受到的可怕打擊，而自己竟然也是打擊之一。想到這些，戴希心就被無法言表的悔恨佔據了……

整個上午戴希都在「逸園」裡，水電和網路的調試非常順利，到中午時就全部結束了。施工隊已經撤離，她重新啟用了電子門鎖，像往常一樣仔細檢查過才離開。在去公司的路上順便吃了午飯，戴希開開心心地回到辦公室。

換上套裙和高跟鞋，補了淡妝，戴希才打開自己桌上的電腦。郵箱裡有一封古怪的郵件，標題是「你們肯定知道他是誰」，戴希好奇地去點擊，卻發現打不開——肯定是垃圾郵件吧，她沒多在意，就開始忙自己的工作。

她並沒能專心工作多久，MSN上跳出一連串呼叫，這大概就是資訊社會的妙處吧，管道數不勝數、資訊縱橫交錯，不論好的、壞的，想知道的、不想知道的，總會勢不可擋地逼到人們的眼前，讓所有的人都無處可逃。

戴希還是看到了郵件的內容。從最初的五雷轟頂中清醒過來後，她所想到的第一件事就是——找Lisa！可是Lisa找不到了，她不在MSN上，打她桌上的電話也沒人接。戴希直接衝到總裁辦公室的門外，Lisa的座位前，她音訊全無。

李威連的臨時辦公室房門緊閉，一眼看去和平時沒有任何不同，但戴希能感覺到，圍繞它的氣氛完全變了。往常的嚴肅、尊崇被懷疑、不安甚至恐懼所取代，同事們斂聲屏息，好像避開瘟疫區似的繞得遠遠，使這個區域頃刻就孤絕得如同被全世界背棄了一般。

戴希顫抖著手撥打Lisa的手機，沒人接聽。她開始輸入短信：「Lisa，我剛看到那封郵件了，這是怎麼回事？求求你告訴我，他還好嗎？一定一定要告訴我！」然後，她撥通了孟飛揚的電話。

……現在，當戴希坐在中山公園的長椅上時，她仍然想不明白這一切到底是怎麼發生的，她只是模模糊糊地感覺到，孟飛揚剛才的話毀壞了自己心中最神聖的東西。戴希曾經一直堅信孟飛揚和自己如同一體，共用一切，不分彼此，她以為他在任何情況下都會站在自己這邊，這種信任彌足珍貴、牢不可破，但是今天她才發現，自己太一廂情願了。

戴希的手機響起來，是Lisa！

Lisa的聲音很輕，語調又急促又悲哀：「戴希，我剛從公安局出來。William要我不要理會任何人，不過我還是想對你說一聲……」

「公安局？！」

「是的，公安局……」Lisa的話語有些斷續，「戴希，周峰死了！」

「啊！周司機！」

「嗯，今天早晨他在高架上撞車，賓士從上面直接翻下去，他當場就……」

戴希從長椅上直跳起身：「天哪！怎麼會這樣？！」她的牙齒直打顫，好不容易才能問出：「那他……William呢？他……」

「他當時不在車上。」

「啊，那還好！」戴希的視線有些模糊了，也不知是為了周峰還是為了李威連。

「不好！戴希，情況很不好很不好！」Lisa抽泣起來，「戴希，我受不了了，今天從一大早到現在，我真的快崩潰了……」

「Lisa，好Lisa，你別這樣，你會回公司嗎？我去找你好嗎？」戴希不知該怎麼安慰她。

「不！你別回公司！你聽我說就行了！」Lisa大概是擦了擦眼淚，語氣稍微鎮定了些，「公安局的人說，初步勘查結果表明，賓士是在正常路況下自己失控的，恐怕不能簡單定調為普通的交通事故，還要進一步認定車禍原因，不排除人為因素。」

戴希聽得頭昏目眩：「Lisa，這是什麼意思？」

「意思就是……有可能是故意殺人的刑事案件！」

「殺人？」戴希的大腦一片空白，「殺誰……」

「你說呢戴希？！William本來應該在車上的，今天早上他突然決定不坐自己的車，具體原因我也不清楚，他什麼都沒說！」

「他突然決定不坐車……」

「還有更要命的呢！」Lisa氣喘吁吁地說，「視頻你看了？」

「嗯……」

「你知道那裡面的女人是誰嗎？就是周峰的老婆！」

戴希終於認識到李威連所面臨的可怕處境了。Lisa說得對，情況非常非常糟糕，比原先所想像到的更糟糕！

Lisa繼續飛快地說著，她獨自承受了太大的壓力，必須要找個人傾訴：「戴希，今天還是交警在處理這起事故，但案件一旦移交給刑偵部門，我想他們很快就會追查到早晨的郵件！那樣的話，就不僅僅是醜聞那麼簡單了！」

戴希深深吸了口氣，她明白的，其實她早就意識到這絕不僅僅是醜聞那麼簡單，因為她還知道一些連Lisa也不知道的事情——「Lisa，你說美國總部會收到這封郵件嗎？」

Lisa愣了愣，隨即回答：「當然！我打電話給加州的資料中心刪除郵件時，他們就看到這封郵件了，還追問我是怎麼回事……對了！你這麼問倒提醒我了，郵件還在早晨八點發大概也為了讓總部看到！」

戴希接著說：「咱們的早上八點，紐約的晚上八點，總部的很多人還會處理郵件，這個時間剛剛好，兩邊兼顧。」

電話兩頭都沉默了，過了片刻，Lisa說：「戴希，我要掛了，William讓我去周峰家裡看看。」

「William在哪裡？」戴希問。

「今天的日程沒變，他和Raymond在金山的合資廠有一整天的會，不過……情況我一直在和他溝通，他全都知道。」

戴希閉起眼睛，否則淚水就要滾下來了：「……他怎麼樣了？」

頓了頓，Lisa才回答：「你也熟悉他的性格，戴希，他很沉著，就像往常一樣……可是我非常擔心他，非常……」她哽咽著說了最後一句話：「William晚上本來在金山還有宴會的，這個安排他取消了，應該會早些回到市區來。我掛了，戴希，再見。」

戴希走出綠地，揚手叫了計程車，她現在知道自己該去哪裡了。

第二十三章

這是戴希第二次在夜裡來到「逸園」。

第一次就是初識李威連的那個雪夜，她坐在他的賓士車裡，從路口遠遠地望了眼「逸園」。那一夜大雪紛飛，她看著他挺拔的背影穿過警戒線，走進通體透亮的「逸園」。從此之後，那一幕就深深地刻入她的心底，即使在發生了許多變故的今天，連那輛載過她的車和司機也遭到了可怕的結局，戴希卻愈加堅信，李威連和「逸園」密不可分。她認為，今天晚上他一定會到「逸園」來。

夜晚空無一人的老房子是令人畏懼的。白天賞心悅目的綠樹花草，無一不在月光下形成幢幢暗影，到處似乎都潛伏著難以捉摸的危機。

屋簷下繁花朵朵的雕飾化成猙獰的鬼臉；日間看上去溫情脈脈的拐角和曲線柔美的欄杆，全都失去了輕盈浪漫的感覺，變得沉悶而險峻。

戴希走上草坪間的甬道，丁香樹冠在她的頭頂婆娑輕響，那是花苞在醞釀著最絢爛的綻放。還有多久？再過大概一週、最多兩週，這棵樹就將籠上白和紫的煙霞，美得如同夢幻一般。皎皎月色把潔白的雙扇大門照成巨大的鏡子，像是能映出人的靈魂。戴希打開門走進室內，銀色的月光從每扇窗戶透進來，根本不需要開燈。「逸園」是死過幾個人的老宅，但是戴希看見，月光下的她內部寂靜而明亮，遍佈著來自彼岸的安詳氣息。

戴希沒有感到一絲一毫的恐懼。走上二樓，她直接打開總裁辦公室的門，打算就在這裡等李威連。他肯定會來的，因為他把自己的鑰匙給了她，所以今晚她特意來為他開門，他到來的時候一定非常累了，戴希希望他能有地方坐下。

另外，如果他允許的話，戴希還想和他談一談諮詢者X的文檔。

不論是孟飛揚還是Lisa，都忽略了郵件的文字部分。可能在絕大多數人的眼中，視頻和車禍遠比那些語句要嚴重太多。

只有戴希知道，那些語句會給李威連帶來怎樣致命的打擊。不，還有一個人知道，那就是這封郵件的製造者，他的惡毒和陰險叫人不寒而慄。戴希無法想像是怎樣的仇恨，才能如此處心積慮、竭盡一切手段地要將李威連置於死地。

選擇在八點發出郵件，不單單是為了讓美國總部的人也能看到它，還有一個最重要的目的——讓李威連的妻子看見它！

李威連混亂的私生活是公開的秘密，Katherine Sean 一直默認他的這種行為，既是為了維護雙方共同的利益，也是為了保持家庭的完整和家族的體面。匿名散播性愛視頻的手段所損害的，與其說是李威連的名聲，倒不如說是妻子的顏面。而郵件中刻意摘錄的李威連的自述，更將令 Katherine Sean 大為丟臉。這封郵件的構思可謂費盡心機，在時間的把握上，它兼顧中美；在內容的選擇上，它利用視頻和文字互相佐證，視頻雖然直觀，但也容易引起反作用，使大家更同情隱私受損的當事人，而經過巧妙組織的文字卻可以把這些同情消除殆盡。

只有戴希清楚：那段話是經過心理諮詢師的專業誘導後講出來的，是為了讓諮詢者X充分發洩內心的憤怒，從而釋放焦慮，找到心理疾病的癥結所在。也就是說，它只能提供給心理諮詢師進行病情分析，而絕對不能拿到公眾面前，接受普遍意義上的道德審判。這也就是為什麼在進行心理諮詢時，諮詢師會鄭重承諾保護諮詢者的隱私，對彼此間的談話絕對保密，除非內容涉及嚴重的罪行……李威連的這番話，只能從心理治療的角度進行專業解讀，因為他的話根本不可能被公序良俗所接受，而必將導致鄙視和厭惡，甚至憎恨。

如今，在大眾的心目中，李威連想必已經成了徹頭徹尾的「人渣」，經由戴希手中流出的諮詢資料，恰恰達成了一錘定音的效果。

戴希當了幕後陰謀者的幫凶，儘管她事先對此一無所知。僅僅作為一個心理諮詢師，戴希的過失也是不可原諒的。

諮詢者X的自述究竟是如何洩露出去的？對此，今夜戴希有什麼可以向李威連解釋的？她不知道。向他表達歉意嗎？回顧那一次次艱難的試探，她比任何人都瞭解他的無奈、掙扎和最終給予她信任時的勇氣，現在，無價的信任被摧毀了。

坐在李威連的辦公桌前，戴希想了很久很久。桌上有個精緻的小電子鐘，戴希看著它的數字一小時一小時地向上跳動，她知道自己不可能找到答案，卻更堅定了要面對他的決心。

戴希太累了，趴在桌上睡著了。等她猛然驚醒時，電子鐘上的數字已過了二點。總裁辦公室有扇朝向西南的大窗，正對著橢圓形的大陽臺。窗前擺著一棵枝葉繁茂的棕竹，月光下的它彷彿蒙著一層薄紗。

戴希站到棕竹前，早晨她剛給它澆過水，她輕輕撫摸著那修長潤澤的綠葉，抬起頭朝窗外望去，是誰？……是他在那裡！

李威連真的來了，就站在橢圓形的大陽臺上。夜已太深，即使這片上海最繁華綺麗的地區也褪盡了光彩，他的背後只有一整片黛藍色的夜空，全身都沐浴在純粹如水的月光中。他紋絲不動地站著，彷彿陷入沉思之中……突然，就在戴希的注視中，他右手扶著陽臺的欄杆，跪了下來。

戴希張開雙唇，卻發不出聲音。她能夠清晰地看見李威連的側影，他低著頭，前額抵在右手臂上，左手緊握在胸前——他是在禱告！

就在這一剎那，湮滅在無情歲月中的靈魂紛紛疊現，戴希聽見了他內心最深重的創傷，他的禱告聯結著所有這些人：與逸園同生共死的老人、不知所蹤的神秘朋友、用理智交換悔恨的老師、愛到死也恨到死的母親……

是怎樣的絕望讓他跪在上帝面前？戴希無法再看下去了，她不知自己是否叫出了聲，但那個身影分明顫抖了一下，隨即迅速站起，朝她望過來。

這張臉上刻畫著她從未見過的悲涼。

戴希動彈不得，李威連的目光彷彿直接穿透她的胸膛。無言的對視不知持續了多久，李威連轉身而去，從戴希的視線裡消失了。

直到第一抹晨光熹微地投射在棕竹的枝葉上，戴希才彷彿從久遠的夢中覺醒。她頭疼欲裂，渾身上下都在痠痛。四月之夜的春寒依舊料峭，戴希知道自己肯定著涼發燒了。走出待了一個晚上的總裁辦公室，站在門口，戴希留戀地環顧了好幾圈，才輕輕把門鎖好。正前方就是那座大陽臺，初升的朝陽把潔白如玉的欄杆染成金色。呼吸著清晨的爽朗空氣，戴希覺得頭腦清楚了一些。昨夜的場景現在想來，多少有些虛幻，但又真切地如同自己的每一次呼吸。

雖然雙腿軟得像踩著棉花堆，戴希還是仔仔細細地檢查了所有地方，才離開「逸園」，搭車回家。

在自家樓下跨出計程車時，看見同樣滿臉憔悴的孟飛揚，戴希並不意外。

「小希……」孟飛揚的嗓音有些沙啞，他走到戴希跟前，輕聲說，「我等了你一個晚上。」

戴希看著他，什麼都沒說。

他遲疑了一下，關切地問：「小希，你的臉色很不好，沒有生病吧？」

「我沒生病，就是昨晚沒睡。你有什麼事？我要回家睡覺了。」

孟飛揚苦澀地笑了笑：「沒生病就好。小希，昨天你走以後我想了很久，還是覺得諮詢者X的身分不可能是從我們這裡洩露出去的。我後來又認真地問了亞萍，她說從來沒動過我的電腦，所以我想，會不會是李威連自己不小心——」

戴希打斷他：「我知道了，還有別的事嗎？」

孟飛揚一愣，連忙說：「我昨天下午特意回了次家，把電腦裡的諮詢者X目錄都刪除了。」

戴希的目光溫柔地拂過他的面孔：「謝謝。我上去了。」

「戴希！」看到戴希要轉身，孟飛揚彷彿做出最後努力一般追問，「你先好好休息，晚上我再打電話給你好嗎？」

戴希抬起頭輕輕地笑了：「飛揚，昨晚上我想清楚了一件事，不論文檔是怎麼透露出去的，都怪不了別人，唯一該怪的人就是我自己。是我把文檔存在你的電腦裡，也是我告訴了你他的真實身分，這些事我本來都不應該做的，但是我做了，你知道為什麼嗎？」

孟飛揚搖搖頭。

「因為對我來說，你比世界上的任何人都更重要。我希望和你分享一切，更希望你在任何時候都能夠理解我、支持我……所以，當我感覺到可能發生的分歧和誤解時，我把理應保守的秘密全都告訴了你，想用這種毫無保留的態度來證明我對你的愛。可是我錯了，我這樣做不僅玷污了我的專業原則，更辜負了別人交託給我的、最最寶貴的信任，我傷害了他……更加遺憾的是，即使這樣我也依舊沒能得到你的諒解。飛揚，我現在真的不是在怪你，我只是無法原諒我自己。」

孟飛揚低頭不語，戴希轉身慢慢向樓門走去。

「戴希！」他的聲音從背後傳來，「什麼時候……什麼時候你才能原諒自己？」

戴希停下腳步——是啊，什麼時候呢？她彷彿又看見了那張悲涼的面孔，也許……「也許等我找到彌補過失的辦法……也許……再見，飛揚。」她又朝他笑了笑，就走進了樓道。

孟飛揚怔怔地望著墨綠色的鐵門「砰！」的合攏，終於意識到，就在剛剛過去的一天一夜裡，在他最愛的戴希身上，有什麼東西徹底改變了。

當童曉匆匆忙忙趕到家時，童明海已經等得心急火燎。童曉剛一打開房門，老爸就迫不及待地迎上來：「快說快說，到底是怎麼回事？！」

「爸，你別急啊，讓我先喝口水。」童曉一屁股坐在沙發上，打探了大半天的消息，簡直累得口乾舌燥。

童明海強按性子等著，童曉喝完水抹了抹嘴，才大出了口氣：「爸呀，賓士車這案子疑點特別多，李威連的麻煩大了去了！」

童明海陰沉著臉：「你仔細說。」

「案子已經移交給市局刑偵二支隊了，最初作為交通事故偵查時，現場的目擊者和監控錄影就都表明，事發之前賓士車周圍的路況很正常，前後均沒有車輛違規。就在這樣的情況下，賓士車突然失控，以極快的速度衝向對面車道，撞上一輛旅遊巴士後翻出高架護欄，摔落地面。旅遊巴士的左前門處也給撞得嚴重變形，所幸當時巴士是空載，否則死的還不止一個人呢。」

童明海緊鎖雙眉問：「難道是賓士車突然出故障了？」

「起初也有這個懷疑，不過對車輛狀況進行檢查後，初步排除了這個疑點。」童曉說，「因為事故原因不明確，才會移交刑偵部門。」

「你剛才說還有許多疑點？」

「對！爸，咱一個個說啊。車子沒查出問題，就接著查周峰的屍體。結果，還真在他的血液裡發現了強鎮靜類藥物的殘留！」

「什麼強鎮靜類藥物？」

童曉打開挎包，取出筆記簿：「特長的英文名字，我也記不住。爸，你自己看。」他指指本子：「法醫說了，這種藥物國內可沒有，只有在美國才能搞到，是一種新近研發出來的特效安眠藥，藥效非常強，服用後的三十分鐘至一小時之間就能使人直接進入深度睡眠，而且副作用很小，所以藥價特別昂貴，在美國也是有錢人才用得起的。」

童明海頻頻搖頭：「周峰怎麼可能有這種藥？何況他是在上班啊！」

「嗯，這就是疑點其一。不過，這個疑點很快就指向了一個人。」

「誰？」

「李威連。」

「為什麼？」

童曉聳聳肩：「今天中午，崔傑他們去西岸化工找李總裁協查時，人家自己承認的。李威連說因為工作強度太大，他時常會有睡眠問題，所以他的美國醫生給他配了這藥，他在上海的住處就有。不過，他否認給過周峰這種藥。」

童明海思索著說：「他們那種美國大公司，常來常往美國的人很多，也不一定只有李威連才弄得到這種藥吧？」

「那當然。」童曉說，「問題是第二個疑點仍然指向他。」

「第二個疑點是什麼？」

「周峰是李威連的專用司機，按慣例他在早上七點半到達李威連居住的雅詩閣酒店公寓，從那裡的車庫開出賓士車，把李威連接到公司上班。從車庫的監控錄影能看到，出事當天早上周峰是準時到的，但他十分鐘後開著賓士離開雅詩閣時，李威連並沒有在車上。」

「李威連當時在哪裡？」

「據他說，當時他就在樓上自己的套房裡。」

「他為什麼沒上車去公司？」

童曉又聳了聳肩，似乎說起李威連令他感覺頗為無奈：「他說恰好公司的人事總監來找他談辭職的事，他們倆就留在房間裡談話。當天李威連和幾名下屬要去金山開會，他擔心和人事總監談久了時間來不及，就讓周峰先開車去公司接人，並帶上秘書準備好的資料再返回雅詩閣，接上他直接走。結果，周峰在去公司的路上就出事了。要是李威連像往常一樣坐車上班，那咱們的總裁大人就……」

「怎麼會這麼巧？」童明海喃喃自語。

「巧是巧，不過至少從表面上來看，李威連沒有說謊。雅詩閣的監控錄影也證實了，7:28確實有個女人搭電梯上樓，進了李威連的房間。大約五十分鐘以後她獨自離開，而李威連直到8:45

才走出房間，下樓坐了公司其他人來接他的車，直接上路去金山了。」

「有沒有找那個女人證實身分和當天的情況？」

「經辨認就是西岸化工的人事總監，名叫朱明明。不過她已經離開西岸化工了。據李威連說他當場批准了朱明明的辭職申請，所以這個女人現在去向不明。」

童明海詫異地瞪著兒子：「辭職有這麼乾脆嗎？」

童曉兩手一攤：「您老人家問我，我問誰去？我還想問吶，辭職幹嘛不在公司談？一大清早跑到老闆家裡聊，作風也太怪異了吧？」

「哼，」童明海說，「怪異作風可救了李威連一命啊，他還真該謝謝那個什麼朱……」

「朱明明。」

父子倆都沉默了一會兒，童明海才說：「這些也算不上疑點吧？雖然李威連沒上賓士車極為巧合，但目前看他的理由還算充分，就等朱明明進一步證實他的說法了。」

「可是聯繫到那天早上在西岸化工掀起軒然大波的匿名郵件，李威連仍舊和周峰之死緊密相關啊。」

「匿名郵件？」童明海重複了一遍，「就是你在電話裡說的色情視頻郵件？」

童曉少有地歎了口氣：「唉，也不知道咱們這位李總裁是怎麼搞的，玩女人玩到自己司機的老婆身上，玩也就罷了，還讓人拍了全套AV，全公司上下這麼一發，噗！我都不知道該對他進行道德譴責呢還是該為他打抱不平！」

童明海氣呼呼地說：「若要人不知，除非己莫為！那麼高的地位、那麼好的生活，偏不珍惜，被人陷害也是早晚的事！我看李威連就是自作自受，沒必要為他打抱不平！」

「話也不能這麼說吧。」童曉發表不同見解了，「玩弄女人是道德問題，未經當事人許可錄製隱私視頻並散播，這可是犯罪啊！在這件事情上李威連是受害者，完全可以追究郵件製造者的刑事責任……唉！可是周峰一死，李威連這個受害者反倒被動了。」

「確實如此。既然是李威連和周峰老婆的視頻，錄製人很有可能就是周峰，或者他至少是知情者，現在周峰死得這麼蹊蹺，被蓄意謀殺的可能性非常大，李威連別說要追究責任，能不能把自己從案件中撇清，也是個大問題。」

「爸，要不然我說呢，李威連這回的麻煩可是夠大的。刑偵隊崔傑他們分析案情，分析來分析去，現在形成一種看法，認為李威連存在重大的殺人嫌疑。」

童明海的臉色一變：「殺人嫌疑？」

「是啊。」童曉開始解釋，「首先，他存在殺人動機——就是那個惡意敗壞他形象的視頻，假如視頻確為周峰所攝錄，李威連完全有可能報復殺人；其次，他有作案的工具——導致周峰失去清醒發生車禍而死的藥物，目前為止周峰身邊的人中就他手裡有；最後，他在案發當天早晨突然一反常態沒有坐賓士上班，也更令人懷疑他事先就料到會出車禍。綜上所述，李威連的疑點相當多，並且互相間存在邏輯印證。」

聽童曉說完，童明海默默地抽了幾口菸，突然問兒子：「你也這麼認為嗎？」

童曉笑了：「老爸火眼金睛啊！呵呵，是，雖然我對這個案件也還沒有形成連貫的推理，但我認為把李威連列為第一殺人嫌疑的論據不充分。」

「說說看。」

「那我就逐條反駁。首先是殺人動機，郵件是八點發出的，周峰8:20不到就出了車禍，根據藥物發揮作用的時間推算，他應該是在郵件發出之前就服下了安眠藥。那說明李威連已經知道周峰要發不利於自己的郵件，而他不採取手段及時制止郵件的發出，卻忙著殺人，這豈不是很可笑？等他把人殺了，郵件造成的惡果也已經無法挽回。然後是殺人工具，且不說這種藥只要去過美國就能弄到，我倒覺得關鍵是如何使周峰服下藥物。從已知的情況看，周峰當天早上根本沒有和李威連接觸過，而周峰服藥時應該還沒出家門，所以無法證明李威連與此直接相關。最後就是他沒像平時那樣上車這一點了，這點李威連的解釋還算合情合理，只要能盡快找到證人朱明明，馬上就能驗證他的說法。所以我認為，對這起案件的調查還剛剛開始，現在下結論為時尚早，還需要更多的線索。」

聽著聽著，童明海烏雲密佈的臉孔慢慢放晴，最後竟然露出些微笑容，點頭讚許：「好小子，還有點兒邏輯頭腦嘛。」

「哈哈，那是您的遺傳！」童曉挺會拍馬屁。

「嗯，那麼崔傑他們打算怎麼調查下去呢？」

「這個我就沒多問了，辦案有紀律嘛。不過我聽崔傑的意思是，肯定要在周峰的家裡好好查查，一來根據時間看，周峰很可能是在家裡服下的安眠藥，二來他老婆還是視頻的女主角，從她身上一定能挖出有價值的東西來。」

童明海皺眉：「唔，我再提個建議，你可以帶給崔傑他們。我懷疑，攝錄視頻和炮製郵件的是不同的人。你想，錄視頻必須要對李威連和周峰老婆鬼混的細節特別清楚，而且能接近到他們身邊，所以周峰的確很可能就是視頻的攝錄者。但是那封郵件卻未必是周峰製造和發出的，第一，郵件是全英文的，一個司機哪有那麼高的英語水準？第二，從郵件的發出時間、匿名方式和發布的對象來看，都不像周峰能做到的。」

「您是說……周峰有個同謀？」

童明海沉吟著說：「或者說是主謀！我認為，郵件和視頻更像是有人策劃，而周峰只是具體執行者……」

童曉眼睛一亮：「按照這個思路的話，殺人的也或許是那個暗中的策劃者？難道是為了……殺人滅口？」

「別急著下結論。」童明海搖著頭說，「繼續收集線索吧。」

不知不覺，父子倆已經談了很長時間。童曉媽來招呼他們吃晚飯。

神情輕鬆地坐上飯桌，童曉衝著童明海直樂：「老爸，我能再問你一個問題嗎？」

「有話就說！」童明海沒好氣，「少給我擠眉弄眼的。」

童曉連忙又板起臉做嚴肅狀：「爸，你為什麼對李威連的事這麼關心啊？原先日本人的案子是因為牽涉到『逸園』了，可現在這案子和『逸園』沒有直接關係，我怎麼看你反倒牽腸掛肚得更厲害了呢？」

「唉！」童明海擱下手裡的筷子，並沒有直接回答兒子的問題，「這已經是李威連牽連進去的第三樁死人事件了。先是袁伯翰，然後是有川康介，現在是周峰……」

「呦，說的也是啊！咱們這位總裁先生還真夠倒楣的。」

童明海沉默片刻，才歎了口氣說：「不過周司機的這個案子，即使李威連能夠澄清嫌疑，對他的不利影響恐怕也無法挽回了。說來說去，還是他自作自受啊。」

周峰車禍發生的當天晚上，在六點半的城市新聞裡，曾簡短提到過早高峰期間發生在高架上的這起事故，不過寥寥數語，幾秒鐘後畫面就切過去了。

第二天童曉父子邊吃晚飯邊討論周峰之死，又恰如電視臺每晚黃金時段播放的案件節目，世間百態中最殘忍和罪惡的部分，因為它的刺激性而成為普通百姓的佐餐佳品。一個生命在不應該終止的時候倉促中斷，並非人人都會像童曉父子那樣關心事件背後所隱藏的真相，對於絕大多數的旁觀者來講，這類故事只要能引起他們對生命的敬畏、對正義的尊重、對人生的思考，就算達到目的了。

生命的價值不過爾爾，對自己是全部，對他人是雲煙，對世界是微塵。

「戴希，你真沒用！」在童明海父子倆就著案情下酒時，Lisa風風火火地趕到醫院，把掛著吊瓶的戴希劈頭蓋臉罵了一句。

在醫院折騰了整個下午，兩瓶藥水眼看掛完了，戴希的精神好了不少。面對Lisa毫不留情的批判，戴希噘起嘴：「好Lisa，別罵啦……我知道我沒用。」

白天回家之後，她本來指望睡一睡就好，哪知身上越來越熱，到下午的時候戴希明白硬撐不行，才去醫院掛了發燒門診。

「哼！」Lisa氣呼呼地瞪著戴希，「瞧瞧這副小可憐的樣兒！和你都沒什麼關係呢，就嚇出病來了，多沒出息！幸虧人家這會兒不指望你出什麼力，要不然可怎麼辦！」

戴希低下頭認罪，看來Lisa還不知道內情。等Lisa發洩過了，戴希才小心翼翼地提問：「Lisa，你來我這裡幹什麼呀？William……不需要你了嗎？」

「嗯，不需要了！」Lisa的眼圈一下子就紅了，「但是我需要傾訴，要不然我會憋死的！所以現在你聽也得聽，不聽也得聽！」

「我當然要聽的。」戴希忙說，「可是現在這種時候……他怎麼會不需要你了呢？」

Lisa沒吭聲，過了一會兒才說：「戴希，William要走了。」

「走？去哪兒？為什麼？！」

「他今天交代我做的最後一件事是訂機票，去美國的機票。」Lisa的神情既悲哀又惆悵，又有種難以形容的釋然，「就訂在後天、週六一大早，而且……他沒讓我訂回程票。」

「後天？！這麼快……」戴希的心頓時從沉痛變成空蕩，這就要離別了嗎？難道他們的約定還沒來得及開始，就已然結束了？

「是啊，我也沒想到會這麼快……」

匿名郵件和周峰車禍才剛發生在昨天早上，按照李威連一貫迎難而上，又睚眥必報的強硬作風，他理應對此事緊追不放，不做到澄清事實、肅清餘孽絕不甘休。但是這一次他的反應完全出乎大家的意料，在真相還混沌一片的情況下，他卻選擇了離開。

李威連從來就不是一個畏縮逃避的人啊。就連Lisa也覺得不可思議，猜不出緣由，她只能從事發到現在這兩天一夜的現象中模糊地感覺到，李威連已經預見到了這一系列事件的最終結果，並且迅速做好了最壞的準備。

昨天晚上九點多，Lisa接到了李威連的電話。他剛從金山返回到市區。從電話裡聽，李威連處理危機時一如既往地鎮定果斷，他首先取消了此後整個禮拜的日程，並讓Lisa通知Mark和Raymond等幾人明天一早來公司待命，最後，他要求Lisa為自己安排好凌晨三點半開始與紐約總部的視訊會議，就讓她休息了。

「今天凌晨三點半？」戴希問。

「嗯，發生了這樣的事，肯定要和總部及時溝通的。」Lisa歎了口氣，「至少從晚上九點多到凌晨三點前，他還能休息幾個小時。」

凌晨二點戴希在「逸園」見到李威連時，他絕不像休息過的樣子。在那幾個小時裡，他又經歷了什麼呢？

整個晚上Lisa輾轉難眠，早上七點就趕到了公司。她並不意外，李威連還在自己的辦公室裡，與總部的會議竟然開了足足四小時。

七點半剛過，大中華區的高管們幾乎都陸續到達公司了。這時Lisa接到李威連的電話：「Lisa，你到公司了嗎？」

「我已經在了。」

Lisa走進李威連的房間。除了異常蒼白的臉色，至少從他的外表上看不出遭受巨大打擊的跡象，他甚至還對Lisa微笑著點了點頭：「Lisa，這兩天辛苦你了。」

他要求Lisa立即安排全天的一對一面談，面談對象是大中華區管理層所有最重要的成員，從八點開始一直持續到晚上八點。而中午十二點到一點半的一個半小時，李威連讓Lisa準備車輛，他要回雅詩閣換換衣服、稍作休息。

「可是中午他沒能回去。」Lisa神色黯然地說。

除了不知去向的朱明明，這個早晨西岸化工所有的管理團隊都主動聚在了公司裡，就連出差在外的，也都在昨天夜間趕回了上海。

Lisa很容易地就把日程排好，上午的時間飛速流逝，她坐在總裁辦公室外看著高管們出出進進，看著他們凝重而又複雜的表情，越看越害怕，強烈的不祥之感把她壓迫得幾乎喘不過氣來。

將近十二點，幾個身穿員警制服的人出現在前臺，終於使公司裡瀰漫的緊張氣氛達到頂峰。

員警們表明來意：周峰的車禍已移交到市局刑偵部門，他們現在是來西岸化工調查取證的。

戴希差點兒蹦起來：「刑偵部門？真的成了刑事案件？」

Lisa的唇邊泛起一抹冷笑：「看來公安局是這樣想的，而且他們有備而來，指名就要見William。」

「你是說……他們知道那封郵件了？」

「哼，那個東西已經在網上傳了一天一夜，除了與世隔絕的大概都知道了！」

在總裁辦公室談了三十分鐘左右，幾位刑警彬彬有禮地告辭離去。

Lisa再次被李威連召入辦公室，往裡走的時候雙腿止不住地哆嗦。

李威連站在窗前，一見到她就問：「你給我安排的車呢？」

「就在樓下車庫等著。」

「好，我們立即出發，你和我一起去。」

「是。」Lisa連忙答應，又有些疑惑地追問，「還是去雅詩閣嗎？一點半大概來不及趕回來，要不要我通知……」

李威連看著Lisa：「不，我們去周峰家。」

「William！」Lisa大驚失色。直到這時她才看清他佈滿血絲的眼睛，這張臉其實已經相當憔悴，但目光中透出絕不服輸的堅毅，又使他煥發出不同尋常、令人心碎的奇異神采。

他十分平靜地反問：「怎麼了？」

Lisa叫起來：「William，不要！千萬別去啊！」她一向都是最專業的秘書，從來只管執行而絕不質疑老闆的決定，但是今天她破例了。李威連不置可否，只是靜靜地看著她。

Lisa熟悉李威連的所有舉止神態，這說明他還在斟酌，還有挽回的餘地……她用力咽了口唾沫，幾乎是帶著破釜沉舟的勇氣說：「宋……采娣，昨天我去她家時，她就明確說再不想見到西岸化工的人。我按你說的帶給她那十萬元現金，她全都扔還給了我。還說、還說……」

「說什麼？」

「她說你休想用錢收買她，她老公周峰就是被、被你給……害死的，她一定要為周峰報仇，要一命償一命！」Lisa一口氣把話說完，驚恐萬狀地瞪著李威連。

「這些細節你昨天為什麼不告訴我？！」他厲聲質問。

「我……」Lisa無法解釋。

李威連輕輕搖了搖頭，就放過了Lisa。只不過短短一瞬的思索，便說：「好，那就不去了吧。」

Lisa絕處逢生般吁出了一口氣。李威連向她安撫地微笑：「放心吧，沒事的。」

「嗯，那我們還去雅詩閣嗎？」

「來不及了，我還有幾個電話要打，麻煩你去雅詩閣幫我取些東西來。」李威連坐回到辦公桌後，語調如常，「下午的面談按計畫進行，從一點半開始。」

「宋……周峰的老婆真那麼說的？」戴希結結巴巴地問Lisa。

Lisa沒有回答，她的眼前彷彿又出現了昨天傍晚在周峰家裡的一幕：披頭散髮的宋采娣倚在兒子瘦削的肩頭嚎啕大哭，三室兩廳的房子裡塞滿了從蘇州鄉下老家來的親友，Lisa頭一次發現，夾雜著吳儂軟語的咒罵和哭號也能逼人發狂。

平常與周峰閒聊，Lisa知道他老婆沒工作，兒子念的民辦初中收費昂貴，周峰是家裡的頂樑柱，他的意外身亡無疑將使這個家庭陷入滅頂之災。Lisa剛到時，目光掃過寬闊的客廳，立即看出這裡的傢俱和佈置，與一個普通司機的家庭是很不相稱。

滿屋悲痛的氣氛讓Lisa覺得自己不該胡思亂想，但她的思緒還是無法遏制地飄向視頻裡的畫面。就算周峰是西岸化工總裁的專職司機，靠他一個人的收入也絕對負擔不起這樣一套房子，和看上去頗為考究富裕的生活——蔑視與同情、傷感與厭惡，所有這些相互矛盾的情緒，輪番衝擊著Lisa的心，直到她被招呼進臥室。

宋采娣癱軟在臥室裡的沙發上，好像處於半暈厥的狀態。

Lisa硬著頭皮走過去，盡量態度誠懇地表示慰問。

「總裁秘書？」一聽到這幾個字，沉浸在喪夫之痛裡的女人倏然挺起身軀。蓬鬆的鬈髮下，Lisa看見一張江南女子白皙娟秀的臉，雖然淚痕密佈卻沒有這個年齡應有的皺紋，一望而知就是過著無所事事的生活的那種女人，衣食無憂、虛榮淺薄，全部的工作就是保養自己和取悅男人。

Lisa低下頭，從心底裡不願意把面前這個俗氣的女人和李威連聯繫起來，他是那樣一位學識淵博、氣度雍容，令她崇拜與仰慕的男性啊！然而生活總是這樣：願望有多麼美好，現實就有多麼醜陋……這種醜陋又豈止是一段兩分鐘不到的視頻所能展示的呢？

宋采娣睜大一雙哭得通紅的眼睛，無比淒切地問：「他呢？李威連呢？他為什麼不來？」

「他……」被圍在密不透風的敵意目光中，宋采娣用這樣曖昧的語氣提起李威連的名字，簡直讓Lisa無地自容，她支吾著回答，「他……很忙，今天不在上海……他特意讓我來看看，有什麼可以幫忙的。」

從包裡拿出剛從銀行取來的十萬元現金，Lisa把錢放在沙發前的茶几上：「宋……女士，這些錢你先拿去用。周司機是在開車去公司的途中出事的，屬於工傷範疇，公司一定會承擔相應的賠償和撫恤責任，請你放心。」

宋采娣直勾勾地盯著錢，好長時間一聲不吭。Lisa想撤退，剛要從沙發上站起來，旁邊突然伸過來一隻手，粗暴地掃過茶几，那幾捆錢悉數掉落在Lisa跟前的地上。

Lisa驚詫地抬起頭，映入眼簾的是一個十多歲少年的身影，和母親一樣白皙的臉上已有淡淡的髫鬚，輪廓纖柔的眼睛裡閃著凶惡的冷光。他和Lisa剛一四目相對，就立即把目光轉移到母親的身上，低喝：「那個人的錢，不能收！」

宋采娣好像也吃了一驚，顫抖著拉住兒子的手：「建新，這是你爸公司的……撫恤金……」

「不行！讓她拿好錢滾蛋！」少年勃然大怒，指著Lisa衝自己的母親吼叫。

宋采娣捧著臉雙淚直流。

少年向她俯下身子，用力把她的手從臉上扯開：「媽，你怎麼還不明白？爸爸是那個人害死的！就是他害死的！現在假惺惺跑來送什麼錢，他是要用這些錢買我爸的命啊！」

Lisa聽不下去了：「你不能瞎說啊！」

「我沒瞎說！」周建新向Lisa轉過臉來。她驚懼地發現，少年的眼神空洞而怨毒，又充滿恐懼，這絕不是一個初中生該有的眼神，沒有單純的憧憬，卻彷彿背負了幾生幾世的絕望，他就用這樣的可怕眼神盯著Lisa，冷笑著問：「那你說，為什麼我爸死了，那個人卻活著？為什麼！該死的不是我爸，是他！是他該死！該死！」

青春期男孩的聲音本就嘶啞，此刻簡直破碎得令人不忍卒聽，他痛罵著，眼淚卻從還十分稚嫩的面孔上淌下。Lisa再也無力反駁，覺得自己的心都要裂開了。

「建新……」宋采娣呼喊著兒子的名字，母子倆抱頭痛哭。

Lisa再次起身要走，宋采娣哭號著卻沒漏過Lisa的一舉一動：「你把錢拿走！」

Lisa咬牙從地上撿起錢，宋采娣瞪著她，煞白的臉上突然露出最詭異的笑容來：「建新說得對，該死的人是他，是李威連！你現在就去告訴李威連，我家周峰就算是做了鬼，在陰司裡也絕對饒不過他！我們娘兒倆還活著，只要有一口氣，更不會放過他！你去跟李威連說，別以為他有錢有勢，就可以欺負我們孤兒寡母！不管他躲到哪裡，我們一家三口總會找上他，一定要叫他償命！」

就在宋采娣最瘋狂的咒罵聲中，Lisa衝出了周峰的家。

「為什麼？為什麼他們要那麼說……」戴希知道這個問題沒有答案，或者說答案太明確了，根本不需要回答。

Lisa搖了搖頭：「我已經不去想這些了。也許從他們的角度來講，理由很充分；可是從我的角度，我只能關心William。畢竟……我給他當了四年的秘書，他一直都對我那麼好。我絕不相信，他會做出任何傷天害理的事情。」

戴希握了握Lisa冰冷的手：「Lisa，我明白……我們的角度是一樣的。」

她們相互淒婉而笑，同時在心裡深深地感歎：相比正在他頭頂肆虐的狂風暴雨，她們的這點力量是多麼微弱，直如風雨飄搖中的熒熒燭火，連照耀自己都異常困難。

戴希明白，昨天Lisa不告訴李威連宋采娣說的話，是不想再給他增加煩惱。今天告訴他，則是為了阻止他去面對不堪的侮辱，還因為那裡有一個無底的漩渦，他只要靠近就會被越捲越深，再也無法擺脫。所幸的是，即使危機接踵而至，李威連依舊相當冷靜。對他來說，遠離周峰一家，的確是現在唯一合適的對策。當然，他採取這個對策時所要承受的心理壓力，和內心的煎熬同樣讓人無法想像。

從任何外人的角度來看，周峰一家人都處於弱勢，是受害者，李威連才是居高臨下的欺凌者。但事實的真相究竟如何呢？戴希只知道，希金斯教授曾經多次指出的自毀傾向，正越來越明晰地呈現出來。

「Lisa，能不能告訴我，他讓你去雅詩閣取什麼？」戴希晃了晃Lisa的胳膊，想換個話題。

Lisa果然微笑了：「這種情況下還沒忘記保持儀表呢，讓我去取襯衫和領帶來換。唉，假如還在『逸園』辦公的話會方便些，William有好多漂亮衣服在那裡，保證看得你眼花繚亂。」

戴希用英文唸起來：「薄麻布襯衫、厚綢襯衫、細法蘭絨襯衫……條紋襯衫、花紋襯衫、方格襯衫……上面繡著深藍色的他的姓名的交織字母……這些襯衫這麼美，我看了很傷心，因為我從來沒見過這麼——這麼美的襯衫。」

「天哪！」Lisa叫起來，「《大亨小傳》！你也知道William喜歡這本書嗎？咦，戴希、戴希……」她歪著腦袋打量起戴希來，圓溜溜的大眼睛轉個不停。

戴希趕緊打岔：「Lisa！除了這麼——這麼美的襯衫之外，你還給他拿別的東西了嗎？」

Lisa的臉再度黯然：「別的……就都是吃的東西：潤喉糖、日本的強力提神飲料，還有治頭疼的特效止痛片。一整天他就光靠吃這些……」

玫瑰色的虛幻雲霧瞬間消散得無影無蹤，嚴酷的真實重現眼前。

隔了一會兒，Lisa碰碰戴希的胳膊：「不過我還自作主張，買了兩大塊巧克力給他。」

「你真好！」戴希勉強露出笑容，「那麼後來呢？今天下午又發生了些什麼？」

第二十四章

從表面上看，那天下午過得很平靜。總裁辦公室裡的面談有條不紊地進行著，Lisa目睹每一個從裡面走出的人，神情從忐忑迷茫變為鎮定明確，都立刻開始組織本部門的溝通。公司裡竊竊私語的現象逐漸絕跡。

李威連在公司裡待了整整一天，從容不迫地處理完全針對自己的危機，他的態度明顯地使大家安心下來，重新投入到日常工作中去。

最後一個面談提前十五分鐘就結束了。7:45，Lisa看看電腦上的時鐘，緊繃的神經終於稍微鬆弛下來，抬頭望望，整個二十八層燈火通明，今天西岸化工的老闆辦公樓層人頭濟濟，大家都還在忙碌，幾乎沒人下班。

Lisa悄悄吁了口氣，局面初步掌控住了，李威連應該可以休息一下了。她耐心地等待著他的召喚，鼻子裡突然飄進幾縷頗具誘惑力的男士香水味。

「Lisa！William還在裡面嗎？」

這句問話聽起來抑揚頓挫，好像在唱歌。Lisa立刻就知道是誰來了，抬起頭笑了笑：「嗯，還沒走呢。Richard，你有事找他嗎？」

今天的張乃馳打扮得比任何時候都鮮亮：Zegna深灰色的條紋西裝裡，寶石藍絲綢襯衫配登喜路同色系波普圓點領帶，在燈光的照耀下富麗得簡直有些晃人眼睛。Lisa略感詫異，西岸化工人人皆知張乃馳注重外表幾近變態，但前段時間他被排除在重組之外後，就表現出一副心灰意冷的樣子，常常直到下午才晃進公司，有時甚至穿著不符合規範的休閒運動裝、肩揹高爾夫球袋招搖過市。

張乃馳還挺敏感，發現Lisa目光有異：「Lisa，我的著裝有什麼問題嗎？」

「沒問題。Richard，你今天太帥了，我只是有些不適應。」

「哦，必須的！」張乃馳往Lisa跟前湊了湊，「現在這種特殊時刻，我們要從一切方面給予William支援啊！」

「是嘛……」Lisa又看了眼張乃馳精光水滑的臉皮，滋潤得都可以去做化妝品廣告了，她垂下眼睛，「沒想到做美容SPA也是支持的方式哦。」

張乃馳好像沒聽見Lisa語氣中明顯的嘲諷，抬起手摸了摸下頜：「精神面貌很重要！公司裡發生了這樣的危機，我們作為William的堅強後盾，當然更要保持振奮的狀態！」

「嗯，你看上去足夠振奮了。」

「光有振奮還不夠，」張乃馳使勁揮舞起右臂來，「我們必須反擊！昨天我看到那個郵件時，真是無比氣憤啊！周峰太可惡了，居然做出這樣喪心病狂的事情，他會出車禍橫死，正說明了惡有惡報！」

「你認為郵件是周峰發的嗎？」Lisa盯著張乃馳問。

「不是他是誰？那種視頻別人不可能拍到的！」Lisa眨了眨眼睛：「嗯……可是周峰已經死了，Richard，你剛才說要反擊，反擊誰呢？」

「這……」張乃馳略顯躊躇，Lisa馬上又接著說：「再說郵件發出時周峰正在開車，何況我們大家都知道，周峰差不多是個電腦白痴，平常連看個網頁都沒興趣，更別說編輯那樣一份電子郵件了。」

張乃馳的表情豁然開朗：「對，對！如果不是周峰自己發的郵件，那麼公司內部就肯定有他的同夥！我們一定要把這個躲在陰暗角落裡的傢伙揪出來，為William出口惡氣，這就是我說的反擊的意思！」

話音未落，他又誇張地晃了晃拳頭。

Lisa點點頭：「假如公司裡真有這麼個人存在，確實夠卑鄙的，肯定不得好死！」她朝總裁辦公室緊閉的房門望了望，已經過去十分鐘了，李威連還沒有叫她，Lisa莫名地有些擔心，但這個來意不明的張乃馳還在她的桌前流連。

「唔，Richard，你是不是有事找William？」Lisa故意再問一遍。

張乃馳還沒回答，Lisa桌上的電話響起來，她一接，立刻跳起身：「William叫我進去，要不請你等一等，我跟他說下你找他。」

來到總裁辦公室門前，Lisa輕輕敲了敲，隨即推開房門。可她還沒來得及開口，有人緊隨在她的身側一起擠進來。

Lisa目瞪口呆地看著張乃馳，張乃馳一邊滿臉關切地朝裡走，一邊感情充沛地說著：「William，我都在公司裡等了一整天，你怎麼也不叫我幫忙啊？」

最初的一剎那，李威連也有些吃驚地看著他倆，但立刻轉向Lisa，語氣相當嚴厲：「怎麼回事？我已經結束今天的面談了，難道名單上還有別人？」

Lisa的臉漲得通紅：「不，沒有別人了。是Richard自己說找你有事，我……」她惡狠狠地瞪了一眼張乃馳，恨不得把他推出門去。

「William，是我要找你，呵呵，和Lisa沒關係。」張乃馳倒挺坦然，「我只是想向你表達我最誠摯的問候，雖然你約談的人裡沒有我……」

「Lisa！」李威連低喝了一聲，Lisa正要關門，嚇得趕緊把手縮回來。

「不要關，把門敞開！」他毫不含糊地命令。

Lisa只好把門開到最大，自己站在門邊。剛到八點，整個二十八樓一片肅靜，但Lisa知道此刻外面幾乎滿員，任何一點響動都會引起所有人的注意。

張乃馳的臉色變了變，現在他不論說什麼都將落入全公司的耳朵裡了。張乃馳向前跨了一步，再度情真意切地開口了：「William，我對所發生的一切感到很意外，也很痛心，假如你需要我做什麼，比如調查郵件來源，我可以略盡綿薄之力……」

張乃馳說不下去了。雖然李威連始終一言不發，但那雙閃著森森寒意的目光如利劍般直指張乃馳，使他頓覺周身衣物都被剝光了似的，內心最深處的隱秘惡意再也掩藏不住，就要暴露在光天化日之下……Lisa看見他們兩人截然相反的模樣，一個舉止浮誇、神情矯飾，虛偽而又虛弱，另一個沉穩、冷靜，似乎已經筋疲力盡，但倦怠中依舊包含著咄咄逼人的鋒芒。

沉默持續了十幾秒，張乃馳終於在李威連的逼視中敗下陣來，低聲支吾了句什麼，Lisa根本沒聽清，他就匆匆退出了總裁辦公室。自從張乃馳進門到離開，李威連沒有對他說過一個字。

「現在可以關門了。」李威連向Lisa點頭示意，「Lisa，你過來坐。」

在對面坐下，靠近了觀察李威連的臉色，Lisa又是一陣心酸。

李威連倒顯得輕鬆許多：「謝謝你，Lisa。」他微笑著說：「巧克力很好吃。」

「我還怕你不喜歡呢，」Lisa覺得好欣慰，「可是光吃巧克力不行……William，你餓嗎？想在哪裡用晚餐，要不要我幫你訂位？還是你想先回去休息？」

李威連搖了搖頭：「別急，我有話對你說。實際上，你是我計畫中的最後一個面談對象，我們沒有時間限制，可以很隨意地聊聊。」

「和我談？」

「是的，和你。」李威連沉吟了一下，「Lisa，假如不做總裁秘書，你最希望朝哪方面發展？」

Lisa的心跳驟然加速：「不做總裁秘書？！William，我……」

「別緊張嘛。」李威連溫和地說，「Lisa，你是我用過時間最長的秘書，已經四年多了，這對你並不公平，因為當秘書會限制你的職業成長，你應該轉向有更具體職責範疇的工作。不過，我對你太滿意了，所以總也捨不得放手……我這人有時候比較自私，對不起，Lisa。」

Lisa低下頭，在李威連身邊工作不是件容易的事情，追求完美的態度使他極少稱讚別人，他是透過不斷給下屬增加責任來激勵他們的。假如放在平時，能夠得到像今天這樣毫不吝惜的誇獎，Lisa大概會興奮地跳起來，但是現在他這麼說，卻讓Lisa的心沉甸甸的。

李威連繼續說：「Lisa，我為你考慮了今後的發展方向，公司營運、行政和培訓都挺適合你的，當然，假如你對業務感興趣，你也可以嘗試供應商管理，你在這方面很有潛力。」他注視著Lisa問：「你自己對此有什麼想法？儘管說。」

「我……可以繼續做你的秘書嗎？」

李威連笑了：「為什麼？」

「William，」Lisa自己也沒料到地激動起來，「如果是平時，我肯定會認真思考你的提議，可不是現在！起碼，起碼應該先為你找到合適的新秘書，再考慮我的去向吧？」

「Lisa，我們現在討論的是你的問題，不是我的問題。」

——在這件事上沒區別啊，Lisa低頭不語。

李威連想了想：「這麼討論確實比較倉促，應該多給你些時間考慮。這樣吧，我會和相關部門的經理都打好招呼，等你想明白了，隨時可以去和他們談。我讓他們充分支持你的決定。」

Lisa越聽越心驚：「William，我考慮好了之後不是應該先和你溝通嗎？」

「我很樂意和你溝通，但是可操作性不強。」

在Lisa驚駭的目光中，李威連繼續平靜地說：「Lisa，我就要離開了，有非常重要的事情必須去美國處理。還得麻煩你為我訂機票。」

「什麼時間？」

「後天。」

「後天！」Lisa叫起來。

李威連的神情顯得越發疲倦，說話的聲音都低沉許多：「今天我已經和公司所有關鍵人員做了溝通，對我離開期間的具體安排達成了共識。今晚我會起草一份郵件給你，明天上班的時候由你轉發給大中華區所有員工。然後，你就可以休假了。我記得你還有不少假期沒休吧？」

Lisa下意識地點頭。

「嗯，那就好好休息去吧，也別忘了考慮自己的將來。Lisa，我相信對於你，一切都會非常順利的。」

原來他今天耗盡精力，是在為離開做準備！一個郵件、一樁車禍，竟然會造成這樣的結果嗎？從昨天事發起她就堅信，李威連是整個大中華區的支柱，就算他陷入危機，西岸化工的總部也會力保他，況且現在重組正進行到關鍵時期，有什麼理由可以讓他放下所有的工作，突然趕赴美國？

「那你……什麼時候回來？」

李威連沒有直接回答Lisa的問題，沉默片刻後，他說：「不論我在與否，西岸化工大中華區都能朝著既定目標穩健發展，這才是最重要的。」

「我想，William不會很快回中國了。」Lisa一邊開車一邊說。戴希的吊針打完了，Lisa開著她那輛漂亮的紅色mini cooper送戴希回家。

一路上都是紅紅綠綠的霓虹燈光，好像戴希小時候最愛的糖果包裝紙，看上去又甜蜜又繁榮，她想，其實孩子和大人一樣懼怕孤獨，否則就不會死抓住那些虛假的熱鬧不放。長大以後我們的承受能力有顯著增長，但內心深處始終是那個為了每次分離而哭泣的小孩。

李威連的承受能力是戴希見過最強的，這個孤獨的孩子必定從很早起就學會了偽裝恐懼，在十分幼小的時候就不再哭泣。

「Lisa，你從明天就開始休假嗎？」戴希問。

Lisa搖搖頭：「我想還是等William後天飛走以後再休，雖然他說明天就不進公司了，可我怕萬一他還需要我做什麼。也不急在這一兩天。」她的語氣變得輕快了些：「這下我老公該樂瘋了，去年因為太忙，婚假我都沒休成，乾脆一塊兒補了吧。」

「多好呀，春暖花開的時候去度蜜月。」

「對了，戴希！你猜猜那時William送了我什麼結婚禮物？」

戴希噘了噘嘴：「老闆和秘書真是一個脾氣，都喜歡叫我猜謎語。」

「是嗎？哈哈，William好像是特別喜歡讓人猜謎，就是他傳染給我的臭毛病。」Lisa笑著說，「算了，你才猜不出呢！他帶了一個小型室內樂隊來參加我的婚禮，從婚禮開始一直演奏到結束，所有曲子都是他特意為我選的，每一首都那麼美，真的讓我好感動……」

其實對大部分人來講，這未必是一件令人驚喜的禮物。戴希想，人們會期望大老闆的禮物更加實在些，最好是一個裝滿現金的大紅包。可他送的是什麼呢？音樂，抓不住、留不下的音樂，唯有記憶才能將它恆久保存——正如幸福。他是把自己對幸福的理解送給了Lisa。

大概是回憶太美好了，美好得提示了今天的殘酷，Lisa剛剛好轉的情緒又低落下去：「唉！這次就算休假也沒法安心的，我還得繼續關注周峰車禍的調查進展，這是William最後委託我辦的事情，我必須為他辦好。」

「你剛才不是說，今後將由公司法律部和人事部正式應對這件事嗎？」

Lisa歎了口氣：「那是指公事方面，William是私人委託我關心宋……周峰老婆的。他說她沒讀過什麼書，頭腦比較簡單，周峰的死因這麼複雜，今後還不知道會牽扯出什麼內情來，William擔心她應付不過來，所以拜託我繼續關心她。他給了我一個大律師的名片，說都和對方談好了，今後如果宋采娣需要法律方面的協助，就讓我把這位律師介紹給她，為她代理相關法律事務，一切費用William都會承擔。他還說，雖然宋采娣現在不肯理睬我，但要是真遇上麻煩的話，她還是會來找我幫忙的。」

戴希沉默著，Lisa瞥了她一眼，突然又說：「最好的一點是，William再沒提過要給那女人錢。你知道嗎？戴希，我真喜歡他的這些做法，讓我覺得他在周峰車禍這事上特別……」

「……光明磊落。」戴希替她補充。

「對！光明磊落！」Lisa重重地點頭，「可我就是想不通，他為什麼要和那個女……哎呀！戴希，你要是看見宋采娣，也一定會覺得他們簡直就是兩個世界的人嘛。你說，William什麼樣的女人得不到？可偏偏……真叫人鬱悶死了！」

鬱悶？不，不單單是鬱悶，還有無法避免的反感和鄙視。作為一名心理學的專業人士，她一直被教育以超越道德的學術眼光，不帶偏見地客觀看待這一類事情，但當活生生的畫面出現在眼前時，她還是不冷靜了。然而，接著瀏覽到郵件中的文字內容時，諮詢者X的檔案洩露所帶來的震驚，又喚起了戴希作為心理諮詢師的覺悟。個人的情感好惡和心理學的專業準則在她的心中激烈交戰，最終，內疚和同情蓋過了其他一切。

不過，希金斯教授必然會指出，真正佔了上風的並非是戴希所以為的心理諮詢師的責任心，而是某種她尚未覺察的深刻情感。

愛人的心是相通的。毫無心理學背景的孟飛揚也直覺到了這一點，但他和戴希一樣對此束手無措，只能任由感情的驚濤駭浪將自己拍得粉碎。

因為太年輕而缺乏經驗；又因為太真誠而難以偽裝。所以，即使希金斯教授在，也還是會說：這場考驗是戴希必須經歷的，否則她將永遠無法認清自己、面對自己、成為自己，不論是作為一個心理諮詢師，還是作為一個女人。

至於Lisa的困擾，戴希倒是可以回答。諮詢者X的行為裡具有顯著的「自我摧毀」的特徵。

希金斯教授認為，諮詢者X完全清楚混亂的男女關係將會給他的家庭、事業、名譽和健康帶來巨大的破壞，但卻無意改變。就像一個明明會游泳的人，在溺水時卻主動放棄了掙扎。很可悲，諮詢者X已不再是一個具備趨利避害本能的正常人了。

問題是，在自我毀滅的同時，還不可避免地殃及他人。宋采娣母子對李威連的詛咒帶給戴希切膚之痛，使她認識到，縱使李威連在周峰之死上清清白白，以他那樣清高自尊的性格，只怕今後一生都無法擺脫由此而來的負罪感了。

所以他才會跪倒在午夜的星空下，向上帝祈禱，懺悔自己的罪過。

但他並不是甘心沉淪的呀！

現在的他比任何時候都更需要幫助，不僅僅是澄清事實、挽回影響，那些東西總歸會隨著時間消弭。最重要的仍然是他的心靈，必須要讓他從內心裡認識到，他自己才是這一連串打擊下最大的受害者，他不必贖罪，而應該治療，否則必將在自毀的路上一去不回。

只是到了今天這個地步，他還會給戴希機會嗎？他還會嘗試去信任哪怕任何一個人嗎？戴希又喘不過氣來了，長到這麼大才發現，心痛的程度竟是可以無限增強的。

「戴希，你沒事吧？」Lisa有點擔心地問。她剛把車開下高架，離戴希的家不太遠了。

戴希朝她笑笑：「嗯，我沒事！」

「那就好，」Lisa又皺起眉頭，氣呼呼地問，「戴希，你老闆Maggie是怎麼回事啊？怎麼在這個節骨眼上人間蒸發了呢？」

戴希說：「我哪知道啊，你又不是不清楚，她平常都不怎麼待見我，有什麼事也不會告訴我的。」

「倒也是，」Lisa還是一臉憂慮，「這個死Maggie，什麼時候辭職不好，偏偏在William出這麼大事的時候跑路，還跑得這麼快，公司裡哪有一個總監級別的人說走就走的？又剛巧在郵件和車禍的同時，太可疑了！」

「Lisa，你不是和Maggie關係不錯嗎？你怎麼事先也沒聽到一點風聲呢？」

Lisa歎了口氣：「在我之前的總裁秘書就是Maggie，我進公司是接她的班，我們倆從一開始關係就很好。Maggie這人雖然心高氣傲，心地其實不壞，而且工作特別賣力，能力也強，要不然William怎麼會一直這麼器重她？可她最大的問題就是對William的心結，暗戀William這幾年，整個人都弄得不太正常，快走火入魔了。」

在十字路口一個大拐，Lisa繼續說：「我在William身邊四年多，愛慕他的女人多得連我都看麻木了。可幻想歸幻想，人總要腳踏實地生活。偏偏這個傻Maggie，就是學不會面對現實！從去年開始，我覺得她越來越沉迷，心態都有點扭曲了，所以最近半年我和她疏遠了不少，唉，早知道會有現在的風波，當初我就多關心關心她了。」

「Lisa，你覺得William知道Maggie的心思嗎？」戴希問。

Lisa微笑了：「William這個人啊，對女人是最精明的，可也是最糊塗的，所以才更招得女人發狂嘛。我還真說不準他知不知道。不過……」她的笑容又驟然消失：「這次他的反應很反常。

排面談名單時，我有意問了問他要不要找Maggie，他才告訴我Maggie已經辭職離開公司了。我頭一回聽到這個消息，驚訝極了，還想再問問原因，誰知他立馬就發火了，說我出於私人交情關心Maggie他不管，但她和西岸化工已經沒有任何關係，今後不許我再提到Maggie的名字！」

「啊？」戴希也很詫異，「他是這麼說的嗎？」

Lisa搖搖頭：「我還從來沒見過他這樣直白地表示對一個人的厭惡，還是對他一直相當喜歡的下屬。再加上Maggie走的時機這麼蹊蹺，所以我總覺得她和William出事有關係。」

「天吶！那你後來找過Maggie嗎？」

「怎麼沒找！手機都打了幾十次了，始終是關機狀態。我還打電話去她住的酒店公寓問過，保安說昨天早上九點左右看她從外面回去，半小時以後拖著個箱子又走了，之後就再沒回去過，看起來失魂落魄的。」

「反正我還會堅持找下去的。」Lisa強調說，「假如她真的和William出事有關，那我無論如何也要把她揪出來，絕不讓她就這麼一走了之！」

戴希輕聲說：「Lisa，你對William真好。」

「應該的嘛……」Lisa溫柔地低語，「誰讓他對我那麼好呢。戴希，他對你也非常好啊。」

紅色的mini cooper已經開到了戴希家的樓下，Lisa停好車，轉過臉看著戴希說，「我們談完以後，William和我一起下樓離開公司。在電梯裡，我跟他提起你生病了，我要過來看你。你猜他說了什麼？」

「Lisa！你再叫我猜謎我就瘋了！」戴希一把抱住腦袋，這個問題讓她好崩潰。

「喲，別急啊！好好，不叫你猜了。」Lisa摸了摸戴希的肩膀，「……這傢伙真是累慘了，好像反應都比平時慢半拍，一直等電梯下到B2層，他才說了句：『向她轉達我的問候吧，希望她早日康復。』」

戴希目送Lisa的小車像暗夜中的一抹火光輕盈而去。晚風輕輕拂過，臉上感受著春天的溫度，今夜比昨天似乎又上升了一點點。她情不自禁地抬起頭，眼前蒼穹無垠，即使城市的燈光璀璨如虹，這片夜色始終不變地冷峻、深邃……在夜空中，戴希沒有找到幾顆星星，它們的光彩早就湮沒在這個巨大城市的上空，但也就是在今夜，她彷彿看見了無窮無盡的「群星」，那是閃耀在我們頭頂的心靈之光，有時黯然、有時熾烈，有時清朗、有時迷茫，但每一顆都獨一無二，又相互依存。

戴希把手伸進衣兜，捏緊那把小小的辦公室鑰匙。今夜Lisa過來，戴希本想把這柄鑰匙交給Lisa，請她代還給李威連。下午在醫院的幾個小時裡，戴希還很嚴肅地考慮了辭職。經歷了昨夜今晨的一切，戴希認為自己不應該留在西岸化工，更不配繼續保有他的信任。

然而，現在她改變了主意——人世太擁擠，星空又太浩瀚，戴希決定堅守在自己的位置上。只有這樣，她才不會在茫茫星海中失落那顆星辰的方向，也只有這樣，他才能在最需要的時候找到她。

第二天是個春風滌蕩的日子。中午時分，Gilbert Jeccado和張乃馳又在永嘉路的私人會所見面了。恰逢午飯時間，桌上擺滿了這家會所最擅長的精製上海本地菜。

「還是上海好啊。」Gilbert的筷子使用得很熟練，挾起小籠包來毫不費力，「上海的食物也更合我的胃口，呵呵。」來中國兩個多月，他明顯地吃胖了。

「喜歡就多吃點！」張乃馳招呼著，心裡暗笑猶太人洋氣，滿桌的美味佳餚他就盯著小籠包，不過小老頭的胃口奇大，三籠小籠包不過給他墊個底，何況今天兩人的心情都格外舒暢，胃口又比平時翻番。

一口氣吃了個半飽，Gilbert才暫停下來，望望窗外風捲樹葉的情景，皺起眉頭抱怨：「北京的春天太可怕了！沙塵、風暴，我已經一個多月沒看到藍天了，聖母啊，這是多麼悲慘的生活……」

張乃馳隨口接上：「那你幹嘛要把研發中心定在北京？放在上海不好麼？」

「那怎麼能行？」Gilbert豎起眉毛，「Richard，不要明知故問哦。」

「此一時彼一時，現在情況不是變了嘛。」張乃馳聳聳肩，「你最憎恨的那個人已經逃跑了，我們成功了！」

「逃跑？」Gilbert換上湯匙，舀了一大勺水晶蝦仁細細品嘗。

張乃馳微笑著反問：「難道不是嗎？今天上午的郵件大家都看見了——沒有說明原因和期限的突然休假。雖然休假期間的工作安排得非常細緻，但越是這樣，就越表明這次休假的性質非同尋常啊。連傻瓜都看得出來，咱們的William老大這次恐怕是有去無回了。」

「不！不！此言差矣！」Gilbert搖頭晃腦起來，以一貫的誇張表情表示反對，「William的作風你清楚、我清楚，大中華區的每個人更清楚！他的管理方式即使算不上鐵腕，也是罕見的強悍，一絲不苟。

「現在危機因他而起，他一時無法確定處理危機所需要的時間，因此在離開崗位前盡可能細緻地做出安排，完全符合他的性格嘛。再說了，這不就是一樁性醜聞嗎？又算得了什麼？假如和別人的老婆睡覺都要下臺，我們義大利那位緋聞纏身的風流總理，早該下幾十次台了！

「Richard，我倒認為，這封郵件並不會使人家對William的前途產生擔憂，反而能夠很好地穩定大中華區的人心。」

張乃馳聽得氣結。明明是一起策劃、共同執行的陰謀，事到如今這小老頭居然做出一副毫不知情的鬼樣來。現在屋子裡就他們二人，猶太人還要假裝無辜，做給誰看啊？

他不耐煩地搭話：「好吧好吧，穩定人心就穩定人心，又能穩定幾天？！何況他這次沾上的根本不是單純的性醜聞，周峰的死因還不明不白的呢，把刑警都招惹到公司來了，在總裁辦公室出出進進的，這也能穩定人心？」

「……周峰之死純屬意外吧？」Gilbert瞇縫起眼睛看著張乃馳。

「意外？恐怕人家員警可不這麼認為。」張乃馳恨恨地說，「西岸化工的大區總裁攤上人命案，大概在公司歷史上也絕無僅有了。你還說對William的前途無損，騙騙三歲小孩子吧！我倒是真替他擔心，他這麼一走會讓中國員警看成倉皇出逃，反而更增加對他的懷疑！」

Gilbert臉上的表情更複雜了：「倉皇出逃？Richard，難道你在暗示William和周峰的死有關？」

「當然是他的嫌疑最大！」

「Richard，商業領域是文明人的戰場，謀殺可就太野蠻了。呃！」精瘦的面頰抽動了好幾下，Gilbert點起支雪茄猛吸一口，「談到死亡不免令人膽戰心驚啊，我痛恨暴力！」

張乃馳悶悶地說：「誰都不喜歡死人的。」

「哦？」Gilbert的目光再度盯上張乃馳的臉，「Richard，你這樣說我就放心啦。畢竟，我們的計畫是高尚而純潔的，不應該沾染一絲一毫血腥氣。實話說周峰的死令我很意外、很震驚啊，假如真的是謀殺……那就太可怕了！」

張乃馳差點兒把嘴裡的酒噴出去，謀殺確實可怕，但殺人不見血也稱不上高尚而純潔吧？他在心裡發著狠——猶太人到底是猶太人，一看到風吹草動就想當縮頭烏龜，世上哪有這麼便宜的好事？

儘管心裡對Gilbert的厭惡又增加了，張乃馳面孔上的笑容卻也隨之熱烈，他擺擺手：「Gilbert，周峰的死的確在我們的計畫之外，但毋庸置疑，這也讓我們的計畫更加有力了嘛。他的死因就交給精明能幹的中國員警去調查吧。該為此痛苦為此受煎熬的人不是你和我，而是

William！呵呵，良心譴責的滋味可不好受哇。」

「哦？難道你對此有經驗？」Gilbert不陰不陽地來了這麼一句。

「我……」

「開個玩笑，哈哈哈哈！」Gilbert朗聲大笑，親熱地拍拍張乃馳的肩膀，「談死亡太沉重啦，還是讓我們把這個話題撇到一邊。親愛的Richard，我們現在應該享受成功的喜悅，千萬不要因為一點意外損害了心情。」

張乃馳欣欣然地舒了口氣。相互猜忌暫告一段落，兩人又像最親密的盟友般碰了碰杯。

Gilbert興致勃勃地說：「Richard，我對William這兩天的表現非常好奇啊。真遺憾沒有機會親眼目睹，能不能請你給我形容一番呢？」

「哼。」張乃馳沉吟起來，昨天晚上在李威連辦公室裡的一幕重現眼前，直到現在他還無法擺脫那一刻的沮喪。其實他就是想從近處欣賞李威連狼狽不堪的樣子，這會使他獲得難以言傳的絕妙感受。因此他有恃無恐地直衝入李威連的辦公室，迫不及待想粉碎李威連的權威，想好好看一看他的笑話！

他早就料到，口角相爭的話自己沒有任何勝機，所以他的策略就是奉獻最虛偽的情義。李威連總不能對一個熱誠伸出援助之手的人怎麼樣吧？——李威連確實沒有對張乃馳怎麼樣，他甚至連一個字都沒恩賜給張乃馳。他又一次遭到羞辱，張乃馳想不通，為什麼對手明明已被逼人絕境，自己還是佔不到任何便宜。

他倒沒指望會看到李威連驚慌失措，但他堅信總能從對方身上發現一些惶恐的蛛絲馬跡，可除了連續作戰的倦容之外，李威連的外表毫無瑕疵，尤其是纖塵不染的潔白襯衫和藍紫相間的條紋領帶，這種搭配恰恰是膚色暗黑的張乃馳從來不敢嘗試的。他頓時就洩了氣，與對方相比，張乃馳覺得自己太廉價太輕薄，全身閃亮得如同在伸展台走秀。而那張沉靜面容中所透露出的冰冷蔑視，更是令張乃馳如芒刺背，好不容易鼓舞起的自信再一次徹底崩潰。

張乃馳無法相信，在接踵而至的打擊面前，李威連真的就沒有一絲一毫的慌亂？他緊蹙雙眉想著，突然發問：「Gilbert，中國時間昨天凌晨三點到七點，李威連和總部的會議，真的是董事會專門針對他，要求他解釋『逸園』情況的緊急會議？」

Gilbert正在自得其樂地品嘗清蒸石斑魚，乍聽張乃馳這麼一問，他細細地用筷子把魚肉上的一根小骨頭剔掉，才回答：「當然。關於李威連在『逸園』這棟房子上的所作所為，資料遞到董事會後就引起了相當大的震撼，爭論十分激烈，找他本人質詢是早晚的事，只不過週三早上的郵件和車禍加快了進程，所以才在昨天凌晨召開了緊急會議。」

「所以他開完會就一定知道，自己這次在劫難逃了？」張乃馳的語調裡還是包含了諸多的疑慮。

Gilbert放下筷子，微笑著問：「怎麼了？Richard，有什麼問題嗎？」

「他看上去可一點兒不像啊……」

「哈！」Gilbert合掌一擊，「看來他表現得太完美，把你都迷惑住了？呵呵，William掩飾情緒的本領的確令人讚賞啊。所以我剛才說嘛，他一定成功偽裝了自己這次突然赴美的真實原因，讓大中華區的員工都以為他是去處理性醜聞，大家儘管很為他擔心，但還是會充滿信心地期待他的歸來。而他卻在不知不覺中，為自己的退出做好了全部準備。其實你再仔細想一想，郵件和車禍的發生地都在上海，假如總部對William充分信任的話，完全沒必要在這個時刻把他召回美國，反而應該讓他留在這裡處理危機，這才是對他真正有利的。所以嘛……Richard，不要再懷疑啦，你的陰謀得逞啦！」

張乃馳尷尬地笑了笑，Gilbert又一次把自己撇得一乾二淨。不過，張乃馳決定不和他計較——把李威連徹底擊垮，這才是最重要的，只要Gilbert能發揮關鍵作用，他喜歡表演就讓他演個夠好了。

真應該感謝朱明明，是她提供了那張購買「逸園」頭期款單據的影本。正是它揭露出一樁已深深埋藏在歲月中的秘密，終於使張乃馳找到了李威連最致命的弱點。

第二十五章

張乃馳記得尹惠茹是華海中學的英語教師，曾經教了李威連好幾年英語。張乃馳隱約聽說過這兩人之間存在某種曖昧關係，不過他不太相信。後來李威連與「雙妹 1919」裡的雙胞胎姊妹過從甚密，張乃馳發現她們就是尹惠茹的女兒，而尹惠茹本人已經成了個癡呆老婦，他便把李威連的行為解讀成了懷舊、戀母、施恩和濫情的綜合體。

可就是這麼個癡呆的老婦人，竟然成了「逸園」的實際產權人，而購入「逸園」的頭期款則來自一家名叫「歆源」、曾經和西岸化工有直接生意往來的公司，這令張乃馳大為震驚！他馬上就想到，李威連一定是以尹惠茹的名義掩人耳目，而他本人才是「逸園」真正的擁有者！這也就可以解釋為什麼李威連千方百計要把大中華區總部設在「逸園」裡，為什麼一口氣簽訂了十年的租賃合同，為什麼在「逸園」的裝修上一擲千金……張乃馳曾經以為，李威連這麼做是出於對「逸園」的感情和對袁伯翰的歉疚，此刻才恍然大悟，他根本就是在用西岸化工的錢為自己供養「逸園」！

張乃馳立即想到李威連讓自己投資別墅，以租養房的建議，思路如出一轍。當然，如果僅僅是這樣的操作，也算不上太大的問題，即使以違反「利益相關準則」向公司告發李威連，張乃馳還是沒把握能撼動他在西岸化工的根基。

除非……來自「歆源」公司的那筆六百萬的頭期款也有問題！想到這一點時，張乃馳緊張得全身冰涼，因為他直覺到，自己抓住了最最關鍵的癥結。李威連買下「逸園」，為什麼頭期款由「歆源」公司支付？這家公司和李威連到底是什麼關係？它憑什麼要為李威連付出重金？是地下交易，還是洗錢、賄賂，甚至是貪污？

張乃馳以前所未有的激情投入到調查中。他很快就找到了一九九八年李威連與歆源公司所簽的合同記錄：西岸化工向該公司售出一批總價七百五十萬美金的ABS特種塑膠，按當時的匯率折合人民幣約六千三百萬，報價獲得總部的批准，流程上沒有任何破綻。

這筆ABS特種塑膠最終是銷售給中華石化的。為什麼不直銷，而要從歆源這家來歷不明的香港公司轉手？按當時李威連與總部的交流紀錄來看，是由於客戶方面的特殊要求，也就是客戶想收取回扣時通常採用的一種操作方法：指定一家所謂的關係公司，買賣雙方都和它簽訂背靠背的合同，賣出價高於買入價的部分就會被截留在關係公司中，最終作為回扣支付給相關人員。對於西岸化工來說，只要地區負責人擔保關係公司的信用資質，而價格標準和市場策略又不損害西岸化工的利益，這種操作是被允許的。

問題是，假如歆源公司真的是客戶指定的關係公司，為什麼它會替李威連支付買房款？假如這家公司並非中華石化指定，李威連又怎麼可能透過它轉手後，把那批ABS特種塑膠抬高價格賣給中華石化？張乃馳百思不得其解，最後他找到自己在中華石化收買下的一個「小線人」。張乃馳讓他在中華石化內部蒐集一九九八年底這筆ABS特種塑料合同的情況，結果還真找來了當年的一份內部通訊稿。中心內容是讚頌相關領導在國際市場供應奇缺的情況下，勇於承擔風險，想方設法購得了總價約七千萬人民幣的ABS特種塑膠，為某部門解決了燃眉之急。

謎底揭開了！雖然張乃馳太熟悉李威連的魄力和手腕，但他會膽大妄為到如此地步，仍然令張乃馳體會到恐懼。尤其是一九九八年西岸化工的ABS特種塑膠產量一直很充足！ABS特種塑膠這個產品是西岸化工所特有的，李威連顯然是憑藉總部對他的信任，和對中國市場需求的瞭解，一手遮天才製造出了虛假的供應緊缺狀態，從而迫使中華石化自他推薦的歆源公司以較高價格購入ABS特種塑膠。

歆源公司壓根就不是什麼客戶的關係公司，透過它截留下的貨款最終匯到了房產仲介的帳戶上，成為尹惠茹購入「逸園」的頭期款！

這是徹頭徹尾地違背商業道德準則的行為，一旦被發現，李威連的職業生涯必將遭到滅頂之災！可是與李威連上百萬美金的年收入相比，為了區區六百萬人民幣，精明如他，真的會做出這樣殺雞取卵的蠢事？！張乃馳冥思苦想許久，最後找到的唯一理由就是，李威連太想得到「逸園」了！一九九八年李威連畢竟剛剛升至西岸化工中國公司總經理的位置，年薪尚未達到現在的水準，與此同時他和Katherine Sean新婚伊始，已花費了大筆資金購入紐約長島的住宅，當時他可能一下子籌不出六百萬人民幣，卻又深知購買「逸園」的時機可遇而不可求，才會鋌而走險。

當張乃馳與Gilbert討論這項驚天大發現時，他們一致同意，李威連不惜一切手段追求目標的性格人盡皆知，因此董事會的許多成員將會採信他們的說法。

張乃馳躍躍欲試了，但老奸巨猾的Gilbert阻止他。他們最大的問題是——手中證據不足：付款憑證只是影本，ABS特種塑膠合同欠缺中華石化部分的細節，歆源公司早就無跡可尋，將整個過程串連起來的是他們的推理。而李威連畢竟是大中華區的總裁、新興市場業績斐然的主將，他還是全球CEO兼董事會主席Alex Sean的妹夫。為了公司的利益，為了家族的臉面，為了妹妹Katherine的幸福，只要沒有確鑿的證據，僅憑目前的資料和推理，Alex很可能會繼續支持李威連。

當時，Gilbert慢條斯理地表示：「終歸是一家人嘛，私了對他們來說更有利。」

張乃馳急了：「那怎麼辦？難道我全白忙活了？」

「除非能從家族的內部瓦解他們……」小老頭滿臉奸詐的笑。

後續的行動完全是按照這個策略精確執行的。當李威連為女兒慶祝完生日離開美國時，關於「逸園」的告密信就送到了除Katherine Sean的每一位董事會成員的桌上。Gilbert在北京和李威連日夜周旋，使他未能有餘暇察覺總部的異動，一週之後，匿名郵件接踵而至，又添上周峰車禍的重磅炸彈，董事會終於無法再保持沉默，才在週四凌晨召開了對李威連的緊急質詢會議。

「據說Alex勃然大怒！」吃到現在，Gilbert居然還能津津有味地咀嚼黑胡椒牛排。

「他一定覺得臉丟大了吧？」

Gilbert吮著手指：「呵呵，西方人可不像你們中國人那麼在意面子，不，Alex最在乎的是忠誠，對西岸化工、對Sean家族，乃至對他本人的忠誠。而李威連所觸犯的恰恰是這個！」

「是啊，」張乃馳得意揚揚地附和，「還有一個丈夫對妻子的忠誠……Katherine的反應怎麼樣呢？」Gilbert的妻子Sicilia和Katherine Sean的私人關係很不錯，一週多前赴美度假，還特地參加了Isabella的生日會。當然，她此行還有另一項重要的任務——監視並隨時向Gilbert報告Katherine的狀況。

「可憐的女人。」Gilbert連連歎息，「Sicilia說從未見過Katherine如此失態、如此痛苦……」張乃馳故意問：「她對William的風流帳不是瞭若指掌的嗎？」

「關鍵還是她丈夫對她的輕蔑言論。總之，這次Katherine明確地告訴Sicilia，她已經忍受William太久，再也不願繼續忍受下去了！」

「話雖如此說，William對女人可是相當有辦法的啊！假如他做出一副可憐樣下跪求饒，Katherine會不會為了Isabella放過他這一次？」

「下跪求饒？你認為William會做這種事嗎？」Gilbert微笑著反問，就差沒說——Richard，你以為是你啊！

「況且，這次就算他求饒也不會有任何用處的。」Gilbert肯定地說，「Alex代表Sean家族，一定會力主把William逐出去，Katherine的立場無足輕重。」

「就這樣翻臉不認人了？好歹William為他們賣了許多年的命，怎麼說也是條相當有利用價值的走狗吧？」

「當主人對狗的忠誠度失去信任時，這條走狗也就失去了一切價值！Sean家族需要的是死心塌地，而William膽敢挑戰他們的權威，當然要被無情地拋棄。」

張乃馳低聲嘟囔：「他不會對任何人死心塌地的，他只相信他自己。」

Gilbert沉默了好一會兒，精瘦的臉上才又蕩起意味深長的笑容：「還有一點至關重要，William畢竟是個中國人，對於Sean這樣保守、傲慢的白人家族來說，能夠接納他已經是大大地屈尊了，怎麼可能再容忍他的背叛？Richard，不要再擔憂了，相信我的判斷，William即將從西岸化工這艘巨輪下船了！」

張乃馳還是將信將疑，Gilbert突然叫起來：「噢，聽說Maggie辭職了？」

「啊！」張乃馳臉上的肌肉抖了抖，他知道Gilbert這麼問的意思，「那個女人失蹤了，我也找不到她。不過沒關係，就算她透露什麼信息給William，照你說的也為時已晚，何況用來攻擊他的材料都是真實的，誰也沒有捏造嘛。」

「哎呀，你誤會了！我指的不是這個，」Gilbert搖了搖食指，「William這傢伙當初可是答應了派Maggie給我籌備研發中心的，這次他的郵件事無鉅細，偏偏沒提到由誰來取代Maggie，這不是給我出難題嗎？」

「是這樣……」張乃馳眼珠一轉，「嘿嘿，我倒有個建議。」

轉眼李威連離開中國已有十多天，總部的消息封鎖得相當嚴密，中國員工們對事件進展狀況一無所知。好在他臨走時將一切都安排妥當，公司的日常運作絲毫無損，重組也在按原計畫推進，直到——五月一日假期前的最後一個工作日。這個假期是原定大中華區總部遷回「逸園」的日子，如果說有什麼事被李威連的突然離開耽擱下來，這是唯一的一樁。

這天，大家看到了一封由全球總裁Alex Sean和亞太區總裁Philips聯名發出的郵件，宣布一項重要的人事變動：大中華區總裁李威連由於個人原因提出辭職，已獲得董事會的批准，即日起生效，在公司找到新的大中華區總裁人選之前，暫由亞太區總裁Philips代理這項職務。

郵件沒有明確指出李威連離職的真實原因。當然，Alex和Philips未照慣例對李威連的既有功績大加讚揚，只是一筆帶過，也從側面表示他的離去並不光彩。絕大多數人相信，是性醜聞導致了李威連的辭職，或許這也是西岸化工總部想要給外界造成的印象。李威連關於「逸園」的違紀行為被保留在董事會內部，肯定是出於維持公司管理層信譽的整體考慮。

在這封郵件的最後，附上了李威連本人給全體大中華區員工的辭職聲明：

「不論從哪個角度來說，現在都不是離開的恰當時間，因此在做決定時，我確實倍感煎熬。然而董事會和我本人都同意，假使我作為大中華區的領導者，將不再能為西岸化工的企業形象帶來正面效應，不再能給員工樹立道德和信念的榜樣，則必將損害組織的運轉效率和文化基因，離開是我唯一的選擇。

「很遺憾不能繼續與大家並肩作戰。今年開始的重組即將把大中華區帶入一個全新的歷史階段，這個過程充滿挑戰、風險和機遇，每一個員工都為此付出艱辛努力，也必將分享到變更帶來的巨大成功。我羨慕你們。

「為了無法在這個關鍵時刻發揮領導者的作用，也為了無法實現曾經做出的承諾，我向各位表達深深的歉意，但我依舊對西岸化工大中華區的前途充滿信心，也對各位將在新架構下取得的成就充滿信心。我相信，各位都會秉承職業精神，繼續努力工作，不遺餘力地向新的大中華區領導提供支持。

「我在西岸化工工作了二十年，這段經歷就是我迄今為止的全部職業生涯。我對這家公司充滿感情，最終以這種方式離開，的確出乎我的意料。最後我想分享給大家的是——遵從社會普遍的道德規範，是美好生活的唯一保障。所謂幸福，從來就是一個有明確上限的概念。因此不論改變自我以適應群體有多麼艱難，都值得去做。在這點上，我做得很失敗，大家應該以我為鑑。

「再次向大家道歉，並祝大家一切順利。」

人們對這份聲明的反應無須一一贅述。實際上，除了李威連的離職決議之外，西岸化工董事會內部還發布了一份相關的重要聲明：

Katherine Sean和李威連的離婚聲明。一段時間之後，這份聲明的內容也必將流傳出去，但至少現在，整個大中華區瞭解其細節的只有Gilbert Jeccado和張乃馳。

他們宣布經友好協商後分手。Katherine獲得了女兒李貝拉的撫養權。夫妻名下的共有財產全部歸屬Katherine，李威連另外付出五百萬美金和西岸化工的全部股權，作為離婚補償和女兒的撫養費。

簡而言之，他給出了自己奮鬥多年的全部所得。

這份離婚聲明讓兩個陰謀策劃者在舉杯歡慶的同時，也不禁有些顫慄。李威連就這樣失去了一切，除了所有客觀原因之外，他本人的決絕態度恐怕也起了至為關鍵的作用。當然，真正瞭解他的人不會太意外，因為這就是李威連的性格。

從一無所有地進入西岸化工，再到現在一無所有地離開——世上總有些人會經歷命運的大起大落，李威連就是其中之一吧。

從那天起，沒有人知道他去了哪裡。

「唰啦！」

絲帛扇動空氣激起清脆悅耳的聲響，張乃馳剛踏進房門，眼前就是一片漆黑，他抬起手抹把臉，掌心感受到真絲那脆弱而精緻的涼意。

黑色長裙落地，張乃馳眨了眨眼睛，看清斜靠在床頭的薛葆齡，嬌小端正的面龐上沒有一絲血色，嘴唇青紫，眼角的淚痕依稀可辨。

他咧開嘴笑了：「葆齡，你怎麼啦？突然把我叫回來，就是為了讓我看你這條漂亮裙子嗎？」他俯下身撿起裙子，湊到鼻子前聞著：「嗯，你已經穿過它了，對不對？這上面有你的味道，Poison的味道……」

「你放開！」薛葆齡尖叫了一聲，用力拽過裙襬，張乃馳順勢鬆手，輕飄飄的絲裙再度滑落在床邊的地毯上，彷彿一灘漆黑的血跡。

張乃馳抬腿跨過去，一屁股坐在薛葆齡的身邊。

「葆齡，」他伸手去攬薛葆齡的腰，「你不可以太激動，對你的心臟不好。」薛葆齡別過身去，張乃馳摟了個空，乾脆把手搭到她的肩上。薛葆齡有一頭俏麗的短鬈髮，栗黑色髮際圍繞著潔白的耳廓，鑽石耳墜在上面閃著粉紅色的冷光。

張乃馳把臉埋向她的後脖頸，深深歎息著：「我已經有多久沒聞到這股味道了？都快想不起來了……」

薛葆齡好像觸電似的往後掙開，扭回臉來瞪著張乃馳：「你別再說這些了，我不想聽！」

「那你想說什麼？」

「我……我想和你離婚！」她直截了當地嚷出這句話，眼睛瞪得更大，淚光卻不見了。

張乃馳沒有答話，只是緘默地注視著自己的妻子。過去薛葆齡找出種種理由去和李威連幽會，欺騙丈夫的時候，總會作賊心虛似的避開他的目光，今天她竟毫不怯陣。

許久，張乃馳才長吁口氣：「葆齡，我記得不過在兩三個月前，你也是在這棟房子裡，信誓旦旦地對我說絕不離婚，為什麼突然有了這麼大的改變？我可以知道理由嗎？」

「因為我再也無法忍受你了！」薛葆齡一字一句地回答，表現出的堅決和勇氣讓張乃馳不覺詫異，他聳聳肩，故作輕鬆地反問：「哦？這又是為什麼呢？」

薛葆齡愣愣地看著張乃馳，這張英俊的臉和他們初識時幾乎沒什麼改變，但現在她卻能從這張漂亮的面具後看到許多過去想像不到的東西，讓她悚然發覺，自己根本就不瞭解面前這個人。

深深的痛楚浸透全身，她垂下眼瞼：「乃馳，不要問了。我們還是……好聚好散吧。」

張乃馳瞇起眼睛，妻子嬌弱而玲瓏的身姿就映在他的眼底，卻讓他倍感失落，對於薛葆齡的背叛，他一直全盤遷怒在李威連身上，此刻卻頭一次發覺，這個女人也一樣可恨！

「好聚好散？」張乃馳拉長聲音重複了一遍，若有所思地問，「葆齡，幫我領會領會你這個好聚好散的意思吧？你既然這麼說了，一定有所考慮。」

薛葆齡低頭不語，春日午後的金色豔陽透過明淨的大窗，斜灑在真皮包裹的床頭。正是四季中最舒爽的時節。張乃馳舉目四顧，壁紙上淡紫色的睡蓮花紋凹凸有致，彷彿是立體的一般，他大咧咧地揮了揮胳膊：「葆齡，結婚離婚嘛反正就是這麼回事，夫妻一場，能好聚好散當然最好。我也沒什麼特別的想法，這棟房子你要是不想賣就留著，按市價折一半的錢給我就行。香港的房子也一樣。你老爸的收藏你看著辦，給現金或者實物都行，我不計較。東亞旅遊公司的股份我可以放棄，你就自己留著吧。」

薛葆齡猛地抬起頭：「你說的都是爸爸的財產，不是我的！你又不是不知道，這些我處置不了。」

「哦，」張乃馳摸了摸下巴，「我倒是差點兒忘了……你老爸還搞了個什麼基金會。怎麼？你要離婚沒和他們商量過？既然如此，我們又如何好聚好散呢？要是這些我都分不到，我還能得到什麼？葆齡，你總不至於叫我兩手空空地走吧？」他湊到薛葆齡面前，露出陰森的笑容，「難道你也想學 Katherine Sean 打發李威連那樣，讓我淨身出戶？」

「李威連」這三個字顯然戳到了薛葆齡的痛處，她的神情驟然大變，刻骨的悲傷令她愈加顯得面無人色。

張乃馳可不想就這麼放過她，而是滿懷惡意地緊逼：「呵呵，看樣子我沒料錯，就是William和Katherine的離婚給了你靈感，所以我親愛的小葆齡也跟著鬧起離婚來了。嘖嘖，這樣離婚多划算啊，把我這個累贅一腳踢開，什麼都歸你所有，帶著兩三個億人民幣的豐厚嫁妝，我的葆齡也可以扮演美人救英雄的角色了，所以，那位等待你拯救的落難英雄又是誰呢？讓我猜猜、猜猜——」

「你不要說了！」薛葆齡終於落下淚來。

張乃馳的面容變得異常陰冷，對薛葆齡的最後一分憐憫之情被厭惡取代，從現在起他再不必忍氣吞聲，從現在起他要報復個痛快了！他毫不理會薛葆齡的抗議，繼續無情地說著：「李威連落到一無所有的地步是他咎由自取！可是我和他的情況完全不同！他是醜事敗露被迫離婚的，我呢？我又做錯了什麼？倒是你……你這幾年來的所作所為，要不要攤開來我們討論討論？既然都說到離婚了，不如大家就此坦白了吧！」

薛葆齡幾乎把嘴唇咬破，她爆發了：「張乃馳！你敢說在我們的婚姻中你毫無過錯？就算是我背叛了你，那也是你出軌在先！是不是應該先討論討論你的所作所為？！」

張乃馳沒料到薛葆齡會這樣針鋒相對，一時有些語塞。而她滿腔的憤恨既已點燃，就再難扼制，只管噴薄而出：「你還有臉提William和Katherine！在他們的婚姻破裂中，你到底起了什麼作用？別跟我說這一切與你無關，我才不信！我知道就是你害了他！就是你！」

「哈哈！」張乃馳大聲鼓起掌來，「總算說實話了！原來你是在為他打抱不平啊，原來你是為了他才要和我離婚啊！葆齡，我總結得不錯吧？」他把牙齒咬得格格作響，「說來說去，都是為了他！」

「是！」薛葆齡嚷道，「是！為了他，就是為了他！這麼多年來William是怎麼對待你的？你今天的一切都是他給的，沒有他我根本就不會嫁給你！可你卻這樣加害他，你的為人實在太卑鄙、太無恥！過去我總覺得多少有些對不起你，所以才不願離開你，可現在我再也不這樣想了。我連一天都不願和你過下去，我就是要和你離婚！」

張乃馳不可思議地連連搖頭：「薛葆齡，你的腦子出毛病了吧？口口聲聲說我加害李威連，你有證據嗎？不要把自己的想像當成現實！李威連搞司機的老婆有視頻在，連這也要說成是我害他，太可笑了吧？要不就是他找你哭訴過了？你讓他給洗腦了？哦……我明白了，大概是他和你暗中商量過了，反正現在他已經成了孤家寡人，只要你能擺脫我，你們兩個倒有機會更進一步了……」他皺起眉頭，開始喃喃自語：「我說呢，他和Katherine離婚離得那麼爽快，原來早就留好後路了，呵呵，他還真是詭計多端啊。」

現在輪到薛葆齡難以置信地瞪著張乃馳，但沒有開口反駁，也許她終於清楚地意識到，他陷落在仇恨和陰謀的桎梏中太深，和這樣的人是不可能溝通了。

張乃馳把她的沉默當作了承認，黑沉著臉又想了想，豁然綻開得意揚揚的笑容：「如意算盤打得夠響亮，請你轉告他，我從心底裡佩服他。不過這次他要失算了，我是不會和你離婚的，葆齡，絕不！除非你能把你老爸的遺產分我一半，哦，再加四分之一作為對我的補償，否則咱們倆就生生死死在一起，永遠也不分開！」

他再次湊近薛葆齡慘白的臉，欣賞著她痛不欲生的表情：「葆齡，我們就這麼說定了哦。當然，假如你想和他保持露水鴛鴦的關係，我也不會反對。但是我會幫你死去的老爸緊盯著你，不讓你動用我們共同的財產去接濟外人。我天真的葆齡，癡情的葆齡啊……哈哈哈哈！」

張乃馳仰天大笑著走出薛葆齡的臥室，故意用瀟灑的背影阻擋她的視線，使她無法看見隨著笑聲迸出的淚水，密密麻麻地聚集在他的眼角邊。

五月中旬的上海已經有了初夏的味道，穿行在淮海路上的時尚男女們步履輕盈、衣裾飄飄。爛漫街景中擋不住的欲念和渴望，隨著每一抹豔陽蒸騰而起，在全封閉的辦公室內，彷彿都能嗅到那股子熏熏然、引人沉醉的香風。

Gilbert Jeccado面朝窗外，愜意地靠在皮椅上，眼睛卻微微瞇起，讓人鬧不清楚他是在賞景還是在沉思。在一片沉寂中，突然響起斷斷續續的低聲哼唱，曲調飄浮而古怪，吐字更是含混難辨，歌聲正在自得其樂地綿延著，卻被一腳踏入房門的張乃馳打斷了。

「Gilbert，沒想到你還是歌劇愛好者！」張乃馳毫不在乎地大聲嚷著。

Gilbert慢慢坐直身子，惱怒地朝張乃馳瞥了一眼：「別忘了我是義大利人！」

「哦，哈哈，唱得很動聽嘛。帕華洛蒂的曲子？」

Gilbert從鼻子裡哼了一聲，用敷衍外行的口吻說：「歌劇選曲是用作者的名字來索引的，歌唱家只不過是演繹者而已。再說，我唱的這首根本就不是男高音，而是……」他伸出食指輕吻了一下：「La Mamma Morta，噢，我最愛的卡拉斯，她那驚心動魄的演唱啊……」

「你還會唱女高音啊！」張乃馳實在沒耐心看小老頭的表演了，很不客氣地岔開話題，「Gilbert，你什麼時候去北京？」

「不急……Philips還沒走呢，我當然要留在上海，直到他離開嘛。」

「哦，也對！」張乃馳在Gilbert身邊坐下，笑著搖頭，「Philips本來都打算安安穩穩等退休了，突然碰上這麼攤子事，似乎也很為難啊，這回在上海一待就是十多天。」

「確實如此。不過據我觀察下來，Philips的策略就是求穩。畢竟William在大中華區的影響太深遠了，重組之後佔據最關鍵位置的都是他的人，Philips必須要表現出對既有團隊的尊重和政策的延續性，否則這些人中一旦出現動蕩，大中華區的事情就不好辦了。」

張乃馳酸溜溜地說：「是啊，William果真陰魂不散，我怎麼感覺他走不走公司裡都是一個樣呢？」

Gilbert爆發出一陣前仰後合的大笑：「Richard，你也太性急啦！羅馬不是一天建成的嘛。你換個角度想，以William在西岸化工整整二十年的苦心經營，你我能在一夕之間就把他趕走，已經是驚人的成就了。其他的，都可以慢慢來。」他抖了抖眉毛：「何況，也不是什麼變化都沒有，比如辦公室的安排……」

「啊！」張乃馳騰地坐直身子，「Philips做決定了？大中華區總部到底還回不回『逸園』了？」

「當然是不會回去嘍！」

「真的？那……租賃合約怎麼辦？不是還有三年嗎？」

Gilbert滿臉得意之色：「Richard啊，虧得我和大中華區沒什麼關係，Philips就找我商量了『逸園』的事。William在『逸園』上做的手腳當然要保密，但西岸化工繼續履行租約的話，又太讓Alex氣不順。所以我給Philips的建議就是，直接撕毀租約，撤出『逸園』。當時操作這份租賃合同的房產仲介公司已經破產關門，那就更好辦了！你想想，到了現在的地步，William還好意思找西岸化工要求違約賠償嗎？他只能默默咽下這個苦果。」

「嗯，三年的租金就是三百六十萬，William本來要用這些錢來還銀行貸款的。現在他除非立即找到下一份工作，否則很難負擔得起這些貸款。」

「也許這麼一來，他會乾脆把『逸園』賣掉？」Gilbert問。

張乃馳緊蹙雙眉：「我覺得他不會。為『逸園』他付出的實在太多了，恐怕他拚了命也要把『逸園』留下來。況且『逸園』裡出了這麼多事，短時間裡不論出租還是出售，肯定都不容易。」

Gilbert點點頭：「那就讓我們拭目以待，看看William如何發揮他的聰明才智，來解決這個棘手的難題吧。對了，『逸園』現在能值多少錢？」

「打聽過了，現在的市場價超過一億五千萬人民幣吧。」張乃馳回答得倒很乾脆俐落，語氣中卻充滿了難以盡述的況味，既像是嫉妒，又像是讚歎，更像是仇怨……

「聖母瑪利亞！」Gilbert發出一聲驚呼，望向張乃馳的眼神裡滿是戲謔，「你果然很關心William的狀況嘛，什麼都不肯放過。哈哈！不過這傢伙的手段確實令人自歎弗如，這次我們雖然使他損失慘重，但他居然還保下了差不多兩千萬美金的房產，我的天……看來我們離徹底擊潰他的目標還是太遠太遠了。」

「那是死錢，沒用的！」張乃馳惡狠狠地說，「我問清楚了，老洋房的市場價太高，本來成交機會就少，況且在『逸園』裡慘死過好幾個人，買主會相當顧慮的。我們不需要特別做什麼，只要找人寫幾篇文章，把『逸園』作為老上海遺留的凶宅渲染一番，這棟房子就徹底死了，除了帶給William沉重的經濟負擔之外，不會給他任何實際的好處。哼，就讓William為了保住『逸園』絞盡腦汁吧，他這樣做只能讓自己山窮水盡！」

「噢！Richard……」Gilbert的臉色都變了，「你還真是想把他趕盡殺絕啊。」他若有所思地住了嘴，從一開始他們共同策劃這個陰謀，主導Gilbert始終是冷酷的商戰思維，他認為對李威連的一切打擊都是理所當然。然而，周峰蹊蹺的死亡大大出乎他的意料，今天關於「逸園」的談話更令Gilbert毛骨悚然，令他恐懼的是張乃馳那不加掩飾的、必置李威連於死地的刻骨仇恨。

對於這個同謀的動機和行為，Gilbert覺得很有必要重新評估，他可不希望由此給自己招來什麼真正的禍患。每天走進這棟辦公樓，感受著這裡的氛圍和人們的狀態，Gilbert就能深深地體會到，李威連絕不是好惹的，雖然這一輪戰役他們大獲全勝，但對手的能量依舊不容小覷，他很可能正在默默醞釀著可怕的反擊。從張乃馳的言行中，Gilbert也領會到了同樣的擔憂，雖然他倆從未公開討論過，但彼此都能從對方游弋的目光中，反觀到自己那顆惴惴不安、如履薄冰的心。很顯然，張乃馳想的對策就是繼續施加迫害，從而徹底毀滅李威連——最好讓他死！可是Gilbert卻膽怯了，他既對此缺乏信心和勇氣，又驚駭於張乃馳的瘋狂，他開始感到隱約的後悔，自己和李威連只不過是職場上的角力，不想卻捲入了一場生死搏殺……

他穩定了心神，重新端出親切的笑容：「Richard，除了『逸園』之外，大中華區至少還有一項重要變化嘛，就是——貿易這部分業務的負責人……」

「嗨，你還說這個呢！」張乃馳一副悻悻不快的樣子，「貿易業務中最重要的合作夥伴中華石化是我負責的，本來William一走，貿易業務順理成章就該輪到我來管。可昨天Philips和我談的意思，似乎是要讓我和Mark各自負責一部分，太令人失望了！」

Gilbert安撫地說：「這也很正常嘛，在西岸化工全球領域裡，貿易都是William一手在大中華區創立的特色業務，連Philips也不懂。貿易的利潤可觀，風險更大，對上頭來說，除了William誰來做他們都不放心，我本來還以為William離開後他們會乾脆把這塊業務撤了，現在看來還是捨不得啊。所以讓你和Mark分別負責，必定是權衡再三後的決定，也是為了盡量降低風險吧。既然中華石化在你手裡，你還怕什麼呢？」

張乃馳哼了一聲沒搭腔，Gilbert的道理不說他也明白，本來自己這次已經被排除在核心團隊之外了，現在能夠奪回部分地盤，應該算很成功了。可他偏不甘心和李威連留下的心腹同食一杯羹，說白了就是心中不爽……

「對了！」張乃馳突然眼前一亮，「我進來時剛好看見戴希，呵呵！」談到現在，這張英俊的面孔上終於又露出平日那般輕浮的笑，「Gilbert，你向Philips提了嗎？」

春風頃刻也拂上了Gilbert的臉，他又一次舉起自己精瘦的食指，好像對著玫瑰花枝般親吻著：「戴希，多麼可愛的女孩，我最喜歡她的眼睛，又圓又亮，好像黑色的珍珠……」

「世界上還真有黑色的珍珠啊？」張乃馳成心追問。

小老頭泰然自若：「波里尼西亞的珊瑚礁裡生活著一種罕見的貝殼，只有它們能孕育出最珍貴的黑珍珠。」

張乃馳發出由衷的感歎：「Gilbert，你太厲害了！」只有老天才知道，他所歎服的究竟是博學得厲害，還是胡扯得厲害。

「既然你對黑珍珠這樣精通，Gilbert，她理應歸你所有！」

Gilbert朝張乃馳直斜眼睛：「親愛的Richard，你可不能害我哦！」

張乃馳笑而不答，Gilbert需要人代替朱明明，戴希雖然經驗不足，但聰慧異常，英語超級棒，只要多給她些時間必然能夠勝任，張乃馳向Gilbert推薦的這個人選，無疑是非常合適的。當然Gilbert不知道，張乃馳特意推薦戴希給他，還有更險惡的盤算——進一步刺激和打擊李威連。

現在唯一需要等待的，就是戴希本人的反應了。

第二十六章

二十八樓的另一間辦公室裡，與此同時進行的談話，也恰恰進展到了這個題目。

談話的雙方是戴希和大中華區的新任人事總監葉家瀾。葉家瀾四十剛出頭的年紀，在中國公司的人事部門已經工作了六年多，也算西岸化工元老級的人物，她先後負責過招聘、福利和培訓，朱明明從總裁秘書調任人事專員的時候就和她一起工作，後來朱明明升為中國公司人事經理，成了葉家瀾的上司。再後來朱明明升任大中華區人事總監，葉家瀾也隨之被提拔為中國公司人事經理，這次朱明明突然離職，她才意外地補上大中華區人事總監這個缺。

這肯定是李威連在離開公司前做的決定。在那一整天的面談中，她被安排在第三個，可見李威連對這個職務人選的重視。李威連把後續重組中人事方面的關鍵任務都安排給了葉家瀾。Philips 一接手，就正式任命葉家瀾為新的大中華區人事總監，顯然和李威連達成了共識。

五月開始，戴希就在葉家瀾的手下工作了。她們最主要的任務仍然是落實重組相關的人事變動和制度革新。

兩週過去之後，戴希完全熟悉了葉家瀾的工作風格，也領悟到李威連在安排她們幾個人時的巧妙用心，葉家瀾辦事嚴謹、沉穩，是個經驗相當豐富的人事經理。過去幾年她不如朱明明提升得快，外人很容易把原因歸結於朱明明曾經當過李威連的秘書，與他分外親近的關係。但是現在戴希懂得了，李威連確實很善於把人放在最合適的崗位上，可他最喜歡的下屬卻是與他自己有相似風格的人——精明強幹、野心勃勃、富於創造力和想像力，喜歡挑戰和革新。朱明明正是符合這些特徵受到他的偏愛，因此他不斷地給朱明明更大的施展空間，而把以穩健見長的葉家瀾放在略低一級的位置、用她的實幹來奠定堅實的基礎。

李威連把朱明明派去籌建研發中心，肯定是想充分發揮她大膽積極的工作特長，他一直都很信賴朱明明，把她安插在Gilbert的身邊，也是出於隨時監控Gilbert動態的目的。可歎的是，向來胸有成竹的李威連，這回卻在朱明明的身上栽了個大跟頭，難怪他會大為惱火——是什麼導致了他如此善待的人的背叛，想必他至今都想不通吧。

「戴希，你做得非常好！」葉家瀾剛剛放下手上的文件，就笑吟吟地誇獎了一句。

戴希也笑著眨了眨眼睛，她知道自己這樣顯得不夠謙虛，但就是說不出「都是Carrie你指導有方」之類的客套話。她有些侷促地朝窗邊望去，那裡也放著一盆綠茵茵的棕竹，戴希的心頭彷彿被那些綠葉輕輕一觸，沒辦法，這裡的一切都讓她想起李威連，即使他已經明確無誤地離開了。是他說的——從現在就開始學習拍馬屁吧，很有必要。

戴希垂下眼瞼，我就是學不會呢，你說怎麼辦？

葉家瀾並沒留意到戴希的心緒起伏，她在工作的時候全神貫注，多少有些刻板，今天她似乎感慨頗多，緊接著又說：「咱們不到兩週就把重組相關的人事細則草擬出來，連Philips都相當滿意呢。我上午剛和他談完，他原則上都同意了，這樣最遲在這個月底前就可以發布出去了。」

「是啊，那真的很不錯！」戴希搜索枯腸，就找出這麼一句話來。

葉家瀾長長地舒了口氣：「今年公司裡太動蕩了，本來都指望著重組完成後，一切能夠塵埃落定，哪裡想到又……唉！好在Philips很穩得住局面，現在我們的細則一出，所有人盼了快半年的實惠都兌現了，大家也可以徹底安心了。戴希，你雖然是新人，但是表現大大好過預期，趁重組我就把你從助理直接擺放到專員的位置了。相應的級別和薪酬都往上調一級。通常這樣的升職至少要工作一年之後才有。」

「啊？Carrie，我……」這回戴希真連成句的話都說不出來了。

葉家瀾看看戴希漲紅的臉，以為姑娘害羞，便很大度地笑了：「是你自己做出的成績嘛，升職也是應該的。」

葉家瀾和戴希擬定的這份細則，確實給所有中國員工帶來了莫大的實惠，這也是當初李威連全力以赴發起重組的重要目的之一。這些天來公司裡有不少傳言，說李威連在向總部辭職時，曾就這些內容和董事會做了極其艱苦的協商，Philips初到之際，大家人心惶惶，不知道當初的指望是否會落空，但就Philips的一系列穩定舉措和對這份細則的認可來看，李威連應該取得了與最高管理層談判的勝利。

戴希參與制訂細則的這段時間裡，完全看出李威連臨行前把嚴肅認真而缺乏創意的葉家瀾提拔上來，就是為了讓她不折不扣地執行自己留下的思路。

他所承諾的實惠是做到了，那麼他所設想的創新呢？

此時此刻，戴希回味著四月初的早晨，李威連坐在「逸園」裡那間風格典雅的辦公室裡對自己說的話，她記得他所說的人事制度的創新，絕不是現在這樣僅僅面向利益和穩定，而是富於想像力和時代感的，他一定有非常新穎的創意，還需要戴希貢獻自己的才智和敏銳。

雄心與展望在這個春天戛然而止，只在心底留下嫋嫋餘味。

葉家瀾當然不會瞭解戴希的所思所感。她開始進入下一個話題：「戴希，公司決定不再繼續租用『逸園』了，行政部已經開始物色新的大中華區總部地點，你之前一直負責『逸園』的改造工程，對那裡的情況最熟悉，所以還是由你負責搬出『逸園』。」

「不在『逸園』了？」戴希心頭的苦澀一下子瀰漫開來，「為什麼？」

葉家瀾歎了口氣：「可能是嫌那裡的開銷大吧，而且老洋房雖然氣派，總不如現代辦公樓方便。」她果然很謹慎，一字不提李威連。

「可是剛剛才改造好的……」戴希輕聲說，她和大中華區的其他人一樣，對李威連實際擁有「逸園」這點仍然一無所知，但是她深深地瞭解李威連對「逸園」的鍾愛，他與這棟房子之間彷彿血肉相連般的牽絆，讓戴希既好奇又感動。最主要的是，在她的心中始終懷著一個不足向外人道的小秘密：不論他是否遠離，自己一定能在「逸園」等到他的歸來，他的房門還要由她來開啟呢。

戴希抬起頭：「其實改造前搬出了很多東西，那裡……現在沒剩下什麼了。」她聽出自己的嗓音有些發顫，趕緊住了口。

葉家瀾的心裡也不太好受，人走茶涼固然令人感傷，但卻是無奈和必須的。對於西岸化工大中華區的每一個人來說，李威連的時代已經結束，縱使有諸多懷戀與不捨，早晚總要接受這個現實。她理解公司的決策，把大中華區總部搬離「逸園」是標誌性的行動。

葉家瀾用輕鬆的語氣說：「那正好啊，就不用太費事了。我和行政部說好了，具體的搬家工作還是由他們來做，你就指點一下，不要花很多時間。」

「我知道……」戴希不得不提出這個問題了，「William的東西怎麼辦？」

葉家瀾愣了愣：「哦，你先收起來，請Lisa來處理吧。」

於公於私，Lisa肯定還會和李威連保持聯繫，但是她休假兩週後回來上班，跟Philips的秘書交接完工作，就轉去Raymond那裡，開始學習供應商管理工作。這些天一直忙著跟Raymond出差，熟悉各地供應商，偶爾和戴希在MSN上打個招呼，也從來沒提起過李威連的現狀。

「Carrie，那我先走了，去『逸園』做些準備。」

「等等，戴希！還有件事。」葉家瀾滿面笑容地擺擺手。

看著戴希，葉家瀾的表情突然變得意味深長起來：「戴希，你知道原來Maggie要去籌辦研發中心的，她走了之後這個工作一直沒有合適的人接手。今天上午Philips和我開會時說，Gilbert對你的能力相當欣賞，他想要你去研發中心接Maggie的班。」

「我？研發中心？」戴希大吃一驚。

「是啊，真是個非常好的發展機會呢。假如你去的話，就能再從人事專員升到人事經理了。

呵呵，戴希呀，你可是坐上直升飛機嘍。」

「可我……一定要去嗎？」

戴希著急的模樣讓葉家瀾有些意外，也有些好笑，連忙安撫道：「這不是先問問你的想法嗎？別擔心，你好好考慮，公司也會充分尊重員工自己的意見。當然我個人覺得機會難得，唯一的麻煩就是要常常出差去北京。戴希，你還沒結婚吧？有男朋友了嗎？」

戴希點頭，又搖頭……她的心忽然便如一團亂麻。

「嗯，有男朋友的話就先和他好好商量，再做決定吧。」

五月中旬的太陽已經能把人曬出汗來了，正如李威連第一次把她叫去「雙妹」時所說的，從公司不緊不慢地走到「逸園」，剛剛好用去十五分鐘。這段路現在戴希走得如此熟悉，熟悉到了能在每一個路口、每一片櫥窗和每一棵梧桐樹幹上找到記憶——雖不久遠卻已深植心底的記憶。戴希懂得，這樣的記憶是難能可貴的。

初夏的陽光像一襲輕紗披在「逸園」潔白的胴體上，草坪和灌木都綠得發亮，丁香樹葉在微風中不易察覺地舞動著，折射出點點細碎的光亮，繁花俱已凋零。在戴希的眼中，今天的「逸園」展現出她從未領略過的至美，美得這樣孤寂、這樣落寞、這樣出塵而憂傷——我要離開你了，今後又會有誰來陪伴你？

拿出手機，戴希選了孟飛揚的號碼，猶豫再三，卻始終按不下那個撥出的綠色鍵。已經有整整一個月了，她和孟飛揚中斷了聯絡，在這座巨大城市的兩千萬人口中，他們像兩個陌生人般各自生活。

這不是真正的分離，因為誰都不曾畫下句點，他們只是在等待著重逢的那一刻，並且在等待的同時，咀嚼著對彼此的情感，體味著愛的含義。

自從那封匿名郵件發出後的第二天清晨，孟飛揚在戴希家的樓下目送她離去，便投入到沒日沒夜的工作中。短短一個月中，他出差十多次，能不待在上海就不待在上海，對如今的孟飛揚來說，最痛苦的事莫過於在自己家中過夜，廚房裡新接的熱水龍頭和洗手間修好的暖風機，戴希都還沒用過，嚴冬已然逝去。正如孟飛揚心中滿懷的愛和眷戀，先在不經意間中凍結，繼而又被春風催融，最後殘存的一點水漬也隨著升高的溫度蒸發了，消散在恣意飄蕩的空氣中，似乎完全沒有存在的必要。

晝漸長、夜漸短。極少的幾次清晨，孟飛揚徹夜追劇後連做了一兩小時的亂夢，頭昏腦脹地在自家的床上醒來。他的家位於二樓，小陽臺的窗外有一棵長得十分茂盛的廣玉蘭，春天的清晨，不知名的鳥兒很早就在枝頭鳴叫，孟飛揚被吵得再也無法入睡，便蓬頭垢面地走到窗前，想悄悄看一看小鳥兒那翠綠的羽毛和圓溜溜的黑眼珠。

然而，每次他只要一接近窗臺，小鳥就啾鳴著騰空而起，轉眼飛得無影無蹤。

「小希……」孟飛揚感受到劇烈的心痛。幾年前，他曾經不得不這樣看著戴希飛走，他花費了很多時間和努力，準備好接受她一去不回的結局。然而她回來了，是為了他回來的！這讓孟飛揚又驚又喜，可是失而復得的喜悅持續的時間何其短暫，短暫得猶如一場春夢。

他的心在一遍遍的自責、埋怨、期盼和絕望中煎熬，理智卻逐漸從糾結纏繞的情感中突破出來，孟飛揚發現，自己要想恢復暢快的呼吸，就必須重新認識自己對戴希的愛，釐清得到和失去的意義。

——戴希，也許她根本就不應該回來。這個念頭像火柴劃出的一線微芒，每次剛一出現就被孟飛揚在巨大的痛楚中狠狠地掐滅。但在這一個月中，他逼迫自己認真思考這個問題，經過多少個不眠之夜，現在孟飛揚已經能夠得出結論：理想和愛情的矛盾才是不斷困擾他與戴希，帶給他們無窮無盡煩惱的元凶。

他不得不質問自己，讓戴希為了他而放棄夢寐以求的心理學事業，是不是太自私了？即使這樣堅持下去，他們真的能夠獲得幸福嗎？他作為一個有自尊的男人，又怎能以愛之名佔有戴希，卻剝奪她自由飛翔的權利？

但是孟飛揚積聚起全部的力量，也只能提出卻無法回答這些問題。戴希，就像聯結著他心臟的脈絡，哪怕只要想到她的離開，都會使孟飛揚痛楚難耐。他知道光靠自己不行，他必須攜著戴希纖巧的手，看進那對漆黑雙眸的最深處，他們才能共同找出答案。

他們曾經分開過三年，已經積累了足夠的經驗——離別只是重逢的前奏，孟飛揚相信在下一次重逢時，他們將有機會驗證對彼此最真切的情感。

這天，孟飛揚下午剛從南京出差回來，就被柯正昀請到新家作客。好久沒和老柯聯絡了，電話裡他的聲音聽上去滿響亮，似乎精神不錯。計程車駛進老柯所說的街道時，孟飛揚一眼就看見柯亞萍瘦小的身影，站在豎著「龍里新村」石牌的社區門前。

孟飛揚從計程車裡鑽出來，招呼了一聲：「亞萍！」

「飛揚！」柯亞萍快步向他迎來，這段時間孟飛揚頻頻出差，在公司的時候也盡量避開柯亞萍，不願與她單獨相處。柯亞萍好像很能揣摩孟飛揚的心思，整個月來都不曾主動找過他。

隨著柯亞萍往社區裡走，初夏的晚風沁人肺腑，暮色中盡是匆匆趕回家去的人們，日常生活中微小而確定的幸福，就點綴在每一下急切的腳步中。柯亞萍一言不發地走在孟飛揚身邊，他無意中朝她瞥去，發現她樸實無華的身影和周圍的環境融合得分外和諧，傳遞出一種使人安心的力量。又酸又澀的滋味突然在孟飛揚的喉間瀰漫開來——生活中確實有這樣的女孩，永遠都不用擔心她會飛向天空，因為她沒有戴希那麼華麗的翅膀，她的雙足穩穩地踏在灰色的土地上。

兩人默默地走進了柯正昀的新家——位於老式六層公房的三樓，夾在中間的一室半公寓。房子又小又暗，佈置得也很簡陋，老柯的情緒卻很高昂。他熱情地將孟飛揚拉進正屋，屋子中間搭著張方桌，上面已經擺好了滿滿一桌的菜餚。

「來，飛揚，咱們好久沒在一起聚聚了！今天難得啊……」柯正昀拔開長城干紅的瓶塞，就要斟酒。

孟飛揚很詫異：「老柯，你不能喝酒吧？」

「今天讓亞萍陪你喝！呵呵，這桌菜也是她做的。」

「哦……」孟飛揚端起杯子，瞥了眼坐在右手邊的柯亞萍。她今天反常地沉默，看上去心事重重的樣子。

「老柯，亞萍，祝賀你們喬遷新居啊！」孟飛揚碰了碰老柯盛著茶水的杯子，再轉向柯亞萍，她的眼睛亮了亮，也舉起酒杯。

孟飛揚衝她微笑：「謝謝你為我準備這麼多好吃的，辛苦了。」柯亞萍的眼睛更亮了，甜甜一笑，低頭抿了口酒，臉上頓時飄起兩朵晚霞。

老柯和孟飛揚聊起他現在的業務，有不少熟悉的客戶和行業情況，兩人談得熱火朝天，孟飛揚很喜歡這樣的氛圍，簡樸、凡俗但又很輕鬆、很踏實，他終於可以暫時擺脫無望的愛之愁思，沉浸在平常人生的快樂中。

孟飛揚本來酒量就不大，喝著喝著有些醺醺欲醉了。在愜意的半昏半醒之中，他感受著柯亞萍時不時掠上自己面頰的溫柔目光。

「爸。」柯亞萍突然低喚了一聲。

柯正昀會意，從旁邊的五斗櫃上取過一個黑色的老式皮包，鄭重地擺在孟飛揚面前。

他清了清嗓子：「咳……飛揚，這裡是三十五萬元。錢還給你！」

孟飛揚一驚，柯正昀接著說：「飛揚，當初你借的這筆錢，等於是救了我和亞萍的命。後來你又把自己的房子讓給亞萍住，我們真是……」他的眼圈發紅了，不等孟飛揚搖頭，就又一鼓作氣說：「飛揚，我聽亞萍說為了我們家的事，你和女朋友都鬧彆扭了。你說說這……唉！我們實在過意不去啊，所以無論如何要把錢盡快還給你。呵呵，小孟啊，你也該給你女朋友一個交代，趕緊去買個房子，好讓人家姑娘定心。」

孟飛揚瞪著面前那個鼓鼓囊囊的大黑包，柯正昀的話彷彿從幾公里之外傳來，他雖然聽得明白，卻又難以領悟其中真意。

他抬起頭：「老柯，你一下子怎麼弄來這些錢的？」

老柯父女交換著眼神，柯正昀從臉上擠出慘澹的笑來，昏暗的吊燈下看著竟有些猙獰：「飛揚，怎麼弄來的你就別管了。總之我們父女倆不惜代價也要把你的錢給還上，假如有什麼地方做得不周到，也是沒辦法的事情。飛揚啊，我是六十多歲已經退休的人，能太太平平地多活兩年就知足了，只是亞萍，小姑娘作孽啊，老是被我和她哥哥拖累，總也沒個出頭的日子……飛揚，我是沒用的，以後真要麻煩你多關照她。」

孟飛揚好像陷入了一場由老實人佈下的迷局，既生澀又詭異。他發了會兒呆，還是不知該如何回應老柯的話，便嘟囔著告辭，搖搖晃晃地就往外走。柯正昀拉住他：「小孟，錢！」

「爸爸，你看他現在的樣子，還是別讓他拿錢了。」柯亞萍小聲嗔怪父親，「你先把錢收好，我送飛揚走。」

走在社區中央的走道上，晚風把孟飛揚昏沉的頭腦略微吹得清醒了些。他停住腳步，轉向柯亞萍，她就如來時那樣沉默地跟在他的身旁。

「亞萍，那些錢到底是怎麼回事？」

柯亞萍還是低頭不語。

孟飛揚轉身就走，手臂卻被牢牢抓住，他只好又停下，柯亞萍微酡的雙頰在路燈下嬌豔如花，眼中卻是一片朦朧，孟飛揚無法再與她對視，不得不移開目光。

柯亞萍說話了：「我……我做了件很不好的事情。」

「不好的事情？」

她說得很小聲，每一個字都吐得很艱難：「我、一點兒不知道會有什麼後果……其實我都沒怎麼看懂……可是、可是……他答應給我一大筆錢，我想……」柯亞萍猛地抬起頭：「我想無論如何也要拿到錢，我必須把錢還給你！」

孟飛揚的腦海中一片空白，只看見柯亞萍那雙變得奇大的眼睛，突兀地呈現在平淡無奇的臉上，一半陰暗一半透亮……孟飛揚狠狠地抹了把額頭，強壓著胸口的翻騰問：「……你說誰？誰答應給你錢？」

「是……西岸化工的、那位張總……」

有好長一段時間，孟飛揚說不出話來。戴希的懷疑竟然是真的！

他想不通，他怎麼也想不通，這一切究竟是怎麼回事？還有自己眼前這個瘦小拘束的身形，在她那清淺如溪的表情下，居然掩藏著令人心悸的動機嗎？！

他的沉默讓柯亞萍難以忍受，不等他追問就開始坦白：「是、是兩個月前他找到我，說他知道我給、給有川康介做、做的事情……他問我有沒有說出去過，我說沒有，他就威脅我，說要把這些事捅、捅給公安局，還有公司裡……」

「他威脅你？！」孟飛揚難以理解地反問，「你為什麼不告訴我？」

柯亞萍似乎沒有聽見他的問題：「但是他又說，如果我能給他提供有用的情報，他不懂不會把我的事捅出去，還可以再給我錢。我不知道什麼是有用的情報，他說只要是和西岸化工有關的都行，我說我和西岸化工沒任何關係，他說你有……後來，後來我在你家時用了你的電腦，就看見了那些照片和檔案……」

她終於停了下來，孟飛揚卻覺得耳邊嗡嗡轟鳴，好半天才滿嘴發苦地問：「這些東西就那麼值錢？」

「……我也不懂，他給我的卡裡匯了三十萬。」

孟飛揚冷笑了：「人家給你這麼多錢，是讓你保守秘密吧……你現在為什麼要告訴我？」

柯亞萍再次垂下頭，什麼都沒說。

又一陣冰涼的晚風吹來，瞬間便陰乾了孟飛揚通身的大汗，他不禁打了個寒顫。路燈昏黃，他們相對而立的身影被樹蔭的龐大黑暗吸收。孟飛揚搖了搖頭，再沒什麼話可說，就徑直朝社區門外走去。

柯亞萍沒有跟上來。孟飛揚沿著社區的外牆稀裡糊塗地走了一陣，突然轉身往回疾行，很快就又來到他們剛才交談的那盞路燈下。

她果然還在這裡，只是蜷縮成一團蹲在地上，腦袋埋在臂彎裡，雙肩輕輕顫抖著。只能看見豎起的馬尾辮，和褐色的髮圈。孟飛揚立即認出了，她第一次到他家裡洗澡時就遺落了這個髮圈，當天晚上就被戴希發現了。

孟飛揚的心防驟然垮塌——柯亞萍只是一個無助而脆弱的小女孩，她那雙瘦弱的肩膀，怎麼看都無法獨自承擔人生的重負。不論她做了什麼，她的初衷畢竟是善意的，而且這種善意只針對他。

孟飛揚低聲叫：「亞萍。」

柯亞萍緩緩地抬起頭，淚水把整張臉都塗花了。孟飛揚憐惜地伸出雙臂：「起來吧，別哭了。」

他只是想把她扶起來，但是柯亞萍愣愣地看了看他，突然用力抓住他的手臂，隨即投入他的懷抱。

孟飛揚有些發懵，本能地想要放開她。但是柯亞萍使勁地抱著他，纖瘦的身體還在他的懷中不住地顫抖，他聽見她帶著抽泣的喃喃細語：「飛揚，飛揚，求求你原諒我……我真的、真的只想為你、為你……」

她哽咽地說不下去，而他也再聽不下去了。

「亞萍，我知道了，你別哭。」終於，孟飛揚把柯亞萍從自己的胸口輕輕推開，又捋了捋她額頭的亂髮，「先回家吧，你爸爸該等急了。」

柯亞萍不肯動：「飛揚，你還怪我嗎？你怪我嗎？」

孟飛揚苦澀地笑了笑：「怪你有用處嗎？好了亞萍，我陪你回家。」

再次走出社區時，孟飛揚有種筋疲力盡的感覺，心情卻又平靜地令他自己都很不解。導致他和戴希爭吵的最終原因找到了，孟飛揚卻不喜也不憾，倒好像一直掩藏在地底的暗流終於破土湧出，使他感到了意外的解脫。

已經超過十點了，當無數輛亮著空載燈的計程車從孟飛揚面前駛過後，他才如夢方醒地抬起手。

計程車開到離孟飛揚家不遠的地方，他的手機上跳出一條短信，是戴希發來的。整整一個月來，這是戴希發給孟飛揚的第一條短信，他卻沒有喜出望外。思念之痛依舊像尖錐一下一下刺進心房，另一個巨大的恐懼卻幕天席地而來——戴希，以後我該怎樣面對你？

孟飛揚遲疑再三，咬緊牙關才摁下按鍵。

「飛揚，你好嗎？公司要調我去北京的研發中心工作，你的意見呢？」

她肯定也是猶豫了很長的時間，才在這個深夜發出短信。直到出租車停下，孟飛揚還在一遍遍地讀著它。

我最最、最最親愛的小希……站在接近午夜空無一人的街頭，孟飛揚舉起手機，把深情的親吻印在螢幕上，印在這些發亮的字跡上。

冰涼的金屬表面和戴希溫熱的雙唇迥然相異，使他更清晰地品嘗到他們之間的距離。

他一個字、一個字地輸入回覆：「我很好，你也好嗎？研發中心肯定是個難得的發展機會，你自己決定吧。」

輸完了，孟飛揚看著手機上的時鐘跳動，許久、許久，也許過去了半小時，也許更久吧……他才按下發送，如釋重負的同時，孟飛揚感到從未有過的疲倦，身心都彷彿累得麻木了。他像個老頭兒似的慢慢爬上二層樓，開門入室，剛倒在床上就打起呼嚕來。

兩天後的下午，五點多鐘時戴希在公司裡接到了童曉的來電。

「女魔頭，最近可安好否？」

「勉強活著。」戴希回答，「你呢？還是那麼清閒，國際友人們沒給你添麻煩吧？」

童曉怪聲長歎：「麻煩死了！麻煩得我都快成精神病啦！女魔頭，我亟需你的心理諮詢！」

「精神病靠心理諮詢可治不好，要不要我介紹你去精神病院？我爸有關係，可以幫你預留床位。」

童曉呵呵笑了：「戴希，在住進精神病院之前，我必須請你吃個飯，今晚好不？」

「……好吧。」

在泰國餐廳靠窗的位置上，童曉看著戴希走進門。

「哇，女魔頭，幾天不見你怎麼憔悴了呀！」

戴希白了他一眼，噘著嘴坐下一言不發。

童曉仔細打量她：「唔……也不是憔悴，就是瘦了些，可是更漂亮了！有你這樣的大美女坐在對面，我的壓力好大啊。」

「你再胡說我馬上走人！」

「好，好，怕了你了！」童曉暗暗歎息，剛才他清楚地捕捉到戴希進來時期盼的神情，和看見只有他一個人時的那份黯然，總歸避不開的話題，他索性直截了當，「戴希，孟飛揚這小子不是東西，我代表我自己和全世界的正義鄙視他！」

戴希噗哧一笑：「他怎麼不是東西了？」

「呃……」童曉愣了愣，「讓我一個人來請你吃飯就不是東西！有他在就不用我掏錢了嘛！」

「他忙嘛……你不願意掏錢我掏好了。」戴希溫柔地回答，童曉看著她輕盈流轉的眼波無處著落，心中著實不忍，連忙拍拍桌子：「說好了我請就我請。女魔頭，今晚你陪我吃飯，不許談孟飛揚！」

「好。」戴希言聽計從，「那我們談什麼？」

真是冰雪聰明！但童曉沒有讚歎出聲，從現在開始他不想顯得太浮滑，因為今天他們要談一個十分嚴肅的話題，關係到生和死、善與惡，還有永遠解不開的愛之謎團。

童曉帶給戴希的，是關於周峰車禍最新的調查進展。

「戴希，你們公司的那位李總裁不在國內吧？」

「前總裁。」戴希很鎮定地糾正童曉，但聲音中的痛楚和焦慮一下子就聚集起來。童曉略一沉吟，她就忍耐不住了，怯生生地追問，「童曉，案情真的和他有關係嗎？」

「當然有啦。」童曉還想賣賣關子，可戴希瞬間煞白的臉嚇了他一跳，連忙解釋，「哦，不是直接的關係！」

「那是什麼關係？……可以告訴我嗎？」

童曉的心中五味雜陳，當孟飛揚知道童曉有周峰案件調查的最新進展時，便請求童曉把情況告訴戴希。從孟飛揚那裡，童曉完全能感受得到他對戴希深入肺腑的愛，可他對她卻偏偏要避而不見。

也許，這就是愛情叫人魂牽夢縈、生死不渝的奧秘吧。

童曉覺得自己有責任安慰戴希，受朋友之託嘛……於是對戴希和善地微笑：「最新的情況是，周峰的老婆宋采娣向警方承認，是她投藥給周峰，蓄意謀殺了自己的丈夫。」

「什麼？！」戴希給嚇著了。

「呵呵，別怕啊。」童曉聳了聳肩，「為了情人謀殺親夫，這種事情古亦有之，也不算新鮮啦。」

警方在宋采娣的家裡展開調查，才過了短短幾天時間，她就徹底崩潰，把一切都交代了。據她聲稱，出事的那天早上，她像往常一樣陪周峰吃完早餐，灌上一壺茶水便送他出了門。就在那頓和平時一般無二的由大餅油條組成的早餐中，宋采娣偷偷在豆漿中投下了五片安眠藥，她不敢多放，怕周峰嚐出味道有異，不過她很清楚這種藥的效果，五片足夠讓周峰失去知覺了。

宋采娣供述，因為自己有時會失眠，李威連知道後就給了她一些美國的安眠藥，她沒有吃卻偷偷藏了起來。

她策劃這個行動已有半年之久，也曾反覆思慮，無法決斷。直到那個早晨，她終於痛下決心。周峰出門後不久，她就往李威連的公寓打了電話，她還不能準確判斷周峰的藥物發作時間，但是必須保證李威連不上周峰的車，因為她想害死的是周峰，絕不是李威連。

李威連接了電話，但說公司裡有人來找他談話，他已經讓周峰把車開回公司去了。宋采娣這才放了心，接下去她只需要等待噩耗的降臨，她認為自己的計畫萬無一失，對周峰的死充滿信心。

「她為什麼要這麼做？」戴希聽得又驚又怕又糊塗。

童曉撇了撇嘴：「咳，她說是為了——李威連。」

不需要刑警的推理，任何正常人都能判斷，宋采娣的理由是荒謬而無恥的，但是當童曉閱讀她的審問筆錄時，情緒卻又時時在驚心動魄和沉淪感傷間徘徊，對於這樣一個只有初小文化，頭腦簡單的女人來說，她的所作所為不過是跟隨人性，只是命運給予她的考驗太複雜、也太尖銳了。

第二十七章

你們不懂，你們不會懂的，李威連是我這輩子最愛的男人，我為了他什麼都肯做，死都不怕！周峰這死鬼想拆散我們，他不想讓我和李威連再好下去，他要害李威連！我怎麼肯？怎麼肯？沒有李威連，我是活不下去的，所以我要殺了周峰，殺了他。我就還可以和李威連在一起。

你們發現了也沒關係，我早就準備好償命的。為了李威連去死，我心甘情願。

你們以為我是為了錢？你們錯了，我愛他啊！好多年好多年前我的心就是他的了，可是那時候沒機會，要不然我黃花閨女的身子就該先給了他，怎麼還會讓周峰得了甜頭！還好老天爺有眼，後來又讓我碰上他，我很知足了。

要判我死刑就判吧，其實我老早就該死了！如果不是李威連救了我，二十五年前我就給炸死了，哪裡還會有今天？我沒什麼文化，可我懂得做人要知恩圖報，救命之恩是什麼？那是比天還大的啊！就算要我給李威連做牛做馬一輩子，也是應該的。

我和周峰是一個鎮上的，從小訂的親。他算我們那裡有出息的，技校畢業後給金山石化廠招去當學徒工，我早就巴望著嫁給他，能跟他一起到大上海來。

一九八四年我才剛滿十六歲，那年夏天特別熱。六月中的時候，我好不容易尋到一個去金山看周峰的機會。生平頭一遭來了上海。

等到了金山石化的廠區裡面一看，那麼大，我就暈頭轉向了。別人告訴我，周峰在鍋爐房燒鍋爐，我七兜八兜地找了好久，總算找到鍋爐房的時候，剛進門就是一聲巨響，我整個人都彈了起來，然後就摔在地上，什麼都不知道了。

醒過來以後周峰告訴我，我遇上了一場大事故。鍋爐房爆炸，要不是有人幫我擋住一個倒下來的工具架，我很可能當場就死了。

那次事故還引起了大火，周峰也燒傷了，頭皮燒掉了好幾塊，後來那些地方再沒有長出過頭髮。我卻只有輕微的腦震盪，連周峰都說我命大。他告訴我，救我的人叫李威連，是一個從上海高中畢業後分配來的學徒工。周峰還說，因為替我擋了那個工具架，李威連被砸斷了脊柱的骨頭，如今躺在床上動不了。連醫生都說不好治，怕是要癱瘓了。

我當時就聽得懵了，腦子裡亂烘烘的。過了幾天，我的傷好得差不多，該回鄉下去了。我央求周峰帶我去看一看救命恩人，當面謝謝他。可等真進了病房，我壓根都不敢朝他看，走到病床前面，撲通跪下來就磕頭。這時候，一本書掉在我面前的地上，我恍惚記起他剛才是躺著看書呢，我把書撿起來遞上去，這才頭一次看見他的臉。

我還從來沒見過這樣標緻的男人，那以後也再沒見過。周峰的賣相在我們鎮子上算是好的了，可是當我看到李威連的時候，我才明白什麼叫動心。他從我手裡接過書，說了聲謝謝，還對我笑了笑。就是這笑，我直到現在還記得清清楚楚，每次想起來就好像在眼面前。從那時起我的魂就種在他的身上了。

那時我就下了決心，如果他真的癱了，我就伺候他一輩子。後來我在金山石化又留了兩個多月，專門服侍李威連。一開始他還不好意思，可他行動不方便，身邊又沒一個親人，所以也由不得他了。他傷得那麼重，孤孤單單的，我也沒聽他抱怨過什麼，每天從早到晚就是看書，我給他做事他總是笑笑、說聲謝謝，也不對我講別的話。等到他終於能起床了，我又開心又難過，我得回鄉下去了，可我真捨不得離開他啊。

我是回到鄉下以後才聽周峰說，李威連要去香港治傷了。香港啊，那種地方我是連想都想不著的。不過我也懂的，像他這樣的人就應該去最好的地方，金山怎麼配得上他。我想，我這輩子是不可能再見到他了，往後只能在夢裡夢到他。

是老天爺可憐我，又安排他回來了！

我嫁給周峰以後就跟他把家安在金山，周峰在廠裡開卡車。兒子出生後不久，周峰交了幾個不三不四的朋友，學會了賭博，很快就把家裡的那點錢都敗光了。為了不讓小建新挨餓受凍，我只好在當地的賓館找了一份客房清潔的活。一九九九年春節前後，李威連到金山石化來辦事，住進了這家賓館，正好是我負責打掃的房間。

他早就不記得我了，但是我一眼就認出了他。老天曉得，我從來就沒有忘記過他呀！

後來也是我求的李威連，讓周峰給他當司機。我們把家從金山搬到市區。李威連幫我們買了三室兩廳的大房子，給周峰開很高的薪資。有他管著，周峰和那些賭博的朋友斷了往來，家裡的錢也能攢起來了。我家建新學習成績不好，上不了好中學，也是李威連幫忙把建新送進民辦初中，條件特別好的貴族學校，每年光學費就要五萬。我們一家能過上現在的日子，全靠李威連，更別說我的命本來就是他救下的。所以我總是覺得，我們為他做什麼都是應該的。

開始時周峰好像也很樂意，口口聲聲要我好好報答人家，可是最近這兩年，他慢慢變了，我能覺出他心裡面有恨。前些天我發現他在偷偷錄影，我氣死了，他想幹什麼？我找他吵，沒想到他居然說，李威連最近這一年來得越來越少了，所以他想多拿一些把柄在手上，到時候好逼李威連再多出點血。

你們聽聽，這還是人說的話嘛！

吵到後來我才知道，周峰不知什麼時候學會了在網上賭球，輸得一塌糊塗，又在外面欠了很多債，所以才想到要打李威連的算盤。我對周峰講，跟李威連用這種辦法是絕對行不通的。我們是靠人家過生活的，而且他現在明顯有了要疏遠我的意思，如果真的鬧翻了臉，最後還不是我們全家人倒楣，竹籃打水一場空！

我還說，如果周峰敢再動這種腦筋，我就和他離婚。

聽了我的話，周峰不響了。可是我知道，他不會就這麼甘休的。這個人瘋了，我原來一直以為他窩囊沒主見，現在卻覺得他很可怕。我倒不是怕他會對我怎麼樣，我怕他要加害李威連。

我想來想去，只要有周峰在，我就要一直為李威連擔心，還是讓周峰去死吧。我知道做了這事我自己也得死，可我不在乎，真的不在乎，只要李威連好好的，我死也值了！

我都坦白了，你們愛怎麼樣判就怎麼樣判吧。我就是那一個要求，讓我死前再和李威連見上一面，我要跟他說，我宋采娣生生死死都是他的人，我是一門心思喜歡他的。

童曉花了很長時間轉述宋采娣的口供，等他講完，旁邊桌子的客人已經離開了。

「我不懂，她既然發現周峰有問題，為什麼不直接告訴李威連呢？畢竟，這對他是很危險的呀。」戴希垂頭沉思了很久，抬起晶亮的雙眸問道。

童曉揚起眉毛：「她害怕李威連一旦知道周峰有問題，就和他們一家中斷往來，她就再沒機會見到李威連了。」

「所以她就把自己的丈夫謀殺了？」

童曉哼了一聲，沒有回答戴希的問題。

戴希又想了想：「可她還用李威連的藥來殺人，我真不明白，她究竟是想幫他，還是想害他……」

童曉微笑了：「女魔頭，我發現你也挺有推理的天賦嘛。」他往前傾了傾身子，誠懇地說：「宋采娣的口供有許多疑點，這個案子還遠未到真相大白的時候。我只是覺得，她所說的故事中包含了太多人性的陰暗面，戴希，你可以從心理學的角度分析分析，我會很高興聽到你的意見。呵呵，非官方的諮詢，朋友之間隨便聊聊，你一點兒不用有顧慮。」

現在戴希完全能夠肯定，是孟飛揚讓童曉來告訴自己這些的。

當代中國社會中最平凡普通的一家人，因為不受控的欲望而陷入罪惡的深淵，乃至家破人亡。這當然只是個例，卻又有著廣泛的心理基礎。當所有人都把財富、地位和權力視為唯一信仰之時，心靈的安寧就棄他們而去了。幸福，亦成為一個遙不可及的幻覺。宋采娣的話提供了諮詢者X人生的另一個側面，確實幫助戴希探索到他內心的更深處——那片最華美的荒原。

戴希相信周峰的案子必將水落石出，犯罪者一定會受到懲罰，但真相就那麼重要嗎？人們往往堅信，有真相才有公正。然而現實的真相和人心的真相，有時候遠非一致。世上又有誰人能宣稱普適的公正？這個故事中的每一個人就能因此得到公正嗎？周峰、宋采娣、周建新……還有李威連，屬於他的公正又在哪裡？

回到家裡，戴希花了一個多小時把童曉的講述整理成文。郵件發給Lisa之後，她特意追了條短信，請Lisa盡快查收。

又等了半小時左右，戴希收到了Lisa的回覆：「收到，已轉發。非常感謝你，戴希！」

戴希輕輕地鬆了口氣，Lisa只會把郵件轉發給一個人——諮詢者X，你還好嗎？

剛剛進入六月，香港的雨就開始下個不停了。

午後四點多，四季酒店大堂右側的酒廊十分冷清。

面對一室寥落，鋼琴師Joe依舊兢兢業業地演奏著。酒廊的一側是整幅的玻璃幕窗，一直以天然的光線和寧靜的海景為特色，但在今天，維港的景致在接天水色後若隱若現，對岸九龍的高樓只能看個大概，頂著大雨的車輛在海邊高架路上開得飛快，棕櫚葉隨風雨低垂搖擺，雨水連續潑灑到玻璃幕窗上，彷彿把天地間的悽惶也連帶著潑過來，水痕從天花直直地淌向地面，綿延不絕。

Joe朝站在一旁的女服務生Tina微笑點頭，Tina心領神會，立刻走上前來，將一只點燃的蠟燭杯放到鋼琴上。

「好暗啊……」他們互相輕聲說著，長久的雨天會讓人產生錯覺，彷彿傍晚提前來臨了似的，而冷氣充足、人影稀疏的室內更使人恍惚忘卻，外面已然是濕意濃重、氣溫超過攝氏三十度的悶熱夏季了。

Joe注視著Tina的背影，整間酒廊只有靠窗的一位客人，她悄悄走過去，給他的桌上也點起了蠟燭燈。幾番疊印，低調奢華的淡褐色金屬牆面上數不清的燭光晃動起來。就在這時，一個男人走進酒廊，窗邊的客人立即站起身來。

「哎呀，我遲到了嗎？等多久了？」鄭武定用力握緊李威連的手，又使勁晃了晃，這才放開。

「剛好四點半，你還是很準時。」李威連說，「我也才到一會兒。」

兩人面對面坐下，鄭武定還在搖頭：「這次在香港的事情太多，還有一大堆應酬，推都推不掉。我生平最討厭遲到，剛才是發了脾氣才得以脫身的。」

李威連淡淡地笑了笑，Tina又悄無聲息地移到桌邊，給鄭武定倒上英國茶。

「你今晚就回北京嗎？」看著鄭武定喝了口茶，李威連才問。

「是啊！所以我今天無論如何要和你碰上面。可是現在相當的不自由啊，排程得緊不說，身邊還老圍著一大幫子人，每天都弄得我筋疲力盡。」

李威連點了點頭：「看樣子你對新身分還不太適應……當然這不是問題，很快就會遊刃有餘的。」他端起茶杯：「今天時間不多，咱們就以茶代酒了。武定，祝賀你。」

兩人碰了碰杯，鄭武定想隨便說句什麼，心中卻是一陣百感交集：「威連，讓我說什麼好呢，唉！說實在的，我這幾天老是回想起咱們當初在北侖港的情景，當時你我都是三十歲，一轉眼就是十幾年過去了。」

「對。」李威連回答得簡潔而冷靜，似乎不願多談過去。

鄭武定把堵在喉間的話咽了回去。長達十六年的交情使彼此達到高度默契，他當然理解李威連此時的心情。當年在北侖港李威連一戰成功，鄭武定從此對他佩服之至，卻又不甘其後，憑著一腔軍人的豪情向他發起挑戰——兩個意氣風發的年輕人就此立約，從今後在不同的戰線上拚搏，每年聚首比較各自的成績，看看誰更佔先。十六年過去了，李威連年年取勝，直到今天……

一個月前剛剛正式被提拔為中華石化國際貿易公司總經理的鄭武定，今天所面對的老朋友、過去十六年來始終以不同方式幫助他的人——李威連，頭一次在兩人的比拚中完敗。

鄭武定能說什麼呢？表示同情？安慰？還是由衷地感謝？所有這些話，即便是軍人出身、性格豪爽的鄭武定也一句都說不出來，因為他不想讓李威連有絲毫的難堪。再坦蕩的朋友關係也有必須維護的底線，李威連主動的祝賀已盡顯尊嚴。雖然他那細膩多情的性格與鄭武定差距甚遠，但他的義氣講求原則又實實在在，遠比靠酒桌上豪飲建立起來、又憑桌面下的骯髒交易維繫的所謂友情更富於男人氣概。

鄭武定拿定主意，直截了當地發問：「說說吧，你今後怎麼打算？」

「還沒來得及想。」

「咳呀！」鄭武定拍了拍大腿，「你還真沉得住氣。那我向你提個建議？」

李威連含笑不語。

鄭武定興奮起來：「威連，我這次來香港出差主要是集團公司的事情。中華石化最近在海外有很多動作，你知道嗎？」

「嗯，」李威連點點頭，「我想是因為金融危機吧？」

鄭武定笑著歎口氣：「看來我不用多說了！」他往前湊了湊身子，壓低聲音說：「其實不算什麼秘密了，金融危機導致一大批歐美公司資產貶值，從去年年底中國企業就在全球範圍開始抄底行動，中華石化在談的也有好幾個大專案，其中還有交易額高達上千億美金的！」

「非常正確的戰略，現在確實是中企海外併購的大好時機。」

「戰略是沒錯的。可是海外收購要成功的話，難度也相當大啊！威連，中資企業在這方面的薄弱環節你最清楚不過。首先，海外的信息管道是一個大問題；然後就是文化和政治上的偏見，尤其收購對象是上游能源企業的話，遇到的非經濟阻力就更大了。即使排除萬難收購成功，如何成功實現管理整合仍然是個巨大的難題。所以集團公司在積極操作海外併購的同時，也一直在想辦法解決這些風險和威脅。」

說到這裡，鄭武定停下來，注意看了看對面的李威連。兩人目光交錯，鄭武定的心中溢起一份真切的感動，滿腔熱忱地說：「威連，集團公司正在籌備成立專門操作海外收購的開發公司，需要兼備中西方文化背景，有能力進行海外公關和可行性研究，又懂得國際化運作和歐美企業管理，能夠真正實現收購後的管理融合的人才，當然行業背景和經驗，對全球經濟動態的敏感和魄力更是必需條件。集團公司領導這次是下了大決心的，只要能引入真正符合要求的超高端人才，再高的成本也願意付，而且一旦到位的話，必將給予最大的授權和支持……威連！」他情不自禁地抬高了聲音：「我想來想去，再沒有比你更合適的人選了！怎麼樣？給美國人打了這麼多年工，想不想換個身分，替中國去把他們的企業買下來，為我所用！」

李威連專注地傾聽完，並沒有立即回答。Joe恰好結束一支曲子，酒廊裡陷入深沉的寂靜，滂沱的雨聲就在這個剎那侵入，在耳際轟鳴成一片。他的目光移向窗外，天色又暗了一些，他們面前的桌上，燭杯的紅光悠悠搖曳在幕窗上，映出海面上更加朦朧的雨霧，在天地間肆意飄飛，對岸幾乎看不見了。

「武定，你所說的這些令我深感激動。」片刻之後，李威連迎向鄭武定期待的目光，誠懇地說，「這樣的機遇和挑戰難能可貴，對我的確非常有吸引力。不過……工作了二十多年，一直在全力向前衝，身心都相當疲倦了，我很想趁現在的時機休息一下，好好地思考思考。當然，還要處理一些個人的事情，所以很遺憾……」

鄭武定露出大失所望的表情，還不肯甘心：「別急著推辭啊，再考慮考慮？」

「不用了。」李威連的語調很平緩，但又異常堅決，「這樣的工作需要全情投入，在心有雜念的情況下，是不可能做得好的。」

鄭武定一下子沒明白：「雜念？……唉！」他重重地歎了口氣：「那麼，我還有什麼可以幫到你的？」

「當然有。」

「好，你說吧，需要我做什麼？」

「還在構思中，不過我的計畫勢必會需要你的支援，等想法成型後我肯定第一時間和你討論。」

「沒問題，等你想好了告訴我就成。」鄭武定連計畫的目的都沒有問。

李威連微笑了：「不管我的計畫是什麼，需要你怎麼幫忙，都絕不會觸及中華石化的利益。」

鄭武定睜大眼睛：「哎呀，你用不著說這個！」

「要說的。你可以不說，但我必須說。」

「好吧……」鄭武定無奈地搖搖頭。

李威連看了看窗外：「你是幾點的飛機？」

「八點，該出發了……你呢？繼續在香港嗎？」

「不，香港該處理的都處理完了，我明天就回上海。」

「回上海？」鄭武定揮了揮手，「說到底還是把上海當家啊。嗯，我得回房間去拿行李了，一起上去吧？這次我也住行政樓層。」

李威連沒有動：「我不住在這裡。」

「你不是一直……哦！」鄭武定愣了愣，「是我慣性思維了！那我們幹嘛約在這裡見面？」他突然很懊惱，覺得自己好心辦了件壞事。

「因為你住在這裡啊，我反正是個閒人，湊你的方便更要緊。」李威連平靜地回答，「當然，以你現在的身分，和我單獨見面會有些敏感。好在今天是週末，又下這麼大的雨，整個下午這裡都很冷清，我一直在觀察，並沒有熟人出現。」他站起身，「那就走吧。武定，我很快也會去北京的，到時候咱們再聊。」

Joe彈完今天的最後一曲——〈傷心的雨〉，小心翼翼地放下琴蓋。

晚上這裡會有爵士樂團演出，他到六點就下班了。兩位客人從他的身邊經過，Joe向他們微笑致意。鄭武定急匆匆地走在前面，李威連稍微落後，走到鋼琴前時，他對Joe點了點頭，低聲道謝，又輕輕地在琴蓋上放下幾張港幣。

與鄭武定在電梯前握手告別，李威連獨自朝門口走去。

「先生！」

他轉回身，Tina追上來，漲紅著臉向他遞過一柄雨傘：「您的傘。」

「哦。」李威連不由自主地看看玻璃幕窗，湍急的雨水猶如山泉一般，自上而下流得更歡了。「謝謝。」他微笑著從Tina手中接過傘。

雨非常大。

中環的地勢偏低，李威連每一步都踏在急流之上，他快速地穿過猶如淺淺水渠的街道，走上連接各棟樓宇的天橋。

戶外不好走，走天橋的人比往常週末要多，幾乎全是輕鬆的休閒短打。李威連放慢了腳步，這些天橋他不知走了多少遍，即使閉上眼睛，空氣中的氣味都能將他引導到最熟悉的方向。他能區分出這些氣味中最細微的差別，隨著季節、時間和位置都有變化。比如現在，六月初、雨季方始的盛夏，辦公樓裡湧出的冷氣和潮濕的熱空氣混雜，悶熱的溽暑味中飄蕩著清爽的幽香……

李威連目不斜視地走著，耳邊是喧囂的雨聲和嘰哩呱啦的菲律賓語，席地而坐的菲傭在硬紙板下加了層塑膠布，照樣打牌聊天。每一處交叉口，標牌指示著IFC、太子廣場、交易廣場、文華酒店等等方向。他向渡輪碼頭走去，經過怡和大廈這棟鑲嵌著整齊的圓形窗戶的乳白色大樓，就是臨近海面的空地了。

二十年前，當他第一次來西岸化工面試，就喜歡上了怡和大廈。

即使在很多年後的今天，越來越多的高樓矗立在維港兩岸，不論高度、結構設計還是材料運用，都比怡和大廈有大幅提升和創新，李威連最愛的仍然是怡和大廈。

絕不僅僅因為他在這裡面工作了二十年，還有許多別的理由——簡潔含蓄的造型、剛柔並濟的線條、溫文爾雅的格調……尤其是它的色澤，這種淡雅、柔和的乳白色，總能讓他聯想起另外一棟建築，激起內心深處最長久、最深沉的懷戀。

李威連從怡和大廈旁走過，並沒有朝它再看一眼。

現在他的眼前只有一覽無遺的海面了。雨下得小了些，白茫茫的水霧如巨大帷幕垂落在夜色之下，對岸的燈火只有少許穿透過來，雨水飄灑的海面顯得比往日靜謐許多，維多利亞港的海景在此刻不再絢爛如畫，變得有些像李威連記憶中那片荒蕪、貧瘠的大海。

上海，這個城市的名字中就有一個「海」字。但是很多生活在上海的人，終其一生也未必見到過真正的海。

李威連在去金山石化廠當學徒工後，才第一次見到大海。上世紀八十年代初的金山，煙囪和廠房被包裹在鱗次櫛比的農田和荒地中間，往東就是一望無際的杭州灣。李威連在這裡形成對大海的直觀印象，以至於當他幾年後踏上香港的土地時，著實驚訝於香港海那澄碧的色澤。他曾經以為，全天下的大海都像他在金山所見到的那樣，海面遼闊、波濤洶湧，顏色則是青中帶黑，在灰色的長天之下，呈現出一種混濁的冷峻。

他非常喜歡這種蒼涼的味道，去了香港以後也念念不忘。

一九九八年重返上海後，他就一直想找機會再來金山看一看海，但始終被雜事糾纏，直到一九九九年春節之前，他才在整整十五年後，再度站到了這片海岸上。

第一次崩潰就在毫無預兆的情況下，突然發生了。

在眾目睽睽的談判現場，他突然失去了英語能力。雖然只是片刻工夫，雖然在場有中外雙方的翻譯和陪同，使他勉強掩飾了過去。但是那一整夜，他在恐懼中受盡了煎熬，黎明時分，他忍無可忍地走出了賓館房間，不知道將向何處去。

當一聲尖利的呼喊衝破頭腦中的黑霧時，他發覺自己被人用盡全力從背後抱住。他這才清醒過來，發現自己正站在賓館樓頂的邊緣，只要再跨前一步，就將化身為青黑色波濤中的泡沫，在無邊無際的絕望中載沉載浮，直到永遠……

他含糊地向阻止了自己的人道謝，踉踉蹌蹌地往樓下走。

女人卻緊跟上來，話說得氣喘吁吁，似乎比他還要狼狽，「是我呀，我是宋采娣呀，你還記得我嗎？」

就這樣，她成了世上唯一一個看見過他最失態時樣子的人。

她在無意中窺見到了他的真相，那個失魂落魄的、虛弱、骯髒、充滿恥辱和罪惡感的真相。

她成了他無法擺脫的魔障，儘管她本人對此完全不能理解。

她只以為自己交上了天大的好運，攀上了一根做夢都不敢企及的高枝。至於她那個唯唯諾諾的丈夫，在享受著由見不得人的關係所帶來的全部好處的同時，曾經對李威連隱晦地表示，這是他們夫婦在向他報恩。

多麼無恥。

過去他用各種荒唐行徑逃避內心的傷痛，但是直到那一刻，他才覺得自己真正可以稱為「墮落」了。諷刺的是，他竟然感受到了從未有過的心平氣和。

至少，在最絕望的時候，他有一個地方可以躲了。

雨又下大了。天星小輪顛簸著破浪前進。李威連坐在右舷，面朝著九龍的方向，港島的燦爛燈火在夜雨的沖刷中或明或暗，很快被拋在身後。李威連始終沒有回頭，他只看見海上的驟雨，猶如最猛烈的痛苦傾瀉而下，就像他看到那個視頻時的心情。

周峰死了，李威連從而不需要再與他面對面。從聽到周峰死訊的那刻起，李威連就把關於這對夫妻的一切回憶封鎖起來，假使真相永遠沒有機會澄清，不如就此拋下吧。

然而，他拋不下。大雨中的寧靜海面，彷彿帶來地獄最底層的咒怨，又讓他看見周峰的臉，宋采娣殷勤地給他挾著菜，整個人都貼到他身上來了，周峰坐在旁邊咧著嘴，彷彿戴著小丑的面具……和宋采娣最初發生關係後，他開始有意冷落她，直到某一天周峰對他說：「采娣想請你去家裡玩。」當時他有些吃驚，想看看周峰說話時的表情，但是從賓士的後座望向前方，他只能看到黑黑的後腦勺……後來每次當他痛苦到極點的時候，也總是周峰主動提出：「要不去我那裡？」他盯著在駕駛座上方的那個後腦，漸漸習慣了把這當作周峰的另一張臉……

周峰帶著模糊不清的面目死去，恥辱卻沒有隨之泯滅，必將纏繞他終生。

雨水從舷窗外打進來，他右邊的肩膀和手臂很快就濕透了。他記起曾經讀到過的一本書，裡面這樣寫著：撒旦最喜歡雨中的寧靜海面。

他閉上眼睛——李威連，你就是撒旦，你就是魔鬼。

那是他永生難忘的一天，大雨傾盆下的杭州灣海面，孤絕地如同洪荒之外，彷彿被拋棄在整個世界的邊緣。從那天以後，他就瘋狂地愛上了雨中的海面，愛上這如同死亡的孤寂，此後不管他走到何方，他的心從未離開過那裡。

他已經有三年多沒有見到她了。這三年裡他花費了多麼巨大的努力忘卻她——他拚命工作、學習，他傾注全部真情追求汪靜宜，只有他自己知道，他所做的一切都是為了擺脫對她的思念。

這是一種愛恨交織的思念，比單純的愛更有力更持久。

三年過去了，他以為自己已經成功地忘記了她。他對汪靜宜的愛大膽而熱烈，富有年輕人的激情，當他們相擁在一起展望未來時，他對自己的人生充滿信心。

一場意外的事故擊垮了他的所有期盼。

他不得不向他憎恨的母親懇求幫助，他不得不帶著傷痛的軀體和殘破的心靈遠走他鄉。健康、前途、學業和愛情一齊拋棄了他，這年他二十一歲。

在等待去香港的那段日子，他的心沉淪到最深重的黑暗裡。

金山石化的廠辦醫院靠近大海，當時算是整個金山地區水準最高、設施最完善的一所醫院。

受傷之後他一直住在這裡，即使後來他提出赴港申請，廠工會仍然以他「捨己救人」的事蹟為由，特別優待他繼續住院。

他在海邊住了將近半年，看著大海從六月的波光粼粼變到十一月的陰森可怖，一如他的心情。十二月初，他終於拿到了赴港的批准，很快就能啟程了。

就在出發的前一天，她來了。

那天從一早就開始淫雨霏霏，上海深秋季節的凍雨讓人冷到骨頭裡，陰寒隨著雨水遍地流淌，從每一條門縫和窗隙間滲入，躲無可躲。午飯過後，雨越下越大，海面上方灰沉黯淡，天地間一片迷茫。

她到的時候全身都濕透了，活像一隻落湯雞。從上海市區到金山，她肯定冒雨趕了大半天的路，手中雖然握著傘，還是從頭到腳滴著水，很快就在站的地方匯成了一個小小的圓形水窪。

他坐在床邊看著她，很長時間一言不發。三年不見，她的面容變化非常大，濕髮凌亂地黏在額前，他敏銳地注意到了上面深深的皺紋，厚厚的黑色棉衣褲裹在身上，像只粗鄙的大布口袋，當初的優雅裝扮和曼妙身段亦蕩然無存，他突然意識到，她已經是一個多麼衰老的女人了！尖銳的刺痛從後腰的傷處直躥到心上，他大大地喘了口氣。

——你來幹什麼？

——我、我來看看你。

她怯怯地回答，下意識地抬了抬右手，他這才看到她提著一大網兜的東西，水果、罐頭，還有別的什麼，塞得鼓鼓囊囊。

——謝謝，你太客氣了。

她淒婉地笑了笑，把網兜放在旁邊的木桌上。

——聽說你要去香港了？什麼時候走？

她依舊站著，他也沒有請她坐下。

——明天。

——明天？這麼快……威連，你一去香港，我這輩子就再也見不到你了。

她抬起手遮住微微張開的口，聲音顫抖。

——哦？我還以為我們早就一輩子不再見了。

——不是的！威連，我真的不知道你受傷，我……

——你怎麼樣？

她愣住了，許久都不再說話，好像就要哭泣，最終只是死死地盯著他看。

——就算早知道我受傷，你也不會來的。這又不是你第一次逃避，我一點兒不覺得意外。倒是你今天來看我，我確實沒想到。

你來幹什麼？來看我的笑話對不對？看我過得有多慘？還是想最後對我說幾句虛情假意的話，從今往後就不用再受良心的譴責？

殘酷的話語從他的嘴裡滔滔不絕地湧出來，她已然面無人色，卻不流淚也不反駁，始終一動不動地站在那個小水窪中央，聽著、看著。她是逆來順受？還是無言以對？他看不懂她此時的表情，她的眼中分明燃燒著熊熊烈火，不像悲傷倒像喜悅，不似離恨卻如狂戀！他受不了了，一直被強壓在心中的孤獨、絕望和恐懼就要噴薄而出，他多麼想質問她，為什麼要承認那些根本不存在的指控？他們本應攜手抗爭，她卻率先退卻了，懦弱得讓人不敢相信，留下他獨自承擔一切。

他狠狠地咬了咬牙，繼續說下去！

——現在你全都看見了，看見我成了什麼樣子！就算去了香港，我的傷也未必能治好，也許從此真成了癱子，我今年才二十一歲……如果不是因為你，我一定在好好地念大學，怎麼會跑到這種地方來當學徒工？更不會受這樣重的傷！我沒日沒夜地學習、參加自學考試，還剩四門課就可以拿到本科文憑了，現在也全完了！如果不是你，我根本不用這樣艱難地生活！還有……他說不下去了，還有愛情，他整整三年的真情付之東流，也都沒有了。

——今天你來看我，我很感謝你的好心。可是在我最痛苦、最失落、最無助的時候，你又在哪裡？那時候你為什麼不出現！

不要再假惺惺了，你這副虛偽的樣子太叫人噁心。你還是快走吧，既然早在三年前我們就沒關係了，今天又何必多此一舉地跑過來呢？你說得對，我去了香港以後咱們這輩子都不會再見了，這正是我希望的！

他說完了，窗外的雨聲立即闖進屋來，還有大雨潑濺在海面上激起的回音，周圍嘩啦嘩啦地響成一片，可又是多麼靜啊！

她抬起頭，淚水溫柔地鋪滿面頰。

——威連，別擔心，你一定會好的，一定會的。今天能看到你，我也就放心了，我……走了。威連，你自己多保重。

他不記得她是如何離去的，很久以後他才看見，那個小水窪中央只剩下一對混濁的腳印。這時他感覺臉上濕濕涼涼的，抬手去抹，發現自己竟流了一臉的淚。

怎麼會這樣呢？即使是在火車站送別父母和兄姊的時候、在得知自己喪失高考機會的時候、在聽醫生宣布很可能終生癱瘓的時候、在收到汪靜宜的絕交信的時候，他都沒有掉過一滴眼淚，今天這是怎麼了呢？

他想，大概是因為海上的大雨吧，他向窗外望出去，這片海灘荒瘠得沒有一棵樹、一片草，更沒有一個人影，只有從烏雲翻滾的天空中不斷墜落的雨水，在海面上匯聚成無邊無際的迷霧。

他就這樣愛上了雨中寧靜的海面，他就這樣變成了一個魔鬼……

「先生，先生！」

李威連猛地睜開眼睛，對面的長椅上，不知什麼時候坐了一對白人青年，金髮女孩正在用英語輕聲喚他，一雙碧眼中滿是關切。

「先生，你沒事吧？」她端詳著他，有些擔心地問。

他按了按太陽穴：「沒事，我只是有點兒暈船。謝謝你。」

「暈船啊……」女孩鬆了口氣，「今天的風浪是有些大。不過，」

她朝外面望了望，「馬上就到岸了。」

李威連點點頭，對兩個年輕人微笑：「是的，快到岸了。」

第二十八章

雨水一滴接一滴落下，雨聲在深夜中如此清晰。這片雨雲肯定是追隨著他，一路從香港來到上海。不過登陸上海之後，它的力量減弱了許多，從大弦嘈嘈變成小弦切切，此刻大約已經停了，盪起回聲的只是從屋簷上流下的積水吧。

李威連端坐在「雙妹 1919」的窗下，這時已近凌晨，偶爾有一抹昏黃的車燈從窗外射入，又被窗上的水跡幻化出點點破碎的光影，在漆黑的店堂裡一閃而滅。

從二樓不時傳來斷斷續續的嗚咽哭泣，但任何聲響都不能打斷李威連對往日的回憶，他的整個身心都跟隨著那剛剛逝去的靈魂，在永恆的死寂中沉醉下去，彷彿再也等不到晨光降臨。

暑假後的頭一堂英語課，身著墨綠色長袖連衣裙的女教師走進初二班級的課堂。她在講臺前站定，感受著滿堂天真而好奇的眼神，心中又緊張又喜悅。她才剛回滬不久，在鄉下的年月裡她幾乎失去對人生的希望，真沒想到今天還能重新講起英語，甚而執掌教鞭……如獲新生的激動使她的呼吸急促、喉頭發澀。

女教師開始上課了，最初的幾句話說得不怎麼流利。

是她太敏感了嗎？為什麼有一雙清朗的目光從她的臉上一掠而過，令她莫名地緊張，好像做了錯事被人發現似的。怎麼可能？滿屋子才十多歲的小頑童們，他們的整個小學時代在無秩序中度過，不可能學到什麼真正的知識。

她調整好情緒繼續上課。她所鍾愛的優美語言本來就融化在血液之中，最初的滯澀過後，她漸漸揮灑自如。突然，她又感覺到了那雙目光，這次卻充滿了坦白的快樂，女教師的心跳加速，不動聲色地搜尋起目光的主人……她看見了，那個坐在最後排窗邊位置上的男生，就是他！在她眼裡他還分明是個小男孩，卻又有著出類拔萃的相貌和氣質。

接下來女教師一邊上著課，一邊體會著時刻存在的隱秘互動，覺得不可思議。下課時她指示了抄寫單詞和句子的作業，離開課堂前她朝男孩望去，他已經埋下頭，很認真地書寫起來。

他根本沒有按照要求做作業，而是用英語寫了一篇小散文，描述了女教師的第一堂課。遣詞造句還有些生澀，但天賦的語感令女教師驚歎不已。她認真地批改了這篇小文章，在後面給他留了下一篇寫作的題目。

從此以後，這個學生的英語作業都是獨一份的，女教師則在課堂上擁有了一個秘密的小知音。

秋風剛剛吹了幾個晚上，人行道上就鋪了厚厚的梧桐樹葉。

女教師穿著黑白相間的大提花毛衣和駝色的呢料長裙，在滿街灰頭土臉的行人中更顯得風姿綽約。她辨認著門牌號碼，慢慢朝弄堂深處走來。

前頭傳來嘩啦啦的水聲，女教師停下腳步，詫異地端詳著在露天水斗前賣力洗衣服的男生。

「老師！」他也發現了她，叫了一聲就愣在那裡，捏著濕衣服的手忘記收回來，被冷水浸得通紅。

「我來家訪，家裡有人嗎？」女教師對他溫柔地笑著，盡量親切地說話。其實她已經瞭解了他的身世，知道他的父母在他念初一的時候就遠赴香港，將他一人留在上海，也明白了他的家族和袁家，乃至她自己的家庭之間那種曲折的蔓連。因此她又對這個男孩子生起了天涯同命的憐惜之情，她今天是特地來看看，這個僅僅十三歲的小男生是如何獨自生活的？

男孩的雙眸不是一般中國人的棕黑色，而是清澈的黛藍色。

他就用這樣一雙很特別的漂亮眼睛看著女教師，輕聲回答：「老師，我家裡只有我。」

這坦率中略帶羞澀的模樣讓女教師心中一顫，她情不自禁地拉過男孩紅通通的手：「沒關係，老師來看看你就行。」

這個家出乎意料地整潔，男孩請老師在桌邊坐下，倒了一杯熱水放在她面前：「老師，請喝水。」

「你家原來就這一間房嗎？」

「原來有兩大間，爸爸媽媽走的時候，政府給換成了這間小屋子，說足夠我一個人住了。」

女教師環視著四周，牆上掛著一家五口的黑白合影。她的目光在那位母親美麗絕倫的臉上停留許久，她的瞳仁想必也是黛藍色的，只是比男孩的要淺，在黑白照片上也顯得與眾不同。

「你長得很像你的媽媽吧？」

他低下頭沒有回答。其實女教師想問的是：你媽媽怎麼捨得把你一個人扔在這裡，她怎麼會這麼狠心？

她轉了話題：「衣服都是你自己洗，那吃飯怎麼辦呢？」

「我自己也會做飯的。」他每次都是注視著她才說話，多麼好的教養……但是女教師的心中酸楚難當，他才和自己的女兒一樣大啊，她真想把男孩摟到懷裡，給他一個最溫暖的媽媽的擁抱。

她沒有這樣做，而是說：「你的英語非常好，課堂上學的程度不適合你。以後每週日你去我家，我給你做特別輔導。」

「真的？」男孩的眼睛放出光來，「太好了！老師，謝謝你！」

第一次輔導時她準備了許多好吃的，男孩還沒有擺脫拘束，吃得並不多。就在那次輔導時，她擁抱了他，她本以為這會是純粹母愛的釋放，實際上卻體驗到另一種奇妙的滋味，女教師感到了強烈的內疚，在以後的輔導中，她再也沒有擁抱過男孩。

她命令自己像一個真正的母親那樣去關心他，憐愛他，教導他。男孩是聰明絕頂的，很乖巧地配合著女教師，讓她覺得自己的一切苦心都在產生最好的效果。

唯一的麻煩是女教師的女兒，這女孩自從發現男孩每週來家的規律後，就千方百計地在這段時間賴在家裡。後來連女教師都不知男孩耍了什麼花招，女兒不再騷擾他們的相聚。不過女教師還是在課堂上看到，女兒時不時向男孩投去毫不掩飾的迷戀目光。

女兒和男孩一起升上初三，不知不覺中他已經長大了許多，越來越討人喜歡了，前一刻他的神情還是小男生的稚嫩和青澀，下一秒他的笑容裡就流淌出些許男人的魅力，這種含而未發的誘惑令她莫名心驚。

寒假前的期末考試就要到了。女教師正在辦公室裡準備試題，女兒哭哭啼啼地跑進來：「媽媽，媽媽！他昏過去了！」

女教師的腦袋嗡地一聲，好不容易才問明白，一貫體育成績優異的男孩在運動會上跑完一千五百米以後，竟然趴在跑道邊劇烈嘔吐到暈過去。她趕去醫務室打聽，原來男孩是得了急性肺炎，已經送醫院了。

下班後她直接去了男孩的家。

「你不是一向身體很棒的嗎？這是怎麼弄的？」女教師急痛攻心，劈頭蓋臉地質問躺在床上的男孩。

「老師……」他叫了她一聲，聽上去非常虛弱，「我很快就會好的，絕對……不會耽誤期末考……」

「誰在跟你說期末考！」女教師坐到床邊，俯下身去看他蒼白的臉，「家裡的米放在哪裡？我給你煮粥。今天來不及了，明天我給你帶些肉鬆來，還想吃什麼告訴我，我來做……」

「老師……」他又低低地叫了一聲，帶出一點撒嬌的味道來。

女教師的心軟成一堆，東張西望地正打算起身做事，手卻被他一把握住了。

他的手心有點燙，應該是熱度還沒退淨。這點熱度迅速躥遍了女教師的全身，她竟然像少女般瞬間緋紅了雙頰，女教師簡直無地自容，連忙把他的手送回到被窩裡。

整個禮拜，女教師每天下班後就來照顧男孩，給他做飯燒菜洗衣打掃房間，一直待到男孩睡熟了才走。他確實體格強壯，再加有人悉心照料，恢復得相當快。雖然醫生囑咐他繼續休息一段時間，男孩還是返回學校參加了期末考。

就是在期末考前的最後一次週日輔導課，男孩主動伸出雙臂，緊緊地擁抱了她。最初天旋地轉般的沉迷後，女教師徹底清醒過來。她立刻用最嚴厲的方式趕走了他。該結束了！儘管心痛如絞，但她相信這是絕對正確和必須的行動。

她怎麼也沒有想到，那麼乖巧、聰明的他竟然用一張白卷向她抗議。雖然他最後還是認了錯，雖然他剛剛生過的那場大病成了最好的藉口，女教師卻不得不向自己承認，錯誤已經釀成了。

她所面對的不是一個泥坯，而是一個活生生的生命。從他的身上，她一心想要尋回的是自己失落的青春和夢想，是這個世間所不具備的美與高貴，是藝術和人性的至高境界。她是如此溺愛這個學生，想把他塑造成心中最完美的形象，但她卻忽略了最重要的一點：他是活的，就不能全由她作主。他們之間的關係，更不是由她一個人，而是雙方共同定義的。

她太低估男孩了，孤獨使他過早地成熟，也締造出了極端的性情。她越是精心打造他，他就越敏感、越孤高、越執著。

女教師只能乞求上帝給自己懸崖勒馬的機會，同時盼望著歲月流逝，男孩總會長大成人。她幻想著到那時，他將毫不猶豫地離開，留給她一個光彩照人的背影，她也就能告慰自己的良心。

幸好，再沒有什麼破格的事情發生，他們相安無事，像一對真正的師生那樣相處。高一、高二、高三……周圍的世界早幾年殘酷瘋狂、晚幾年喧囂紛亂，唯有他們得天獨厚。每週日上午的輔導課不分寒暑，風雨無阻。

男孩真的長大了，越來越多情竇初開的女生們圍繞到他的身邊，目光中充滿癡迷，他卻好像全都視而不見。畢業考在即，女教師覺得，是時候和他談一談離別了。

沒想到，尚未開口已心如刀割。她克制住自己的軟弱，用開玩笑地口氣問他，打算把哪一天定為最後一課的日子。

他不回答，隨著年紀增長，那對眸子中的藍色漸漸隱去，變得越來越黑。她害怕看這深不可測的黑，那裡面好像有著能直接吸走她魂魄的力量。

「沒有最後一課，只有下一課。」他終於說。

「等你上了大學，我就再沒什麼可以教你的了。」

「大學也沒什麼可以教我的。」頓了頓，他又說，「如果你不給我上課，我就再也不說英語了。」

她又氣又急：「威連，你不可以這樣任性！」

「不是任性，而是……不能。」

「什麼？」

他搖了搖頭，那表情彷彿在說你懂什麼，你什麼都不懂，接著笑起來：「學校裡都在搞臨別贈言呢。老師，你有什麼願望要對我說嗎？只能有一個。」

她本可以隨意應付一下的，但離別之痛忽然將她的心牢牢攥緊，這或許就是最後的機會了，即使她的心意不配為人所知。

她終於說了出來：「不管我今後還會不會給你上輔導課，在我死的時候，你要陪在我的身邊，好嗎？」

很長時間他都沒有作聲，似乎在努力思考著什麼。

最後他抬起眼睛，沉靜地注視著她：「假如這樣能夠使你開心，好的，我答應你。」

就在今天，他實現了好多年前許下的諾言，只是這樣的告別方式，絕非當初所能想像。剛才他守在尹惠茹的身邊，緊握著她的手，眼看她咽下最後一口氣的時候，他甚至不能確定，自己守護的還是原先的那個人嗎？

尹惠茹是在李威連出發去香港的一個星期之後，從華海中學跳樓自殺的。為什麼要等一個星期，李威連後來猜想，大概她是想確定他已安全抵港，然後再心無掛礙地離開這個世界。一九八四年他們在海邊的傾盆大雨中訣別時，李威連認定她是個自私、懦弱的女人，多年之後重返上海，當他看見徒留其身永失其魂的她時，他才痛心疾首地發現，她是那樣勇敢，遠遠超過他的想像。

他舉起手帕擦去淚水。李威連痛恨流淚，在從小到大屈指可數的幾次哭泣中，他絕大部分的淚水都是為了她而流。

好在，這終歸是最後一次了。今天他是為了解脫而流淚，這既是他的解脫，也是她的解脫。他們終於都熬到頭了。

一個人影出現在店堂後首的門前。

李威連把手帕疊起來放好，在黑暗寂靜的店堂裡待了這麼久，他已經完全適應了這個環境。他對那個人影點點頭：「是你啊，請過來坐，我們是應該好好談談了。」那人似乎有些猶豫，李威連冷冷地笑了：「還是開個燈吧，小心絆倒。」

「啪」，隨著一個極輕微的聲響，最靠近李威連的牆上，那盞青銅支架半透明雲石燈罩的老式壁燈放出幽暗的黃光，剛好照亮他身邊一米見方的有限空間。

那人穿過黑黢黢的店堂，走入這小塊光暈中。

「你們姊妹倆確實長得非常像，」李威連注視著她說，「不過，現在我即使在黑暗中，也絕對不會認錯了。你知道是為什麼嗎？」

她在桌前站著不說話。李威連微仰起臉打量著她，黯淡的燈光下這張臉青白似鬼，紅腫的雙眼旁淚痕斑斑。一抹戲謔的淺笑浮現在李威連的唇邊，他慢悠悠地說：「不知道嗎？告訴你，你們倆的氣味不一樣，文悅身上的氣味清清淡淡，有點兒像青蘋果，而你卻散發著一股酸味，活像一個腐爛到底的蘋果！」

「你！」邱文忻氣得臉色更加慘澹，她用顫抖乾澀的聲音反擊，「你為什麼不守在上面？跑下來幹什麼！你想逃跑是不是？」

李威連唇邊的笑意更濃了：「我都已經守了一天一夜，怎麼？你還不打算放過我嗎？」

「你居然還笑得出來！你這副樣子怎麼對得起剛過世的媽媽！」

他的臉色驟然改變：「我陪她到了最後一息，不僅對得起她、也對得起我自己的良心！現在我是不是在她身邊，對她根本就沒有意義了。哼，其實早就沒什麼意義了……我奉勸你一句，邱文忻，不要時時刻刻抬出你的母親來，除非你對她根本就沒有做女兒的敬意！」

邱文忻啞口無言，胸口一個勁地起伏。李威連向她抬了抬手：「坐下吧，你不累，我看著都累。今晚我們要談的內容很多，一時半刻是談不完的。」

「我和你沒什麼可談的。我還要上樓去……」

「不，樓上有文悅陪著就行了。你坐下！」他略微提高了聲音，無形中的威嚴令邱文忻全身一震，不由自主地在他對面坐下來。

現在燈光直接照到她的臉上了，李威連仔細端詳了一會兒，才說：「你們不僅彼此長得像，也很像你們的媽媽。年齡大了以後就更像了……正如我記憶裡她的樣子。」說到這裡，他的嗓子哽了哽，隨即又恢復了冷淡的口吻：「不過，這些都只是表象，你們是截然不同的女人。」

「你到底要說什麼？」她很不耐煩。

李威連盯著邱文忻的眼睛：「說說我是怎麼把你和文悅區分開的。」

「這有什麼可多說的？你剛才不是已經——」

「邱文忻，」李威連打斷她，「我們第一次見面是在什麼時候？你還記得嗎？」

邱文忻畏縮地瞟了他一眼，沒有回答。

屋簷下的雨聲越滴越慢，積水快要流盡了。正是黎明前最黑暗的時候，連窗外透入的車燈光都幾乎絕跡，只有一小團鬼火般陰暗跳動的黃光籠罩著他們。

「一九九七年我回上海後第一次來這裡，底樓還開著家服裝店。我去樓上找人，頭一個遇見的不是文悅，而是你。對嗎？」

李威連的敘述很平緩，卻在陰森的店堂裡引出令人膽戰心驚的回音，往事的灰色帷幕被一點點撕開，猙獰可怖的真容漸漸顯現……

「我記得非常清楚，起初我們兩人都愣住了。那一刻我確實感到悲喜交加，心情複雜得無以言表，然後我就主動向你打招呼，我說的是──文悅，你好。」他再次停下來，逼視著邱文忻，而她已如坐針氈，眼神中充滿恐懼。

「可是，我的問候好像讓你受了極大的驚嚇，你轉身就跑，嘴裡嚷著：『文悅，是他、是他！』就在我摸不著頭腦的時候，文悅驚叫著跑下樓來，撲到我身上嚎啕大哭。我好不容易才讓她平靜下來，她向我講述了我離開上海後所發生的一切，領我上樓去看……」

李威連閉了閉眼睛，片刻後睜開，裡面再沒有悲痛，只有最陰冷的寒光：「當時我確實沒有心情去想別的，但等我平靜下來以後，卻對你的表現產生了極大的疑問。更有趣的是，文悅也沒有想要向我介紹你。為什麼會這樣？難道你我不是在一九九七年才初次相遇的嗎？

「在華海中學與我做同學的一直是邱文悅，而你，是在你們的媽媽跳樓之後才從鄉下來上海照顧她的，可是為什麼，當你第一次見到我的時候，就好像完全認識我是誰？」

邱文忻緊咬牙關，垂首一言不發。

「文悅是沒有心計的人，但在這個問題上，她的嘴倒很緊。當然了，我也沒有多追問，因為我不願讓你們產生任何不安，畢竟……你們和你們的媽媽，都是我一心想要善待的人。況且我有信心找出真相，為了達到這個目的，我也必須讓你們，尤其是你，對我不抱戒心。」

李威連往前傾了傾身子，那抹鄙夷的微笑又出現在他的嘴角：「我慢慢發現了，要辨認清楚兩個極為相像的雙胞胎，最有效的辦法就是盡量同時和兩人在一起，比較她們之間的一切相似與不相似之處。我這樣做了，也徹底分清了你們兩個。從長相到氣味，從頭到腳，由外至內……邱文忻，你知道我有多麼厭惡你嗎？」

邱文忻驚恐萬狀地瞪著李威連，想要起身逃離，卻又沒有這個膽量。

「不，這不重要。」李威連緩緩地搖了搖頭，「重要的是我終於能夠確定，我並不是在一九九七年才第一次見到你，而是在許多年之前！

「邱文忻，你我是老相識了，對不對？只不過正如我厭惡你一樣，你同樣也厭惡我，更準確地說，你恨我！至於你到底是在哪些時候取代了文悅，我無法回憶清楚了。但的確有好幾次，當我在這裡見到『文悅』時，曾經感到十分困惑。當我又記起這種古怪的現象都發生在寒、暑假時，就全明白了。邱文忻，一定是你們的媽媽不捨得把你一個人留在鄉下，趁著假期把你接到上海來玩。你來了之後基本上從不出門，因為鄉下丫頭根本無法適應上海的環境。於是你穿著姊姊的衣服從早到晚留在家裡，看到我在你們家中出入。你向文悅打聽我的情況，她多半勸你不要多管閒事。你是不是還去質問了你媽媽？未必……你這個人心思陰險、心計奸詐，你從來不會光明正大地表達意見！」

「你胡說！」邱文忻歇斯底里地叫起來。

「住口！」李威連一聲低喝，立即讓她洩了氣。他的面孔因為切齒痛恨而扭曲，「先別忙著叫，我還沒有說完！你——邱文忻，你雖然不敢坦白地向你媽媽，甚而向我表示反感，但你卻一直在暗中窺視我們，還趁著你姊姊不在家的時候，故意跑到我面前來試探我，把我弄得一頭霧水。如果僅僅是這樣也就算了，但你的內心太惡毒，你發瘋似的嫉妒我，嫉妒你媽媽對我的特別關愛，更嫉妒我光明的前途，因為這些都是你永遠也得不到的！」

他盯著邱文忻，一字一句地說：「所以就在我面臨高考的關鍵時候，你給華海中學的校長寫了匿名信，把你媽媽和我一起告了！」

「那又怎麼樣！」猶如被人扯下了最後一塊遮羞布，邱文忻狂亂地嚷起來，「是你們傷風敗俗，不要臉！就許你們做，不許我告發嗎？」

「我們做什麼了？！」李威連厲聲質問，「你究竟是看見了？還是聽到了？你說啊，你現在就把我們做的傷風敗俗、不要臉的事情一樁樁一件件都說出來，讓我也聽聽，你到底知道些什麼！」

沒有回答。李威連冷笑：「你說不出來的。事實就是，我們什麼都沒有做！」

邱文忻又嚷起來：「可是你們想！我知道的，我看得出來！」

「想又怎麼樣！想又不犯法！」李威連搖著頭說，「所以你寫在匿名信中的一切，都是你編造的對不對？那些所謂的傷風敗俗、不要臉，全都是你想像出來的……或者說你只是把自己在鄉下所見所聞的骯髒事蹟搬上來而已！可是結果呢？你不過是親手葬送了你的媽媽！」

「她活該！你也活該！你們都活該！」邱文忻捂著臉痛哭起來。

「你說！你的匿名信究竟是怎麼寫的？為什麼你媽媽不為她自己辯解？為什麼她輕易承認了那些無恥的中傷？到底是為什麼？」

「為了……為了讓你坐牢！讓你去死！」

「你就這麼恨我嗎，邱文忻？」李威連不可思議，「你真的那麼迫不及待地想把我置於死地嗎？是的，你肯定覺得我所受的處罰還太輕了，所以不久之後你又做了更加卑鄙和惡毒的一件事！」

「威連……文忻……你們在吵什麼呀？」從店堂後面的黑暗中傳來怯怯的問話，邱文悅搖搖晃晃地走進昏黃的光圈。

邱文忻好像撈到了救命稻草，從座位上一躍而起：「阿姊，就是他，就是他！姆媽剛剛咽氣，他就翻臉不認人了，要跟我們算總帳，他、他要逼死我！」

「威連，你？」邱文悅愣愣地看著李威連，悲傷和勞累使她的臉都有些浮腫。

李威連用略微和緩的語氣說：「文悅，你來得正好，坐。」他又看了邱文忻一眼：「急什麼，今天不把該說的說完，你是走不掉的。」

黃色光暈晃了晃，一副欲滅未滅的樣子。再次開口時，李威連的聲音已經相當沙啞了：「這件事情必須同時對你們倆說——就是邱文悅作偽證的事。文悅，我知道那不是你，對不對？那個向派出所民警誣陷我撲滅煤氣害死袁伯翰的人，不是你而是她！」

雙胞胎姊妹相互對視，真的如同照鏡子一般，一模一樣的形容憔悴，神色萎靡而絕望。

「於是，你們的媽媽只能趕緊帶著文悅去派出所圓場，從而更覺得對不起我——」李威連靠回到椅背上，對著黝黑的半空看了許久，才低聲說，「但她終究還是你們的媽媽，所以寧願以死謝罪，也不肯對我說出真相。你們三個人一起隱瞞，瞞了我這麼多年。好吧，只要她活著一天，我就忍一天……現在她去了，我才能和你們說個明白！」

邱文悅流著淚哀求：「威連，看在死去的媽媽的分上，你就別……」

李威連把寒芒閃耀的目光投向她們：「我可以不再追究，但是邱文忻，你必須回答我一個問題——那天你究竟看見了什麼？關於袁伯翰的死，你到底還知道些什麼？！」

「我什麼都沒看見！」邱文忻捧著臉嚎啕大哭。

「威連……」邱文悅也痛哭起來，哆哆嗦嗦地朝李威連伸出雙手。

李威連長長地歎了口氣，閉起眼睛。

過了許久，兩個女人的哭泣聲漸漸低落下去。邱文悅站起身，繞到李威連的跟前：「威連，你也很累了吧，要不要去睡一會兒？」

李威連搖搖頭，示意邱文悅坐在自己身邊。

「文悅，這些年『雙妹』經營下來，賺了不少錢吧？」

「賺錢？」邱文悅傻傻地張開嘴，邱文忻卻搶著說話了：「沒錢！這麼個破店能掙什麼錢？還老要貼錢給你、供你玩樂……」

「貼錢給我？」李威連冷笑了一聲，「邱文忻，經營這家店的開支和收入，我不用看帳都能估算出來。更別說前後兩次裝修，所有的錢都是我出的，房子是你們自己的，不需要付房租。十年下來，你們起碼積攢了幾百萬的純利。」

「那都是我們姊妹的血汗錢！」邱文忻緊張得聲音亂顫，「你想幹什麼？」

「錢呢？」

「你管不著！」

「哦？」李威連微微挑起眉毛，「至少我作為投資人，有權要求返還本金和利息吧。」

邱文忻更慌張了：「什麼本金？什麼利息？你、你當初給錢的時候也沒說過啊——」

李威連厲聲打斷她：「你現在就回答我，家裡的錢在哪兒？！」

「威連，」邱文悅原本一直依偎在他身旁，這時也膽怯地抓著他的胳膊說，「威連，我們去年剛買了套新房子，在古北。這裡太舊了，還開著店，我們以後老了肯定不能住這裡的。」

「原來是這樣，倒也對……」李威連抬起眼睛，竟然對邱文忻淡淡地笑了笑，「肯定是你的主意，規劃得不錯。」

邱文忻有些不知所措：「給……姆媽辦事情還要很多錢的。」

李威連沒有理睬她，又轉向邱文悅：「文悅，你們很快將會繼承一筆遺產，也可以說是一筆遺債。」

兩姊妹一起愣住了。

李威連乾脆俐落地說：「尹惠茹的名下有一套房產，她死後根據法律將由你們姊妹二人繼承。但這項房產不屬於你們，它是我的！我已經聯繫了律師，今天早上十點鐘就會到，你們要立即簽署一份文件，明確這項房產的歸屬權。」

「什麼房產？」邱文忻追問。

他只說了兩個字：「逸園。」

她們同時倒抽了口涼氣。

店堂裡陷入詭異的死寂。磨砂玻璃的窗外，隱隱地有些白光透進來，黎明就要到了。

「要是……我們不簽呢？」終於，邱文忻打破沉默。

李威連回答得倒很輕鬆：「那你們就得承擔剩餘的七百多萬貸款。也許不一定動到你們打算養老的新房子，把『雙妹』賣了的話，勉強能湊齊吧。」

「那怎麼能行！我們還要靠『雙妹』吃飯的！」

半戲謔半藐視的眼神又在他的臉上出現了：「知道就好，所以還是簽了吧。文忻，你從十幾歲起就和我作對，始終得不償失，這次為什麼不改變一下策略呢？也許你我可以嘗試互利互惠？」

邱文忻低下頭不吭聲了。

邱文悅輕輕摩挲著李威連的胳膊說：「威連，你還要拿七百多萬出來啊？」

「他有的是錢！」邱文忻惡狠狠地說。

李威連注視著她說：「你太高估我了……還有件小事要拜託你幫忙。」他指了指對面的牆壁，那裡已從一片悶黑中透出淡淡的亮色來：「這幅油畫是我拿來掛的，請你幫我送到畫廊去，他們會收的，低於兩百萬不要賣。」

「你肯定能超過兩百萬？」

「假如不是金融危機，完全可以拍到四百萬。現在也管不了那麼多了……我只要兩百萬，多賣的錢歸你。」

邱文忻哼了一聲：「算了吧，姆媽的事情你就打算一毛不拔了？」

「文忻！」邱文悅叫起來，「儂勿要再逼伊了。」

李威連從左腕摘下手錶放到桌上：「聽說常有闊老闆來『雙妹』捧你們的場，找個識貨的吧，限量版的勞力士，至少值二十萬……夠了嗎？」

邱文忻拿起金錶走了。

窗外透進的光線越來越亮，照在兩張憔悴不堪的臉上。邱文悅低聲問李威連：「文忻手裡有鈔票的，你何必再給她金錶去賣？」

「她不會賣的。你妹妹是個嗜錢如命的吝嗇鬼、守財奴，她會把那塊錶藏起來，隔一段時間拿出來看看、擦擦……」李威連輕輕地笑了，帶著無盡的悽楚，「其實她是對的，這種東西越放越值錢。」

邱文悅更加困惑了：「你不是還要錢用嗎？幹嘛給她？」

「就給她留個紀念吧，紀念我們剛才的談話，一次非常成功的談判。從小到大我送了你多少禮物，這次也送她一件。」

他們相視苦笑，為了讓邱文悅不打擾自己和尹惠茹，整個中學時代李威連都用父母留在家裡的小東西收買她，重返上海後更是經常送她各種禮物，已經成了習慣。過了一會兒李威連又說：「畢竟文忻盡心盡力地照顧了你們媽媽二十多年，即使她這麼做是出於良心不安，我也應該感謝她的。」

「威連，」邱文悅怯生生地說，「剛才你問文忻匿名信的事，我告訴你，其實她寫的是，如果學校不查辦你，她就把你們的事掀出去，讓全上海的人都知道。我也不曉得她哪來這麼大的恨，可我當她也就是說說狠話，她不會連媽媽都想害的。而且，當時媽媽並沒有承認。」

「沒有？」李威連露出真正驚訝的表情。

邱文悅肯定地點了點頭：「沒有。媽媽為了這事還打了文忻一記耳光，從小到大她從來都沒有打過我們。她把文忻關在家裡好多天，後來一直到你去了金山，媽媽才把文忻放出來。」

「是這樣嗎……」李威連皺起眉頭思索著，「那麼就是校長騙了我！因為只有說你媽媽先承認了，才能讓我甘心接受處罰。我懂了。一切都是為了學校的名譽。所以為了安撫寫匿名信的人，校長讓我當了替罪羊。難怪我一直想不通，為什麼最後你媽媽沒事，只有我被……」說到這裡，他突然住了口，靠到椅背上輕輕地笑起來，神情中竟多了幾分釋然，「這樣也好。」

出於忠誠，也出於卑微的自我犧牲的願望，當年他沒有多加思索就接受了懲罰。有一點邱文忻並沒說錯，所有的罪他們都在心裡犯下了。既然現實中沒有他們共同的位置，那麼他將自己打碎了送上她的祭壇，至少是另外一種證明愛的方式。後來他恨，是以為她辜負了他。

她沒有辜負他，只是晚了三年而已。她用這三年遠遠地守候著他，直到確信他獲得了真正的自由。他們沒有做任何「傷風敗俗」的事情，卻為了彼此「粉身碎骨」，如果這也算罪，那麼就是吧。

假如未曾化身為兩個罪人，二十多年過去，也許他們早就彼此相忘，而不會像今天這樣牽絆到死。所以說，這樣也好。

是罪，最終成全了他們，成就了生死不渝的愛。

「威連，」淚花閃現在邱文悅的眼裡，「姆媽最後的時候，她一定認出你來了，我看見的，她好像要對你說什麼……」

「是嗎？也許吧……文悅，今後就是你們姊妹倆相依為命了。還好有文忻管著家，如果是你一個人，我倒擔心你會被人騙。」

邱文悅狐疑地端詳著李威連，他的臉上有種疲憊至極的平靜，她突然全身冰涼：「威連，你不會要拋開我們吧？你以後不打算再管我們了嗎？啊？威連！」

他溫柔地回答：「當然不會，只要我活著就不會不管你們的，放心吧。」

熹微的晨光中，梧桐樹葉隨著清風窸窣搖擺，早起的環衛工人打掃著街道。下了一整晚的雨，直到凌晨才停，路面上還濕漉漉的，空氣中飄散出清新明媚的芬芳，溫度卻開始快速升高，到底是夏天了。

第二十九章

「飛揚，等等我。」

在這個舒爽的初夏之夜，戴希抱膝坐在自家的小陽臺上，腦子裡反覆盤旋著這句話。不知不覺夜就深了，小陽臺上涼風習習，髮梢掃過她的眼角時，酥酥麻麻的，不經意地帶下一抹濕潤。同樣的話她說了好些年，彷彿早已成了她的專利，今天，這句話卻被別人搶去了。

戴希抽了抽鼻子，把眼淚擦在手臂上。兩條小臂都已經潮乎乎了，夏夜的清風一吹而過，絲絲縷縷的涼意沁入肺腑，被痛楚擠得滿滿的胸膛終於開啟了一條狹窄的縫隙，戴希深深地呼吸著清新的空氣，覺得自己哭夠了。

孟飛揚回復了那條短信後，戴希再沒有猶豫，就接受了去研發中心的新任務。這究竟是個冷靜的決定，還是賭氣的行為，她並沒有想得很清楚。自從回國以後和孟飛揚之間波波折折，時至今日似乎已到了一個必然的轉捩點，不論向左還是向右，彼此都要做個決斷了。

但，終究還是不捨呀。

戴希對孟飛揚的懷戀隨著離別的臨近而日益增長，還摻雜進越來越多的埋怨與不解——她似乎已經忘了，當初是她在自家樓下與他分手，沒有期限地中斷了他們之間的聯繫；她也不體諒他透過童曉輾轉送達的關心和歉意。戴希一廂情願地等待著孟飛揚再次向自己低頭認錯，就像過去一樣。

可是這次不同，戴希的心中突然產生了極大的恐懼，真的就這樣分開了嗎？她無論如何要去見一見孟飛揚。

戴希趕在六點之前來到了孟飛揚的公司樓下。她等啊等啊，下班的人流才剛剛變得稀疏，她就在人群中發現了他。

孟飛揚穿著白底條紋的長袖襯衫，領帶已經摘掉了，領口微敞。

戴希遠遠地看著他，他比上一次看見時黑瘦了些——每年一到夏天他就會這樣，她的心裡酸酸暖暖的，戴希不由自主地向他走去……

「飛揚，等等我。」

戴希猛地停下腳步，一個瘦小的女孩疾步走出電梯門。孟飛揚應聲回頭，他的目光掠過戴希所站的這一側，戴希的心狂跳起來，他看見我了嗎？看見了嗎？

柯亞萍已經跑到了孟飛揚的身邊。也許是幻覺吧，戴希似乎看到，孟飛揚的臉上交疊起異常複雜的神情。只是瞬間之後，他若無其事地對身邊的女孩露出笑容：「我這不是等著嗎？你急什麼？」

柯亞萍嬌俏地低下頭，像所有戀愛中的女孩一樣煥發出令人心動的嫵媚。孟飛揚輕輕攬了攬她纖細的腰身，兩人肩並肩向前走去，消失在戴希的視線之外。

回到家裡，戴希就在小陽臺上坐到現在。也許是眼淚流得夠多了，戴希漸漸平靜下來，她腦子裡空空如也，乾脆盯著遠方的夜空看。這片黛藍色的明淨夜空裡，只點綴著些微的星光，多麼像無垠廣袤的心靈空間，猶如一個強大的磁場吸引著她……

手機突兀地響起來，戴希慌忙去看——不是孟飛揚，而是一個陌生的號碼。

她很失望，可某種模糊又強烈的預感讓她按下接聽鍵。

「喂？」

「你好，戴希。」

手機差點兒掉在地上——是他！

「你……好。」就像第一次在公司接到李威連的電話時那樣，她語無倫次了。

電話那頭稍停了停：「你最近好嗎？」

李威連沒有報自己的名字，顯然他認為不必要了。

「……我很好。」應該馬上問候他的，這些個日日夜夜裡她多麼盼望能向他問個好，但是此刻戴希張口結舌，變成了傻瓜。

李威連用一如既往的沉著口吻說：「我想請你幫一個忙，可以嗎？」

「當然！」戴希的頭腦開始飛速轉動，興奮和緊張讓她的臉發燙。

他又稍微停了停，才說：「戴希，你上次在香港滙豐銀行開立的帳戶，我需要借用其中的一部分錢。」

「借用？」戴希不解，「那本來就是你的錢啊！」

他顯然無意與她多談，只簡明扼要地說：「請你盡快把其中的四十五萬美金轉到我指定的帳戶中，帳號細節我馬上發到你的手機上。當然，如果你不願意也不必勉強……」

「沒問題呀！」戴希衝著手機嚷起來，「為什麼轉四十五萬？我把五十萬全部轉給你好嗎？」

「戴希！」他的聲調突然嚴厲了許多，「我說得不夠清楚嗎？」

「清楚的……」

「那就照我說的做！」

戴希小聲嘟囔：「是。」興奮感消失了，她記起了椎心的歉疚之痛——是我傷害了他，才讓他陷入今天這樣的困境……

「戴希，」又是很短暫的沉默之後，李威連說，「非常感謝你。」

戴希說不出任何話了。

「轉帳完成後你給這個手機發條資訊，我確認到款後也會給你信息，就這樣，祝你一切順利，再見。」

電話斷了，就如它開始得一樣突兀。

又過了十來秒鐘，一條短信跳出來，是他所說的帳號資訊。

戴希朝著手機螢幕發了很久的呆。

她曾經設想過很多遍該如何再次面對他，但是萬萬沒有想到，他們竟然會以這種形式重新開始對話——為了一筆錢。

這筆錢，戴希從沒有一秒鐘覺得它屬於過自己。在發生了那許多變故之後，這筆五十萬美金更是讓戴希如芒在背，她不知道該如何妥善處置它。現在問題解決了，哦，不對，只解決了百分之九十。

戴希把陌生的手機號保存起來，在姓名欄裡輸入——諮詢者X。

他現在一定非常非常需要錢，能幫上他的忙，多好啊。戴希微笑了，有些時候錢還滿可愛的。

李威連在處理這筆錢上始終霸道的態度，讓戴希捕捉到了他最微妙的心理。對她來說，李威連贈與她的從來就不是有數值的金錢，而是一件無價之寶。

「戴希！你好啊！」

戴希剛踏進AirBus的艙門，正要沿著過道朝後擠，就聽見有人和自己打招呼。

「啊，Gilbert！你也在這班飛機？」戴希驚喜地向端坐在商務艙裡的Gilbert Jeccado點頭致意。

「還有我呢，哈哈！」張乃馳從Gilbert身邊探出頭來。

「哦，Richard，你好！我……」戴希為難地瞥了一眼身後開始擁堵的人群。

「我們待會兒見，戴希！」Gilbert笑容可掬地向她擺了擺手，「下機後來找我，咱們一起去辦公室。」

戴希答應著往經濟艙去了，張乃馳還在頻頻回顧。

等他回身坐好，Gilbert滿臉奸笑地看著他：「怎麼啦？她現在可是我的人事經理哦！Richard，你要是對她感興趣，當初就不該推薦給我嘛。」

張乃馳把兩手一攤：「我是忍痛割愛啊，哈哈！」

Gilbert做出無法相信的表情，閉上眼睛不再理睬張乃馳。

飛機升空了。十來分鐘後，張乃馳鬆開安全帶，不甘心地嘟囔了一句：「她這麼痛快就同意到北京工作，滿出乎意料的。」

「嗯，為什麼呢？」Gilbert仍然閉著眼睛。

張乃馳略一遲疑：「呵呵，她有男朋友在上海，不過……也許他們分手了呢。」

Gilbert皺了皺眉，他對張乃馳經常這樣吞吞吐吐地說話很不以為然，但是戴希並非Gilbert關心的重點，所以他直接轉換了話題：「聽說William回到中國了？」

「是吧……」張乃馳的臉色立即陰沉下來，「好像是在上海，具體在幹什麼就不清楚了。」

「唔，他會有所行動嗎？」

「行動？你指哪方面？」

Gilbert猛地睜開眼睛：「當然是針對你我的！你以為他會那麼容易就善罷甘休？」

「肯定不會！」張乃馳鐵青著臉說，「可他現在還有多少能量呢？我聽說姓尹的癡呆老女人剛剛死掉，William要把『逸園』留下的一筆爛帳搞定，估計也得費九牛二虎之力……哼，他現在最多就是在暗地裡耍耍手段，給我們製造些麻煩罷了。」

「什麼樣的麻煩？」Gilbert毫不放鬆。

張乃馳咬牙切齒地回答：「不就是讓公司裡他的那些馬仔們，尤其是那個Mark，天天和我作對！」

「哈哈哈哈！」Gilbert大笑起來，邊笑邊搖頭，「Mark和你各自分管貿易的一塊，怎麼跟你作對法？」

「當然不至於直接作對。可誰知道他有沒有暗中和我的客戶接觸？William走之前把所有客戶包括中華石化都交代給他了，現在他要在我的地盤上插一腳也不是沒可能！」

「原來都是你的臆想啊……」Gilbert又一次閉上眼睛。

張乃馳皺起眉頭思索了一會兒，忿忿不平地說：「Gilbert，你的研發中心相對獨立，你原先和大中華區的這些人也沒什麼關係，所以大家對你還挺客氣，可你知道這些日子他們是怎麼對待我的？」

「怎麼對待？」

張乃馳一下子語塞了，憋了會兒才說：「總之就是不合作、不尊重的態度！」

Gilbert再次爆發出一陣大笑：「不、不、不……他們這樣對待你肯定不是William的授意……」

張乃馳瞪著Gilbert，不明白他的意思。

Gilbert好不容易才止住笑，擦著迸出的眼淚說：「他們這樣對待你是因為，你從來就是William最照顧的人，現在他倒臺了，他們就不把你當回事了，哈哈哈！你這叫自作自受！」

張乃馳氣得臉色發青，偏又找不出話來反駁。

Gilbert意猶未盡，繼續感歎：「Richard啊Richard，我太同情你了！William在西岸化工時，你覺得受他壓制日子難過，現在他滾蛋了，你的狀況好像也沒多大改善……你說你到底要怎麼樣才好呢？」

「我……」張乃馳的臉色由青轉白，把腦袋向Gilbert湊了湊，「Gilbert，不瞞你說，我早就對在西岸化工打工不耐煩了，只是苦於沒有合適的時機跳出去啊。」

猶太人撥弄起手指上的綠寶石戒指來：「自己幹，是個好主意，可是親愛的Richard，你的條件成熟了嗎？再說你費盡心機才把William趕走，現在急著走也太不划算了……」

「當然不能白白地離開！」張乃馳拍了拍座椅扶手，「Gilbert，這些天我也看明白了。你說得很對，西岸化工上上下下都把我看成William的人，他離開之後，我在這家公司的前途並不樂觀。雖然Philips把貿易分了一部分給我，可他對我的信任程度很有限。其他人呢？什麼Mark、Raymond之流除了亦步亦趨地奉行William原先的做事方法，還能有什麼新鮮的創意和大膽的突破？總之我對西岸化工大中華區是失望透頂了！」

Gilbert不置可否，微笑著等待張乃馳的下文。

張乃馳把聲音壓得更低，卻越說越快，很顯然這些話在他心中盤桓已久：「打工是沒有出路的，William就是前車之鑑，Gilbert，你剛才提到時機，這才是關鍵！而我認為，現在正是最佳的時機。」

「哦？你真的決定了？」

「決定了！」張乃馳義無反顧似的點頭，馬上又鬼祟地笑起來，「不過要講究策略。Gilbert啊，可惜你不懂中國人的一句成語：明修棧道，暗渡陳倉！否則解釋起來就容易多嘍。」

猶太人的灰眼睛都快瞇成兩條線了：「偉大的古老文明都是相通的。你的意思是不是說，暫時留在西岸化工，利用它的平臺和資源做你自己的事情？」

「嘩！Gilbert，你簡直太……」張乃馳極盡誇張地豎起大拇指，「原先William盯得太緊，雖然中華石化一直掌握在我的手裡，我也沒能夠為自己操作些什麼，現在好了，Philips畢竟對情況不熟悉，活動餘地就大多了。我完全可以繼續代表西岸化工和中華石化接觸，碰到真正好的貿易機會就拿過來自己做，這樣絕對既安全又高效！」

「哈哈！」Gilbert聳了聳肩，什麼都沒說。

張乃馳明白他還在斟酌，可自己已是箭在弦上，必須一鼓作氣說服Gilbert：「客戶那邊也有這樣的意思，已經多次給我暗示了。」

灰眼睛裡終於冒出隱隱的亮光：「客戶？暗示？」

「嗯。中華石化國際貿易公司新上任的總經理，姓鄭。從今年年初我就一直在拉攏他，現在已經相當熟了。他最近接連對我抱怨西岸化工做生意規矩太多，以前William在的時候，做事情就縮手縮腳，他很希望能有所改變。但是Gilbert你想，西岸化工的操作是受到嚴格流程控制的，即使想出辦法做手腳風險也極大。而這位鄭總作為一位新晉升的實權派，所謂嫌西岸化工缺乏靈活性，就是他期待的私人利益無法達到罷了。那麼，怎樣才能解決鄭總的問題呢？透過我們自己的公司和他交易，不就容易多了？」

「我們？」

Gilbert的灰眼睛成了透明的金剛鑽，閃得張乃馳直心慌，不過他還是勇猛地說出了最關鍵的內容：「是的，Gilbert，我們！咱倆聯手成立一家公司，把中華石化利潤最肥厚的訂單拿過來自己做。只要客戶管道在我手裡，咱們這樣保證萬無一失！」

「聽上去確實很誘人，」Gilbert總算表態了，「可是Richard，既然你這麼有把握，為什麼不自己單幹，而要和我分享利益呢？西岸化工的平臺我並不比你多佔優勢，客戶又是你的……」

張乃馳推心置腹地說：「你可以提供資金保障啊！做貿易沒有大筆資金根本運作不起來，而這正是我最欠缺的，卻又恰恰是你的長處！Gilbert，咱們可以取長補短，就像這次一舉擊敗William一樣，你我就合作得很默契，為什麼不能把這樣的合作延伸出去呢？」

「等等！Richard，你怎麼知道我能提供資金保障？」Gilbert滿臉詫異地瞪著張乃馳。

「你不能嗎？！」張乃馳把眼睛瞪得比Gilbert還要圓。

小老頭終於噗哧一樂，拍拍張乃馳握緊的拳頭：「好啦，Richard，先談到這裡，剩下的旅途就讓我們好好休息、養精蓄銳，等到北京之後還有的是時間慢慢聊。」

Gilbert說到做到，問空姐要來毯子往身上一蓋，兩分鐘之後呼嚕聲響起。張乃馳哭笑不得地坐在旁邊，裝了一肚子冷熱不勻的尷尬。

不過張乃馳心裡很有把握，猶太人動心了。Gilbert的家族與義大利西西里的黑手黨組織有千絲萬縷的聯繫，曾經企圖以大中華區的化工貿易作為平臺，幹為黑手黨洗錢拿佣金的勾當。鑑於李威連在這一領域的地位和能力，Gilbert暗中試探過拉他合夥開公司，結果當然是被李威連拒絕了，這也是他與李威連面和心不和，後來千方百計要把李威連搞下臺的隱蔽原因。現在李威連這個最大的障礙掃除了，張乃馳又主動拋出繡球，猶太人根本沒有理由拒絕，他現在的猶豫只不過是一貫的多疑謹慎，也是為了在今後取得更有利的談判位置而故作姿態罷了。張乃馳越想越安心、越想越得意，耳邊的呼嚕聲好像催眠曲，他居然也慢慢睡了過去。一覺醒來，空姐已經開始做飛機降落前的準備了。

下飛機後，戴希隨二人的車一起前往西岸化工北京辦公室。別克商務車駛上機場高速，寬闊筆直的道路兩旁松柏成行，頭頂上天空湛藍，已經是下午五點，陽光依舊燦爛奪目，和上海的潮濕悶熱相比，北京六月的氣候還挺宜人。

戴希被兩位紳士讓到副駕駛位，Gilbert和張乃馳坐在後排談笑風生，心情簡直好得無以復加。戴希正在慶幸他們沒多少工夫理睬自己，手機響了。

電話來自上海，是從希金斯教授家打來的。

「喂，教授？」戴希有些緊張，自從李威連出事之後，她就藉口工作忙，有段時間沒和教授聯繫了。在目前的狀況下，和任何人談起『諮詢者X』都使戴希難以忍受，她覺得，自己已經犯了不可原諒的錯誤，如果不能得到李威連的許可，今後就再無權涉及他的案例，哪怕為此不得不放棄碩士學位的課題研究，她也在所不惜。

「戴希，是我，你好嗎？」

戴希鬆了口氣，是教授的中國妻子Jane。

她們寒暄了兩句，Jane的聲音聽上去悶悶的，戴希忍不住問：「Jane，你的嗓子怎麼了？」

「哦，這兩天有些感冒。」Jane說起話來確實有些疲乏，「戴希，你最近有時間嗎？我想約你見個面。」

戴希很抱歉：「哎呀，Jane，真不好意思，我在北京出差呢。」

「什麼時候回來？」

「至少兩週……Jane，有什麼事？你著急嗎？」

「倒也不是很著急……」

話雖這麼說，戴希還是聽出了明顯的焦慮和……悲哀？怎麼了？這可不像戴希印象中那個始終淑雅從容的女子。

「Jane，我們可以在電話裡談嗎？」

「也許……」她好像越發不安了，「其實我是想問問你公司的、呃……公司同事的一些情況？戴希，你工作的西岸化工裡有沒有一位……總裁……是叫李威……」

「William？」也許戴希的聲音響了些，從後排傳來的歡聲笑語戛然而止。

在驟然降臨的詭異寂靜中，戴希聽到電話裡傳來吞吞吐吐的話語：「對不起，戴希……這樣談話對你不太方便吧？或者還是等你回上海再說吧。」

「好的，Jane，假如你著急的話，晚上再給我電話。」

戴希掛上電話，片刻之後，從她身後傳來張乃馳矯揉造作的話音：「戴希？是不是有William的新消息？我們大家可都很惦記他啊。」

戴希回過頭去：「不是，是一個大學同學向我打聽咱們公司前段時間出的事。」她迎著張乃馳懷疑的目光悵然微笑：「個個都喜歡聽八卦，真沒辦法。」

汽車繼續在高速公路上疾駛，只一會兒工夫，夕陽已把深綠色的樹冠染成金色，天空依舊透亮輝煌。而此時的上海，才停了大半天的細雨又紛紛揚揚地飄飛起來，暮色漸深了。

假如這時戴希能看見林念真淚流滿臉的樣子，就會明白她那古怪嗓音的真正由來。她從桌上拿起一張照片，雖然很小心，眼淚還是滴在上頭，又被她用顫抖的手輕輕擦去。纖細的手指滑過已略微泛黃的黑白圖像，四個模糊的人像猶如悄然浮現於水面之上的倒影，在歲月的漣漪中悠悠蕩漾、分離、聚攏、扭曲、變形……那是連死亡也帶不走的糾纏，總有一天還會找上他們。

就在昨天傍晚，童明海和童曉在家中鄭重其事地等候一位客人。

初夏的晚風還有微薄的涼意，童曉家的小院子裡支起小圓桌和三把竹椅，桌上放著一把紫砂壺、幾只紫砂杯，壺裡是沏好的香片茶。

地上點著盤蚊香，初夏的石庫門老房子裡，蚊子已經肆虐了。

童曉從小就很喜歡夏夜的納涼時刻，當然今夜不同凡響，這一點可以從桌上那套再度華麗登場的瓷杯看出來。父子倆早早地吃罷晚餐，就坐在院子裡耐心等候，剛到七點，鐵門上響起輕輕的扣擊聲。

童曉衝過去打開門，他立刻認出來，她就是幾個月前與自己擦肩而過的女客人。微冥的暮色照著她的臉，童曉的心怦怦跳起來，這樣美麗和高雅的容顏，會使男人緊張。

她在竹椅上坐下。童明海從屋裡提出熱水壺，忙活著泡雀巢咖啡。最初略顯尷尬的氣氛過去了，童明海清清嗓子：「咳、咳，林女士，專門請你來跑一趟，真不好意思。」

「哪裡話，是我麻煩您幫忙的，應該是我不好意思才對。」

「唔，那就閒話少說了。」童明海父子對視了一眼，「林女士，你要找的張華濱的下落，我們查到了。」

童曉把兩張照片並排放到桌上，一張是他在華海中學找到的張華濱的高中畢業照，還有一張是張乃馳走進辦公樓時的照片，是前些天童曉用手機從街上偷拍的。

她只掃了一眼那張放大的舊照片，就把目光移到近照上。她伸出左手，輕輕拿起這張照片，童曉注意到，那隻白皙的手在不易察覺地顫抖。過了好一會兒，她才重新放下照片：「是他。」

童明海說：「他現在的名字叫張乃馳。」

「張乃馳……」她低聲重複這個名字，抬眸微笑，「從照片上來看，他現在的生活還不錯吧？」

童曉父子再次交換了眼神，仍然是童明海開口：「算是吧。張乃馳目前在一家美國大公司裡任高級管理人員，日常生活挺奢侈的。」

「嗯，」林念真點點頭，遲疑了一下又問，「那麼他的……家庭呢？」

「在二〇〇二年的時候，張乃馳和滬港兩地知名旅遊家薛之樊的女兒薛葆齡結婚。」童明海在桌上攤開一張報紙，「薛老幾個月前剛剛去世，這是報上對追悼會的報導。」

這篇報導佔據了報紙的四分之一版面，正中就是追悼會的大幅照片：巨幅輓聯之下、重疊的花圈花環前，張乃馳和薛葆齡並肩而站的身影十分清晰。

童曉一刻都不敢放鬆地觀察著林念真，看她匆匆瀏覽了報導的文字，目光就落在照片上，從張乃馳和薛葆齡的臉上輪番掃過，她看了一遍又一遍，臉上始終波瀾不驚。

「他們兩個看起來挺般配的。」她終於說了這麼一句。

「呵呵，是啊。」童曉插嘴了，「可惜薛小姐先天不足，聽說有遺傳的心臟病，結婚多年也沒生孩子。」

「……沒有孩子啊。」林念真顯然被觸動到了，情不自禁地唸叨了一句，隨即又綻開溫婉的微笑，「真是太感謝你們了，這些資訊很寶貴，一定花費了不少時間和精力吧。」

童曉再次搶在老爸前面開口：「啊，沒啥，沒啥。其實查起來不太費勁，呵呵，之前就和這位張總打過交道，熟得很——」

「童曉！」童明海忍無可忍。林念真倒微笑著問：「這麼巧？你們很熟？是因為公事還是私事？」

童曉立即回答：「當然是公事！張乃馳供職的西岸化工去年底在老洋房『逸園』裡舉辦了一場年會，有個日本人暴死當場，和他有非常密切的關係！」

「逸園？！」林念真的臉色大變。

「嗯，林女士，你沒聽說過這件事嗎？」

「……大概經過倒是聽說了，不過不很詳細。」林念真垂下眼瞼，「其實我早就知道，『逸園』不是個吉利的地方，哪家公司會用它做總部辦公室呢？……可是日本人的暴死怎麼，怎麼會和他……張乃馳有關係？」

童曉瞥了眼老爸，童明海雖然虎著臉，倒沒有要制止的意思。童曉決定單刀直入。

「日本人是自殺，已經定案了。不過呢，導致他自殺的原因和西岸化工這家公司確實有很密切的關係，而且不僅僅是和張乃馳的關係，他們的前公司總裁李威連也牽涉其中。」

林念真瞪大眼睛，張了張口，卻沒有發出聲音。

小院裡突然安靜下來。從院門外傳來弄堂裡納涼的鄰居們的大聲談笑，遛彎的狗狗吠個不停，孩子們歡叫著練習自行車技……這些聲響細細碎碎地潛進小院，還摻和進兩三隻臨危不懼的蚊子的嗡嗡。市井生活的平凡、鮮活和熱鬧只不過一牆之隔，而此刻他們要面對的，卻是另外一種截然不同的人生。

父子倆等了很久，林念真始終垂睫不語，像是在思考，又像是在回憶。

童明海低沉地開口了：「林女士，你上次來請我幫忙尋找張華濱的下落，說是受朋友之託。當時我也沒有多問，今天是不是可以請你告訴我，這位朋友是什麼人？」

林念真終於抬起眼睛，目光中有種含混不清的東西——不是質疑，更像是某種徬徨和猶豫，正如人們在揭開內心最寶貴的收藏時，那種進退維谷而又憂心忡忡的狀態。

童明海直接提問：「林女士，你所說的朋友和『逸園』有關係嗎？我猜想，她應該也是一位女士吧？」

林念真微笑了：「童先生，您猜出來了。」

童明海輕輕吁了口氣：「袁佳，她……還好嗎？」

「很好。」

她的回答簡單而明確。童曉驚異地發現，在老爸那張嚴肅有餘的老臉上，竟也浮現出了頗為溫情的笑意，只聽他喃喃地說：「那就好，那就好啊。」

林念真的眼裡掠過一抹悄然的感動：「您這樣關心袁佳，她知道了也會非常感激的。童先生，請你們允許我解釋一下——我的朋友袁佳，她現在生活得非常幸福，在經歷了許多的人生波折之後，她對目前平靜的生活狀態很滿意，並且希望能夠一直這樣生活下去……本來她對過去的事和人，都已經不願再回顧了，更不希望這些東西打擾到她今天來之不易的寧靜。然而在她的心中，始終還有一樁疑慮，時時令她不安，假如不能解開這個疑問，她這一生絕不可能獲得真正的安寧。而更重要的是……她需要為逝去的親人求得一個解釋。這就是她在得知我有機會來中國後，拜託我幫忙的原因。」

一陣清風吹來，林念真抬起左手輕輕拂去飄在面頰上的髮絲。

「……過去的生活曾經帶給過袁佳巨大的創傷，她用了相當長的時間才恢復過來，重新享受到人生的樂趣。因此當舊事重提的時候，她在心理上仍舊有著很重的陰影和顧慮，擔心重新被捲入情感和命運的漩渦。所以她一方面想要尋覓真相，一方面又刻意和過去的一切保持距離，這是她在生命重新展開後的微薄意願……童先生，假如我的謹慎令你們感覺不快，實在是情非得已，希望你們能夠諒解。」

童明海沉悶地回答：「林……女士，你不用擔心。我們完全理解。」

林念真在竹椅上向他輕輕躬身，以此致謝。

三人都靜了一小會兒，童明海又問：「林女士，除了張華濱的下落之外，袁佳想要瞭解的另外一件事，是關於袁佳的祖父、袁伯翰的真正死因，對嗎？」

「是的。」

「嗯，不過要查清楚這件事，遠比找到張華濱困難得多。想必林女士也瞭解過，這樁案子當初我負責時就一波三折，最後始終留著疑問。說實話，事情雖然過去了這麼多年了，我卻也和袁佳一樣，始終耿耿於懷。去年年底在『逸園』發生的日本人自殺事件，又把我們的注意力引到這棟房子上面。你來之前，我和童曉就重新開始了中斷好多年的調查，而你又提供了張華濱這條線索，我們順藤摸瓜有了不少新發現……」說到這裡，童明海略一沉吟，便加重了語氣，「林女士，我們認為張乃馳、李威連和袁佳三人之間的關係，以及他們和『逸園』這棟房子的關係，是解開袁伯翰之死的關鍵，無論如何都不能迴避。」

在童曉父子的目光中，林念真喃喃自語：「李威連……他和張華濱在一起工作……他們都在『逸園』……」

童曉忙說：「根據我們調查的結果，張華濱一九八七年到香港後，先是靠打短工、在小酒店裡當服務生混飯吃。直到一九九一年，他透過李威連安排進入西岸化工公司工作。李威連當時在西岸化工已經工作了三年多，因為業績出眾非常受公司器重。後來李威連一路升遷，做到大中華區總裁，張乃馳始終跟隨著他，做到了產品總監。至於『逸園』嘛，據查是在二〇〇二年，李威連以大中華區總裁的身分決定，將總部辦公室遷入『逸園』。從那以後，『逸園』就成為他和張乃馳在上海的辦公地點了。」

「原來是這樣……」

童明海接過話題：「不過林女士，張華濱怎麼會認識李威連的？至少從他們在上海的戶籍和成長情況來看，兩人之間似乎沒有什麼交集。袁佳倒是從小就認識張華濱，他出生後不久就被寄養在袁佳的外婆那裡，但是袁佳又聲稱和李威連完全不熟悉，偏偏他們三人都曾在華海中學就讀——」

林念真打斷童明海的話：「那麼童先生，你們找到答案了嗎？」

童明海示意兒子：「你來說吧。」

「好的。」早在心中預演過許多遍，童曉胸有成竹，「林女士，根據我們的調查，袁佳生於一九六三年，出生前後父母相繼去世，她由外婆趙阿珍撫養。一九六七年袁佳四歲的時候，才一歲多大的張華濱被其父張光榮送到趙阿珍那裡寄養，直到一九七七年趙阿珍過世，差不多十年的時間裡，袁佳和張華濱始終在一起長大。一九七七年趙阿珍去世前，將袁佳託付給了祖父袁伯翰，張華濱則被張光榮領回，兩個孩子才分開。一九七八年袁佳隨袁伯翰遷入『逸園』居住，並且轉學到了華海中學讀高中，而張光榮恰好也在華海中學找到代課教師的工作，一九七八年開學時，張華濱作為教職員工子弟進入華海中學讀初一。也就是說，其實僅僅過了一年不到的時間，袁佳和張華濱又以另外的方式聚在一起了。

「李威連表面看上去背景和這兩人毫無交叉點，然而事實並非如此。

「李威連和袁佳同歲，也是一九六三年生。他的父母都出身於以前上海的名門望族，一九四九年之前這兩大家族均在上海擁有相當規模的產業。李威連母親的家族和袁伯翰的家庭是世交，兩家人之間常來常往。我們知道，這種家庭裡過去是僕傭成群的，我們的調查正是從這個角度找到了突破口。趙阿珍，她就是將李威連的母親從小帶大的保姆！後來人們對她的『阿珍姆媽』的稱呼，似乎就是當初主人家的叫法。

「我們繼續追查後發現，一九六三年年初李威連尚未出生，父親就被下放到甘肅。他的母親獨自在上海撫養兩名子女，自己又即將生產，在山窮水盡的時候，她向老保姆趙阿珍求援。善良的趙阿珍二話不說趕去幫忙，李威連就降生在這位曾經哺育過他母親的老保姆的懷抱中。趙阿珍在李威連的家裡一待好幾個月，直到她自己的女兒要生孩子，她才返回楓林橋。可憐的女兒難產死去，趙阿珍悲喜交加地迎來了外孫女——袁佳。」

童曉停下來，說的話並不算多，他卻有些口乾舌燥。端起紫砂杯、抿一口香片，童曉偷偷瞥了眼林念真。夜色漸濃，弄堂裡的路燈光在小院的上空暈開，斜斜地落在她的面龐上，無聲無息地掩去幾許歲月的痕跡，令她看上去如此貞靜。

「趙阿珍是李威連母親家的保姆這一事實，也解釋了為什麼袁伯翰的兒子會愛上趙阿珍的女兒。兩個本來社會階層相差懸殊的人，由於家族的歷史背景而結緣，又因為新中國的社會環境而相愛，才能有機會走到一起。

「……後來碰上忙不過來的時候，李威連就會被母親帶到楓林橋趙阿珍那裡，拜託阿珍姆媽照顧，在楓林橋一放就是好幾天。當然他的情況屬於臨時代管，和張華濱那種長期寄養並不一樣。李威連在徐匯區上了幼稚園和小學，不過『文革』期間學校管理很不規範，李威連常常無課可上，這種時候母親也會把他送到趙阿珍那裡。看起來他的母親似乎不怎麼喜愛這個小兒子，總是設法擺脫他。

「總之，把這些情況綜合起來，我們完全有理由相信，李威連和袁佳、張華濱從小相識。一九七五年秋季，李威連率先進入華海中學讀初中，一九七八年秋季，袁佳和張華濱也相繼進入華海中學，按理說因為從小認識的關係，他們三個在學校裡應該比其他孩子更親密許多。但奇怪的是，我們訪問了不少華海中學那個年代的教師和學生，大家都說沒有相關印象。

「但有一點可以肯定的是，三個孩子之間的關聯從未真正中斷過，否則張乃馳和李威連就不會在香港重逢並共事至今，李威連不會刻意選擇『逸園』做公司總部，袁佳更不會在二十多年之後還念念不忘地尋訪張華濱的下落。

「一九八一年袁伯翰在『逸園』中猝死，李威連就牽涉其中。當時袁佳曾經作證，說並不認識李威連，現在看來她分明是撒謊了。她為什麼要撒謊？她和李威連之間到底發生過什麼？我們認為，必須把袁佳、李威連和張乃馳三者間的一切調查清楚，才能真正明確袁伯翰死亡的來龍去脈。」

童曉結束了他的長篇彙報。小院再度陷入寂靜，夜更深了，弄堂裡納涼的人們都散了吧，偶爾還有窸窣的聲音響起，大概是躲在某個門洞下相擁的戀人的絮語吧。

童明海問：「林女士，對童曉剛才說的調查結果，你有什麼意見嗎？袁佳……她有沒有談起過和張華濱、李威連之間的往事？」

林念真抬起眼睛，聲調平緩而悠長：「童先生，這些事情我並沒有聽袁佳提起過。但既然你們是透過縝密的調查得出來的結果，想必都是事實吧。假如當年袁佳就說了謊，那麼直到今日她依然不肯提起三人間的過往，一定是有充分的理由。我不建議向這個方向多追究。」

童明海皺起眉頭：「不追究的話，可能袁伯翰之死就永遠不能真相大白了，難道袁佳情願如此？」

「是的，我想她情願如此。」林念真的回答很輕柔，但字字入耳，好像帶著特殊的力量。

童明海長歎一聲：「好吧，那我們也許就愛莫能助了。」

林念真輕輕地點了點頭：「無論如何，您幫忙找到了張華濱的下落，就足夠讓袁佳欣慰了。真的非常非常感謝！」

她又一次抬起左手，拂去被晚風吹到額前的碎髮。

「都這麼晚了，真不好意思，打攪到現在……我該走了。」

童明海陰沉著臉：「天晚了，讓童曉送你出去吧。」

童曉和林念真並肩朝弄堂外走去。

「送到路口就行，我自己可以叫車。」林念真說。

童曉突然說：「林女士，李威連出事了。你知道嗎？」

她停下腳步：「出事？什麼事？」

「他因為性醜聞從公司辭職了。」

「性醜聞？」

「是，他和司機老婆上床的視頻給曝光了，這件事挺複雜的，也是疑團重重，要是你……哦，我是說袁佳想知道的話，我們可以另約時間，我來詳細說一說。」

林念真沉默片刻，才注視著前方說：「不必了。既然袁佳在好多年前就否認與李威連相識，我想她不會再要瞭解更多他的情況。」

童曉回到自家小院，童明海坐在桌前悶頭抽菸。

「呵呵，一晚上沒抽，憋壞了吧。」童曉在老爸身邊坐下。

白色的煙霧後面，童明海的眼神很明亮：「唉！她還是這個樣子……」

「她？」童曉笑了笑，「爸呀，有些事勉強不得，咱們要尊重當事人的意願不是？」

童明海哼了一聲：「尊重？真不明白這兩個人是怎麼回事？」

「兩個人？不是三個嘛？」

童明海重重地吐出一口煙：「那個姓張的我不認得。袁佳和李威連這兩個人，當初可都把我給氣得夠嗆。嘿嘿，折騰到了今天居然還沒完！」

童曉撇撇嘴：「我看您還挺愛被這兩個人折騰的。」

第三十章

戴希在北京每天都很忙碌，兩週多的時間轉眼就過去了。又到了週末，戴希卻比平時更忙。時近七月，各大高校的畢業招聘和企業推介活動全集中在這段時間，戴希作為西岸化工的人事代表，不僅要趕大型招聘會的場子，還要為新成立的研發中心組織專門的畢業生推介會，簡直忙得不可開交。

星期天中午將近十二點，北京化工大學昌平校區的小禮堂裡走出一大群學生，嘰嘰喳喳地四散而去。早晨在此舉行的西岸化工專場畢業生見面會相當成功，一直等到所有人都離開，戴希才感到肚子餓了。

同來的還有兩位北京同事，三個人一起收拾乾淨現場，整理好今天收集到的履歷，就一起有說有笑地朝操場邊走去。

「戴希，中飯咱們就去學生食堂解決吧！回市區的話至少一個小時。」

「好呀，我都快餓死了！」

「戴希，你怎麼上哪兒都揹這麼個大包，裡面到底裝了什麼寶貝啊？」

戴希笑著擠擠眼睛，正打算賣個關子讓他們猜猜，手機響了。她放緩腳步看短信，突然輕呼：「哎呀，我不能和你們一起吃飯了。有個朋友正好在昌平，約我見面呢。」

同事點頭歎息：「大美女走到哪裡都有飯局，那麼你就自己回市區了？」

「沒問題！週一公司見！」戴希忙不迭地向他們揮手告別。

她直接跑到學校的北門，立刻就看見李威連站在一棵大槐樹下。

北京六月正午的太陽很熱烈，卻並不灼人，時時拂過的清風帶來一陣又一陣愜意的清涼。戴希不自覺地放慢了腳步，樹蔭落在他的身上，把那張輪廓分明的面孔遮在幽深的暗影中，使她一時間分辨不清他臉上的表情……

她終於又來到他的面前了。

「你好，戴希。」

「你好，William。」

現在戴希能清清楚楚地看到李威連的臉了。她目不轉睛地盯著他，很想看看他的樣子是否有些變化，可又陡然地意識到，在他的身上自己的觀察力是如此匱乏。除了醞釀於心日益增長的親切和同情之外，她對他這個人的認識仍然縹緲如初，捉摸不定。

戴希低下頭，她還是無法把現實中的他和諮詢者X合併起來。雖然明明是一個人，雖然他們之間已發生了許多碰撞，但是在心靈的世界裡她與他有多貼近，在日光照耀下的現實中她與他就有多遙遠。她有那麼多想對他說的話，此刻卻一個字都無法啟齒。

「今天早晨你講得不錯。」等了一會兒，李威連才開口講話，他肯定也想了很多。

「你也在聽嗎？」戴希微笑著反問，時至今日，他們之間的交流模式似乎還維持原狀——總裁和下屬。就這樣吧，只要他喜歡。

「是的，上車吧。」

戴希這才注意到樹下停著的那輛黑色富豪，她看了一眼李威連。

「先去吃飯。」他說。

戴希一下子站住了：「去哪兒吃飯？」

「不知道，慢慢找吧。」

戴希猶猶豫豫地朝汽車邁步，這下完了，只要和他在一起，馬上就會把吃飯忘到九霄雲外去的，可是肚子好餓……

李威連為她拉開車門，等她在副駕駛座上坐好才說：「戴希，你這樣是不對的。」正午的陽光透過樹葉，在李威連的臉上變成點點線線的金光，戴希很意外地看到，他微笑了：「因為我犯過兩次錯誤，你就對我失去了信心。戴希，假如你真的是心理醫生，這種態度會讓病人自暴自棄的。」他從後座拿過一個紙袋，遞給戴希：「三明治和咖啡，就坐在車裡吃吧。」

三明治很香，咖啡還是熱的。戴希把腦袋探出車外，朝站在車後的李威連問：「你呢？你不吃嗎？」

李威連搖搖頭，仍然沉默地站著。

戴希從側視鏡裡看著他，忐忑和疏遠的感覺終如浮雲散盡……

她吃飽了，李威連讓她坐上駕駛位。

「你來開車吧。」

「行，去哪兒？」

「隨便。你想去哪兒就去哪兒。」

他們就這樣上路了。戴希發起愁來，要不要直接開回市區呢？可他的意思顯然不是。她瞥了眼身旁，李威連一言不發地注視著前方，戴希什麼都沒再問，就往高速公路方向開去。

公路上面罕見的通暢，今天的天氣實在好得叫人歡喜，藍天和白雲似乎能疏解最沉重的愁緒。戴希拿定了主意，全神貫注地開了很長一段時間，身邊的人始終悄無聲息。她悄悄地看了他好幾次，只看見黑色睫毛下的重重陰影。

「控制好速度，戴希，你總是有超速的傾向。」

就在戴希認定李威連已經睡著的時候，他突然說話了。

「在美國開慣快車了吧？」

「我……也不是。」戴希握著方向盤的手心裡開始冒汗，「上次在香港，我也這樣開的。」

李威連直了直腰：「上次我醉得厲害，根本不知道你是怎麼把我弄回酒店的。你車開得很不錯，但是要注意這裡不是美國。假如在美國，倒是可以給你買輛保時捷。」

「要那個幹什麼？」不知為什麼，他的話讓戴希有點惱火。

「等我不能動了，讓你帶我去兜風。」

「什麼？」戴希以為自己的耳朵故障了。

她沒有等到回答，只有持續的靜默。

肯定是聽錯了，戴希告誡自己不要胡思亂想，他們已經出發將近一小時了，前方的路牌上寫著——懷柔。

「大概還要開一小時呢。」戴希說。

李威連「嗯」了一聲，還是沒問目的地，看樣子他確實不關心去哪裡。

收費站前排了十來部車，戴希把車停下：「我保證不超速，你睡一會兒吧。」靠近了看時，她無法對他眼睛下的青黑視而不見。

「我也很想，不過估計是做不到。這兩個多月我每天都無法入睡。」

「你原來吃的藥呢？」

「扔了。」

戴希當然理解他為什麼會這樣做，她從後座上拖過自己的雙肩大背包，掏出個小藥瓶：「你可以試試這個，應該比原來的更好。」

李威連看著瓶身上的英文：「從你爸那裡弄來的？」

「是。」戴希繼續從包裡往外掏藥瓶，一個個遞給李威連，「還有其他幾個品種鎮靜和抗焦慮的藥，不過，吃之前你要先問過我，比較安全些。另外還有……」原來戴希的大背包是個連維他命都包括在內的迷你藥房。一直等到通過收費處，重新上路時她才嘮嘮叨叨地把裡面的內容介紹完。

李威連掂了掂背包的分量，微微挑起眉毛：「真夠重的。戴希，在你的眼裡我就這麼脆弱嗎？」

「不是你脆弱……」戴希輕聲回答，「是我只能做到這些。」

「可你並不知道會在北京遇到我？」

戴希笑笑，前方的道路出現了瞬間的重影，她連忙眨一眨眼。實際上，這些天她不論去哪裡都揹著這個大包，上海、北京，沒有任何區別。在戴希的心中早就等待著這樣一次相會，只要能見到他，就絕不可以錯失機會，她必須要為他做些什麼，哪怕所做的微乎其微。

李威連沒有追問下去，而是疲倦地閉起了眼睛。他到底有多累？

戴希不敢問，她只能聚精會神地駕駛。

之後的一個小時車程，他們再沒有交談過。直到戴希把車開進停車場，李威連才問：「這是哪兒？」

「紅螺山。」

「你想爬山嗎？」

「我無所謂的……」戴希跟著李威連往山上走去，「這裡離市區比較遠，我想大概人會少些，還有空氣比較新鮮吧。」

人確實比較少，但週末絕佳的天氣，沿著山勢盤桓而上的登山步道上，仍然到處都有遊人的身影。好在山道兩旁參天的古松和蒼勁的紫藤，還是隔絕了塵世的喧譁，耳邊只有山澗淙淙和鳥鳴啁啾，以及從遠方山巔傳來的寺院鐘聲。

走了一小段，左前方出現一股蜿蜒而下的山濤，輕盈地飄灑進入小小的碧潭。潭後的岔道上怪石嶙峋、草木蔥翠，野趣森濃。

李威連帶頭拐上岔道，現在他們兩個繞到山澗的後方，前方步道上時不時有登山遊人的笑語，隔著水霧一晃而過。

「你怎麼想到來這裡？」李威連問。

「上大學時來北京玩，同學帶我去過上面那座寺廟，我就記住了。」

戴希有些發窘，「你說隨便走，我也想不起別的地方。這裡不好嗎？」

「很好。可惜的是……我大概不能爬山。」李威連四下看了看，就在一塊稍微平坦些的山石上坐下了。

山中本來就清涼，這裡又背陰，戴希覺得渾身涼颼颼的很舒服。但是她看見李威連的額頭上密佈著汗珠，心裡頓時一顫——嚴重失眠讓他的體力比她想像的還要差，戴希非常懊惱，恨恨地說：「都是我不好，我老是犯錯……」

李威連的神態倒很鬆弛：「你怎麼犯錯了？」

戴希愣了愣，她分明感受到一種審慎的質疑，一種含蓄的責備。

「你有什麼要向我解釋的嗎，戴希？」

兩個多月過去了，她終於等到了這個時刻。可是她能夠解釋什麼呢？戴希的眼前出現了孟飛揚和柯亞萍並肩離去的背影。

「我無法解釋。」戴希抬起頭來，眼前有些模糊，「我只能說所發生的絕非我的本意……真的非常、非常對不起。」

李威連靜靜地看了她一會兒：「戴希，你有責任把事情講清楚。一個人不能生活在陰謀中而不自知，這是很可悲的。」

戴希沒有回答。

他等了片刻，又說：「那麼我該怎麼辦呢？假如你都不能解釋的話，我是否還能繼續信任你？」

戴希咬著嘴唇，他永遠都這樣尖銳，不輕易放過別人，也絕不放過他自己。

突然，她就開始說了——

「我在史丹佛讀書的時候，有一個也是來自中國的學姐，比我大兩歲，專業是史丹佛最牛的航空航太。你想像不出她有多麼優秀，不僅學業出類拔萃，長得也特別美，性格開朗大氣，還是各種社會活動的中堅分子。在史丹佛的那幾年裡，我一直把她當作偶像來崇拜，所以，當我聽說她在宿舍裡自殺時，簡直不敢相信自己的耳朵。她是用塑膠袋套在頭上，窒息而死的。死得那麼堅決，那麼俐落，就像她平時的為人一模一樣……後來我才知道，她已經被重度憂鬱症折磨了好多年，可是她的外表那麼陽光，連我這個心理學專業的都看不出有任何異常。直到我回憶起一個細節：她聽說我的專業後，每次和我聊天時都會談起心理學，還向我提起《挪威的森林》那本書，說到小說的女主人公直子，腦子裡的那根弦突然就斷了……我這才意識到，她是在向我發出求助的信號，卻都被我忽略了。

「這件事情發生以後，我遲遲無法從內疚和自責中走出來。我對希金斯教授談起我的感受。他告訴我，就像所有生理疾病的醫生一樣，心理醫生同樣有許多無能為力的時候。世界是殘酷的，人心又太脆弱。如果我永遠抱著一顆悲天憫人的心，多愁善感地看待所有病例，那麼，從事這個行業，對我來說將是一件非常痛苦的事。而且，過於投入情感，會使我失去客觀性和自我覺察，還會造成很大的諮詢風險。」

終於說出這段無比艱澀的話，戴希忽然發現，心中已成死結的地方鬆動了。當初，她帶著這個死結從美國回到中國，原以為這輩子都不可能解開。

她說：「你第一次面試我的時候，就曾經問過我，為什麼要放棄心理學。當時我沒有回答。」

「你現在回答了。」

「是的。」戴希看了看李威連，而他只是沉默地注視著她，「我不應該為你做心理諮詢，從一開始我就該拒絕的。可是我……被我的助人情結操控了。」

「什麼情結？」李威連問。

「就是——我無論如何都不願意眼睜睜地看著別人受苦，而不去做一些什麼，就像對我的那個學姐一樣。所以，即使我們在現實中的關係，早就突破了心理諮詢的界限，是行業規範所嚴格禁止的，我都一意孤行地往前走。但事實證明我錯了，我根本就沒有能力處理這麼複雜的局面。我在其中摻雜了太多的私心，我以為是在幫你，其實是我自私。」頓了頓，戴希才用勉強平抑的語調說：「是我辜負了你的信任，我不配。」

等了好一會兒，她才聽到他說：「腦袋裡面全都是理論，還一套一套的。戴希，你真是我遇到過的，最呆的書呆子。」

戴希愣了愣。他是在嘲諷自己嗎？似乎又不太像，聽起來竟是那麼溫柔。

「不過有一點我很欣賞你，戴希，你始終都是真誠的。所以，讓我也真誠地告訴你一些事。知道我為什麼要給你五十萬美金嗎？」李威連突然換了話題，也換了語氣。

戴希快聽不懂他的話了。怎麼又扯上錢了呢？她真討厭談這個。

「給你那筆錢是因為，我從來就沒有信任過你。」

在戴希震驚的目光中，李威連平靜而倦怠地說著：「第一次拿到你的履歷時，你作為希金斯教授研究生的身分令我很感興趣。我決定把你招入公司，希望你能對我有所幫助。可我要展現給你的，畢竟是我個人最隱私的秘密，必須要確定你是否百分百可靠，所以我對你展開了一系列的考查：在『雙妹1919』的會面是第一次，香港之行是第二次，我有步驟地向你暴露自己的部分隱秘，並觀察你的反應，從而判斷你的可靠性……我本以為一切盡在把握，我是進退自如的。

「萬萬沒想到，你已經從希金斯教授那裡拿到了我的案例，並且相當敏銳地把我和案例聯繫了起來。這讓我很驚訝也很擔憂，因為我最隱私的弱點被你全盤掌握了！戴希，這個世界上你是唯一的一個人。坦白說，如果不是因為巧合，我絕不會允許這樣的事情發生，你還遠遠沒有達到讓我如此信任的程度。我必須防範由此帶來的風險，給你那筆錢就是出於這個目的。」

戴希目瞪口呆。

「還不明白？」他淡淡地笑了笑，「如果你是某件陰謀中的一個環節，或者有什麼人想要獲取你手中的秘密，能夠給你開出的條件無非就是金錢。但是我絕對可以肯定，不會有人出的價碼比五十萬美金更高，何況我還許諾給你今後的升遷和發展。戴希，從利益的角度來說，你只要拿了我的錢，就沒有任何理由再背叛我。」

山濤的流淌之聲轟然響起，變得震耳欲聾。戴希瞪著李威連，剛剛過去的兩個小時中，她好像已經熟悉了對面的人、一個實實在在的人，突然之間這個人又如幻影般破碎開來。

「我是個精於算計的生意人，而且幾乎從不失手。」李威連注視著她，自嘲地搖了搖頭，「不過這次我卻失算了，五十萬美金也沒有替我買到保險。」

憤怒和委屈衝向頭頂——信任，這就是她視如瑰寶的信任，她甚至不惜為此傷害孟飛揚的感情，原來只是自己的一廂情願！

戴希扭頭就走。山澗中飛濺而出的水珠潑到她的面頰上，好像冰涼的淚滴。她咬了咬牙，又返回去。

李威連仍然坐在山石上，不動聲色地看著她去而復返。

戴希問：「就因為生意失敗，所以你把錢要回去了，對嗎？」

「我的損失慘重，根本無法挽回。」李威連輕描淡寫地回答，居然還微笑起來，「再說，我也沒全要回去嘛。」

「是你自己不讓我全部轉帳，我從來就不想要那些錢！」戴希氣壞了。

「也不想給我治病了？」

戴希愣了愣：「……我還有資格嗎？」

他沒有回答。她看著他的眼睛，過去她根本不敢直視他的眼睛，因為那裡面的吸引和隔閡同樣強烈，使戴希望而生畏。但是此時此刻，在這雙眼睛裡戴希只看到令她心疼的坦誠。

五十萬美金買不到的，五萬美金更不可能買下。他們達成共識了——信任是無價的，也是脆弱的，但更是真實存在的。

戴希又往前走了兩步，站在李威連跟前：「我有個建議。」

「說吧。」

「我想建議你重新恢復在希金斯教授那裡的心理諮詢。按照我的理解，你原先終止了諮詢，一方面是認為教授以一個西方人的立場，無法在文化層面與你充分溝通，另外一方面還是擔心隱私洩露所帶來的風險，你不想出一點差錯……不過，現在情況發生了變化。文化缺失的部分，我可以為教授做補充。至於現實中的風險，實際上已經發生了。所以，你……」她又說不下去了，覺得言辭枯澀。

「所以，我決定破罐破摔了。」李威連用略帶戲謔的口吻接上話題，我明白你的好意。戴希，但是我不會接受你的建議，我也不打算再做任何心理治療。」

這一點完全出乎戴希的意料，那麼，今天他特意來見她，又是為了什麼呢？

他接著說：「你今天帶來的藥物，其實有一些我過去曾經使用過。但後來我把它們都停掉了，除了安眠藥。因為藥物使我變得遲鈍、麻木、渾渾噩噩，最重要的是，它們使我失去憤怒的力量。」

戴希更加不解了……憤怒的力量，他指的到底是什麼？

「戴希，你真的以為，心理學可以解決我的問題嗎？心理諮詢就能避免我遭受的那些打擊嗎？假如真是那樣，那麼戴希，你就必須為我今天的處境負全部責任。可是很顯然，你根本負不起這個責任。我也並不想責怪你。因為你和你的心理學，至多只能負部分、間接的責任。就像你剛才所說的，面對世間一切不幸，心理學所能做的太有限，絕大部分時間，都只能充當罪惡的見證。」

「不是這樣的！」戴希有些發急了。

「哦，那麼請你告訴我，心理學可以解決社會不公、階級對立嗎？可以解決族群撕裂、輿論霸凌嗎？可以消除這個世界中無處不在的仇恨、欺壓、剝削、凌辱、誣陷還有背叛嗎？」

「當然不能。心理學不處理現實中的具體問題。它是內省的學問，就像宗教或者哲學……它確實抓不了壞蛋，也幹不了革命，所以除了心理學之外，我們還需要人類學、社會學、政治、經濟、道德、法律！可是，心理學能夠讓人直面不完美的環境，接受不完美的自己，心理學可以讓人……讓你，不那麼痛苦。」戴希結結巴巴地辯解著，她知道自己的學識和經驗都無法和對面的人相匹敵，她更知道他的表情雖然冷淡，內心卻處於憤怒的雷霆萬鈞之下。

戴希的話音落下很久，李威連才長長地舒了口氣，露出微笑：「戴希，你一定在成長的過程中得到了最好的呵護，所以才有這麼健康的心態。我為你感到高興。但我經歷了太多的社會陰暗面，也曾竭盡全力讓自己變得強大，以為這樣就可以獲得光明。可是我錯了，黑暗並沒有放過我，甚至連我自己也成了罪惡的一部分……因此，戴希，你還是應該留在書齋中研究理論，抓壞蛋、幹革命這種血淋淋的事情，你就不要去考慮了。至於治療，我並不需要。痛苦就痛苦吧，沒什麼大不了的。」

在鳥鳴、風動、鐘敲和泉湧的合奏中，山間的寂靜一如午後紫藤上的陽光，使人忘卻塵世的種種。

戴希說：「你說得不對。我不是與世隔絕的，我當然知道陽光下面也有罪惡，可我就是覺得，死的不應該是我學姐那樣的人……」

李威連沒有再說話，只是溫和地看了戴希一會兒，就站起身來：「三點多了。我們返回吧，估計進市區時會塞車。晚上我還約了朋友吃飯。」

他們並肩繞過山澗，沿著步道向山下走去。戴希默默地整理著心緒，漸漸平靜下來。她發現，每次和李威連的長談都要耗費巨大的心力，就像在打仗，但結束了又會依依不捨，似乎還有很多很多的話想對他講。

「你去過西藏嗎？」李威連突然問。

「沒有。」

「想去嗎？」

「當然啦。」戴希困惑地回答。

李威連稍微放慢了腳步：「七月是很合適的季節，去川藏高原旅遊一次吧。你現在就提前申請假期，一週就夠了。」

「可我……」這也太莫名其妙了，戴希問，「你也去嗎？」

「不，但是你要陪另一個人去。」

「誰？」

李威連頭也不回地說：「你先申請假期。等假期落實了我再告訴你具體任務。」

「好吧。」看來他真是當慣總裁了。

「不知道Gilbert會不會批？」戴希又有些擔心，「這段時間我的工作特多。」

「他會批准的。Gilbert一向熱衷於表現他的人情味，而且總是對女性特別優待。」李威連完全恢復了平時掌控一切的狀態，邊走邊說，

「戴希，你和他相處得還不錯吧？」

戴希點點頭：「嗯，他總是笑容可掬的，每次見面都要誇我好幾遍，搞得我渾身起雞皮疙瘩。」

李威連朗聲大笑起來：「Gilbert也不是對所有人都如此，戴希，你應該感到榮幸……其他人呢？對你好不好？」

「其他人？」戴希思索著，「前段時間Carrie和我合作得也滿好，她人挺實在的……還有就是Richard……」

李威連猛地停下腳步，盯著戴希問：「他怎麼樣？」

戴希被他嚇了一跳：「沒怎麼！其實他和我沒直接的關係，就是他老和Gilbert在一起，所以我經常會碰上他。」

「他們常在一起？」

「嗯，這次來北京的飛機上他們都坐一塊兒。」

李威連沒有再說什麼。

很快就到了停車場，戴希剛往駕駛座這側走，就被李威連叫住了：「回程我來開車。」

坐上車後，李威連遞給戴希一個資料夾：「路上你看看這個，有什麼問題就問我。」

那是一份在香港註冊公司的流程文件，還有代理機構的介紹。戴希看完了，愣愣地瞪著李威連的側臉。

「手續很簡便，你只要把資料準備好寄給代理公司就行了。十個工作日就能註冊成功。」

「我？」

「是的。戴希，你要在香港成立一家貿易公司，註冊資金就用帳號裡剩下的五萬美金。」

「我為什麼要在香港成立公司？」

「因為我需要。」

「哦。」好像這個理由就足夠充分了，戴希又看了一遍文件，「公司叫什麼名字呢？」

「你想吧。一個英文名字、一個中文名字。」

進入北京市區的路段果然擁堵，將近六點了，他們仍然堵在北四環上。高樓頂上的看板在夕陽餘暉中反射著金光，天色漸漸變得暗沉。

李威連摘下上車後就一直戴著的墨鏡，揉了揉太陽穴。戴希扭過頭去，一瞬不瞬地看著他。

「戴希，我的臉上有公司名字嗎？」

「如果……我把這些任務都完成了，你還會考慮心理治療嗎？」

「你在和我談條件？」

她不說話，就是堅定地瞪著他。

他終於向她轉過臉，微笑著說：「別為我擔心，沒事的。」

戴希深深地歎了口氣，和李威連談條件是不可能的。

六點三刻，李威連總算把車開到了戴希住的建國飯店門前。

「戴希，你幫了我很多。」停下車後，他說，「起碼今天晚上我可以好好睡一覺了。謝謝。」

他的車重新啟動，慢慢滑入長安街上的滾滾車流。難以形容的不捨在她的心中化開，好像濃郁的巧克力的滋味，又香甜又清苦。

怎麼可能不為他擔心呢？況且經過這半天的時間，他對戴希而言已經完全改變了。曾經分離的心靈和現實真正融合，現在讓戴希牽掛的是一個最具體真實的人——一位朋友。

進入七月後，上海的氣溫逐日升高，這幾天最高溫更是攀升到了將近三十七度。早上九點剛過，張乃馳漲紅著一張俊臉，怒氣沖沖地闖進西岸化工的辦公室。

二十八層開放辦公區的隔間後探出一雙又一雙詫異的目光——到底是誰踩了咱公司頭號帥哥的尾巴了？

張乃馳大步流星地走到Mark的辦公室前，後者也剛上班不久，辦公室的門大敞著。

「Richard？」雖然張乃馳一副來者不善的模樣，Mark壓根沒當回事，隨口打個招呼，「早上好啊，有事找我？」

「當然有事！」張乃馳站在門邊亮開嗓門。

「哦？來，進來談。」

「用不著進去談，我就問你一件事！」

Mark無奈地朝門外掃了一眼：「怎麼啦？」

「你說，你為什麼三番五次插手我的客戶？！你到底什麼意思！」

——哇，這是公開宣戰啊！二十八層公共辦公區的耳朵們全豎起來了。

Mark皺起眉頭：「Richard，什麼叫插手你的客戶？我怎麼插手你的客戶了？」

「當然是中華石化！」

「中華石化？」Mark上下打量著氣勢洶洶的張乃馳，毫不客氣地反駁，「中華石化是西岸化工的客戶，有誰說過是你一個人的資源了？」

「你！」張乃馳簡直痛心疾首，「你這是破壞合作基礎，擾亂公司的正常運作！我表示無法接受！」

Mark又去拉門：「哎呀，Richard，你火氣太大了！有話好好說嘛，你肯定是誤會了。」他硬拽著張乃馳，才把辦公室的門關上了。

轉過身來，Mark對張乃馳微微一笑：「Richard，我現在負責西岸化工的銷售業務，怎麼可能不和中華石化打交道？但是這和你的業務範圍並不衝突，你太敏感了吧。」

張乃馳仍然橫眉豎目：「可你和中華石化高層的聯絡也太緊密了吧？重組之前只要是來自中華石化的訂單都從我這裡過，如果西岸化工能夠供貨就做銷售業務，如果咱們自己沒有這類產品或者價格、利潤等不具備吸引力，就由William根據市場狀況來決策是否要轉做貿易。現在呢？你老是單獨和中華石化接觸，很多訂單資訊我根本看不見，你自己就報價了，我怎麼知道你是不是把原來可以做貿易的機會都硬性做了銷售？！Mark我提醒你，你這樣是很危險的！這樣做雖然可以增加你個人的銷售業績，但是對西岸化工的整體利益沒有任何好處，甚至有可能造成損害！」

Mark靠在桌前，架起胳膊耐心地聽張乃馳發完牢騷，才伸手拍拍他的肩膀：「我還以為出什麼大事了吶！你真的是多慮啦！你說的都很有道理，但畢竟公司經過了重組，William也離開了，現在不可能再按老規矩辦事。我主動和中華石化貿易公司聯絡，只是為了提升對他們進行銷售的效率，畢竟中華石化是大中華區最重要的客戶之一嘛。呵呵，還請你理解我的心情哦。」

「要我理解你？」張乃馳把眼睛瞪得溜圓，「你怎麼不多理解理解我？」

Mark 滿臉正經：「我理解！我當然理解！唉……咱們都是 William 一手提拔上來的，再怎麼說也是同袍兄弟，西岸化工不過是個平臺，為了公司業績挫傷朋友情誼，這種傻事我不會幹的。我是剛剛到這個位置上，難免有些顧此失彼，還請 Richard 你海涵。不過我心裡有數，Richard，你完全不用擔心貿易的機會減少！」

張乃馳陰沉著臉，顯然 Mark 的表態不能令他滿意。

Mark 往他跟前湊了湊：「Richard，我這裡正好有個中華石化的消息要通報給你……」

「什麼消息？」

「中華石化馬上要採購一大批 HDPE，是個超過一千萬美金的大單。為了避免引起市場上價格波動，他們先期只找了兩家關係最密切的大供應商秘密詢價，其中就包括我們。可是 Richard 你也很清楚，我們公司今年調整生產線，HDPE 的產量大減，根本滿足不了中華石化的訂單需求，所以我只能忍痛放棄這項銷售業務。據我探聽到的情況，另外那家供應商的價格遠遠高於中華石化的期望，肯定也做不成這單生意。Richard，這不正是你做貿易的絕佳機會嗎？我知道你和中華石化的鄭總關係不錯，趕緊去跟他聯絡聯絡，摸摸情況，如果西岸化工能接下這個單，估計鄭總還會對你另眼相看呢！」

張乃馳轉了好一會兒眼珠，臉色終於慢慢清朗起來。他對Mark倨傲地點了點頭：「鄭總早就對我談起過這筆業務了，根本用不著你給我遞消息。現在既然你明確表態了，銷售部門接不下來，那麼當仁不讓就歸我來操作了。」

Mark十分瀟脫地做了個請的手勢。

張乃馳似笑非笑地哼了幾聲，朝門口走去。站在門邊，又強調說：「Mark，我希望今天達成的共識能夠指導我們今後的合作，碰上這類接不下來的業務不要硬撐，早點找我商量。」

Mark重新架起胳膊，滿面笑容地目送著張乃馳關門而去。

「Gilbert！Gilbert！」張乃馳一路叫喚著衝進Gilbert的辦公室，直接推門而入後才發現，猶太小老頭的大腿上還坐著一個人。

「噢！」女人驚叫一聲捂住臉。

Gilbert拍拍她的屁股：「快出去吧。」她應聲躍起，經過張乃馳的身邊落荒而逃。

「Richard，什麼事嘛？門都不敲！」Gilbert這才慍怒地瞪了張乃馳一眼。

張乃馳目送那女人的背影閃出門外，衝Gilbert訕訕一笑：「Gilbert，你也太誇張了吧？她好像是新來的實習生？小心可別惹上麻煩！」

Gilbert點起雪茄，不以為然地哼道：「要警惕的從來就不是女人，而是敵人，尤其是敵人中間的……小人。」

張乃馳的面色變了變，Gilbert滿臉狡黠地問：「親愛的Richard，你這麼魯莽地打攪我的好事，莫非是要帶給我什麼爆炸性的消息？」

「絕對是爆炸性的！」張乃馳往桌前一傾，神神秘秘地說，「Gilbert，上次提的合作，你考慮得怎麼樣了？」

「唔？」Gilbert含笑不語，對著陽光端詳自己的手指。

張乃馳恨得牙癢，他竭力克制自己，依舊保持著燦爛的微笑：「親愛的Gilbert，眼下就有一個絕妙的生意機會，或者你先聽一聽？」

「我洗耳恭聽。」

張乃馳下意識地壓低聲音：「中華石化有一張上千萬美金的HDPE訂單，原先是打算給西岸化工做的。但是我們公司存貨量遠遠不足，價格與中華石化的心理價位也差之甚遠，Mark已經決定放棄了。我和中華石化的鄭總聯絡過，他表示對西岸化工相當失望，我趁機向他吹風：中華石化把價格壓得這麼低，像西岸化工這樣的大公司肯定做不下來。我勸鄭總還是考慮向信得過的貿易公司詢價，因為貿易公司具有多方面的管道和靈活的操作方式，倒是完全有可能以中華石化要求的價格供貨。」

Gilbert頻頻點頭，看著張乃馳慢條斯理地說：「哈哈，Richard，我猜你所說的貿易公司就是指你自己的……」

「我們的！」張乃馳激情洋溢起來，「Gilbert，別再猶豫了，大膽地幹吧！多好的賺錢機會，難道你就捨得眼睜睜看著它溜走？」

「他們把價格壓得那麼低，你怎麼就肯定能賺錢？」

「哎呀！」張乃馳胸有成竹地猛拍桌子，「Gilbert，我好歹也在大中華地區做了十來年化工貿易，這點把握還是有的！價格確實低，但不是不能做。目前中國是HDPE在全球最大的市場，通常下半年是HDPE的淡季，所以絕大部分的生產商在每年的最後一個季度都會壓縮產量，在此之前要把積壓的貨品全部處理光，因此價格談判的空間很大。鄭總明確對我說了，中華石化剛好就是在八月到九月需要這批貨，所以我們完全可以趁這一兩個月的時間差，從各家生產商那裡拿到極低的報價，再轉手賣給中華石化，我估算過，當中的差價相當可觀。」

Gilbert深不可測的灰眼睛盯在張乃馳的臉上：「問題是，假如中華石化下半年需要大量HDPE的消息透露出去，你還能拿得到那麼好的價格嗎？」

張乃馳得意揚揚地說：「Gilbert，你指出的確實是這筆生意的關鍵所在。別擔心，對此我已經和鄭總達成初步的共識，假如中華石化把這個單子給我的公司做，就不會再自行向其他廠商詢價，以免引起市場上的價格波動。當然了，鄭總明白其中的利害關係，給我做他能拿到實際的好處，於公於私他都不會自己拆自己的臺。」

「嗯……」Gilbert的瘦臉上皺紋都堆到一起去了，「呵呵，Richard，看樣子你是穩操勝券啦！那麼，我能為你做些什麼呢？」

張乃馳擺出相當誠懇的表情：「Gilbert，作為一家剛剛成立的公司，如果沒有雄厚的資金實力就無法從銀行取得誠信擔保，也不可能讓生產廠商報出滿意的價格來！所以嘛……Gilbert，現在是萬事俱備只欠東風，就看你的了！」

Gilbert挑起眉毛，盯著手指沉默了。張乃馳真如百爪撓心，畢竟說動猶太人投資是成功的關鍵因素之一，他還必須耐心等待。

好不容易等得像一個世紀都過去了，Gilbert向張乃馳投來意味深長的目光：「親愛的Richard，資金不是問題。但是我有兩個條件。」

「什麼條件？你說！」張乃馳差點兒從椅子上蹦起來。

Gilbert慢條斯理地說：「第一，你要安排我和中華石化的鄭總見面，我必須親自核實你所說的這個生意機會；第二，公司股權結構和出資額成正比，當然啦，你作為具體運作人可以適當多佔些份額，這個我們以後具體再談，但是最後的利潤分配必須基於股份數進行。」

張乃馳愣了愣，額頭上爆出幾根青筋：「Gilbert，假如公司要進入實際操作，我很可能要離開西岸化工，這也是我要冒的風險啊！」

「這點我不否認。」Gilbert聳聳肩，「所以我說了你可以適當多佔些份額。但我要拿出的是真金白銀，況且你也清楚這些資金的背景，風險大收益也大，我認為這是非常合理的。當然啦……你也可以盡量多注入自有資金，佔據更多的股份嘛。」

張乃馳狠狠地咬了咬牙：「OK！」

回到自己的辦公室，張乃馳把門鎖好，拿起桌上的電話。

「葆齡啊，是我。」他的聲音婉轉動聽，似乎充滿情意。

對面的回應卻冷若冰霜：「有事嗎？」

「呵呵，向你問個好嘛，這兩天身體怎麼樣？」

「謝謝關心，我很好。」話雖這麼說，張乃馳還是能聽出薛葆齡精神不佳。

「葆齡，去亞丁的行程定了嗎？什麼時候出發？」

「明天。」

「哦，都安排好了？你身體不好，要多多準備應付各種意外情況喔。」

「多謝費心，全都安排好了！」薛葆齡的口氣愈加不耐煩。

張乃馳還不肯甘休：「你明天幾點的飛機？葆齡啊，我去送你吧。好歹我現在還是你的丈夫，你上高原撒我丈人的骨灰，我就算不能一路陪同，送一送還是要的嘛。」

薛葆齡抬高聲音：「真的不用了！」

「真的不用？」張乃馳的臉上綻開惡毒的微笑，「我明白了，一定是有其他人陪著你，總比我這個丈夫更討你喜歡……」

電話中傳來「嘟、嘟」的忙音，薛葆齡掛機了。

張乃馳仰面朝天坐到椅子上，伸直兩腿往桌子上一架。向西的窗戶上遮陽簾低垂到地，大片陰影籠罩了他的全身。

第三十一章

因為室外太熱，下午兩點多的時候COSTA咖啡館裡就幾乎滿座了。戴希來得比較早，才佔到一個靠窗的沙發位。

坐下之後戴希面朝窗外發了一小會兒呆，從窗口望出去，似火驕陽下的大片草坪綠得耀眼，好像能看到一股氤氳的熱氣懸浮在半空之中。

豔陽下的草坪、掩映在綠樹叢中的西洋小別墅的白色陽臺、隔著窗戶能隱約聽見的蟬鳴，這一切都帶給人無法言表的寧靜和不盡遐思。和著室內輕柔飄蕩的旖旎香頌，戴希的心中湧起強烈的思念之情——逸園，也不知道在這一個盛夏，那裡的一草一木又在吐露著怎樣的芬芳、牽引著怎樣的情懷……

她從胡思亂想中猛醒過來，看看手錶，已過了約定的見面時間二十多分鐘。戴希歎了口氣，從包裡拿出筆記型電腦，誰知道還要等多久，不如再熟悉下旅行的資料。

這是一條從四川成都出發，途經川滇藏高原抵達世外桃源之地——稻城、亞丁的旅行線路。為了這次旅行，戴希已經預先申請好假期，啟程的日子就定在七月十八日。

這幾天她一有空就看看，對整條路線算是有了初步認識。但是直到此刻，戴希仍舊對自己即將展開的旅途感到不可思議，怎麼會對李威連言聽計從？戴希自己也解釋不清。也許是曾經上下級關係的餘威？也許是她對他的現狀抱有真摯的歉意？也許是她對諮詢者X深入肺腑的同情？……也許都不是，只不過他的希望、困擾、悲喜和命運，伴隨著醇厚的魅力全部深深印刻進她的心，讓戴希願意為他付出力所能及的幫助，也從他那裡得到最美好的信賴回饋，以及一點點新鮮神秘的刺激。

跨越川滇藏高原的旅行，一路上翻越多座雪山，領略融合了漢、藏風情的高原美景，直抵「藍色星球上最後一片淨土」，這個過程該有多麼震撼人心啊！當然，這絕不是一次簡單的遊山玩水。

「你是……戴小姐？」

戴希趕緊抬起頭，映入眼簾的是一張蒼白的俏臉：「我就是戴希。你是薛小姐吧？請坐。」

薛葆齡整整遲到了四十五分鐘，卻沒有半點抱歉，嬌小的臉上陰雲密佈，戴希一邊在心裡暗暗叫苦，一邊還得主動賠笑：「外面很熱吧？要不要叫杯冰咖啡？」

「我的心臟受不了咖啡。」

「哦，那來杯冰茶……或者冰水？」

「我從來不喝冰的東西。」薛葆齡打開大大的GUCCI挎包，取出一條純羊毛披肩圍上。

我的媽呀……戴希揚手喊來招待：「那就要杯熱檸檬茶？」

「就熱水吧。」

熱水端上桌，薛葆齡抿了一小口，就軟軟地靠在椅背上。戴希發現自己的腦袋也開始發脹了，因為李威連交給她的任務就是陪這位「病美人」上高原！

「戴小姐，William說你會陪我去四川？」薛葆齡的精神雖然萎靡，充滿敵意的目光卻始終在戴希全身上下徘徊。

「呃……是的。」

「他為什麼叫你陪我？」

「我……」戴希真有點生氣了，難道大旅行家的女兒連起碼的禮貌都不懂嗎？她立即反問：「他沒有告訴你原因嗎？」

薛葆齡微微怔了怔，才說：「他說你學過醫科……戴小姐，你是醫生嗎？」

「實際上我的專業是心理學，但也學習過醫科的常規課程，比普通人更多些這方面的知識吧。」

「哦，是這樣。」薛葆齡點點頭，「他想得還真周到。」

大家都沉默了。看看薛葆齡憔悴黯然的模樣，再想想李威連的再三囑託，戴希心軟了：「薛小姐，既然你的心臟有問題，為什麼一定要去川藏高原旅行呢？這樣肯定會有危險性的。」

薛葆齡瞥了戴希一眼，有氣無力地回答：「為了實現我父親的遺願，多大的風險都必須承擔。戴小姐，William跟你說起過我父親的身分嗎？」

「說過，薛小姐的父親是一位了不起的大旅行家。」

「我父親一生遍遊全球各地，但是他最喜歡的地方就是我國川藏地區，也就是香格里拉。在他去世之前，留下的遺囑中特別提到，要將自己的骨灰撒在世稱『香格里拉之魂』的亞丁……爸爸說，那裡是離天堂最近的地方，是他為自己選擇的長眠之地，是靈魂所在、心安之處。」

薛葆齡說著眼圈就紅了，嬌喘微微，顯得更加弱不禁風。

戴希忙說：「薛小姐，我查過去亞丁的路線，雖然從成都出發海拔一路升高，有利於循序漸進地適應高原，但那是針對健康人而言的。你的心臟本來就有問題，再要翻越多座雪山的話，對你真的會很艱難。相對來說，從雲南的中甸到稻城的線路，一路上景色固然要差些，但途經的海拔比較低，路程短很多，我認為更適合你的身體情況。所以我想建議你，還是選擇後一條路線。」

「戴小姐，是William讓你來當說客吧？」薛葆齡酸楚地笑起來，「他都跟我說過好多遍了……但是，我不可能走那條路線的。」

「為什麼？」

薛葆齡悠悠地歎了口氣：「因為我的旅遊公司一直想經營從成都到亞丁的特種旅行路線，這也是我父親的遺願之一，所以此行我還要順便考察沿途狀況。另外，據我的旅遊公司成都分社那裡來的消息，今年七月中旬往稻城的公路開始修繕，路況很不好，常常會發生塌方，所以我只能選擇從成都出發。」

「哦，」戴希想了想，「如果只能如此的話，就要盡量把準備工作做得充分些。」

「這倒沒問題，我公司在成都的分部會負責全部行程，在成都當地安排肯定十分周到。」薛葆齡若有所思地注視著戴希，「那麼說William，他真的……沒時間陪我去嗎？」

戴希含含糊糊地嘟囔：「我也……不太清楚。」

晚上戴希在家整理行李時，接到了李威連的電話。

戴希簡單彙報了下午見面的情況，最後說：「我試著勸過了，她還是堅持要走成都的路線。」

「葆齡太任性了……不過還是要謝謝你。」

戴希剛想說話，門鈴響了。

「是快遞。」戴希簽了字，抱著紙盒繼續和李威連說話，「不知道哪兒來的……」

「我給你的。是旅行的一些必需用品，時間比較緊迫，我怕你來不及備齊。」

紙盒裡除了抗高原反應的常用藥物外，還有數位相機、手電筒、對講機和一個氧氣袋。

「進入山區後手機經常會接不通，有對講機可以預防萬一。另外，氧氣袋不能帶上飛機，要放在托運行李裡。」李威連很仔細地解釋著。

等他講完，戴希猶豫了一下說：「William，今天我聽她的意思似乎是——如果你肯陪她去的話，也許她就會聽——」

「我絕對不會陪她去的！」李威連斬釘截鐵地回答，頓了頓又說，「從成都走有從成都走的好處，只要注意絕不在海拔四千米以上地區多停留，就應該沒太大的問題。戴希，不要有負擔，謝謝你能這樣幫我，我希望你可以充分享受這次旅行，那一路上的景色會讓你終生難忘的，千萬別錯過了。」

「我知道了。」

「戴希，」掛斷電話之前，李威連再次強調，「記住，絕不要在四千米以上的地區多停留。」

「戴小姐，你和薛總很熟啊？」

戴希和薛葆齡一行剛從成都出發，隨行陪同的東亞旅遊公司成都分社的邵春雷經理就開始嘮叨個不停。

戴希把頭轉向車窗外，沒有理睬邵春雷。這個矮矮胖胖、一口川普的饒舌男人讓戴希印象不佳，她尤其討厭他那對嵌在圓臉盤裡、暗含叵測的小眼睛。

按原計畫應該在早上八點出發。因為薛葆齡不舒服起來晚了，一直耽擱到九點，邵經理安排的豐田越野車才開出凱賓斯基大酒店。邵春雷是薛葆齡的部下，也是本次旅行的全程策劃者，除了確保旅途的安全順利之外，他還要向薛葆齡介紹沿途的食宿行等情況，讓她根據這些第一手資料做出公司開發這條旅遊線路的決策。

豐田車上一共四人。司機是個藏族小夥子，名叫札吉。從成都至亞丁的路線沿途要翻越多座雪山，只有從小適應高原環境的藏民才能駕馭，因此這條線上的司機都是藏族人。

初初看來，邵春雷還滿盡職的。豐田車啟動之後，他就像個專職導遊似的，妙趣橫生地介紹著沿途的風光，並且一再強調這是已故薛之樊老人最鍾愛的旅行線路。可惜他的談笑風生沒有得到積極回應，薛葆齡在膝頭上擱著一個黑色的大包，上車之後就一動不動地扶著它，隨著汽車的行進，她那張蒼白如紙的臉上哀戚越濃……戴希多少猜出了薛葆齡和李威連的關係，看著薛葆齡無助失落的可憐樣，她的心裡很不是滋味。

唯一令人振奮的是天氣很好，開出成都將近兩個小時後，車子進入綿延起伏的山區。公路兩側林立的山峰越來越雄偉，陽光將藍天照得澄澈透亮，點點金輝暈染了層巒疊嶂裡的濃濃綠意，使車窗外掠過的每一處景致都宛如繽紛的明信片。

七月下旬正是旅遊旺季，豐田車在盤山公路上蜿蜒前行時，旅遊大巴和大小貨車在前方後方均排成長龍。盤旋的山路上各色車輛前後相接，令這山巒曠野中充溢著趕集似的熱鬧情景。

「川藏這一帶旅遊現在是一天比一天熱啊，呵呵，薛總您看看，咱們公司真得抓緊開這條線，否則生意都讓別人做掉了！」邵春雷高聲說。

熱的不僅僅是遊興，還有天氣。隨著山路曲折向上，碧空一尺一尺地迫近，雲捲雲舒之間，抽出牽牽絆絆的霞絲，比上海所看到的更細更輕更薄，莫不是雲彩也被陽光稀釋了？戴希脫口而出：「離天近了，太陽也近了，所以天氣也更熱了嗎？」

邵春雷爆發出一陣大笑：「哈哈哈，上海來的小姐啊，海拔越高氣溫越低，不過晝夜溫差也大，所以你現在才感覺熱！到晚上可別喊凍壞了哦！」

戴希的臉上發起燙來，連忙掉頭看看身旁的薛葆齡。這個夏日山野的明麗之旅，未能給她蒼白的臉色增添半點光彩，薛葆齡的整個人都好像冰封在哀愁之中，她冷冷地搭腔：「這麼多人和車，倒讓我覺得還在上海似的。如果一路都是如此，那麼爸爸筆記裡描寫的出塵絕世之美，又到哪裡去尋找呢？」

邵春雷愣了愣，隨即訕訕笑道：「呃……中國嘛，哪個地方不是一出名就人滿為患？九寨溝、張家界、麗江……和那些地方比比，稻城和亞丁還算好的，畢竟海拔太高。再說，一路上也就是這段路況不錯，後面的路可就沒這麼好走了。上海小姐。」他朝戴希偏偏頭，特意加重語氣說：「要做好心理準備哦。」看來他已經認定戴希是嬌生慣養、毫無野外經驗的城市女孩了。

因為趕時間，他們沒有在第一站雅安多停留，豐田車就沿著秀美的青衣江向西，駛入二郎山脈的崇山峻嶺之中。似乎是為了證實邵春雷的話，隨著前方的山勢漸趨險峻，薄絲般的雲霧也開始變得灰暗厚重，紛紛在山巔繚繞聚集，給綠意盎然的山嶺覆上一層陰霾。

駛過長達四公里的二郎山隧道時，眼睛無法適應蔓延不絕的陰暗，圓圓的光點在戴希眼前閃動了很久。邵經理操著公鴨嗓子介紹陰陽兩重天的隧道奇觀，噪音使車內的狹小空間越顯壓抑。

戴希感到身旁的薛葆齡在微微顫抖，她伸出手去，輕輕握住薛葆齡擱在膝頭的右手，盛夏季節，這隻手卻凍得好像在冰窖裡，戴希對著暗影中的慘白面孔溫柔地微笑，悄聲安慰：「別怕……」

隧道終於到了盡頭。剛回到藍天之下，眼前的景致大為改觀，先前涓涓流淌的河水驟變為洶湧咆哮的怒川，在如刀劈斧鑿而成的峽谷中奔騰。兩側的山峰高聳入雲，雲際邊緣白雪皚皚，高原雪峰初露崢嶸！

路況果然比之前差了，緊靠峭壁的狹道上到處堆積碎石，司機札吉倒顯得熟門熟路，絲毫沒有減緩車速。儘管對司機有信心，始終緊盯著車窗外的戴希還是開始緊張。只不過半天的時間，她目睹大自然風雲變幻，就已體會到雪域高原那雄渾之美中深蘊的蒼茫和凶險。

川藏高原的山水之所以可貴，就因為它被險惡包裹、被荒蕪阻隔。除了世代在此繁衍、以最堅忍的勇氣生存下來的藏族人民外，所有的外來者在這裡都望而卻步，大自然在此展現出的無上尊嚴，輕而易舉就能將人類的狂妄擊得粉碎。

陽光，一切都有賴於陽光。剛剛在豔陽照耀下如詩如畫的景致，是多麼令人神往陶醉。此刻不過壓上幾許陰霾，山間的草場和湖泊就由明淨轉成晦暗，猙獰的大片黑褐岩石凸顯在峰巒之上、一道道無底的深壑彷彿是來自史前的裂痕，還有那直指蒼穹的冰峰，縱然是世間罕見的壯美，但翻捲的陰雲烘托出萬般肅殺，帶著藐視蒼生的極端冷漠。

俯瞰山道上跋涉的車隊，即使成群結隊，也不過是簇擁在一起壯膽而已。戴希暗暗心驚，在離天越來越近的征途上，她深深感受到了人的渺小。靈魂所在，心安之地……至少到現在為止，戴希沒有體會到心安，卻倍感靈魂的迷惘和孤獨。

戴希注意著身邊的薛葆齡，她的神色更加萎靡不振了。

「薛總，大渡河和瀘定橋總要去看一看吧？這段峽谷平均深達三千米，比美國科羅拉多大峽谷還深呢。」

「嗯，」薛葆齡勉強答應了一句，「現在海拔多少了？」

「兩千多米吧。」邵春雷回答，「您感覺還好嗎？」

薛葆齡沒有說話，從包裡掏出心臟病的藥丸吞下。

大渡河瀘定橋邊聚集了不少遊人，峽谷中水流湍急、水聲轟隆，人們忙著觀賞拍照。薛葆齡只稍站了一會兒，就對戴希說頭暈得厲害，由邵經理陪著返回汽車。

戴希多拍了幾張照片，落在後面。人群中有幾個全身衝鋒衣褲、整套驢友打扮的年輕人，彼此用上海話高聲談笑著。戴希走到他們身邊，用上海話問：「你們也去稻城嗎？」

「稻城和亞丁阿拉已經白相過了，現在是去成都。儂要去亞丁啊？」一個男青年很自豪地說。

「嗯，」戴希笑著點頭，「可惜路不好，否則這次我還想去香格里拉呢。」

「路不好？」男青年搔搔頭，「還可以啊……阿拉就是從中甸過來的，還徒步了一大段呢。」

回到豐田車裡，薛葆齡的狀態更差了，戴希向邵經理詢問今天剩下的行程安排。

邵春雷為難地說：「下一站是情歌之鄉康定，過康定之後到新都橋。今天本來定在新都橋過夜，但是我們出發晚了，薛總身體不舒服，要不今天我們就早點在康定休息，明天再去新都橋吧。」

「康定海拔多少？」戴希問。

「兩千九百米，比新都橋的三千四百米要低。另外康定的旅館條件好，是四星級。」

戴希看了看薛葆齡：「你說呢？在康定過夜應該對你好些。」

薛葆齡無力地點點頭，這一天的旅途還沒結束，她對戴希的依賴就大大增長了。

康定縣城就是真正的藏區了。背靠壯麗的橫斷山脈，從市區中任何一條窄小的街道上抬起頭，都能望見遠處壯美神聖的冰峰雪嶺。但環顧四周，縣城裡面的建築簡陋、市景骯髒雜亂，寬袍大袖的藏民和牛仔套衫的漢人彼此間雜，都是日曬風吹的黝黑面孔，頂著或長或短一律亂糟糟的頭髮，駕著牛車和摩托在旅遊大巴與越野車中穿梭往來。

據邵經理說，他們訂下的已是整個康定條件最好的賓館了。本來給戴希和薛葆齡分別安排了房間，但是薛葆齡臨時提出要和戴希一起住，戴希當然沒意見。進房間一看，條件差強人意，兩張床中央隔一個床頭櫃，倒也乾淨整齊，好在房間面積大、牆上還裝飾著藏族風味的壁畫，色彩斑斕、圖案質樸，使人心情略微放鬆。晚飯就在賓館的餐廳吃，薛葆齡壓根沒吃幾口，就先回房休息了。

邵經理很熱情地提出陪戴希在縣城觀光，戴希做出一副不以為然的表情：「這麼破爛的縣城，我才沒興趣看呢。」

邵春雷笑著揶揄：「呵呵，到底是大上海來的小姐啊。」

等邵春雷和司機札吉的身影都消失不見，戴希溜進賓館的商務中心。手機的確沒信號了，去餐廳吃飯前她就留意到，商務中心的電話可以打長途。

這是李威連要求的，每天安頓好之後戴希都必須給他打電話，還得避開薛葆齡。戴希撥通李威連的手機，才響了一次鈴，他就立即接起來：「戴希，一切都好嗎？」

電話裡他的聲音聽起來很切近很清晰，戴希連忙向他講述了一整天的經過。

「今晚上住康定……」李威連遲緩地重複了一遍，「那你們明天白天必須翻過四、五座海拔接近五千米的雪山，才能在晚上趕到稻城，不知道葆齡能不能受得了？」

「如果行程太緊迫，我們可以在中途找個地方過夜嗎？」

「絕對不行！」李威連嚴厲的語調中飽含憂慮，「戴希！你聽我說，明天你們要盡早出發，別由著葆齡瞎折騰，拖也把她拖上車。你們已經在服用高山反應的藥物了吧？」

「嗯，吃了兩天了。」

「翻越雪山時她肯定會有高原反應，就給她使用氧氣袋。即使途經景點也不要停留，走得越快越好，特別是理塘，千萬注意不能貪圖景色，那個高度即使對健康人也是有危險的。戴希，當然這樣會影響到你的遊覽……只能請你原諒了。」

「我沒事……」戴希低聲嘟囔，那一瞬間她真的很想對他說說自己的不安，說說一路峻嶺重重所帶來的巨大壓力，以及縈繞在心頭那吉凶難卜的惶惑感，但她沒有說這些，卻提起了另一件事，「對了William，我今天碰上幾個上海的驢友，他們是從雲南過來的，說中甸到稻城的路況並沒什麼問題。」

電話那頭驟然陷入沉寂，等了好一會兒戴希輕喚：「……William？」

「哦，」李威連如夢方醒，再開口時他的語氣變得十分柔和，「戴希，我知道了。今晚臨睡前吃一錠安眠藥，讓葆齡也吃一錠。」

回到房間，戴希躡手躡腳地插卡開門，卻見薛葆齡斜倚在床頭，枕畔一盞孤燈，幽暗的黃光從仿酥油燈格調的燈罩中淡淡地暈出。

「葆齡，我還以為你睡了。」

「你去哪兒了？」薛葆齡問得倒乾脆。

「我？去街上逛了逛。怕影響你休息，可馬上睡覺對我又太早了。」

薛葆齡的笑容有些勉強：「戴希，有你在我真覺得安心不少。」

「哎呀，這也沒什麼的。」戴希不好意思了，「明天要趕很多路，還是早點休息吧。你自己有安眠藥嗎？你要沒有我這裡有……」

「戴希，像你這個年紀的女孩，很少有這麼會照顧人的。」薛葆齡依舊緊盯著戴希，「是因為你學習心理學的緣故嗎？」

「呃……其實我現在的工作和成為心理醫生的理想已經相去甚遠了。」

「哦？為什麼呢？」

「研究心理學有兩種主要的方式。」戴希低聲說著，眼神不覺悵惘起來，「一種是穿著白長袍在實驗室裡做動物實驗，成天和猴子、小白鼠打交道，從大量的資料中分析大腦的運作機制；還有一種則是作為心理醫生接觸不同的實際病例，透過對心理病人的治療來總結經驗，從中提煉理論。我的教授認為我更適合做前一種研究，但我自己喜歡後一種。結果就……」

沉默片刻，薛葆齡點點頭說：「我明白了。戴希，你應該當一名真正的心理醫生，你非常有天賦。」

戴希回報給她微笑：「葆齡，睡覺吧。」

「嗯，我給爸爸上個香。」

薛葆齡下床走到寫字檯前，薛之樊的骨灰盒端端正正地擺在上面。

薛葆齡點起一支香，握在手中默默祝禱，又鞠了三個躬，才將香輕輕吹滅。

「你知道嗎？戴希，其實我心裡面一直都很怨恨他。」

「啊？」戴希的心裡咯噔一下。

「他是一位大旅行家，戴希，你肯定能想像得出，這就意味著他一生中大部分的時間都在旅行，我童年的記憶中幾乎沒有多少與父親共處的時光，直到他進入老年，身體條件不再適合長途旅行的時候，我才能陪伴他度過人生的最後幾年。」

薛葆齡的聲音中充滿悲戚，在早早降臨的夜中盪起空泛的迴響：「我的母親是個大家閨秀，為了嫁給奔放不羈的父親，她和娘家鬧翻，以天生病弱的身子陪伴他遊歷世界，生下一雙兒女後又留在家中獨自撫養我和哥哥，這樣的生活對母親來說無疑十分艱辛，父親卻從未因此而改變過自己。甚至我哥哥由於心臟病早夭，母親悲痛欲絕的時候，父親還在非洲的吉力馬札羅山下流連。母親隨後發病猝亡，都只有我一個人陪伴在她的身邊。那時候我真的非常恨父親，恨他的自私和絕情。後來我自己挑選丈夫，就想找一個和父親截然不同的人，我希望我的丈夫殷勤、體貼，哪怕不那麼風采卓絕、不那麼具有男子氣概，也總比老是遠在天涯海角、鞭長莫及要強得多。可是呢……父親卻不喜歡我選擇的人，覺得他除了相貌之外一無所長，覺得他見識淺薄、為人虛偽，雖然在我的堅持下不得不同意了我們的婚姻，卻從不肯給我丈夫好臉色，而這……也必然影響到了我們的夫妻感情。直到父親去世，現在我和丈夫終於連貌合神離都維持不下去，我的幸福就這樣活生生地被葬送了。戴希，你知道我心裡有多麼怨啊……」

兩行清淚悄無聲息地從薛葆齡的面頰淌下，她卻悽楚地笑起來：「生活常常充滿諷刺。後來我父親偶然遇見William，和他一見如故，我從沒見過父親對一個後生小輩說過那麼多的溢美之詞。父親是真心實意地喜愛William，甚至還很遺憾地表示，自己沒福分擁有這樣一位出色的兒子、或者女婿……」

戴希垂下眼瞼——生命就是這樣陰差陽錯、又別無選擇。

薛葆齡還在說著：「不過現在我才算真正明白，父親為什麼會那麼喜歡William。歸根結底他們是相似的人！儘管都那樣才智超群、風流倜儻，輕而易舉就可以讓女人心生愛慕，但在他們的內心只有自我，從不顧及他人。是的，他們就是這樣的，我父親，還有William，他們就是這世上最最自私自利的人。」

薛葆齡吞下戴希的特效安眠藥，很快便沉沉睡去。

關上最後一盞燈，戴希鑽進被子。周圍是那麼安靜，在上海永遠體驗不到這樣的萬籟俱寂，因為城市的夜空中充斥著人們的欲望，只有在這裡，群山遮蔽凡塵、高原摒棄雜念，當生存成為唯一的渴求，自然界將人類作為億萬蒼生的平凡一員納入胸懷時，耳邊才可能聽到寂寞的歌唱，與血液流淌全身的旋律融為一體。

恍惚之中，戴希彷彿回到了太平洋的東岸。幾年前一個夏日的凌晨，在實驗室裡完成通宵的工作，駕車沿著海岸線飛馳時，戴希也曾經聽到過這種無聲的歌詠。一輪圓月高懸在平坦如鏡的海面上，清冷的月光彷彿有了生命，就要追逐著潮湧奔上沙灘。有那麼一瞬間，澎湃不絕的潮聲在戴希的耳邊突然消失，無邊無際的大洋和天空中間杳無一物，她好像看見洪荒初現、寰宇分流，整個世界陷入最原始的荒涼，天地間只有她一個人，無知無欲地等待著——靈魂沉睡千年後的一朝覺醒。

她駕車奔下高速公路，才轉過一個彎，沒有盡頭的疏林中就出現一座長方形的板房，突兀奇絕地佇立在路邊。

若隱若現的歌聲從板房裡傳出，就要駛近板房時，戴希突然發現，在它的側面還停著一輛轎車。看見這輛車比板房本身更令戴希驚訝。她猛踩油門，板房就在她一掠而過的時刻煙消雲散，那輛轎車卻巋然不動。

有個人！有一個人站在車旁！他就是我們跨越生死界限、走過永恆的孤獨，千方百計都要與之團聚的人吧，他是誰？

她扭過頭去，正好在同一時刻，那個人也向她轉過臉來，她看見了！她就要認出他來了，真的……是他嗎？！剎那間，戴希的眼前出現大片白光，好像電視裡播放的核彈爆發，那吞噬一切的強光使戴希瞬間目盲，她再也控制不住汽車，只能任由它帶著自己向前衝去……戴希滿頭冷汗地睜開眼睛，夢中的場景如退潮的海水，頃刻便沒入意識的最底層。她把手臂舉到眼前，微弱的螢光在漆黑中閃現——5:45，難怪露在被子外的皮膚立刻感到寒意。

六點半剛到，戴希就不管三七二十一，把薛葆齡從床上扯起來。

7:15，豐田車上路了。

天色和昨天截然相反，陰沉沉的空氣中挾帶水氣，有種呼吸不暢的沉悶。山路狹窄潮濕，不斷遇到塌方遺留下的亂石和泥濘。遠方的群山和雪峰全部躲到濃雲之後，隨著山道的盤旋爬升，很快從豐田車的一側就只能看見瀰漫的雲霧，這些雲霧宛如白色的迷牆，好像隨時都能探進車窗來。戴希心裡明白，豐田車輪輾壓的山道外沿離開陡峭的絕壁不過幾十公分，札吉卻絲毫未曾減慢車速，在每一堵迎面撲來的白牆前急速轉彎，繼續向上方飛馳。

邵經理仍然像昨天那樣興致勃勃：「我們現在翻越折多山去新都橋。呵呵，折多山顧名思義，就是九曲十八彎，曲折多多。哎喲！」

豐田車一個急轉，邵春雷光顧著扭頭和戴希她們說話，後腦勺重重地撞在車窗上，痛得齜牙咧嘴：「札吉，小心點啊，撞死人啦！」

雖然天色漸亮，陽光始終無法穿透雲層。又顛又晃了將近一個小時之後，薛葆齡已經面無人色。

「我喘不過氣來……」她斜倚在戴希的肩上，講話都很費勁了。

戴希取出氧氣袋，她立刻抱過去猛吸。

「可以讓札吉把車開得穩些嗎？」戴希問，顛簸得實在太厲害，戴希也覺得心跳加劇，頭暈噁心。

司機非常果斷地回答：「馬上要下雨，這段路就更難走了。」

邵春雷趕緊打圓場：「我們已經盤過四千兩百多米的埡口了，下坡就到新都橋，那裡海拔比較低正好吃午飯，薛總再堅持一下。」他又看了眼戴希：「戴小姐，你準備得還挺充分。」

總算顛進新都橋鎮，昏黑到極致的天空突然變得明亮，暴雨傾瀉而下。邵春雷讓札吉把車停到路邊的小飯店前。

這裡海拔降低了些，薛葆齡吸了段氧氣，精神稍有好轉。她扔下氧氣袋，抱起裝著父親骨灰的黑包，趺趺撞撞地隨戴希走進飯莊。

「唉，新都橋可是攝影愛好者最嚮往的樂園啊。可惜今天天氣太差看不清，否則真是世外桃源般的美景啊，草原、牛羊、溪流……」

「啪！」一聲鈍響，邵春雷左手打傘、右手高舉氧氣袋，在大雨中邊說邊跑，一不留神腳底打滑摔了個結結實實，氧氣袋被甩出去好遠。

戴希驚呆了。還是札吉反應迅速，衝到大雨裡扶起邵春雷，後者哇哇叫疼，顯然摔得不輕。戴希也冒著雨去撿氧氣袋，立刻就看到氧氣袋的密封口摔破了。雖然心頭一緊，戴希的臉上仍竭力裝出若無其事的樣子，用毛巾包住氧氣袋破損的部分回到小飯店。

小店中，邵春雷斜趴在長椅上哀叫連連：「我的腰，我的腰！哎喲，痛死啦……」

「我給你看看？」戴希說。

「啊，不用！」邵春雷擺手，「戴小姐，等雨小一些，你們還是趕緊上路吧。」

「我們？」

泥水順著衣褲滴滴答答，邵春雷狼狽不堪地歎著氣：「我這是閃了腰啦，肯定不能再陪薛總往前走了。我、我得趕緊找個跌打醫生治治，哎喲喲……」

薛葆齡和戴希大眼瞪小眼，都看到了彼此目光中的憂懼。戴希試探著說：「我們現在也可以和邵經理一起返回成都。」

「啊？不用啦……薛總啊，你們吃完中飯就跟著札吉繼續行程吧，別因為我耽擱了大事情。」邵春雷痛得直抽氣，還不忘用眼睛斜覷薛葆齡懷裡的黑包。

「接著往前走吧，今晚趕到稻城，明天……就可以去亞丁了。」薛葆齡的氣息雖然孱弱，神情中卻有種單純的執著。

戴希的心又軟了，她完全能理解薛葆齡的心情，甚至暗暗地有些抱怨李威連了——陪人家走一趟又怎麼樣，現在你自己不也天天牽腸掛肚的。

胡亂吃了些東西，看到雨勢漸弱，他們再次上路了。現在前排只剩下司機札吉一人沉默寡言地悶著頭，只顧疾速地開車。山路比前一段更加顛簸，沒有燦爛陽光的映襯，高原牧場的風光再難尋覓。雪峰一座連一座矗立在前方，彷彿是難以逾越的屏障。行雲流轉、氣象變幻，蒼茫群山呈現出最原始的奇峻和偉岸，冷然俯瞰著腳下螻蟻般渺小的人類。現在沒人給戴希她們介紹所經的埡口名稱和海拔高度了，但是越來越稀薄的空氣和心臟上的壓迫感無須解釋，她們進入到最艱鉅的一段旅程了。

「戴希……氧氣袋呢？」薛葆齡按著胸口，氣喘吁吁地問。

戴希把氧氣袋往自己背後藏了藏：「葆齡，袋裡的氧氣不多，咱們省到海拔最高的地方再用。來，靠在我身上休息吧，免得頭暈。札吉車開得很快，我們馬上就能翻過去的。」

薛葆齡現在對戴希幾乎言聽計從了，乖乖地閉上眼睛，靠在戴希的肩頭。

雨還是下個沒完沒了。戴希瞪大眼睛注視著前方的路牌，瓢潑雨水澆在上面，幾乎辨不清字跡：高爾寺山，4412米——第一座，她在心裡暗暗計數，好樣的葆齡，我們闖過一關了！

豐田車的前後又出現一輛輛的大貨車，札吉不得不把速度放慢。顛簸和搖晃稍有好轉，但戴希發現自己的呼吸也開始艱難，太陽穴一下下跳得難受。她取出止痛藥吞下去，強迫自己把注意力轉向窗外，又一幅路牌從頭頂掠過：剪子灣山，4659米——第二座了。他們還在一路朝上，山道向著雲端延伸，彷彿直達天際。伴隨著艱澀的呼吸，狂跳的心臟反而平緩下來，每一記搏動都異常滯重，神智變得時而模糊時而清朗，現在戴希完全懂了——循著這條路是真的可以上天堂的。

大雨中的路牌在戴希眼裡扭曲變形，漢字上拖曳著長長的水痕，和奇異莫辨的藏文難分彼此：卡子拉山，4718米——第三座！戴希握緊薛葆齡冰涼的手：「我們已經翻過最高峰，從現在開始都是下坡路。葆齡，放鬆些，很快就沒事了……」

理塘到了！

第三十二章

豐田車剛進入理塘境內，大雨就消失得無影無蹤，頭頂上重現如洗的碧空，連薄紗般的雲絲都尋不到。一彎巨大的彩虹如七色天橋，橫亙在雪峰之巔，又彷彿是通向神仙境地的巨大拱門。彩虹之側，燦爛陽光毫無阻擋地揮灑而下，在一望無際的碧綠草場間流轉舞動，紫色、粉色、金黃色的野花猶如碧玉上鑲嵌的珍寶，還有大大小小的藍色湖泊，在金光照耀下無不折射出鑽石般晶瑩的光芒。黑色的犛牛群、白色的羊群和棕黃色的馬群，錯雜散落在這五彩繽紛的畫布上，背襯著更加高聳入雲、遙不可見的神山，讓人產生一種錯覺，彷彿自己已經遠離高原，回到了平坦的田野上。

「葆齡，快看啊……多美。」戴希輕聲喚著薛葆齡。

薛葆齡睜開眼睛，迷茫地注視著車窗外曠世絕倫的美景，好一會兒，慘白的臉上綻露出一絲微笑：「我看見了，這才是、是爸爸筆記裡寫的……歸宿，離天最……近的地方。」

「不要說話，葆齡。」戴希每講一個字都十分艱難，平原只是幻象，她們依然身處海拔四千米之上，半懸在危難的高空中。

豐田車終於駛入了理塘鎮。札吉放緩車速，這個藏族小鎮街面橫平豎直，出奇地乾淨整潔，大概到了這樣的高度，骯髒都會無處容身。

「小姐，我們在這裡吃晚飯。」整個路途上都沒有說過話的札吉，突然開口了。

戴希費力地挺起腰，車窗外果然是一爿接一爿的商鋪飯館，身著豔麗藏袍的本地藏民三三兩兩地或站或坐，滿面春風卻步履蹣跚的少數遊客穿行其中，真是好一派熱鬧慵懶的市景。

「幾點了？」戴希嘟囔著看手錶。呀，不知不覺已經五點半了！可是周圍的陽光如此絢爛，難怪她完全沒意識到已近傍晚。

腦袋好脹好暈，根本沒有半點食慾。戴希喘了口氣，問薛葆齡：「葆齡，你餓嗎？想不想吃飯？」

葆齡閉著眼睛搖搖頭。

戴希對著前方說：「札吉，我們都不想吃晚飯，可以繼續趕路嗎？」

札吉似乎猶豫了一下：「小姐，我要吃飯啊。」

「那也是。」戴希覺得有理，畢竟開了這麼久的山路，體力消耗太大，去稻城還有上百公里的路程，應該讓司機吃個飯、歇一歇。可這裡是李威連一再強調不可久留的理塘啊……她一時沒了主意。

豐田車繼續向前，路邊錯落排列著一層或者兩層的藏式土屋。平整的水泥屋頂、雕花的木窗櫺，繁複靚麗的花紋正如昨天戴希她們在康定賓館所看見的一樣。一些身披黃袍的喇嘛從車窗外經過，手持轉經筒，每遇到山民便合掌躬身，互道：「札西德勒。」

「這裡就是長青春科爾寺。」札吉說。

戴希昏沉的頭腦肅然警醒，迎面果然是一座寺院的圍牆。石塊層疊的瑪尼堆上經幡隨風飄揚，鼻子裡已經能夠聞到一股藏香和酥油混雜的特殊味道。

札吉把車平穩地停在寺院前。

他回過頭來：「邵經理說，請兩位小姐遊覽這座寺廟，這是我們藏族最神聖的廟宇之一。」

戴希看看薛葆齡：「你行嗎？」

薛葆齡只管抱緊那個黑包，輕輕點了點頭。

戴希攙扶著薛葆齡下車。站到地面，剛打算邁開腳步，便發現雙腿如灌了鉛般沉重，又像踩在棉花堆上似的漂浮，真是舉步維艱。

「我去吃飯。」身後傳來札吉的叫聲，戴希根本轉不動脖子，只能聽著豐田車的馬達聲呼嘯遠去。

寺院門前的白塔不過幾步之遙，戴希扶著薛葆齡，費了九牛二虎之力才挪到門前。也許是看慣了遊人的狼狽模樣，周遭的藏民並未向她們投來異樣的目光。好不容易跨入院門，她倆終於站在主殿跟前，殿內喇嘛咿呀誦唱之聲飄蕩出來，殿內四壁上五彩斑斕、華美絕倫的唐卡也已隱約可見了，戴希卻一陣心驚膽戰，再也無法跨前半步了。

不僅僅是自己的呼吸急促、頭痛欲裂，靠在她肩上的薛葆齡此時猶如千鈞重擔，壓得戴希再難支撐。更令戴希恐懼的是薛葆齡發出的喃喃低語：「長青春……永懷戀……爸爸、爸爸，你說過這裡、這裡有永恆的……愛，在哪裡？在哪裡？……你指給我看，爸爸……」

「葆齡！別這樣，你振作些！」戴希嚇壞了，極度緊張中她只覺得天旋地轉，竭盡全力才能把軟癱下來的薛葆齡扶到殿門前的臺階上坐下。

戴希跪在薛葆齡的身邊，血色正迅疾地從這張蒼白而嬌俏的臉上褪去。薛葆齡半躺在戴希的懷中，目光渙散地望向臺階上方，寺院最高處的佛舍彷彿聳立在登天路途的盡頭，金燦燦的陽光將它映出遺世絕塵的至美。

「戴……希，我的心、心好痛……」薛葆齡握緊胸口，發出痛苦的呻吟。

戴希手足無措，除了緊摟著那不停顫抖的嬌小身軀，戴希連呼喊的力氣都幾乎喪失了。

「葆齡！葆齡！你、你別……」戴希拚命叫著，聲音卻小得可憐。

薛葆齡的呼吸越發微弱，唇邊卻溢出淡淡的笑意：「爸爸……我看見、你了……」她伸出手去，彷彿要抓住什麼：「這裡真美……你沒有騙人，帶我、帶我走吧……心安之地……永恆的淨土……」

「葆齡！」戴希絕望地抬起頭，眼前人影晃動、時近時遠形同鬼怪，並無一人上前相援。她想大聲呼救可是喉嚨被堵住了——眼淚模糊了戴希的視線，她什麼都看不見了……

「快把這吞下去！」

是誰在說話？戴希迷迷糊糊地攤開手掌，怎麼手心裡出現兩顆黃豆大小的深茶色圓球？

「快吃！」又是那個陌生的低沉嗓音，卻令戴希無限信賴。她毫不猶豫地舉起藥丸咽下去，靠在石階上，戴希眼前的迷霧徐徐散去。

她看清了——不知何時出現的一個魁梧身影，正一手托扶著薛葆齡的頭，另一手持牛角狀的水壺，小心翼翼地向她的嘴裡灌著水。

戴希撲過去：「她怎麼樣了？」

轉向她的是一張黑黝黝、輪廓分明的臉：「放心吧，這水裡有藥，她很快就會沒事的。」他的雙眼被大大的墨鏡遮住，筆挺的鼻梁和剛勁的唇線構成一張滄桑的面孔，烏亮的長髮整齊地披在肩頭。戴希愣住了：「你……是誰？」

「我叫次仁。」藏巴漢子並不多話，扭頭繼續給薛葆齡餵水。戴希看著薛葆齡剛才已死氣沉沉的臉，正緩慢而神奇地煥發出生機來。

「葆齡！」戴希差點兒喜極而泣，「你沒事啦！」

「要馬上離開這裡，否則她還會有危險。」次仁說，他瞥一眼戴希，「你自己能走嗎？」

「行！」戴希忙說，「可我們的車還有司機……」

次仁雙臂一振，薛葆齡已被他穩穩地抱起來：「我送你們，到稻城還要將近四小時，必須抓緊時間趕路。」

次仁的車竟是輛經過改裝的荒原路華！戴希給薛葆齡裹上毛毯，每隔半小時就餵一次牛角水壺裡的水。戴希自己也吃了次仁給的麵包和酥油茶，體力恢復了不少。真是奇妙啊，睡袋、被褥、小冰箱裡裝著食品和飲料，以及一個急救包，這輛荒原路華裡簡直什麼都有。

開出理塘之後，天色很快暗下來。兩側的群山逐漸掩入暮色，濃重的霧氣從山道旁的峭壁深淵中升起來，幾乎遮去小半條山路。荒原路華的車速比豐田更快，每次急轉彎都好像要衝出懸崖，又好像要撞上山岩，但如此驚險的路況並不使戴希慌亂，她倚靠在後座上，身邊是面色如常昏昏欲睡的薛葆齡，自從成都踏上旅程，戴希的心頭一次像此刻這樣安逸平靜。

因為剛上車她就發現了，前擋風玻璃上垂掛著一個木製十字架。

這種印第安人用來崇拜四季之風的特殊十字架，她只在一個人的汽車上看見過。

「我們安全了，葆齡。」戴希伏在薛葆齡的耳邊說。

夜更深，群山消逝在漆黑的曠野深處。如蓋的蒼穹之上點綴著無盡繁星，星光指引著前路，遠方那片稀微的黃色燈光就是稻城了。

次仁一直把薛葆齡送進賓館房間，才向戴希她們告別。

「明天可以稍微起晚些，我們九點出發，去亞丁。」站在房門口，燈光下次仁深邃的雙眸中血絲混濁，雪域高原在賦予藏巴漢子陽剛氣質的同時，也磨礪著他們的身心。

「謝謝你，次仁！」戴希由衷地說。

「不客氣。」他的微笑中流露出最質樸的羞澀，「……他是我的兄弟，應該的。」

房門剛關上，床頭櫃上的電話就響起來。

戴希並不意外地接起來：「你好，William。」她的眼睛濕潤了。

「你好，戴希。」是她的錯覺嗎？李威連的聲音裡竟有種罕見的激動，「你們一切都好嗎？」

「好的。」

「葆齡呢？」

「她也挺好的，已經恢復過來了。」

「她能聽電話嗎？」

戴希把話筒遞給薛葆齡：「葆齡，William要和你說話。」

她悄聲走出房間，把房門在身後輕輕關上。充滿藏族風情的旅館大堂中空無一人，鵝卵石子鋪設的地面別有情調，牆上的兩盞酥油燈搖曳生姿。

戴希在石牆邊坐下，從正方形的窗口望出去，漫天星光好像與視線齊平，幾乎觸手可及。前臺上的電話響了好幾遍，一個年輕的藏族姑娘才掀起簾子鑽出來，拿起電話：「喂？找誰……唉，是你叫戴希嗎？」

「我？」戴希接過電話，藏族女孩睡眼惺忪地抱怨：「這麼晚了還不睡。」

「戴希，要給你打個電話真不容易。」

戴希輕輕地笑了：「讓葆齡說個痛快嘛。」

「她已經睡了，」李威連的語調恢復了平靜，但那親切溫柔的口吻是戴希從未聽到過的，「你也該睡了。我只是想再謝謝你，戴希，今天多虧了你。你也好吧？」

「嗯。」

「都怪我考慮得不夠周到，」他遲疑了一下，「如果早做安排，你們根本不會遇到今天這樣的險情。」

「你也沒想到會這樣吧？」戴希問。

「確實沒有。」李威連承認，「好了，一切都過去了。戴希，從現在開始你可以真正享受這次旅途了。怎麼樣，還喜歡高原吧？」

「喜歡。」

「那就好好玩玩，多拍些照片，帶回來給我看。」他的語調突然變得惆悵，「有幾年沒去了……」

「等你治好病再來玩嘛。」

李威連明顯地愣了愣，隨即在電話那頭笑起來：「戴希，你不需要這樣時刻提醒我的！好吧，從明天起我就不再和你通電話，不打攪你們的旅行了。快去休息吧，晚安。」

到達亞丁之後，戴希真正懂得了「靈魂所在、心安之地」的含義。從稻城到亞丁，美景無處不在，根本無須刻意選景，只要目力能及的地方，便是明淨安然、炫美絕倫的仙境。

次仁找來熟識的牧民，親自牽馬將戴希她們送入白雲之巔、林海深處。當她們跨過如茵的草場，沿著澄碧的河川，穿越遍佈雲杉和紅杉的原始森林，與無數絢麗斑斕的野花叢擦身而過，偶遇犛牛、野驢甚至羚羊的倩影時，喧囂的塵世徹底退出心靈的疆界，肉身彷彿已化為清風，無聲無息地融入到自然之中。

淙淙水聲如天籟一路相隨，她們終於到達薛之樊所選定的安眠之地——牛奶海、古老的冰川湖、雪山環繞下的一顆晶瑩的水滴。仙乃日、央邁勇、夏諾多吉，三座藏傳佛教的神山傾心相守，潔白無瑕的雪峰在一泓碧波中輕輕蕩漾，這樣出世絕俗、這樣纖塵不染、這樣寧靜安詳，唯有「極樂世界」才能形容。

當風將薛葆齡雙手捧出的輕煙滌蕩而盡時，戴希走到她的身邊。

「葆齡，走吧。」

薛葆齡沒有動，她的眼圈紅腫著，神情卻並不悲哀，金色陽光從湖面折射出來，為她增添了幾許淡雅的容光。

「戴希，你知道嗎？我母親和哥哥都安葬在香港的家族墓地裡，只有父親，選擇長眠在這個遠離家鄉和親人的地方，我一直在想，難道他不覺得孤單嗎？現在我懂了，父親他從來就是孤單的，他的心就像這個碧湖，深藏在高原雪峰之中，要瞭解他、接近他，就必須翻越重山險隘，甚至要冒著生命危險……」說到這裡，薛葆齡「噗哧」笑了，「像我父親這樣的男人，他害怕的不是孤獨，而是被誤解。如果沒有人能夠真正理解他，他不在乎孤立於整個人世之外，只與山水作伴。」

「……真的沒有一個人懂他嗎？」戴希問。

「有的。」薛葆齡悠然長歎，「戴希，雖然我怨恨他不關愛母親，但自從母親去世之後，父親的生活中就再也沒有出現過其他女人。兒子早夭，我這個女兒又先天不足，父親有一百個理由再娶妻生子，但是他沒有，他選擇孤獨地度過一生，現在又要孤獨地長眠在此。戴希，我覺得我終於能夠觸及他的內心了。」

面對著神山聖湖，沐浴在最清澈的陽光中，薛葆齡高聲道別：「別了，最最親愛的爸爸！願您得到永恆的安寧！」

回到稻城，她們在原來的旅店休整一天後，次仁會把她們送往中甸，從中甸就有班機飛往全國各地了。

吃過晚飯，金燦燦的夕陽還很亮麗。這座由藏式民居改建的旅館，整體都是石塊壘成，綠蘿和紫花開遍石砌的窗臺。夕陽在窗臺內外輕盈流轉，給五色藏式土布鋪就的卡墊畫出深淺不一的光圈。

薛葆齡和戴希盤腿坐在卡墊上，聞著酥油茶和咖啡混雜的特殊香氣，正在熏熏欲醉時，房門被人「哐噹」一聲推開。

戴希瞪著來人——哇，好一個青春洋溢的藏巴美男！高高的個子、黝黑的皮膚，尤其是那雙明亮的眼睛，好像盛著戶外最後一抹夕陽，他露出潔白的牙齒笑了：「你們就是李叔的朋友吧？」

李叔？戴希和薛葆齡摸不著頭腦，還好次仁緊跟著踏進屋子：「薛小姐、戴小姐，他是我的兒子巴桑。」

她們趕緊和巴桑打招呼，藏巴帥哥大概二十出頭的年紀，緊身牛仔褲綳著修長的雙腿，黑色

T恤外罩夾克背心，烏髮束成馬尾，那身材氣質比之時尚雜誌上的模特兒也不差分毫。戴希偷偷衝著薛葆齡扮了個鬼臉，李威連突然冒出來的這個大侄子，倒和他挺般配的。

巴桑可比他爸健談多了，一坐下就和兩位美女聊開了。原來次仁叫他去找札吉，巴桑一路追趕，在康定逮到了正返回成都的札吉。據札吉說，他完全是根據成都旅遊社邵春雷的吩咐，才把戴希她們扔在理塘的。所以很顯然，邵春雷是蓄意將戴希她們送入絕境的。

聽完巴桑的敘述，薛葆齡已經好轉的臉色又變蒼白。戴希問她：「葆齡，你要問問邵經理嗎？」

「不必了……」薛葆齡深深地吸了口氣，「什麼都不用問了。」

巴桑很關心她們：「薛小姐，身體好些了嗎？」

「好多了。真是太謝謝你們了，救了我一命啊！」她指了指擱在桌上的牛角水壺，「今天我還在喝這個，身體一天比一天舒服，比美國的心臟病藥都管用。」

巴桑開心地大笑起來：「肯定比美國的藥管用。李叔告訴過我，全世界就咱們藏區的高原最高，你們想啊，我們世代防高原病的秘方，當然比其他地方的強多啦！」

戴希犯了職業病：「咦，這麼神奇的藥方，為什麼不做商業化生產呢？可以造福大家哦。」

「不行。」一直沉默的次仁突然說。

巴桑解釋：「這是咱們祖先留下來的秘方，裡面有好幾種藥材都生長在五千多米的雪山上，每配一次藥就要攀登好幾座雪山，還要到懸崖峭壁上去採藥，非常非常危險，幾乎每次採藥都會有人摔傷甚至喪命！」

「所以這種藥隔幾年，等全部藥材都湊齊了才能配一次，」次仁接著說，「是我們最最珍貴的救命藥，不到萬不得已絕對不用，不是至親好友也絕不能給。」

「哦！」戴希恍然大悟，「那這次……」

「李叔的朋友嘛！」巴桑讓戴希看他的眼角，「要不是李叔，當初我這隻眼睛就瞎了，所以他就是我們的親人！」

原來，前些年李威連曾邀請過一批歐美合作方來中國川藏旅遊，與擔當嚮導的次仁一見如故。後來次仁帶著巴桑去尼泊爾朝聖，不慎捲入當地的暴亂，巴桑的眼睛被流彈擊中，等他們好不容易逃到加德滿都時，巴桑的病情已經很危險了。次仁束手無措時想到了李威連，抱著死馬當活馬醫的心情求人給他發了封郵件，想不到李威連立即就回覆了，還迅速透過西岸化工印度公司的關係打通了各種環節，安排巴桑住進當地最好的醫院，又從印度新德里請到最優秀的英國眼科醫生，緊急飛到加德滿都給巴桑動手術，保住了巴桑的眼睛。

淳樸的藏巴漢子不擅言辭，但對救助過自己的人，他們絕對會以命相報。李威連在康定和戴希通話時意識到情況的危急，連夜聯繫到了正在中甸的次仁。次仁二話沒說，立即上路，在千鈞一髮的危難之際救下了薛葆齡和戴希。

夕陽沉入山坳，酥油燈點起來了。無邊的寂靜再次降臨，戴希的心中滿懷留戀，她知道很快就要和這樣空靈而純潔的寂靜告別了。

次仁一直把戴希和薛葆齡送到迪慶機場。她們在這裡乘坐同一航班前往昆明，再從昆明各自轉飛上海和香港。

從舷窗望出去，腳下的雪峰一座接著一座，幾乎要插入瀰漫的雲海。飛機似乎從未飛得這麼低過，天和地也從未貼得這麼近過。「戴希，看了一週的山了，還沒看夠啊？」薛葆齡坐在戴希的內側，輕聲問。

「原來一直仰望，現在改成俯視嘛……視角不同！」

「你很可愛，也很聰明。難怪他會這樣信任你。」薛葆齡突然來了這麼一句。

戴希假裝沒聽見，繼續俯瞰群山。

「戴希，你能給我做一次心理諮詢嗎？」

「現在嗎？」這回戴希不能再裝了，有些緊張地轉過頭來。

薛葆齡坦然地微笑：「別緊張，我只是想和你談一談我和William之間的事。

「我和張乃馳從認識到結婚，William都起了不少作用。他是我丈夫多年的好友，又是他的老闆，有段時間我去日本東京留學，William想了許多辦法送他去東京出差，我這才被張乃馳感動，最終決定嫁給他。然而我的婚姻不受祝福，父親始終不肯接受這個女婿，後來我又發現丈夫出軌，我覺得自己真是太不幸了，而William就是造成我不幸的元凶之一，如果不是當初他瞎起勁，我根本不會和張乃馳結婚！

「我想報復，不僅要報復我丈夫，也要報復我父親，更要報復William。我的報復計畫就是——和William發展婚外情。我知道我丈夫對William懷著很複雜的感情，既離不開他又忌恨他，所以我一旦投入William的懷抱，必然會對我丈夫造成巨大的打擊。而我父親呢，口口聲聲希望William是他的兒子或者女婿，那麼好吧，我就把他搞到手，您老人家該滿意了吧？

「現在回想起來，我的想法真夠荒唐。但在當時，我完全沉湎其中，根本分不清好壞是非。我很容易就得到了William的排程，趁著一次他去新加坡出差時，我和他住進了同一家酒店，裝作不經意地遇到了他。我們一起去酒吧，我喝得半醉，向他哭訴對婚姻的失望，很自然地倒在他的懷裡。後面的事情順利得出乎我的意料，那次出差結束，我就成了William的情人。

「我以為是我引誘了他，我以為這一切都是為了報復——我大錯特錯了。不久之後，我就發現自己對William的感情與日俱增，這太可怕了，因為我很清楚，我對William的愛情比我的婚姻更沒有指望。

「戴希，我知道他從來就沒有愛過我。如果不是因為我的體弱，如果不是因為我的不幸婚姻幾乎是他造就的，按照William的個性，他大概早就把我給甩了。可偏偏他不能、準確地說是不忍甩開我。而我已經被愛蒙蔽了神智，我就是利用他對我的同情和憐憫，不顧廉恥、沒有分寸地拚命糾纏他。

「後來，我甚至開始盤算擺脫婚姻。有一天，我終於鼓起勇氣對William說出了我的愛情，誰知卻引來他的勃然大怒！我從沒見過他發那麼大的脾氣，以至於被嚇得心臟病發作，當場暈厥了過去。醒來時我發現他守在我身邊，滿臉疼惜和憔悴。還好他知道我的包裡一直放著急救藥，而且我們當時正在香港，William認識我的家庭醫生，立刻把他請過來，才使我度過險情。

「因為這次意外，我們在香港又多待了兩天，William百般細心地照顧我，絕口不提我昏倒前我們之間的爭吵，好像那一切根本就沒有發生過。但我能清晰地感受到他內心的波瀾，他越是表現得輕鬆坦然、溫柔細緻，我就越能看出他的痛苦和掙扎。我恐懼地等待著，等待他做出最後的決定。

「第三天William要飛去雪梨開會，我的身體已經基本恢復，可以開車送他去機場。我看著他辦完登機手續，就要走進安檢門了，他回過身來像是要和我告別，在那一瞬間我看見了他目光裡的冷漠——這不過是一次最平常的分開，我卻立時陷入生離死別一般的絕望。我淚流滿面地向他撲過去，死死地抱住他，語無倫次地求他不要拋棄我，只要能夠繼續我們的關係，讓我做什麼我都願意。

「他好像早就料到我會這樣，很冷靜地帶我到機場的咖啡廳坐下。他對我說的話簡短明確，直到今天還時刻縈繞在我的耳邊。他說：『和女性交往，我始終堅持的原則只有一條——當我發現某個女人能使我感到愉快時，我就開始這段關係；當我發現我不再能使某個女人感到愉快時，我就結束這段關係。葆齡，你很聰明，我相信你能夠懂得我的意思。所以我們的關係是否可以維持下去，並不取決於我，而是你。』

「就算被冰水從頭頂澆到腳底，也不會令我像當時那樣徹骨寒冷。既然他如此明白地拒絕了我的愛，我實在應該當機立斷的啊。可我做不到，我發了好一會兒呆，臉上的淚漸漸乾了，這時候我聽到他說：『快登機了，我要走了。』

「我記得我立刻朝他露出笑容，我說：『William，和你在一起是我生命中最快樂的時光，我希望能盡快再見到你。』

「他已經站起來了，又向我伏下身，一邊親吻我的面頰一邊說：『那就讓我們把所有的不愉快都忘記吧。』

「我承諾拋開愛情，這才換得了和他繼續交往的機會。我確實再沒想過和Richard離婚，而是學會了以麻木不仁的心態對待婚姻，這樣一來，日子反而過得容易起來。

「人一旦放棄妄想就會知足常樂，從此再和William約會時，我也用不著強顏歡笑了。William對我的態度放鬆了許多，我們相處得反而比過去更親密了。他漸漸有興致和我交談，我提出讓他陪我去看演出、打高爾夫、做SPA，諸如此類的無聊事情，他不太忙的話偶爾也會答應，心情愉悅地和我一起浪費時間。他開心的時候真是迷人啊，起初我還常常困惑，究竟是他力圖使我愉快還是我在力圖使他愉快，後來我想通了，既然連愛都不能提，還糾結這些無關緊要的問題幹什麼呢。

「我們的關係終於被我丈夫察覺到了。礙於種種原因，當然最主要是William的權威，Richard不得不咽下這杯苦水，最多只敢旁敲側擊、含譏帶諷地說上幾句，也全被我當成了耳邊風。我一方面鄙視丈夫的怯懦，一方面也驚訝於自己的無情，畢竟我也曾經愛過他的呀——難道愛情真的如此不堪一擊？或者是William把我也訓練成了鐵石心腸？

「雖然我沒有對William說起Richard的反應，但他還是很快就知道了。我們的好日子又面臨了巨大的威脅，當我再找William約會時，他開始變得很煩躁，找出各種理由來拒絕我。我真的又急又恨又怕，我不管，我就是要千方百計地纏著他，反正我學乖了，再不說愛不愛的傻話，只要他陪著我就好，或者乾脆做出楚楚可憐的病弱模樣來，讓他無法狠下心來脫身。我眼看著William的情緒時好時壞，體會著他內心中的矛盾，一邊心疼一邊痛快——我們就這樣彆彆扭扭地維持著，直到前不久William遭到那樁可怕的打擊。

「這個打擊是怎麼來的？從表面上看只是William和司機老婆的醜聞，可是我心裡清楚，還有其他人在這件事裡充當了關鍵角色。是我的所作所為促成了那一切。難道，這就是我所謂的愛情嗎？我先是背叛了自己的丈夫，然後害苦了自己的情人，還都是以愛的名義……

「William出事之後，我只想盡快結束名存實亡的婚姻，希望能對William盡量做出補救。但是很長時間都聯繫不到他，後來我想盡一切辦法才打聽到，他離開美國後會先去香港。我查遍了香港五星級酒店的預約資訊，終於確定了他的住址，就立即趕過去見他。

「那是個週末，雨從早晨起就沒完沒了地下，我在酒店大堂裡一直等到將近十點，才見到他匆匆走進來。儘管他手裡拿著傘，身上的衣服還是濕了大半。除此之外，他的樣子看上去還不錯，並沒有特別萎靡或者頹唐，但不知為什麼，一見到他，我的心就碎了。

「他在進電梯之前看見了我，連一絲意外的表情都沒顯露出來，很平靜地示意我一起上樓。

「在電梯裡他說：『沒想到你會來，我房間裡已經有人在等了。』

「我愣住了，就在這時電梯停下來。他跨出去，回頭注視著我說：『如果不介意的話，你可以一起來……』

「我什麼話都說不出來，電梯門就合攏了。我根本不知道自己是怎麼下到底層大堂的，突然我就站到了瓢潑大雨中。六月的香港白天悶熱異常，夜雨卻冰冷刺骨，我好像又聽到那天他在機場講的話，我渾身顫慄地癱倒在遍地雨水中，失去了知覺。

「醒來時我發現自己躺在酒店客房的大床上，幾年前的情景彷彿又重演了。屋子裡有股清冽、淡雅、略帶苦澀的木質香味，我知道他在我的身邊。但我又立刻意識到，相似的場景中遊蕩著截然不同的氣息——這次他並沒有守在床邊，而是遠遠地坐在窗前的沙發上，背襯著維港對岸已經闌珊的燈火，臉孔黑黢黢地沉沒在陰影中。

「『你醒了。』他看到我掙扎著要坐起來，才抬了抬手，『別動，你現在必須絕對靜臥。經驗真是一件可怕的東西，在讓人從容不迫的同時，也使人變得無動於衷了。你看葆齡，這次你發病我就能有條不紊地處理，一點兒都不慌張地坐在這裡等你醒來，還能有心情喝了點威士忌。』

「我看見他手裡的酒杯，在以夜色為底的窗玻璃上折映出閃爍的光點。我回想起了昏倒前他說的話，又試圖支起身來。

「『你太不聽話了，葆齡。』他這才很無奈地離開沙發，坐到我的身邊來，溫柔但堅決地把我按回床上，『不許動……你要找什麼？』

「我是想找他在電梯裡提到的——女人的痕跡。其實我心裡也明白，他就是故意那麼說來刺激我的，但我還是忍不住地嫉妒，想要親自驗證根本就不存在那麼一個人……

「他必定立刻猜出了我的意圖，唇邊掠過一抹嘲諷的輕笑。他說：『剛才等著你醒來的時候，我一直在想，人就是這樣變老的，越來越經驗豐富，也越來越麻木無情，直到變成朽木一塊，就到退出舞臺的時候了。我很期待我的這個時刻早日到來……那未嘗不是一種解脫。『你呢葆齡？難道你還沒有對此情此景、對我們之間發生的種種、對我這個人感到厭倦嗎？』

「我太虛弱了，虛弱得連眼淚都沒有力氣流，只能半死不活地盯著他看，過了好久才想起來回答他：『我……不厭倦，和你在一起我很、很愉快。』

「我的話引得他笑起來，隨後他也躺到床上來，把我緊緊地摟在懷裡。

「『經驗的另一個好處就是讓人明察秋毫。葆齡，你在撒謊，我從來就沒有令你真正愉快過。』

「我無法回應，就把臉貼在他的胸前。房間裡沒有開燈，生離死別的悲慟凝聚成團，比前幾年在那個明亮寬闊的機場更強烈百倍，我卻不像當初那樣手足無措了。William說得真對啊——經驗使我們成熟，也使我們喪失激情。

「他摟著我，用溫情脈脈的語調說出這段話：『葆齡，我應該向你坦白，我很喜歡你，你柔弱、浪漫、別有風情。和你相處時還有一種異樣的罪惡感和危機感，這些都給予我極大的刺激，所以葆齡，並不是你單方面地糾纏我，我又何嘗真正企圖擺脫過你？葆齡，假如你今天來找我，是對我的現狀抱有愧疚的話，那實在大可不必。我們的關係會帶給你什麼，又會帶給我什麼，就算我不能未卜先知，也多少有些心理準備，可我卻任由其發展，因此今天的這一切全是我咎由自取。反倒是我，應該對你表示歉意，為了滿足自己的私慾而一再辜負你的真情，我絕不是值得你珍惜的男人。葆齡，我們分手吧。』

「雖然我們的關係在過去幾年中數度波折，但這是William頭一次正式提出分手，我瞭解他的脾氣，明白一切終於走到了盡頭。他所說的理由完全出乎我的預料，卻根本無從反駁。至少這次我沒有流淚，也不再試圖挽回什麼，我把頭埋在他的懷中，深深地呼吸著他身上好聞的味道，反而覺得心中安定，很快便昏昏沉沉地睡著了。

「第二天清晨我醒來時，William不在房間裡。我看到身邊的床單上，仍然只有他斜躺的折痕，他應該是在我睡著之後就立即離開了。」

第三十三章

一口氣說了太多話，薛葆齡靠在座椅上輕輕喘息起來。戴希重新將視線轉向舷窗外，雲海深處，雪峰壯麗的身影已消失無蹤。她的心剛剛跟隨著薛葆齡的敘述，經歷了無可名狀的跌宕起伏，現在所剩下的只是淡淡的悵然若失。

在剛才的故事中，儘管時不時地出現「愛」這個字眼，但是戴希知道，那只是薛葆齡的障眼法，在她和李威連、張乃馳這三個人之間的種種糾葛中，並沒有愛的位置。

從一個心理醫生的角度，戴希所看到的是一個忠誠而溫順的女兒，一次又一次試圖擺脫她那高高在上的父親，從他的精神控制下獨立出來。她先用叛逆的婚姻，再用任性的出軌，來向父親發洩怨恨，報復父親對母親、對自己的疏忽和冷漠。

從普通人看來，像薛葆齡這樣錦衣玉食長大的「公主」能有什麼煩惱呢？無非就是在美甲的款式上糾結一番罷了。事實卻是，心靈的痛楚無處不在，並不會因為財富、地位的不同而有本質上的區別。

所幸在神山聖湖旁，戴希看見了父女間的和解，天堂與塵世的最後一次勾連。薛葆齡最終還是走出來了。

至於張乃馳，只不過是把婚姻當作了謀利的途徑，這一點戴希並不感到意外，令她詫異的是李威連在處理這段糾葛中的進退失度。他明明不愛薛葆齡，對她的全部關愛只是出於同情和內疚。但他最瞭解張乃馳的為人，為什麼非要把薛葆齡送到張乃馳的手上呢？在薛葆齡反過來糾纏他的時候，又不當機立斷，一次次陷入薛葆齡以「愛」為名的要脅中。時至今日，在明知自己遭遇的巨大打擊與張乃馳脫不開干係時，他卻反而毅然決然、堅決地和薛葆齡分手了。

戴希突然發現，李威連的行為更像是專門針對張乃馳的？可是他這樣做，不就等於在身邊埋下一枚不定時炸彈嗎？還非得引爆了把自己弄到遍體鱗傷才肯甘休。現在就連戴希也想罵李威連是瘋子了，還是個特大號的！

「你在想什麼？」戴希的思路被打斷了，薛葆齡在她的耳邊輕聲問，「是不是覺得我很傻，很賤？」

薛葆齡笑了：「在生死邊緣走了這一趟，我想通了，和William這樣的男人相愛，並不是我所能承受的。就像那天我在牛奶海邊說的，我爸爸的心孤立於人世之外，其實William的心又何嘗不是如此？要接近他、瞭解他、陪伴他，就必須翻越崇山險隘……」

戴希接下去說：「……克服高山反應，冒著生命危險……」

她們倆齊聲大笑起來，在商務艙空姐驚詫的目光中笑到前仰後合。好不容易止住笑，薛葆齡擦去眼角的淚，氣喘吁吁地說：「我是心有餘而力不足，雖然心還會痛，畢竟那個死結打開了。」

謝天謝地。戴希大大地鬆了口氣，向薛葆齡還以微笑——薛之樊的女兒到底還是有一顆慧心的。放過李威連吧，他比你慘多了。當然，最重要的還是放過你自己。

在昆明機場，薛葆齡和她在候機廳裡擁抱告別時說：「戴希，我暫時不會回上海了。我要在香港待一段時間，專心把爸爸的旅遊筆記整理出來。請你見到William時，把邵春雷的事情都詳細告訴他，並且轉告他，上海的一切全憑他作主，不論他打算採取怎樣的行動，我都沒有任何異議。另外，我會請律師正式向我的丈夫提出離婚，這完全是我個人的決定，與William無關。」

八月初上海迎來了今夏第一場颱風。經過一個晝夜的狂風暴雨，人民公園中已經被熾烈驕陽烤得垂頭喪氣的小草，披著滿身晶瑩挺起腰來。雨後的清風裡，滿園的香樟和廣玉蘭舒展開碧綠的枝葉，光彩亮澤地近乎透明。遊人從樹下經過，總免不了被葉片上滴落的水珠沾濕頭髮。水滴潔淨清涼，還帶著植物沁人的芬芳，像是炎炎夏日中不期而至的禮物，叫人禁不住心生歡喜。

繞過一池粉紅、珠白，在微風中嬌柔搖曳的荷花，眼前突然冒出一棟玲瓏剔透的玻璃房子來。玻璃房門前晃動著三三兩兩的人影，其中一個身著淺藍色連衣裙的圓臉女孩正在一個勁地東張西望。

「啊，William！」她看見沿著鵝卵石小道走來的人，興奮地綻開滿臉歡笑，大聲叫起來。

李威連也看見了她，幾步就趕到她的面前：「Lisa，你好。」

他微笑著摟住Lisa，與她輕輕碰了碰面頰，又後退半步打量她：「Lisa，你怎麼不早告訴我！」

Lisa的臉上飄過一片紅雲，情不自禁地摸摸自己隆起的肚子：「唔，本來打算告訴你的，可誰知就出事了……」

李威連點點頭，將手搭在Lisa的肩上：「當時不說也就算了，後來給我郵件的時候怎麼也不提？要是早點讓我知道，這次我就可以從美國給你帶……唔，原裝奶粉，對不對？」

「真的不用了！」Lisa的臉漲得更紅了，只有幸福的準媽媽才有這樣的好氣色，她眼睛閃亮地看著李威連，「Raymond發動了部門裡的所有經理，每次出國都給我帶奶粉，我家裡的進口奶粉已經堆成小山了！」

「是嗎？看來Raymond還不錯。」李威連瞧了瞧玻璃房子，「Lisa，你怎麼想到要和我在暖房見面？」

「這不是暖房，是當代藝術館！」

「哦，藝術館……而且還是當代的……看來我真有些落伍了。」李威連狡點地問，「Lisa，你要在公園裡呼吸新鮮空氣，我完全能夠理解，可為什麼要來藝術館呢？」

Lisa把頭一揚：「胎教啊。懷寶寶的時候要多多欣賞優美高雅的事物，才能讓寶寶長得秀外慧中！」

「問題是參觀藝術展需要不停地走動，你行嗎？」

「怎麼不行，醫生再三囑咐要保持一定的運動量。」

「好吧。」李威連伸出右臂讓Lisa挽上，這才向藝術館裡走去，「那我們就慢慢地逛吧。」

「大暖房」裡空調溫度適宜，光線在通透的建築體上柔和地流動著。戶外樹影婆娑，茵茵綠色彷彿與室內新穎雅致的陳設融為一體，整個藝術館中不過寥寥數人，氣氛幽靜而祥和。

藝術館共分為三層，全部打通的玻璃結構，極具現代感和藝術氣息。李威連和 Lisa 沿著底樓月牙形的發光坡道緩緩向前，邊走邊聊。

「宋采娣一直被拘留在看守所裡。孫律師已經去過三次了，但好像沒什麼進展。」

「律師那裡的情況我已經瞭解了。」李威連說，「宋采娣的所謂自白漏洞百出，警方根本不會相信她的話。他們一直在用自己的方式持續調查，但調查進度對外保密，孫律師也探聽不到任何消息。」

Lisa 皺起眉頭：「William，假如宋采娣說的是假話，那她豈不是把所有的罪都攬到自己頭上了呢？……她、是不是想保護什麼人……」說著，她悄悄地瞥了眼李威連。

「想保護我嗎？」李威連毫不介意地說，「我與周峰之死沒有任何關聯，也不需要任何人的保護。宋采娣需要關注的只是她自己。不過，我透過孫律師轉達的話並未產生效果，宋采娣還是一口咬定她的那套說辭。」

兩人都沉默了一會兒，李威連問：「Lisa，周峰的兒子現在怎麼樣？」

「鄉下的外公外婆把他接走了。」Lisa 悶悶地回答，「周峰一死，周建新就再沒去上過課。學校的老師還去他們家找過他，可是很快連宋采娣都進了看守所，周建新就徹底沒人管了。周峰的父母早都去世，宋采娣的父母把建新帶到鄉下去住了。」

「他的精神狀態怎麼樣？對於父母的事情他是怎麼想的？」

「這個……」Lisa對李威連的問題顯然沒有心理準備，「我也不知道，我沒和那個孩子交談過。」

「沒關係。」李威連平靜地說，「Lisa，如果你有他們在鄉下的住址就給我，我讓孫承去跑一趟。從現在開始你不必再管周峰的事情，我自己會處理。」

Lisa答應著，他們已經看了一大堆奇形怪狀的裝置和雕塑展品，有泡沫塑膠做的汽車、金屬搭起的巨大海藻、播放著倒置畫面的成排液晶螢幕，還有牛皮加鐵絲綁成的椅子……好不容易欣賞完這些叫人費解的藝術作品，兩人繼續朝二樓的畫展區走去。

迎面就是一幅碩大的油畫。淡灰的底色上，半顆人頭、幾隻眼睛、赤裸女人的上半身，還有一條大腿和一根胳膊的怪異組合……支離破碎的畫面傳遞出某種奇絕的美感，一灘鮮紅色凸顯在畫面的右上方，好似潑濺的血水，又如迸裂的心臟，起到畫龍點睛的作用，使觀者心悸神傷。李威連盯著這幅畫看了好一會兒，才猛醒過來：「Lisa，我們看別的去吧。」

「怎麼啦？」

他低頭向她微笑：「你最好和肚子裡的寶寶打個招呼，像這種畫就不要看了。」

Lisa轉了轉圓溜溜的黑眼珠：「我的寶寶壓根就沒在看這些。它一直都在看你呀！」Lisa抿著嘴笑：「今天的胎教對象才不是這些怪裡怪氣的藝術品呢！」

「Lisa！你怎麼敢？！」李威連瞪著Lisa，一臉嚴肅，「假如我今天還是你的老闆，你絕對不會這樣跟我講話！Lisa，你讓我深刻體會到了什麼叫做世態炎涼。」

Lisa根本沒被他嚇住，反而把頭輕輕靠到他的肩上：「William，要是我說更喜歡現在不當總裁的你，你會生氣嗎？」

「生氣又有什麼用？反正我也不是了。」

他們相視而笑，Lisa更緊地挽住李威連的胳膊，猶豫了一下，才輕聲說：「William，我找到Maggie了。」

「哦？」他只是很平靜地應了一聲，並沒有發火。

Lisa明白他允許自己說下去了，她的心中五味雜陳：「她離開西岸化工後時整個人都崩潰了，先回香港蒙頭睡了三天，隨後就飛到美國佛羅里達她姊姊的家裡，在那裡她不上網不開手機，與世隔絕失魂落魄地過了整整一個月。六月初的時候他們家的一個老朋友Dick去佛羅里達玩，也在她姊姊家裡住了幾天。這個Dick大學時代曾經追求過Maggie，當時的Maggie沒看上他，Dick就和另一個女同學結婚了。前不久Dick的婚姻觸礁，剛剛辦完離婚手續。結果，這兩個失意的人共同回味往事、唏噓不已，一下子就找到了同是天涯淪落人的感覺，越聊越投機……呵呵，就這樣Maggie總算是走出了陰影，也找到了心儀的另一半。William，她和Dick訂婚了。」

過了好一會兒，李威連才淡淡地說：「哦，那倒要恭喜她了。」

Lisa硬著頭皮說下去：「在這樣的狀況下，Maggie才能獲得勇氣，反思她對……你所做的事情——於是，她打了電話給我。William，她向我坦白了一切，你想知道嗎？」

「挑關鍵的說吧，我們的時間並不多。」他的回答很冷淡。

Lisa喘了口氣，盡量簡明扼要地說：「Maggie說視頻和郵件與她無關，她只是給張……Richard提供了一份文件，是她從你的一個快遞裡面偷偷複印出來的。」

她從包裡取出一個信封：「她讓我把這個轉交給你。Maggie說其實她也不清楚這份文件的真正含義，但是你一定會明白。」

李威連拆開來看了看，神色如常地抬頭：「她還真是神通廣大。」

他目光裡的痛楚讓Lisa不忍卒睹，可又憋不住想為朱明明解釋幾句：「William，Maggie說她不敢乞求你的原諒，她只想回答你那天最後質問她的話，她說你沒有任何對不起她的地方，你一直都對她太好太好，是過度的癡心妄想令她瘋狂，才被險惡的壞人利用了。」

「癡心妄想？」李威連重複了一遍，隨即恍然大悟地苦笑起來，「這也太令人啼笑皆非了。」

「William，難道你真的不知道Maggie她心裡想的？」

李威連緊蹙雙眉，目光在那塊鮮紅色上徘徊良久，才低沉地說：「她怎麼想的我並不關心，我只能告訴你我是怎麼想的。對於你和Maggie，我的態度始終一視同仁，我把你們視為真正的同事、助手和朋友，而不是其他。因為這樣的關係會更持久、更對等、更穩固。可悲的是，我仍然無法令每個人都滿意。」

「William，」Lisa輕聲說，「我想Maggie現在也一定懂了。原先她固執地認為，你不理睬她的唯一原因是忌諱公司裡的輿論，所以特別忿忿不平。」

「公司裡的輿論？」李威連露出嘲諷的笑容，「Lisa，你覺得我是在乎這些的人嗎？」

兩人都沉默了，他們在一幅又一幅油畫前經過，那些筆觸奇異、構思詭譎的畫面無一不呈現出迷離、困惑和孤獨的效果。

「藝術家們好像都不快樂。」最後，Lisa下了結論。

「不快樂的人才會成為藝術家。Lisa，你把因果關係搞反了。」李威連說，「你累了吧？樓上好像有個咖啡廳，要不要去坐坐？」

「不去了。」Lisa又往李威連的肩頭靠了靠，「懷孕期間戒咖啡，William，我得回公司了。」

「好，我送你。」

「William，你要我給Maggie帶什麼話嗎？」一邊朝外走，Lisa一邊小心翼翼地問。

「有。」李威連不假思索地說，「Maggie知道是誰一手炮製了那份郵件，她應該把這個事實反映給警方。」

Lisa困惑地問：「警方也關心西岸化工內部的鬥爭嗎？」

「Lisa，他們關心的是周峰之死！」

「哦……對啊！好，我一定叫她去作證。」Lisa幡然醒悟，這時兩人已走到「大暖房」的門邊，她停下腳步，仔仔細細地端詳了他一遍，躊躇再三，卻只雙眼潮濕地問出一句，「William，我還能為你做些什麼嗎？」

李威連輕輕扶住她的臂膀：「生個漂亮的寶寶，不要浪費了這一個多小時的胎教。」

他們的身影消失在玻璃門外的綠蔭下。三樓咖啡廳最靠裡的座位上，朱明明將臉埋入臂彎，過了許久才重新抬起頭。從這個位置能夠清楚地觀察到所有的參觀者，但是現在已經看不見那個曾經令她魂牽夢縈，卻再也無顏面對的人了。

朱明明從包裡取出小圓化妝鏡照了照，眼線糊了，腮紅也深淺不勻。她對著小鏡子稍稍補了補妝，長長地吐出口氣。Lisa是夠交情的，

雖然還要等待一段時間才能瞭解到今天的談話內容，朱明明卻並不感到忐忑，她好像已經一字不漏地聽到了他們的全部交談。

不論李威連是否要求，朱明明都會實施自己的計畫，這是她走向全新生活之前，必須要還的一筆債，必須要了的一個心願。

轉了轉左手中指上的鑽戒，朱明明撥通手機，用嬌嗲的粵語說：「Dick，我的事情辦完了，你來接我啊。」

「哎呀，Richard！你怎麼說走就走啊！」

Mark站在張乃馳的辦公室門口，聲若洪鐘地說著。周圍經過的幾位忍不住竊笑——明眼人都能看出來，Mark是在故意報復張乃馳前不久公開宣戰的無理行為。

「呵呵，是Mark啊……決定得是有些倉促，沒來得及和大家打招呼。」張乃馳慌忙擱下手中的電話。他已經有好幾天沒在公司裡出現了，今天一早九點不到就溜進來整理東西，本想神不

知鬼不覺，偏偏又被Mark抓個正著！張乃馳只得堆出一臉虛飾的笑容。

「Richard，你太不夠朋友了！只管自己大展宏圖，把兄弟們都扔下不管！」Mark以牙還牙，不僅把著門高聲談話，還往走廊裡又退了半步，「快給我老實交代，離開公司後打算去哪裡發財啊？」

「呃……先歇歇，歇一段時間再說……」

「得了吧！你老兄宏圖大略，怎麼會歇下來浪費時間……不想說就算了，到時候別忘了我們這幫兄弟就成。」

「確實不是……」張乃馳又尷尬又憤恨，腋下濕漉漉的，身上那股Armani的迷情水味道更濃了，他無心戀戰，托起整理好的紙盒向外就走，「Mark，不好意思今天還有些事情，我先撤了。改天再來請大家吃飯。」

Mark施施然讓到旁邊，微笑著發出感歎：「唉，百無一用是書生啊！你看現在的商界強人，什麼美國的蓋茲、賈伯斯，中國的李嘉誠，哪個是讀過書的？像我們這種人，手裡的碩士、博士文憑反而成了負擔，到頭來還不是一個打工仔的命。比不上你啊Richard，說走人就走人，沒有負擔倒有魄力！」

前臺離得並不遠，張乃馳卻好像在跋山涉水，還要勉為其難一路保持自信的笑容。Mark的話掀開張乃馳最後的遮羞布，引來一道又一道暗暗嗤笑的目光，假如能把手裡的紙盒換成手槍的話，張乃馳肯定會毫不猶豫地向Mark的胸膛發射子彈！

本來他可以走得很光彩很從容的！

Gilbert和鄭武定的會談達到了預期效果。雖然鄭總保持了語焉不詳的一貫作風，但是猶太小老頭在中國混了幾個月，也明白其中真意，又兼有張乃馳在旁解釋周旋，Gilbert最終還是確信了他所說的生意機會，並把張乃馳期盼已久的資金陸續投入到他的公司中。

籌畫了這麼久，條件終於成熟了。張乃馳興奮的心情無法形容，接下去要做的事情還有許多，繼續留在西岸化工已經沒有意義，他向Philips正式提交了辭職申請。

可是老天爺好像故意和張乃馳作對，就在他躊躇滿志地等待著Philips的最終決定時，公司裡突然興起了關於他的流言蜚語，核心內容則是一樁保守了將近二十年的機密——張乃馳最初是如何通過學歷造假、身分造假等一系列非法手段進入西岸化工的！

當張乃馳從Gilbert那裡輾轉得知這條流言時，頗有點兒五雷轟頂的感覺。他立刻就認定——這絕對是李威連所採取的最最卑鄙無恥下流的報復行為！二十年前的秘密除了他們這兩個當事人之外，就只有天知地知了。現在這個時候來翻他張乃馳老帳的人，除了一敗塗地、懷恨在心的李威連，還能有誰？！

過去他們共同維護這個秘密，不僅僅是為了張乃馳的前途，李威連也在其中牽扯頗深，可是今天李威連已然身敗名裂、灰溜溜地離開西岸化工了，所以他才會不惜使用如此卑劣的手段！

張乃馳氣得暴跳如雷，在Gilbert面前又無法做出合理的解釋，著實失態。總算最後Gilbert看在眼前利益的分上，暫時放過了他，還不痛不癢地勸道：「Richard，反正Philips這兩天就會批覆你的辭職申請了，對你的歷史西岸化工肯定不可能再多追究，況且你今後也不打算打工了，又何必這麼在意呢？」

話雖如此，可對於張乃馳來講，本來是風光無限、名利雙收地主動離職、另謀發展，現在變成了醜事敗露、倉皇出逃，實在令愛面子的他無法接受。Philips很快找他談話，沒有半點要挽留的意思，極其冷淡地批准了張乃馳的辭職。今天這麼一走，所有的猜疑和鄙視就在自己的背上生了根——西岸化工，對張乃馳已成不堪回首。

電梯上的數字緩緩跳動，陷落的感覺使他漸漸平靜下來。李威連！張乃馳咀嚼著這個名字——你終究也落到這個地步，只能在暗中耍些陰損的手段！你就等著瞧吧，我馬上要在廣闊的天地裡實現抱負！而你將再也無法操控我、蔑視我、迫害我了！

電梯穩穩停在B2層，張乃馳衝著敞開的電梯門充滿怨毒地笑起來。他不知道，這一次他還真是錯怪了李威連。散播人事機密只是一個悔恨中的女人自發採取的行動，李威連對此一無所知，否則依照他那麼高傲的個性，絕對會否定這種小氣的舉動。

剛把車開出車庫，張乃馳的手機就聲嘶力竭地叫起來。

張乃馳皺著眉頭瞥了眼號碼，套上藍牙耳機：「跟你說過多少遍了，不要再直接給我打電話！」

電話那頭傳來哆哆嗦嗦的川味普通話：「老、老闆……我這兩天可是度日如年啊，總覺得有人在盯著我！」

「你神經過敏吧！」張乃馳沒好氣地斥道，「誰盯你？盯你幹什麼？！真是吃飽了撐著，我在開車，要掛了！」

「張老闆！」對方哀求，「你答應我的錢什麼時候給我？我、我想拿了錢去避、避風頭……」

「錢不是早匯到你帳戶了？」

「還有一半沒給……」

「喂，你腦子出問題了吧？事情沒辦成還想要全額付款？做夢吧！」

對面的話音越發慌亂：「老闆，你可不能賴帳啊！事情沒辦成也不賴我啊，我全是按計畫的呀！」

張乃馳強按著性子，一字一句地說：「你給我聽清楚了，事情沒辦成就是沒辦成，找藉口是沒用的。錢我絕不會給，你也不用再給我來電話了！」

「老闆，你這樣可就……就逼人太甚了！」對方突然強硬起來。

張乃馳反倒樂了：「你打算怎麼樣？」

「要是、要是有人找上我，我可不會替你背黑鍋！」

張乃馳大笑起來：「行啦，沒有人會找上你的，就算找上你，他們也沒有證據，所以你千萬別自亂陣腳，知道嗎？聽我一句話，好好當你的旅行社經理，別再胡思亂想。你要是還想誣告陷害我，那就更沒可能了！我和你什麼關係都沒有，根本就不擔心。好啦，我很忙，不能繼續陪你聊天了，再見！」

他狠狠地按斷電話，把手機往旁邊座位上一扔，不再理睬瘋狂閃爍的撥入信號。開過兩個路口，張乃馳突然又撿起手機，撥了個電話。

「喂，陳律師嗎？我是張乃馳。你今天有空嗎？」

「怎麼，有事嗎？」

張乃馳咬了咬牙，線條優美的嘴角隱現沉痛的皺紋，使這張英俊的臉不期之間就顯老了好幾歲。不過疲態稍縱即逝，他又露出輕浮的微笑：「就是關於葆齡提出的離婚要求……」

「哦，你考慮好了嗎？」薛家的這位陳律師永遠是一副公事公辦的嘴臉，讓張乃馳思之作嘔。

「考慮好了……嗯，我同意。」張乃馳傾聽著自己的聲音，很不錯，沒有半點波瀾。

陳律師比他還要冷靜：「哦，那好，你什麼時候有空過來一趟，就把文件簽了吧？」

「我馬上就能過來。」

「可以，我在事務所裡等你，半小時內你能到嗎？」

「沒問題，但還有一件小事。」

「請說。」

「我簽字後，薛葆齡承諾給我的賠償金多久能到帳？」

陳律師堅冰一樣的語氣裡終於出現了鬆動，卻分明含著輕蔑：「薛小姐開具的轉帳支票就在我手上，只要你一簽完字，我當場就可以給你。」

張乃馳再次扔下電話，猛踩油門強行超越了前面那輛帕薩特，氣得車上的司機拚命揿喇叭。張乃馳對那人豎起中指，此時此刻內心的波濤洶湧，仍然令他亟需一個發洩的管道。

薛葆齡居然死裡逃生！當張乃馳得知這個消息時，確實嚇出了一身冷汗。本以為萬無一失的計畫，戴希竟然會出現在薛葆齡的身邊，然而張乃馳左思右想，還是無法推斷出究竟是什麼原因導致自己功敗垂成——難道還是李威連？！

不，張乃馳安慰著自己，絕不會是他！李威連再厲害也不可能憑空猜測出自己的計畫，至於戴希嘛，李威連的隱私資料正是從她這裡洩露出來的，根據張乃馳對李威連的瞭解，他肯定不會再相信戴希，所以張乃馳得出結論：這一切都是巧合，薛葆齡倖免於難的唯一解釋就是運氣太好，或許是她那個死鬼老爸在冥冥中保佑女兒吧……

薛葆齡後來的舉動更使張乃馳堅定了自己的判斷。她請陳律師給張乃馳送來離婚協議書，還答應支付二百萬離婚賠償金，雖然這個數日大大低於張乃馳的期望值，但他沒有馬上就嚴詞拒絕，反而斟酌起來。薛葆齡察覺到邵春雷的異常了嗎？她發現了什麼？又發現了多少？這些問題讓張乃馳寢食難安，眼下正是急需用錢的時候，如果同意離婚，二百萬雖少卻可以救急，如果不同意離婚，很難預料薛葆齡接下去又會怎麼做？

張乃馳生怕夜長夢多，這幾天來接連發生的狀況終於使他痛下決心。薛之樊的一紙遺書令張乃馳無法從離婚中獲益，才使得他對薛葆齡萌生了最殘忍的念頭，如今陰謀落空，又有被人抓住把柄的巨大風險，二百萬就二百萬吧，張乃馳決定拿錢走人！只要和中華石化的生意能成，獲利豈止千萬，謀大業者應該懂得取捨之道。

張乃馳把愛車凌志開得風馳電掣，他現在有太多的事情要忙，只要一想到即將到來的成功，巨大的財富彷彿就在眼前不停晃動，簡直唾手可得……張乃馳感到渾身上下熱血沸騰、多年的壓抑一掃而空！

他的效率果然很高。這天忙到中午一點，張乃馳已經辦完了離職手續、簽署了離婚協定、看了三處酒店公寓後初步選定了今後的落腳點，又趕去房產仲介那裡談妥了售房合同的細節——正趕上政府房產調控「越調越漲」的好時機，他的小別墅賣到一千三百萬人民幣的高價。張乃馳心滿意足，從西岸化工拿到的離職費，加上自己的積蓄和薛葆齡的二百萬，再有這筆房款，總額達到三百萬美金。雖然他的啟動資金還嫌單薄，但畢竟也是真金白銀的投入，Gilbert多少該收斂起那副施捨要飯的嘴臉了。張乃馳哼著歌又發動了凌志，今天簡直太順利了，趁著這個好勢頭他打算再辦一件要事。

果真天遂人願，張乃馳剛把車開到孟飛揚上班的辦公樓下，就看見他和柯亞萍兩人並肩穿過斑馬線，正要往樓裡進。

張乃馳趕緊搖下車窗，探頭出去打招呼：「嗨，飛揚，好久不見啊！」

孟飛揚和柯亞萍一齊應聲望過來，張乃馳把車靠到他們身邊的街沿上，抬頭再看，柯亞萍兩手緊緊攀住孟飛揚的胳膊，面孔僵硬，連嘴唇都發白了。

「哦，剛才沒看見……柯小姐，你也好啊？」柯亞萍的模樣讓張乃馳心中暗笑，不自覺地在語調裡增添了幾分甜蜜。

「你好張總。」還是孟飛揚不卑不亢地回答了，「這麼巧？是過來辦事嗎？」

「對，專程來找你啊！」

「我？」孟飛揚瞥了眼身邊更加侷促不安的柯亞萍，「現在嗎？」

「是啊，可以嗎？不需要很長時間。」張乃馳的笑簡直可以用燦若桃花來形容。

柯亞萍驚慌失措地跑進樓裡去了，孟飛揚和張乃馳到旁邊的 Wagas 坐下。

「餓了，餓了！」張乃馳一把抓過菜單，「飛揚，你要點什麼？」

「我吃過了。張總很忙啊，這時候還沒吃午飯？」

張乃馳一口氣點了義大利千層麵、凱撒沙拉、咖啡和黑森林蛋糕，足夠兩三個人吃的分量，這才朝孟飛揚搖頭歎息：「事情太多，真沒辦法，我一個人就是三頭六臂也忙不過來啊！」

孟飛揚淡淡一笑，沒有接這個話題。夏天過半，他確實黑瘦了些，卻也顯得更加精幹，雙眸深處的沉黯揭示出某種內心的隱痛，但神態舉止都顯著地成熟了。

凱撒沙拉端上了桌，張乃馳埋頭吃了好幾叉，又喝了口咖啡，餓得發虛的眼神重新聚焦，他盯著孟飛揚連看幾眼，意味深長地笑了：「飛揚，最近和柯小姐相處得不錯？」

「她是我的同事。」

「哦……哈哈哈哈！」張乃馳邊笑邊衝孟飛揚擠眼睛，「不必解釋，不必解釋！我又不是替戴希來監視你的。」

戴希，這兩個好聽的音節如清風拂面，從滿屋馥郁的香氣中一閃而過，就激起那雙眸中的隱痛如暗流突湧，飛濺出銳利的火花。

張乃馳怕被火星燙到似的縮了縮脖子，旋即再次露出笑容：「星期一我在公司看到戴希拖著行李，她又去北京出差了吧？」

閃耀的明火被硬生生地摁滅，孟飛揚面無表情地回答：「我很久沒和戴希聯繫了，聽說她很忙，常常不在上海。」

「唉！都是我不好啊，那時太多事了，不應該把戴希推薦給……嘖嘖，戴希太可愛了，這樣的女孩面對的誘惑就是會比較多，心思也更活絡些——」

「張總，你找我什麼事？」孟飛揚打斷張乃馳。

「哦！對嘍，飛揚啊，我需要你的幫助！」張乃馳立刻擺脫了惆悵的情愫，換上意氣風發的神色，「來，看看這個。」

他從登喜路的皮夾中抽出一張名片，遞到孟飛揚手中。

「這麼說您離開西岸化工了？」孟飛揚接過名片。

「打工沒前途，有合適的機會就自己出來做了。」張乃馳向孟飛揚湊了湊，「飛揚，我非常看好你的才能，怎麼樣？來和我一起幹吧？我這家公司打算專做化工行業的國際貿易，恰好是你熟悉的領域。公司的投資背景很有實力，眼前就有非常好的生意機會，只缺有實操經驗的人才……飛揚啊，這可是我對你第二次盛情相邀了，考慮考慮？」

「這……」孟飛揚顯得很意外。

「飛揚，我真的急需你這樣的人才啊！」張乃馳使勁加重語氣，「咱們是自己人，我也不瞞你——為成立這家公司我籌畫了很久，現在是資金、客戶、單子樣樣不缺，供應商也有一大堆現成的。可是飛揚你知道，外貿生意有很多環節，光靠我一個人根本不可能，而現在手頭就有個超大單，時間非常緊，我到哪裡去找又有行業經驗又能幹又可靠又能立即到位的人呢？至於條件嘛，你隨便開就是了。在這個時機加入，你也能算創始人之一，怎麼樣？飛揚，你現在是日本公司裡的貿易課長？年薪三十萬、四十萬？咳！這樣怎麼能留得住戴希那樣的——」

「張總！」孟飛揚的話音不高，卻帶著利器劃過空氣的回聲，「我必須上去開會了。您的建議我會認真考慮的，考慮好了就立刻給您答覆。」

張乃馳意興闌珊地開著車，和孟飛揚會面時他有些得意忘形，沒能掌握好交談的火候，以至於效果不佳。在目前的情況下，張乃馳確實非常需要若干名具有相當經驗的助手：向供應商詢價、向客戶報價、談判、和銀行聯絡、做單證、聯繫船運……張乃馳相信孟飛揚一個人就能頂下所有這些事情，最關鍵的是他憎恨李威連，而這，恰恰是他們天然的合作基礎。

正在懊惱中，孟飛揚打來電話。張乃馳接起來一聽，真是喜出望外——孟飛揚答應先利用業餘時間幫忙，還說好不拿報酬，等頭單生意做成後再做進一步打算。

「這樣也好，這樣也好！呵呵，大家都有個迴旋餘地，飛揚，你可是幫了我的大忙了！放心吧，半年後你就會明白，自己剛剛做了一生中最正確的決定！」

扔下電話後，張乃馳幾乎就要仰天大笑了。

第三十四章

親愛的華濱，你在香港一切都好嗎？上海剛剛刮過一場強颱風，路邊的大樹倒了許多，今天早晨我去上班時，馬路上的積水還來不及排乾淨，只好蹚著水過人民廣場。雖然穿的是裙子和塑膠涼鞋，不怕弄髒。可是到研究所的時候，小腿上還是沾了梧桐樹葉，腳趾縫裡摻進沙子，腳底下又黏又滑……

哎呀，我寫這些幹什麼呢？可是華濱，我聽說颱風是從香港刮過來的，所以心裡就一直惦記著，你們那裡會怎麼樣呢？風大雨猛的時候千萬別走在大樹底下，還要小心躲開電線杆子，上海就出了件事故，一根高壓線給風刮斷了，濕漉漉地垂在樹梢上，幸虧讓環衛工人及時發現，否則後果不堪設想呢。

華濱，你到香港有三個多月了，生活應該安頓下來了吧？平常的衣食住行都怎麼樣？你和威連在一起住嗎？他待你好不好？他會幫你找工作嗎？你過得開心嗎？

華濱，我現在才知道，我有多麼捨不得你離開。從小到大我們都在一起，可是我已經整整三個月沒有看見你了，心裡成天空落落的，同事們都笑我，說要給我介紹男朋友，我臉紅了他們就說我害羞，其實他們不知道，我是因為思念而難過……

華濱，我想你，非常非常想你。

有空的時候給我來封信吧，隨便寫些什麼都行。華濱，走的時候帶的錢夠用嗎？你走之後我又重新開始攢錢了，只是不知道能不能找到機會給你。

「圓規」應該是二〇〇九年夏季最後的一場颱風了吧。不記得從什麼時候起，氣象臺預報颱風時不僅有編號，還使用多姿多采的名字，給肆虐的自然現象增添了幾分情趣。可當他們年輕時，這種幽默感還像籠中的畫眉，再動聽的婉轉啾鳴，都只能在心靈的一寸見方中歡歌。

烏雲在黃浦江上翻捲了大半天，且聚且散，始終難以成形。風刮得還算有些氣勢，江水比平時更加混濁，雨卻總也下不來。

張乃馳新租住的這套酒店公寓，可以眺望黃浦江兩岸。為了這個位置他多花了不少錢，但心甘情願。每次站立在落地大窗前憑欄俯瞰，張乃馳都能感受到野心的潮汐隨著江水洶湧澎湃，想像中的成功轉化為生動的畫面，在腳下蜿蜒而過，給人確切和實在之感。

精確的頭腦、堅韌的決心，這些都是屬於李威連的。張乃馳缺少它們，因此更需要借助具象來證明自己的豪情。

可是今天的江景讓張乃馳不安，他心煩意亂地倒在床上。江面上的狂風刮了整夜，風聲突破緊閉的雙層玻璃，在他的心頭激起一陣陣尖嘯，即使用被子蒙住腦袋，仍然不依不饒地擊打著他的太陽穴。

用「圓規」來命名颱風，古怪中有股冷笑話的意味。圍繞著原點，畫出一個又一個圈圈，其實隔空看去，那不過是些大大小小的零蛋，偏又以曖昧不明的姿態相互嵌套，誰也離不開誰。莫非他們，就是這樣的三個圓圈圈？

誰能告訴他，一九八七年夏末，從香港刮到上海的那場颱風，又叫做什麼名字？

那個年代的國際平信，遠遠落後於颱風的速度。當張乃馳、當時還叫做張華濱的他，在香港北角渣華道的一間陋室中拆讀這封上海來信時，別說是信中提到的颱風，就連兩週後的另一場也已過境而去了。

信從外濕到內，藍黑墨水暈開一團又一團，娟秀的字跡差可辨認。張華濱讀得十分乏味，雖然她對他情真意切。此刻他坐在大敞的窗戶前，卻依舊熱得汗流浹背，沒有心緒品鑑愛情。日光燈招來密密匝匝的蚊子，搖頭風扇吹出的熱風打在赤裸的臂膀上，悶熱的濕氣全部凝成澀澀的水漬，等他從頭到尾讀完一遍信後，那張薄薄的紙上都好像能擰出水來了。

來信的最後一段打動了他，他懶懶地從書桌上撿起一支圓珠筆，又從筆記本上撕下一張紙，開始寫回信。剛開個頭，隔壁臥室裡的響動引起他的注意，女人輕漫的笑聲很快又被風扇和蚊子合奏的嗡嗡攪散。張華濱舔了舔嘴唇，突然，一種奇怪的觸感從左腳跟升起，他險些喊出聲來，猛地抬起雙腳，直勾勾瞪著兩隻蟑螂成雙作對，在夾腳拖鞋上逡巡而過。

「香港確實很富裕、很繁華，可是我的生活糟糕透了！」

張華濱強忍著全身的痙攣繼續寫信，蟑螂不僅令他反胃，也刺激了他的淚腺。他滿含委屈的熱淚，把面對現實的失望和怨忿塗抹在紙上。

「李威連說的全是騙人的！過去他老是吹噓他媽媽在香港當老闆，可我來了才知道，他家就開了間很破爛的服裝廠，哪是什麼大老闆！他把我騙到香港來，就是讓我來給服裝廠做苦力的。我住的地方也很差，又髒又小，根本沒法和上海的房子比。只有吃飯還可以，也就是跟著李威連一起在服裝廠裡吃。來香港三個月了，那些漂亮的高樓大廈我一次都沒進去過。」

臥室的門開了，張華濱慌忙用筆記本蓋住寫了一半的紙。

「好用功哦！」屋子太小，女人嬉笑著從他背後走過，豐滿的屁股擦到張華濱的脊背。因為出多了汗，她頭上那股麗仕洗髮水的香味濃得撲鼻。

他的身心還來不及對這一切做出反應，眼前的燈光被遮住一半。李威連從女人的手上接過白色汗衫，一邊往身上套，一邊問：「你在做什麼？」

張華濱咽了口唾沫：「看書……」

李威連拖了把椅子在對面坐下來。服裝廠裡最漂亮風騷的女工阿美還在他身邊流連，被他往門外一推：「你去洗澡，我們有事要談。」

他的目光輕輕在書桌上滑過：「上海來的信嗎？」

「呃……」筆記本只蓋住了信紙，卻遺漏了信封，張華濱有點作賊心虛：「是、是袁佳……她問我過得好不好？」

「你怎麼說？」

「我……還沒回。」

「還是多寫點好的吧，別讓她擔心。」

在李威連的注視下，張華濱習慣性地垂下眼瞼。

「……你是不是覺得很失望？」李威連好像總是能看穿他的心思，「或許在埋怨我把香港說得太好了？感到上當受騙了？」

「我沒有……」

「有也很正常。」日光燈閃了閃，這個樓裡的電線年久失修，夏季用電高峰一到，電壓就很不穩定，常常會跳閘。

李威連把風扇調大了一檔，原本浸濕的信封乾了一些，電扇吹過時，信封輕飄飄地滑向桌沿，被他眼明手快地抓住，又小心地放回桌上，並沒有多看一眼。

「其實我剛來時狀況還要差，現在已經不錯了。為了你我才向阿美租了這半間屋子，三年來我都睡在廠裡的裁床上。不過你放心，一切都會改善的，我們不會永遠過這種日子。香港是個自由的世界，只要肯奮鬥，任何人都有機會出人頭地。你看看這個，我用紅筆圈出來的。」他從沙發上拿過一堆報紙，交給張華濱，「有幾家酒店招門童，你可以去試試。剛到時你連最簡單的廣東話都不會說，所以我才讓你先在阿美這裡住三個月，否則一出去就會碰壁。」

張華濱在信中所寫的多為謊言，到達香港三個月，每天在工廠裡苦幹的都是李威連，只有唯一的一次，李威連因為勞累過度，引發了腰上的舊傷，才讓張華濱去幫了兩天的忙。但張華濱依然感到難以忍受的困窘，花花世界的霓虹近在咫尺，卻又遙不可及，人生中最強烈的失落莫過於此。

「她在上海過得挺好？」

「啊？哦，你說袁佳啊，她是挺好的。研究所的環境好，工作輕鬆，薪資也算高的了。」

李威連輕輕揚起眉毛：「復旦大學的高材生嘛……真沒想到我們三個人裡，只有袁佳大學畢業了。」

他在日光燈越發晦暗的光線下微笑起來，這種自嘲而又自傲的笑容獨具魅力，張華濱曾經想要模仿，卻始終難得其神。

「可是這裡有更美好的未來，我們一定會成功的。到時候如果袁佳願意，咱們就把她也接到香港來。」

終於跳閘了！電車的叮噹、汽車的呼嘯和人聲嘈雜一齊從窗外撲入，驟然降臨的黑暗吸走電扇最後一絲可憐的風，這間漆黑的屋子更像個欲望蟄伏的巢穴了。

那個時刻，即使名叫袁佳的聰慧女孩在，也未必能分辨得清貪婪和信念的區別——或許它們本就是一體的。

親愛的華濱，自上次來信之後，又有好幾個月沒得到你的消息。轉眼就到了冬天，上海降溫很快，我沒及時戴手套，右手燙傷的老地方就長出凍瘡了。香港應該不太冷吧？但你還是要多注意冷暖，走的時候沒多帶衣服，現在就得在香港買了。那裡的東西肯定比上海好，可能也貴得多吧？你千萬別太節省，我給你寄了個包裹，有新織的毛衣、圍巾和手套。假如實在缺錢用，也可以把那條項鍊賣了，雖說是個紀念，但你過得好才最最要緊。

上個禮拜我去了趟楓林橋，咱們家的舊房子要拆了，我在那裡待了大半天，想了很多很多我們三個人小時候的事情，忍不住心酸。婆婆和爺爺都不在了，威連和你又去了香港，上海就只剩下我，一個人獨自守著過去，真不知道還要守多久？

本來以為分開久了會慢慢習慣，可是華濱，為什麼我越來越想念你，幾乎每天晚上都會夢見你，我好像變得愛哭了……

威連待你不好嗎？我想，他自己在香港從頭拚搏，也很辛苦，你要多諒解他。我特地給他也織了條圍巾，你替我送給他，謝謝他照顧你。

「咚咚咚！鏘鏘鏘！」舞獅隊又是敲鑼又是打鼓，兩隻渾身披著金毛的獅子搖頭晃腦，跟著面前的彩球亦步亦趨進入怡東酒店。

圍觀的人們起勁地鼓掌喝采起來，孩子們在金獅靠近時雙手捂著耳朵，受驚似的一邊躲一邊笑。

不下雪的香港，酒店大堂裡紛紛揚揚飄下碎紙，落在乳白色的大理石地面上，好像長出一層金彩的霜花。身穿全套暗紅色制服的張華濱肅立在門邊，臉上掛著不知所以的尷尬笑容。兩個西服革履的老外在大堂裡轉悠，看見酒店職員就塞上紅包，總算來到門口了，其中的瘦高個仔細看一看張華濱的胸牌，說：「Hi，Richard，恭喜發財！」他的粵語相當正宗，張華濱雙手接過紅包，過了很久都不敢打開看。

守門後面的值班房不大，靠牆的桌上開著一盞檯燈，張華濱伏在燈下奮筆疾書，已經過了午夜，他把黑色立領上的鈕釦鬆開，扭一扭僵直的脖子，制服是絕對不敢脫的。一條黃澄澄的金項鍊從領口處滑出來，那是離開上海時，袁佳花光積蓄買給他的。

包裹收到了。香港的冬天一點兒也不冷，我如今在一家酒店上班，平常都穿制服，你寄來的毛衣、圍巾和手套沒什麼用，我收起來了。當初帶來的錢確實太少了，雖說是你攢了好幾年的工資，可是和這裡的物價根本沒法比。金項鍊的樣子太土，還是賣掉換錢實惠，既然你不在意，過一陣子我就去辦。香港人真有錢啊，過年時酒店老闆發個紅包就好幾百港幣，我現在什麼都不想，就想發財，錢是最最重要的！

李威連還挺有本事的，在一家美國大公司找到工作了。他安排我去夜大學上課，可我在酒店裡工作時間長，業餘再學習特別累，但他對我一點都不體諒，好像嫌我吃他用他的。其實我現在自己也掙生活費，他不過替我付了學費，唉！寄人籬下的日子真不好過。

你織的圍巾我沒有給他。自從在美國大公司上班以後，李威連的穿著打扮就和香港人一個樣了，他不會看得上那麼土的東西。酒店附近有許多名品店，你肯定想像不到一件襯衫能值幾千塊！這麼貴的衣服就穿在每天在我酒店出出進進的那些人身上。

我發誓，有一天我也要過上這樣的生活！無論如何，我都要做到！

從銅鑼灣的遊艇俱樂部出發一個多小時後，Gloria's Dream就航行在香港外海了。這艘頂級遊艇是西岸化工在遊艇俱樂部長期租賃的，公司職員們夢寐以求能夠登上她出海，這和在怡和大廈裡擁有一間獨立辦公室幾乎是同等的殊榮。

Gloria的白日夢有多麼浪漫無稽呢？快看她輕盈的潔白身軀像蓮花盛開在碧海之上，尾翼拖曳的長長泡沫猶如晚禮服的裙襬——那是浪花嗎？不，那是漫溢的香檳和紅酒，化作成千上萬美金的昂貴海浪，以金錢的名義華麗綻放。

然而奢侈沒有盡頭，五彩斑斕的寶石又開始下一輪爭奇鬥豔，女人把欲望從身體的最底處曬出來。華衫輕薄如翼，在欲求不滿的皮膚上顯得沉重多餘。

她們在笑聲裡混合著海風的淡淡腥味，撩撥得人既煩躁又慵懶。

「你叫什麼名字？啊？多麼漂亮的人兒……你告訴我呀，不要害羞……」

披著黑鬈髮的女人喝得醉醺醺，雙頰緋紅地半趴在吧檯上。她向櫃檯裡的張華濱伸出右手，情意綿綿的目光在他臉上來回遊蕩。

張華濱猶豫不決，甲板上的歡聲笑語聽起來就在耳邊，隨時會有人闖進來。

「Julia，你怎麼跑到這裡來了？」

聽到這個聲音，她觸電似的從吧椅上彈起來：「William，你一直都不理我，我只能躲起來……」

「你不是找到伴了嗎？」他輕輕捋著她的頭髮，「你喜歡他嗎？」

張華濱面紅耳赤地低下頭，心中好像有匹野馬在奮蹄狂奔。

「我喜歡……可我更喜歡你！William，我最喜歡你了！」她確實喝得太醉了，李威連大笑起來，把一灘爛泥似的女人拖拽出去。

璀璨星空下的 Gloria 是沒有夢的，她把夢遺散在大洋深處，化作一片片沉浮的光點。返航的遊艇中寂寂無聲，所有人都睡熟了。

「記住那個叫 Julia 的女人了？」

張華濱從昏沉的狀態中猛醒過來，慌慌張張地把幾頁材料塞到吧檯下側。

李威連在櫃檯前坐下：「給我杯冰水。」攤開雙手揉了揉面孔，放縱的青黑色印記就融化在他的手掌心裡。

「她是公司裡負責人事的，到時候會幫忙。」默默地喝掉半杯冰水，李威連突然說，「我給你的材料你都背熟了嗎？」

「有空就在背呢……」或許是太過疲憊了，張華濱的頭皮一扯一扯地作痛，「為什麼一定要我冒名頂替？」

「哼，沒有身分、沒有學歷，你怎麼進得了西岸化工？」李威連緊握著玻璃杯，低沉地說，「弄到那些我花了不少錢，你可別當作兒戲！就一次機會，只許成功不許失敗。你的英語還是不太行，今後我每天晚上抽時間幫你練習。」

他是一邊服侍人一邊苦背材料的，現在還要被指責……惡氣灌滿了張華濱的胸膛。港島的燈火輝煌越來越近，命運的起承轉合依舊難以捉摸——Gloria，你就快要夢醒了嗎？記憶之虹升起在維港的夜空中，比眼前的一切都更真實更溫暖。

「等你也進了公司，就立刻寫信讓袁佳去深圳。你們倆只要在深圳登記結婚，我就能託人幫她盡快辦好來港手續。她一個人在上海等了你四年，夠久了。」

華濱，親愛的華濱……每次寫下你的名字，我的筆都會抖得厲害，你是不是也看出來了？我的字簡直不成樣子。好幾年沒有當面叫過你，雖然在夢裡喊了一遍又一遍，可我還是害怕真的再見到你時，我已經張不開口了。

華濱，等你的來信真是折磨人啊。我知道你非常忙，要上班還要學英語和商業，你在為將來努力拚搏，而我卻不能陪伴在你的身邊……我真不應該再抱怨你信來得少，可是華濱，這幾年我就靠等待和思念活著，你能理解嗎？每次收到你的來信都是我最快樂的時刻，雖然只有薄薄的一張紙，卻夠我翻來覆去地看上好多天，可惜這樣的日子太少太少，我把你的來信都收在餅乾盒裡，每封信裡夾一片收到那天摘下的樹葉，前一片還是綠色的，後一片就變黃了……

華濱，就算沒有時間多寫信，給我寄幾張你的照片好嗎？你一定長得更帥氣，也打扮得更洋派了，我好想看到你現在的樣子。隨信附上我的近照，前兩天是爺爺的祭日，我去「逸園」附近走了走，就在房子前面照的——我想讓你看看，這幾年來上海沒有太大的變化，可我老了，是沒有盡頭的等待把我催老了……

上幾封來信你都提到，不願意一直當門童，希望威連把你弄進他的大公司，可他老推託說條件還不具備。怎麼說呢，華濱，和威連相處是不容易的，你要學會忍耐。我記得婆婆早就說過，威連的心地是最最善良的，可他的個性又實在太強，他對人不管是好還是壞，都能要了人的命。最近我常想，要是當初你留在上海的話，就算過得平平淡淡，我也可以守著你愛護你，現在一切都只能靠你自己了。

是我太沒用，沒辦法幫到你——我永遠、永遠愛你。

又一輪颱風臨近了。

下午四點的中環，所有的高樓大廈亮起最絢爛的燈火，似乎要合力穿透那壓頂而來的萬鈞黑雲。狂風捲起海面上的巨浪，船隻都已泊入港灣，下錨、落帆、繫緊纜繩！能躲就躲吧，這將是一場摧枯拉朽、掃蕩一切的劇烈風暴。

躲在飄逸梔子和柑橘清芬的會議室裡，熄了燈，面向維港的一排五個圓窗像電影膠片的格子，一幀一幀疊畫出狂飆下的迤邐、激流裡的癡狂！

「Richard，Richard……下班時你陪我回家好嗎？我一個人不敢走。」

中葡混血出亮白的膚色，那一對深陷的褐色眼睛，貼近看時大得叫人發怵。眼神直白而狂放，配合胸前兩顆呼之欲出、頻頻跳動的圓球，她此刻扮出的小兒女狀實在太造作。

對面的男人略顯拘束地伸出雙手，進入西岸化工才不足兩個月，如此大膽的調情於他還是相當生疏、相當忐忑的，但他不願放棄任何機會，雖然緊張得面孔僵硬，窗外的疾風暴雨、室內的莊重奢華、女人的如畫嬌顏，以及她所意味的財富和地位……所有這一切都像強效催情劑，使他血脈賁張。

「可是不行啊……我還要去深圳。」

西岸化工中國代表處在年初時升級為分公司，總部就設在深圳。現在改名為張乃馳的他，是中國分公司新近招收的銷售專員，為了將他聘進公司，剛被提拔為中國分公司銷售總經理的李威連和遠東大區人事總監針鋒相對，一直鬧到區域總部才取得勝利，也算是西岸化工上半年的一樁大事件。

在怡和大廈出入的這一個多月中，張乃馳度過了一生中最令他興奮的日子。距離金字塔的尖端還有無限多級的臺階，卻已是展望得到的未來。他的野心、他的虛榮、他的欲望全部找到了生根發芽的土壤。更重要的是，他發現自己年輕英俊，擁有充滿魅惑力的資本。

「哎呀，還去什麼深圳！刮颱風呢，飛翔船都停開了！」她撒嬌地說。

「William安排的啊，培訓一結束就得去深圳。」

「反正William還在美國開會，你就藉口颱風再拖幾天嘛……」她更緊地貼上他的身體，維港上空的翻雲覆雨彷彿從圓窗侵入，挾裹來最狂妄的激情。

「啊！」他一把推開她，慌慌張張地翻看BP機，「我要回個電話！」

「Richard，就在這裡打嘛……」

他充耳不聞，直接衝出會議室，從自己的辦公桌上拎起電話。

「你已經到深圳了？」

「我……還沒有。」張乃馳使勁咽了口唾沫。

「為什麼？你不是中午就該出發的嗎？」電話裡傳來播報航班信息的聲音。

「William，香港都掛八號風球了，深港之間停船。」

「這算什麼理由？不能坐船就乘大巴去！袁佳明天中午就到了，要是見不到你她怎麼辦？」

——他總是這樣，永遠這樣，居高臨下指揮一切，而我卻沒有選擇，只能服從！粉紅色的幻覺破碎了，無力感蝕齧著身心，張乃馳卻不敢吭聲：「……知道了，我過會兒就出發。」

「可恨的是從洛杉磯到廣州和香港的航班全部延誤，我還不知道什麼時候能起飛。」

張乃馳大吃一驚：「你不是還有三天的會議嗎？」

「不，我把事情都提前辦完了。偏偏現在只能坐在機場裡乾等，該死的颱風！」李威連輕輕地咒罵了一句，「看這個情形，我最早也得後天才能趕到深圳。」

張乃馳的額頭突然滲出了冷汗：「你也要趕去深圳？」

「嗯，明天中午你接到袁佳以後，跟她打個招呼吧，說我要晚一兩天到。」

「可是你、你們不是……」張乃馳幾乎語不成句，「你們倆見面不會尷尬嗎？」

「當然不會。」

張乃馳冒著大雨坐上計程車，催促著司機朝長途巴士站一路狂奔。

根本不需要打開緊攥在手中的信，裡面的字句他能倒背如流：

最最親愛的華濱！這是真的嗎？你真的要和我在深圳團聚了嗎？我真的很快、很快就要見到你了嗎？天哪，我一定是在做夢，一定是想你想得發瘋了！啊，不，不，這不是夢，也不是發瘋，是苦盡甘來，是有情人終成眷屬……華濱，寫到這些我的臉都紅透了。你千萬別笑話我啊，這些天我又哭又笑的，滿腦子就只有你的笑臉、你從小到大的樣子。華濱，我知道你一定不會嫌我胡說八道的，你就是我在這個世界上最親的人啊！

前天我向科長交了辭職報告，只說想去深圳闖一闖，同事們都很吃驚。也許在他們眼裡我就是個怪人吧，工作好幾年也不交男朋友，快三十歲了突然又要辭掉這麼穩定的工作，孤身一人去特區。他們哪裡知道，我的心花在朵朵怒放，我比全天下的人都幸福！

離出發還有一個月的時間，可我只用了一天的時間就打包好行李。我等不及到深圳的那一天了，我真的等不及了。

計程車在巴士站前停下。張乃馳拉著行李往巴士站跑，疾風捲著驟雨撲面而來，他一陣手忙腳亂，薄薄的信紙飛旋著從手上脫離，轉眼便碾入雨水和車輪匯成的橫流中。

張乃馳眺望前方，颱風肆虐的天際橫亙著一抹猩紅——深圳，大陸！他曾經發誓要遠離的地方，今天卻被逼迫返回。他付出巨大代價、忍受無盡委屈才爭取到的遠大前程，難道尚未開始就已面臨終結？！

張乃馳覺得自己被人利用了，原來李威連在他身上所傾注的心血統統目的不純——袁佳，一切的一切都是為了她！

袁佳，在記憶的深處，這個名字確實令張華濱感到過由衷的親切和慰藉。然而今天的他已不復是往日，他換了名字、改了身分、變了心腸！短短一個多月，張乃馳看到了女人帶給自己的無限可能，李威連能夠享受的、謀求的，他也完全有能力去享受、去謀求！是的，透過女人！他才二十五歲，他還如此英俊，他不該屈從於李威連的操控，他絕不可以束手就縛！

颱風一過，萬里晴空。

早上五點不到，張乃馳被鍥而不捨的門鈴吵醒。他揉著惺忪的睡眼，搖搖晃晃打開客房的門。

「袁佳呢？袁佳在哪裡？」

李威連風塵僕僕地站在門前，左右腳邊各一個箱子，手裡還捧著什麼，張乃馳沒看清。

「我不知道……」張乃馳低下頭。

「什麼意思？」對面射來平生僅見的凌厲目光，比刀鋒更尖銳。

「我在火車站等了一整天，也沒見到她。」

「你沒有去找嗎？」

他抬起頭來，還委屈地扁了扁嘴：「怎麼找啊？我給上海的研究所打了長途電話，人家說她一個月前就正式離職了。我還去火車站登記了尋人啟事，她只要一看見，就能根據電話和位址找到這裡，又不是三歲小孩子……」

張乃馳的臉上遭到重重一擊，張口結舌地呆住了。有什麼東西破開，嘩啦啦地掉了一地。

「我去找她，你自己看著辦吧！」

過了好一會兒，張乃馳才感到臉上火辣辣地疼。用手一抹，鼻下和唇邊都是血跡。看看手指上的鮮紅，張乃馳歪扭著嘴乾笑起來，還抬起腳來向旁邊踢了踢，滿地滾的都是包著彩紙的圓球——瑞士最好的巧克力。

此後很長一段時間裡，張乃馳都等待著李威連進一步的行動。然而奇怪的是，李威連並沒有繼續追究，甚至再也不曾提過袁佳的名字。

袁佳……

十年的光陰須臾而過，就在張乃馳以為那一聲呼喚連同回音都已湮沒的時候，李威連以西岸化工大中華區總裁的身分做出決定：將大中華區總部定址於上海的「逸園」。

往事的沉渣泛起，張乃馳的臉上再度感到那陣尖厲的刺痛。

李威連從來就沒有忘記過！

這是一場與生俱來的搏殺，而袁佳就是那道將他們緊緊牽繫，永不分離的鎖鏈。

但畢竟十年已逝，歲月錘煉著良心的同時，也鍛造著邪惡。既然斯人已經無跡可尋，守著一棟空屋又能怎麼樣？何況張乃馳從不相信鬼神。最終，他還是憑藉著「逸園」一舉擊潰了李威連，這恐怕就是命運的反諷吧。

張乃馳終於攀上了迄今為止的人生最高峰，李威連的陰影雖然還在，但對張乃馳的影響力已幾乎消滅為零，可為什麼偏偏就在這樣的時刻，那道已被他驅除了將近二十年的目光，突然又像噩夢一般襲來，如影隨形地纏繞在他腦海中，怎麼也擺脫不掉。

張乃馳發出一聲淒慘的呻吟，奮力將蒙在頭上的被子掀開，瞪大佈滿血絲的雙眼，無神的目光在風起雲湧的半空徘徊——那片濃重的黑霧眼看就要逼到窗前了。

「張總！張總！」有人在敲門。

「噢，稍等……」

張乃馳翻身下床，匆匆洗了把臉，披上睡袍開了門。

外面的屋子開間頗大，一側全是落地玻璃連成的內陽臺，三張黑色金屬辦公桌頗有藝術性地擺放成夾角的式樣。張乃馳把這個大客廳改造成了公司臨時的辦公場所，還專門請人看了風水，門口的雕花木屏風上懸著個大葫蘆，據說是求財最好的保障。

「飛揚，來得這麼早？」

窗前的長桌上，印表機「吱吱呀呀」地吐著紙。孟飛揚在近旁的電腦前忙碌著，頭也不抬地回答：「工作日時間不多，只有週末可以多做些。張總……」他瞥了一眼張乃馳：「你臉色不好？」

「唔，這兩天睡得不太好。」張乃馳摸摸後腦勺，「我好像對颱風有點心理障礙……外面風大嗎？」

「還好吧。我總感覺最近這些年颱風小了很多，也許是高樓建多了，把風都擋掉了。」孟飛揚把座椅轉了個向，面對著沙發上的張乃馳，「我把詢價的情況跟您彙報一下？」

他把印表機剛吐出的那堆紙稍稍整理了一下，遞給張乃馳：「兩家北美廠商、五家歐洲廠商，還有三家亞太的廠商，一共十家的報價都收集好了。」

「哦，效率很高嘛！」張乃馳的臉色稍微透亮了些，「怎麼樣？價格還行吧？」

「根據咱們事先定下的策略，每一家都只讓他們報了五分之一要貨量的價，還是離岸價，這樣他們就無法推斷出貨物的最終走向……您看，除了兩家報價稍貴些之外，其餘的還行，而且顯然都有還價的空間。」

張乃馳直點頭，把手裡的那遝報價翻得刷刷響：「好，太好了！八月份本來就是一年中HDPE的最淡季，價格特別疲軟，這些廠家急著出清積壓貨品，絕對是買方議價的大好時機！」

「確實如此。」孟飛揚同意，「另外在詢價過程中我也特別留意了，市場上對中華石化的這批巨量訂單確實一無所知……呵，保密工作做得真好，要不然那些廠商絕對要坐地起價。」

「那當然！我和中華石化是什麼交情？否則也沒魄力自己出來做，這不就是明擺著讓咱們賺錢嘛。」

颱風確實漸漸離境而去，窗外濃雲轉淡，天空初露清朗的碧藍。張乃馳仰靠在沙發上，短暫的走神後，突然直起腰：「咦？這些報價怎麼都是一個月期限的？」

「這不是慣例嗎？」

「那不行！」張乃馳猛地把報價單甩在茶几上，「飛揚，我給你個任務，你必須要將這些廠商的報價至少延長到兩個月後！」

孟飛揚吃了一驚：「那就得到十一以後了……為什麼要這樣？」

「哎呀，飛揚！我告訴你，中華石化這批貨是專供某國家大部委的，必須確保供貨的及時和可靠，如果貨源得不到保障，連中華石化都吃不了兜著走，所以中華石化特別要求，我們這次報價的有效期必須延長到十一長假之後，相關部門才能進入採購程序，同時安排下屬企業做具體的生產計畫。飛揚！所以你給我弄來的這一堆報價完全沒用啊！不行，這樣不行。你趕緊再做一輪詢價，讓供應商延長報價有效期！速度要快，中華石化那裡等著呢！」

「這我恐怕辦不到。」孟飛揚說，「張總，一個月的報價有效期是行業慣例，不僅供應商不可能延長，我們更不應該答應中華石化這樣過分的要求。如果他們在一個月內無法做出決定，一個月後我們可以再次報價。」

張乃馳從沙發上蹦起來，在屋子裡來回直轉，孟飛揚默默無語地注視著他的身影，表情十分複雜。

張乃馳突然停住腳步，朝著孟飛揚站定。背後的窗外層雲舒捲，天色愈加清亮，反而令他的臉陷入逆光的黑暗。

「飛揚，你也和中華石化打過交道，應該瞭解他們的作風——他們是非常霸道的客戶，朝南坐的。」

孟飛揚沉默著點了點頭。

「沒辦法啊，誰讓人家是超級航母呢？」張乃馳聳了聳肩，「就算是西岸化工，為了做成與中華石化的生意，許多時候也不得不放下身段、修改規則、委曲求全……甚至要冒相當大的風險！」

「風險？」孟飛揚重複，天賦和經驗共同賦予他的商業敏感，正在使他嗅到越來越清晰的不祥的味道。

「咳！」張乃馳又一屁股在沙發上坐下，推心置腹般地壓低聲音，「飛揚，我就坦白對你說了，中華石化的這個訂單條件的確比較苛刻。除了報價有效期長之外，他們還要求我們必須『實盤』報價……」

「實盤報價？！」孟飛揚叫出聲來，張乃馳趕緊安撫地拍了拍他的肩膀：「呵呵，飛揚，怎麼啦？嚇成這樣？中華石化要我們報實盤，才說明他們確實想把單子交給我們做。再說中華石化的標準合同條款我瞭若指掌，本來就沒什麼異議，報實盤也很正常嘛。」

孟飛揚的額頭爆出青筋：「張總！報實盤是很正常，問題是不允許撤銷、不允許更改、在報價有效期中一旦買方確認就必須履行合約，這樣的實盤怎麼能報兩個多月？萬一在此期間供應商的報價發生變化——」

「所以才要他們也延長有效期嘛，飛揚，咱們可以透過背對背合同來規避風險。」

孟飛揚陰沉著臉思索了片刻，才又說：「如果供應商不肯採納背對背的條款呢？以我的經驗來看，他們延長報價有效期的可能性非常小。」

「這……」張乃馳愣了愣，忽然不耐煩起來，「飛揚，連這點魄力都沒有還做什麼生意！賺錢從來就是要冒風險的，而且要把不可能變成可能。如果事事都循規蹈矩，我就留在西岸化工了，根本沒必要出來單幹！」

短暫的寂靜之後，孟飛揚站起身：「張總，看來我不適合在您這裡工作，是我能力不足，我先走了。」

「唉，你！」張乃馳始料未及，等孟飛揚走到門口才反應過來，一把揪住他，「別走啊！飛揚，你這人真是……有不同意見大家商量嘛，別意氣用事！」

他硬拽著孟飛揚在沙發上坐好，調整了語氣說：「飛揚，你的擔心我理解，可是生意還是要做的。從你這一輪收來的報價看，這單生意如果能成，我們絕對大賺。這樣吧，你幫我把供應商分成三批，接下去我親自和他們交涉，讓他們按背對背原則報價，風險要盡量規避，我也不會蠻幹的，呵呵。」

孟飛揚離開張乃馳家時，已接近傍晚。陰涼的晚風吹得很愜意，他沿著窄小的街道漫無目的地遊走，醒過神來時才發現，外灘的長堤就在眼前了。

前方不遠處的那對戀人親密相擁著，女孩個子很苗條，直直的黑色長髮披下來，隨著輕捷的腳步左右擺動，姿態是如此甜潤自然，卻觸痛了孟飛揚的眼睛。

「那樣美妙的夜晚，那樣的夜晚，只有在我們年輕的時候，才會出現。」

他下意識地跟隨著他們，又好像是被記憶的脈絡牽引，他是多麼不願回顧那些心弦顫動的瞬間，又多麼陶醉在這舊日重來般的一刻之中——

「飛揚，你愛我嗎？」

「這個問題還是留給你自己來回答吧……我知道你能夠讀懂我的心，親愛的佛洛伊德小姐。」

有一天你會讀懂我的心嗎？我最最親愛的戴希……

孟飛揚從衣兜裡掏出響個不停的手機。

「亞萍，我完事了，就回來。」

「好的……」柯亞萍的聲音聽上去總有些怯生生的，「我等你回來吃飯。」

她對孟飛揚的眷戀中始終摻雜著歉意和感恩，以及十分真摯的仰慕之情，這是最讓孟飛揚為之感動、也為之不安的地方。

第三十五章

又一次站在「雙妹 1919」的門前，透過黑色木格門框中鑲嵌的磨砂玻璃，似乎能看見門後有模糊的人影晃動，再凝神細辨一下，原來只是自己的影子反射出的光華流轉。

黃銅門把上仍然掛著那個熟悉的小木牌——CLOSED。

戴希深深地吸了口氣，恍惚間冬夏更迭，這扇門倒像已等待了她整整半年，在一百多個日夜裡矜持地保持著靜默——CLOSED。

「戴小姐，請進。」門開了，女人換上了件短袖藏青的素色旗袍，渾身上下沒有半點花紋。側身微笑時，眼角的皺紋絲絲可見。

咖啡的濃香如故，陽光中的微塵卻散落無痕，只因乳白色的遮陽布幔齊齊垂下，擋住了窗後的夏末驕陽，也將梧桐縫隙裡跳動的街景化作一曲清涼、幽靜、寂寞、淳厚的歌。和「逸園」一樣，這個地方彷彿也能把時光的斷影雕琢成殼。

……他在哪兒？

戴希站在空無一人的店堂中央，四顧茫然。邱文悅撇下她向店後去了。原本黑黢黢的吧檯後方透出光亮，有人在說話。

「哎呀，牠吃得很香呢！」

「嗯，讓牠再吃一會兒。」

「小心、小心……」

「你別動，我來。」

戴希循聲而去，經過廚房旁的穿廊，朝向「逸園」的後門敞開著。

邱文悅站在門邊，李威連正慢慢向前傾身，兩人似乎都屏住了呼吸。戴希躡手躡腳地湊到他們身後，李威連的動作突然一滯，從他的跟前冷不防竄出去一個淡黃色的小身影。

「呀，牠跑了！」邱文悅跺著腳叫起來。

等戴希探出頭張望，逃跑的小狗已經飛奔過了馬路，一頭扎進「逸園」圍牆邊的灌木叢中，黃色的小尾巴搖一搖，就不見了。

「算了，讓牠去吧。」

李威連轉過身，像見到老熟人似的朝戴希點點頭：「你來了。」

「文悅說這兩天一直有隻流浪小狗在周圍轉，我怕牠被人害，想把牠抓起來。可惜牠警惕性太高……大概是被虐待過，失去了對人的信任。」回到靠窗的座位坐下，李威連端詳著戴希，「你曬黑了。」

「高原的紫外線太強，回來都快一個月了，還是沒變白。」

戴希想起薛葆齡的話——他看上去並不特別萎靡或者頹喪，可一見到他的樣子，我的心就碎了。

是的，他的憔悴不在臉上，都埋在心裡。不論外表上多麼精明、多麼強勢，在戴希的眼裡，李威連始終就是一個病人。實際上，瞭解得越透徹、探索得越深入、接觸得越緊密，就越對自己失去把握。他總在細緻入微地觀察她，而她卻在他專注的眼神裡日漸惶惑。

「我給你發的亞丁照片，你看了嗎？」她終於想到要說什麼。

「非常漂亮，我很喜歡。謝謝你，戴希。」

戴希又詞窮了，多虧邱文悅端上咖啡：「戴小姐，今朝辰光勿巧，否則就請儂嚐嚐阿拉的新菜式了。」

用上海話和戴希親熱寒暄——邱文悅大概把這看成自己的待客之道了，至少在「雙妹」，她是可以自信地認為，她和李威連是這裡共同的主人。

「新菜式？」戴希有點好奇。

李威連朝邱文悅不露痕跡地使了個眼色，等她乖乖地走開後才說：「戴希，你看看店裡有什麼兩樣？」

戴希左顧右盼：「嗯，好像中間那排桌子的擺法和原來不同。」

「怎麼不同？」

「少了兩張桌子……哦，換到靠門這一側了！」

「還有呢？」

「還有？上層檯布的花色好像也變了，我記得原來是亮亮的粉金色，現在這種淺灰色素多了。」

下層雪白的桌布上覆淺灰色的綢緞，這種搭配確實很素淨，也相當高雅。

「用素色是因為家裡剛有人過世，當然，也是為了換一種格調。」

「哦，那麼桌子換方位是為什麼呢？」

「夏天午後的陽光比較強烈，原來兩張桌子的方位正好被西側的光線照到，會讓客人感覺不適。另外，現在擺放的位置頭頂上就是古董壁燈，女客人很喜歡這種柔和的光線，可以使她們更加自信。」停了停，他又說，「這樣擺還有個好處，店堂中央能顯得更寬敞一些。」

「哦！」

「菜單也全都調整過了。」李威連意猶未盡地補充，「增加了好幾種套餐和甜點，並且稍稍漲了點價。」

戴希總算意識到是怎麼回事了：「這些都是你想出來的吧！」

「是的，」他的語氣裡有一種慵懶的得意，「這家店開了十多年，我除了給錢從來都沒過問過，實在沒有時間。這幾天抽空研究了一下，發現經營餐館還是門大學問。現在做的這些小調整，起碼可以帶來25％的贏利增長。」

「這樣啊……真不錯。」

是的，真不錯，如果有趣的瑣事能夠幫他放鬆，調整情緒……戴希皺了皺眉，情況真有這樣樂觀單純嗎？李威連真的會把注意力投入到設計菜單這一類雞毛蒜皮的事情中去嗎？

一直以來，戴希把「逸園」看作一個瑰麗莊嚴的迷宮，而「雙妹」就是通向迷宮核心的隧道，如今隧道被修葺得更加圓潤光鮮，迷宮卻依舊重門深鎖，以李威連的個性，他怎麼可能甘心接受這一切，並坐在這裡若無其事地討論桌布的顏色？

她打開挎包，把裡面的東西掏出來，小心地擺到桌上。

「公司章程和印鑑，一週多前從香港寄過來的，你看看。」

這才是他們今天見面要辦的正事。李威連很仔細地一件一件看過去，最後才抬起頭來：「戴希，我有個問題，你為什麼要給公司起這樣一個名字？英文名字CarpeDiem，中文名字直譯成凱蒂，你不覺得很古怪嗎？」

「可我把填好的申請表都發給你看過，你也沒說什麼呀？」

「我並沒有說名字不好，只是好奇你這樣起名的動因。」李威連靠到椅背上，說話的態度很從容，但眼中的光彩熱切而執著。

「CarpeDiem，我挺喜歡它的拉丁文原意。」

「珍惜歲月、及時行樂……意思確實很好，作為貿易公司的名字卻相當怪異。貿易公司是最逐利的機構，金錢才是唯一的目標，而你卻要讓它關注時光和生命的意義。」

他的笑容不像在譏諷，倒像是在縱容她的魯莽和單純。

「戴希，經營一家叫做『珍惜時光』的貿易公司，讓我感覺像開了家銀行，卻給它起名叫小白兔。」

「小白兔銀行？」戴希被他說得哭笑不得，「童話世界裡的吧……」

「是啊，存的都是胡蘿蔔。」

這就是他最蠱惑人心的魅力，洞察和幽默交糅在一起，既高高在上又親和細膩，令人情不自禁地忘卻自身。

「公司有個隱晦的名字也挺好，容易迷惑他人。」李威連總算給出了肯定意見，「戴希，我給你的CarpeDiem公司注入了一筆資金，你現在就用網路銀行查詢一下吧。」

「這裡有無線網嗎？」

李威連把雙臂交叉在胸前：「前天剛開通的Wi-Fi。」

「好吧。」沒必要再表達對他計畫周全的佩服了，戴希乾脆地取出筆記型電腦，開機、上網、進入查詢頁面、輸入密碼……

「嗯，我看見有一筆資金入帳了。個、十、百、千……」戴希數著零，突然倒抽一口涼氣，直勾勾地盯著對面的人，「是……一千五百萬美金？！」

「當然不是胡蘿蔔。」他居然還淡淡地笑了笑。

從最初的五十萬，到五萬，到現在……一千五百萬美金。

戴希的心在恐懼中縮成一團，她握緊雙拳注視前方，等待他的解釋。

李威連輕輕地舒了口氣：「不要這麼緊張嘛。戴希，做生意都需要資金，我只是融了一筆款。」

「怎麼融的？」

「你對這也感興趣嗎？」

「是的。」

「嗯，確實也應該告訴你，畢竟公司是以你的名義註冊的。」他略作沉吟，卻轉向另一個話題，「戴希，也許你還不知道——『逸園』是屬於我的。」

戴希確實是頭一次聽到，但卻一點兒也不覺得意外，如果「逸園」不是李威連的，那麼還有誰配擁有她呢？

「逸園」是有靈魂的，光憑財富佔有不了她，還必須付出肺腑之愛。

「十年前，我花了兩千萬人民幣買下『逸園』，當然大部分是貸款。直到一個多月前，我才最終還清了全部貸款，其中也包括從你的帳號裡轉出的那四十五萬美金。現在，『逸園』完完整整地為我所有，而她的市場價值已接近兩億人民幣。」

錢的數額一旦過大，就會讓人對它失去感覺。李威連的話好像輕風拂過戴希的耳邊，遠不如面前的咖啡香氣來得真實。

「……我就是用『逸園』融的資。」

戴希的心跳快得難受，她不曾對融資、生意這類事情產生過真正的興趣，但今天不同，今天他們談的是他視若至寶的「逸園」啊！

她調動起自己最膚淺的金融知識：「你是……把『逸園』抵押給銀行了嗎？」

「不是，透過銀行最多只能借到抵押物價值五分之一的錢，也就是四千萬人民幣左右吧。我把『逸園』抵押給了澳門的抵押借款公司，其實就是黑社會背景的高利貸。只有他們能一下借出這樣大筆的資金，也只有他們有魄力接『逸園』這樣的標的物。當然了，為此我必須承擔以日利率計的極高的利息。」

「高利貸……」戴希喃喃重複，這個詞語嚼在嘴裡乾巴巴的，實在叫她難以下嚥。

「這類公司的主營業務就是為賭徒們的瘋狂豪賭提供鉅額資金，因此他們對抗風險的能力遠勝於銀行，他們具有成熟成套的操作流程和機制，絕對不擔心借出去的錢會收不回來。」

「……他們會怎麼做？」

「你是問假如借款人到期不還錢嗎？首先就是沒收抵押物，另外還有各種暴力逼迫手段，比如威脅、毆打、綁架，甚至殺人等等。」

戴希抬起頭，李威連的面龐在視野中漸漸模糊，使他原本極富男性氣質的俊朗輪廓也變得溫柔起來。

「冒這樣大的風險借款，你要達到什麼目的呢？」

他沒有立即回答她的問題，而是將目光轉向窗外。

太陽西斜，白色棉麻的遮陽布幔上透出溫馨的淺黃色，午後四點多的「雙妹」裡是這樣寧靜，靜得彷彿能聽到窗下梧桐樹葉的婆娑聲，聽到三十年前那個男孩跑上樓梯的腳步聲，聽到年華似水，聽到白駒過隙，聽到一個欲語還休的愛字終成惘然……

「為了對我自己有個交代吧。」

「我不懂……」

「或者這麼說，為了了結過去。戴希，心理學上是不是有個很重要的理論，人的一切心理疾患均來自於人生的早年。而我和自己的早年、過去的確糾纏得太久了，是到了該告別的時候了。」

他說得很對，心理學上確實有這樣的觀點。然而戴希不敢對他說，心理學的另一個觀點是——過去是生命的一部分，過去孕育著現在，未來反哺著過去，我們只能以今日的智慧去解釋、理解並最終學會接受過去，任何人都不能將過去揮刀斬斷！

「戴希，」也許是她的臉色太難看了，李威連又用極溫和的語調對她說，「別擔心，一切都在計畫中，你要相信，做一筆包賺不賠的生意對李威連並不難。如果我沒有百分之百的把握，可以在三個月內賺回全部本息，我是絕不會賭上『逸園』的。『逸園』是我奮鬥了二十年，付出了自己的整個青春年華和全部事業成就，甚至搭上了家庭才得到的。對今天的我來說，『逸園』就是我的全部，我的生命。實際上，如果只是需要一筆鉅款來實現我的計畫，或者說重振旗鼓，我完全可以把『逸園』賣掉，可我怎麼捨得了『逸園』啊……我只怕一旦讓她脫手，這輩子就再也買不回她了。所以戴希，相信我，今天你聽到的只是一個過程，結果早就註定了。」

也許只有李威連，才能夠如此平靜地談論一樁上億人民幣的豪賭。戴希又聽見了那個熟悉的、諮詢者X的獨特口吻——一種表現為絕對自信的病態。

明明是押上了命，他卻說得好像修改菜單上的標價。

此刻戴希的心中只剩下憐惜，她從未像現在這樣深切地感知到他那無奈的悲涼，和企圖割裂過去的狂熱決心。戴希當然相信他，李威連的計畫一定會成功，諮詢者X本來就是天底下最精明的商人。儘管如此，對戴希來說，他仍然是需要她幫助的……病人。

「明白了，」戴希問，「那麼我該做些什麼呢？」

「很簡單，我們要操作的是一次單純的進出口貿易。首先，CarpeDiem公司將使用這一千五百萬美金從全球分批購入某種化工產品，然後轉手賣給中國國內最大的石化企業，整個買賣過程必須在今年十月底之前完成。買入合同我基本上已經談妥了，所有的具體環節也都由我來實施，你要做的就是在我準備好的文件上簽字蓋章，根據我的指令劃撥款項，僅此而已……聽明白了嗎？」

戴希點點頭。

「我可以把這個交易的詳細內容給你解釋一下，不過……你也不太感興趣吧，戴希？」

「我就簽字好了。」

李威連搖頭微笑：「看你的樣子倒像要簽賣身契。戴希，真的沒那麼可怕。有一點你必須記住，借款的人是我，和高利貸公司打交道的人也是我。即使今後出了什麼問題，這筆借款與你、與CarpeDiem公司都沒有任何關係。這是兩件完全分離的事情，懂嗎？之所以用你的名義成立公司，也就是為了達到這個效果。」

李威連花了將近三個小時的時間，耐心地為戴希上了堂國際貿易的基礎課。直到邱文悅來叫他們吃晚飯，戴希才在幾份剛剛讀懂的合同上簽完字。

暮色如靄，當遮陽布幔拉起時，黃白的路燈光從窗外斜斜地散落進來，將店堂中央新空出來的三角形區域畫得如許清冷，恰似一顆沒有著落的心。

這天下午最心滿意足的人是邱文悅，因為戴希嚐到了她的新菜式。新菜式是柳橙汁香烤銀鱈魚、鵝肝煎牛肉和奶油蟹粉菠菜湯，這三樣一人一份，都盛在潔白如玉的陶瓷皿裡。還有一大盤配著黃芥末醬的玉子壽司放在中間分享。樣樣都是精雕細琢的美味，卻又散發著令人感動的家常氣息。

家，吃飯時戴希反反覆覆想著這個詞。下午李威連談到更換檯布顏色時，很自然地說起家裡有人去世。似乎可以理解為，他是把這裡當成家的。那麼，他又把「逸園」當成什麼呢？還有美國、香港……他曾踏足過、生活過、奮鬥過、流連過的地方，都是家？又或許都不是家？

晚飯後戴希告辭，李威連陪她走過「逸園」和「雙妹」之間的夾弄，去街上打車。弄堂裡除了他倆再無第三者，屈指可數的幾盞路燈將他們的影子拉得很長很長。前方的盡頭橫貫著喧囂的大街，凝固的街燈和流動的車燈在那裡匯成淒迷的光河，只不過幾十步的距離，卻又遙遠得彷彿隔著一道忘川、整個人世。

「戴希，離國慶長假不到一個月了，你有什麼安排？」

「我……還沒想過。」

李威連停下腳步，靜靜地環顧四周。

「怎麼了？」戴希問他。

「戴希，你有沒有聽到狗叫聲？」

「好像沒有……」

「大概是我心裡老想著那隻小狗的緣故。也不知道牠還在不在附近，有沒有碰上什麼危險……」

縈迴良久的問題像迷霧遇上晨曦，戴希的心頭豁然開朗——

不，他從來就不曾有過家！她注視著李威連掩映在燈影下的面孔：「William，要是有可能，養一隻小狗吧。」

「為什麼這麼說？」

戴希的聲音有些發顫：「……只是建議，心理醫生的建議。」

他想了想：「好吧，我考慮考慮。我是不是也可以給你一個建議？」

「嗯，你說。」

「長假期間去旅行吧，走得盡量遠些，現在安排還來得及。」

「不會又要我去西藏吧？」

「當然不是。」李威連笑了，「去哪裡和誰去是你自己的事，我只不過建議你——離開。」

「離開？」戴希狐疑地看著他，「你不再需要我了嗎？」

「長假期間不需要。」

「哦……爸媽倒是提過，想和我一起去三亞玩。我從美國回來後就一直很忙，還沒有好好陪過他們。」

「很好的主意，去吧，戴希。離開上海，什麼都不要掛念。等你再回來的時候，一切就都結束了。」

坐上計程車，戴希隔著後車窗望向幽深的小弄。孤單的身影仍然肅立在弄口，背後是無窮無盡的暗黑，好像隨時就要把他吸入其中。這一刻戴希分不清何為真實何為虛幻，「逸園」猶如一座神秘的宮殿，在黑夜中閃耀著幽光——也許來自太平洋彼岸的鬼魅精魂已經在那裡歡聚歌唱了。

距離國慶長假還有一個多星期，就有不少人開始休假。高井株式會社的辦公室裡一天比一天清靜起來。

孟飛揚坐在自己的電腦前發愣。這兩天他的工作比較輕鬆，本可以利用閒暇多去幹幹張乃馳那裡的私活，但自從上次討論報價後，張乃馳就再沒有叫孟飛揚去過寓所。孟飛揚給他打過幾次電話，張乃馳好像都很忙碌，匆匆幾句就掛斷了。談到給中華石化的報價，張乃馳說他自己都處理好了。

「飛揚，放心吧。一切盡在掌握中哦，哈哈！」在最後一通電話裡，張乃馳高聲笑著說。

孟飛揚連忙問：「張總，供應商的報價呢？他們都答應改成背對背條款了嗎？」

「呵呵……當然啦，我親自出面去談的嘛。」

「那最好了。」孟飛揚低聲喃喃。

「飛揚，你國慶假期會去旅遊嗎？」

「我？」孟飛揚一愣，雖然他自己沒有長途旅遊的計畫，但考慮到柯亞萍因為家庭關係好幾年不曾旅遊過，孟飛揚確實在盤算該請她出去玩玩。這兩天他向柯亞萍提出了廈門鼓浪嶼、安徽黃山和青島幾個方案，正等著她做決定呢。

「怎麼？安排旅遊了？」張乃馳似乎挺著急。

「哦，還沒定，就是去也就三四天吧。」孟飛揚問，「張總，你的意思是？」

「呵呵，我這個要求多少有點難以啟齒啊。」張乃馳又換上圓潤動聽的語調，「飛揚啊，真不好意思，中華石化方面對我說了，要這批貨的部委十一長假期間不休息，會加班審核供貨報價，一旦客戶確認，中華石化會立即給我們開具信用證，我們必須要在二十天內交貨。到時候我可缺不了你這員幹將啊，咱們公司這頭單生意的成敗就在此一舉了。所以飛揚，我只好厚著臉皮請你這個假期留在上海嘍，你沒意見吧？」

孟飛揚吁了口氣：「沒問題，我待命好了。」

「好，好！哈哈哈，飛揚，等這筆生意成功我一定請你和柯小姐去夏威夷，或者馬爾地夫，咳，哪裡都行啊……」

電話掛斷很久，張乃馳略顯神經質的笑聲還在孟飛揚的腦海徘徊不去。孟飛揚並非看不透他虛張聲勢的自信，也並非不厭惡他利欲薰心的瘋狂。參與在張乃馳的生意中，孟飛揚有自己深層次的目的，但他天性溫良謙和，在一切內幕糾葛、積怨、鬥爭和利害關係尚不明瞭的情況下，即使是對張乃馳這樣一個毫無好感的人，即使心裡明白對方完全是在利用自己，孟飛揚還是希望能夠盡人事——畢竟，對方給予了自己相當程度的信任。

孟飛揚心煩意亂地瀏覽著網頁，右下角的QQ頭像閃個不停。打開一看，有人在向他抱拳拱手，孟飛揚正沒好氣，劈手就回了一句：「你小子死而復生啦？」

這位QQ暱稱「黃馬褂」的老兄是孟飛揚在伊藤株式會社共事過的一名業務員，曾經很臭氣相投過一陣子。去年年底伊藤破產倒閉，兩人這才分道揚鑣，各自找了新東家上班。黃馬褂沒有繼續做貿易，而是跳槽到一家日本化工公司當銷售去了。

「哎呀，這是什麼話。半年多沒聯繫也不能全怪我吧？」黃馬褂在QQ上反唇相譏，「哦，只許你忙著泡妞，就不許我為了建立小康之家奮鬥啊？小子，給你瞧瞧這個！」

QQ對話方塊裡跳出一張色彩靚麗的男女相擁圖片。孟飛揚瞪大眼睛：「黃馬褂，你怎麼COS起陳冠希了？旁邊那是誰COS的阿嬌嗎？」

黃馬褂忍無可忍地在QQ裡怒吼：「喂，這是我的結婚照好不好！！！！！！」

「恭喜你啦，呵呵。」孟飛揚笑了，「哥兒們，我真是打心眼裡羨慕你啊，居然還玩閃婚。」

「哪裡，哪裡……結婚嘛，不就是這麼回事。我這叫做拎到籃裡就是菜，不像你哥兒們，青梅竹馬、兩小無猜、白首偕老、天長地久——」

「行啦，你搶我的臺詞啦。」孟飛揚的心頭湧上一陣酸澀，他把它強壓下去，這種滋味真他媽的只有自己才能嚐得出來……

黃馬褂在QQ上發來亮晶晶的邀請函——10月2日在馬勒花園別墅舉辦婚禮。「哥兒們你可一定要賞光啊，務必攜女友赴宴啦，讓咱也見識見識海歸女碩士的風采……」

「兩人出席就是雙份禮金啊，你小子打的算盤我還不清楚？」

「幫幫忙啦，為結這個婚我已經徹底破產啦，哥們你還不赴湯蹈火解救兄弟一把？反正我這次把舊單位、新單位、小學、中學、大學，連幼稚園裡的同班都請上了，基本上就是一場賑濟救災大聯歡……」

等等！孟飛揚突然猛拍了一下鍵盤，緊張地接連打錯字：「黃馬褂，你們公司的HDPE存貨還多不多？我這裡想要個一千噸的報價，你看是節前要還是節後要合適？」

黃馬褂目前所在的日本化工公司正是給張乃馳報價的公司之一，孟飛揚當初是透過張乃馳的關係去要的報價，直接走的對方公司上層路線，就沒有透過黃馬褂。但是現在他忽然想到，可以從黃馬褂這裡間接探聽一下供貨方的情況。

「孟飛揚，你小子不要這麼工作狂好不好？現在咱們談的是風花雪月……」

「風花你個頭！你銷售沒指標啊？怎麼，嫌一千噸的量太少？」

「不是嫌少，是我沒貨供給你。哈哈，跟你透露一下，本人今年的指標都完成啦，咱們公司已經沒有HDPE可賣嘍，脫銷了！」

孟飛揚的心一陣狂跳，怎麼回事？張乃馳這裡不過是要了報價，按道理說沒有確認的訂單是不可能算銷售額的……

「運氣這麼好？提前一個季度完成全年銷售額？居然還是沒人要的HDPE？馬褂兄，你是不是熱昏了啊？」

「這不叫熱昏，這叫運氣來了擋也擋不住。最近也不知怎麼回事，HDPE成大熱門了，都是幾千噸、幾千噸的要貨……結果還讓一家從沒在市場上出現過的香港貿易公司搶先得手了。」

「從沒在市場上出現過？這麼神秘？」孟飛揚的心簡直要從喉嚨口蹦出來了，「你可要小心啊，會不會有貓膩……」

「沒事啦。本來我也有些擔心，可那家公司都是直接和我們大老闆接洽的，議價、談判、簽約、付款，所有的步驟完成得既專業又迅速，銀行方面也配合得好，劃款那叫一個乾脆，所以我們差不多是按最低價把貨全賣了。我覺得啊，從資金實力和專業水準來看，這家香港公司肯定大有來頭，只不過很低調罷了。」

孟飛揚猶豫豫地敲打鍵盤：「那麼說你們公司的HDPE一點都沒有了？」

「沒了，工廠已經安排停產檢修了。生產線恢復運作起碼要到十月底。」

黃馬褂的QQ頭像還在閃個不停，孟飛揚已經從桌前一躍而起，直接關斷了電腦電源，往公司門口衝去。

「飛揚，你去哪兒？」

「我有點急事！」他頭也不回地進了電梯，撇下柯亞萍在樓道裡發呆。打車到張乃馳寓所的樓下，孟飛揚撥了個電話上去：「張總，你在公司嗎？我想過來一趟。」

「哦？我半小時後要出——」

「我現在就上來！」

張乃馳確實是一副馬上要出門的打扮，無時無刻都保持著赴宴般的穿著和心情已經成為他的一部分，甚至是最關鍵的一部分了。隨著對張乃馳越來越深入的瞭解，每次孟飛揚見到他如此光鮮的樣子，總會在一種無傷大雅的輕蔑感中泛起隱約的同情——當一個男人必須憑藉外表來證明自己的存在時，又何嘗不是一種真正的悲哀。張乃馳在中華石化這張異常苛刻、風險極大的合同中押下全部賭注，可觀的利益當然是最大誘因，急於證實自己的衝動恐怕也在推波助瀾。

「怎麼了？飛揚，什麼事這麼急著找我？」張乃馳笑容可掬地發問，眼神像平時一樣閃爍不定。

孟飛揚開門見山：「張總，我想看看供應商修改後的報價。」

張乃馳打量了孟飛揚好幾秒鐘：「你不相信我的話？」

「請您給我看。」

張乃馳的臉色在沉默裡瞬息萬變，最終又恢復到虛飾的笑容裡：「呵呵，你還真夠謹慎的。」他從自己的抽屜裡取出一個資料夾，放在孟飛揚的面前：「都是原件，你看吧。」

孟飛揚先翻出黃馬褂所在日本公司的報價單，如果黃馬褂的話屬實，那麼這家公司絕不會對外報價。他一字不漏地審閱這張薄薄的紙。

奇怪，報價有效期真的修改成了兩個月，承諾的價格維持第一次報價，數量是三千噸……難道黃馬褂在騙人？

孟飛揚的眉頭越鎖越緊，再看看、再仔細看看……忽然，他的目光牢牢黏在報價單末尾的一行小字上：「此報價為有條件報價，最終價格、數量以及購貨條款將根據客戶確認報價時，供貨方的具體供貨情況而定。」

「唉……」一聲難以扼制的長長歎息。什麼叫做一紙空文，恐怕這就是了。

可是……難道他看不出來？他畢竟是在這行裡跌打滾爬了那麼多年的呀！

孟飛揚將難以置信的目光投向張乃馳，這張臉光滑標緻得如同一副面具。誰又能想到，面具覆蓋後的靈魂有多麼空洞、多麼虛弱？一心想登臨絕頂卻不意滑向懸崖邊緣，有多少人一遍遍重複地走上這條路，孰悲？孰憾！

張乃馳用堪稱明媚的笑容迎向孟飛揚：「怎麼樣？這下放心了吧？」

回到高井株式會社，孟飛揚在辦公桌後呆坐良久。在張乃馳那裡看到的所有供應商最終報價，要麼根本不同意延長報價期，要麼就是和日本公司一樣耍了所謂「有條件報價」的花招。可是，張乃馳向中華石化報的卻是鐵板釘釘的實盤！一旦中華石化確認了訂單，張乃馳就必須按報價交付，而他的供貨方卻存在無窮多的變數！

孟飛揚把雙肘擱在桌上，兩手抱住腦袋。要不要告訴張乃馳局面有多麼可怕？在他的盤子裡至少有三千噸HDPE已經是鏡花水月了……現在只能心存僥倖地希望，日本公司的情況僅僅是個例，其他供應商還有可能履約，但願如此……

孟飛揚的腦子裡亂糟糟的，也不知道下一步該怎麼辦，也許再和黃馬褂聊聊，多打聽些情況吧。

黃馬褂已經下線了，但QQ視窗裡還留著他在孟飛揚離開後說的一句話。

「有意思得很，那家香港公司的名字叫凱蒂，跟個小姑娘似的。英文名字更怪，叫做CarpeDiem……都什麼玩意兒啊？」

CarpeDiem，CarpeDiem……孟飛揚的腦海中突然一片空白。他不自覺地閉上眼睛，再睜開時，電腦螢幕在他眼前變得花花綠綠，好像蒙上了一層薄紗。

緩緩走到過道裡，孟飛揚取出手機。在過去的幾個月中，他曾經無數次地凝視那個號碼，又無數次地移開目光。就在這一看一棄之間，熱血冰凍、心力潰散。但是今天他沒有絲毫遲疑，按下去，把手機貼緊耳朵，聚精會神地等待那個全世界最動聽的聲音，像一隻靈巧的小手般探入自己的懷中。

「喂？」

「戴希……是我。」

「……我知道。」

「很久不見了……你好嗎？」

「挺好的，你呢？」

「也挺好的。」

沉默，還是沉默，假如這沉默能延續到天長地久、延續到你和我都灰飛煙滅的那一天該有多好啊！

孟飛揚率先打破了沉默：「戴希，國慶假期怎麼安排？」

她好像有點小小的意外：「我嗎？哦，要陪爸媽去海南……」

「呵，挺不錯啊。戴伯伯和伯母都好吧？代我向他們問個好。」

「好的。」

「戴希，等你旅遊回來，我想和你見個面。可以嗎？」

「……可以。」

「那我到時候約你。」

「行。」

「就這樣，再見。」

「再見。」

孟飛揚靠在樓道的窗邊，想抽支菸，在衣兜裡摸了摸又放棄了。鼻子裡的馨香尚存，就不要破壞這恬淡的餘味吧，留住此刻，便能留住一生了。

就如同那個徹夜等待後的清晨，他所聽到的那句話——「也許等我找到彌補過失的辦法，也許……」

孟飛揚在過去幾個月中苦苦找尋的也就是——彌補過失的辦法。

然而今天，就在他終於發現這個辦法的同時，卻也幡然醒悟到，她已經不需要他來彌補過失了。

「飛揚……」

耳邊響起柯亞萍怯生生的招呼。

孟飛揚抬起頭，一個瘦小的身影無聲無息地潛入他的視線。剛才她肯定在一邊偷聽，她就是這樣卑微而怯懦地愛著他，並且用這種方式贏得了他的理解。

孟飛揚向柯亞萍伸出胳膊，把她攬到懷中：「亞萍，對不起啊，國慶我有事兒，咱們不能出去旅遊了。」

柯亞萍沒有吱聲，只是用一雙驚魂未定的眼睛瞪著他。

「不過那幾天也有咱們忙的。10月2日老同事結婚，你得陪我一起去。然後3日、4日兩天，咱們一起去看房展會吧？」

「房展會？」柯亞萍輕輕攥住孟飛揚的衣服。

孟飛揚點點頭，把她的手從衣服上拉下來，握進掌心。

連他自己也沒有想到，這一刻自己的心竟會如此平靜。

第三十六章

據說，人的記憶相當不可靠。

第一個對記憶形成破壞的因素是：時間。我們每個人都體驗過時間流逝帶來的忘卻，許多曾經以為會刻骨銘心、永誌不忘的經歷，若干年後驀然回首，竟發現彼人彼物、彼情彼景早已是一片模糊。

心理學家解釋說，忘卻是人類為了維護心理健康而形成的一種天然的防禦機制。如果一個人能把自己從小到大的全部體驗記得一清二楚，那麼他的理智早晚會淹沒在記憶的汪洋大海中。

除了忘記，另一種記憶損傷稱為變形，或者扭曲。也就是人對頭腦中的事實進行篡改，從而使記憶無法確切地還原所發生的事情，如同對一張照片進行PS，去真存偽之後保留下的是虛構、是想像、是創造、是謊言，唯獨不是——真相。

蛻變成謊言的記憶對我們還有意義嗎？

心理學家又解釋說，實際上這個扭曲的過程是人們下意識的選擇，深層次的原因可能是對某一事實的特別重視，或者抵觸、拒絕等等……於是在頭腦裡對記憶進行改造，可笑的是改造者本人往往渾然不覺，反而言辭鑿鑿地堅稱那一切都是：「我親眼看見的、親耳聽見的，甚至親自做的……」

正因為人們常常不自覺地撒謊，所以對證人證言的採納必須謹慎。諳知其中奧妙的人甚至能刻意對他人的記憶進行植入、抽取等等改造，達到連記憶的擁有者都深信不疑的效果，靠測謊儀根本測不出來。

為什麼要談及這些？

或許是因為——往事的帷幕正在一層一層掀開，接下去的故事將在記憶的島嶼間連番穿梭，一路承載起越來越重的情感負荷。

人生的小船在命運的驚濤駭浪中起伏顛簸，指引方向的只有這些或真或假的記憶，在鋪天蓋地的狂風暴雨中放射出迷離又犀利的光芒。

他們能夠平安駛達彼岸嗎——這些亦善亦惡的人、這些可憐人，他們最終都能夠得到拯救嗎？

張乃馳越來越認定，自己的記憶出了問題。

黃浦江在窗下靜靜地流淌，浦江兩岸的壯闊江景一覽無餘，澄澈藍天彷彿伸手可及，多麼難得的好天氣啊，整幅碧空之上連一絲雲都沒有。

落地長窗前，張乃馳卻陷入深深的絕望中。如果說過去幾年裡他是常常被噩夢侵擾，那麼這些天他就是日夜生活在噩夢之中。

在張乃馳的記憶裡，一九九一年的那個颱風之夜分割成兩個部分。前半段的每個細節他都能絲絲入扣地回憶起來，後半段卻像一場酒醉後的綺夢，似真似幻，既迤邐纏綿，又如杜鵑啼血般哀婉絕望，而這，就是袁佳存留在他心中最後的形象。

前一半的記憶從深圳火車站的月臺開始。

自上海方向來的火車直到傍晚才進站，晚點了整整四個小時。刮了一天一夜的颱風毫無頹勢，傾盆大雨不停地潑灑在月臺上下，雨點落地有聲。鐵軌好像浸在一條淺淺的河裡，「河水」的色澤青中帶黃，滿眼皆是鐵鏽、泥沙、果皮和紙屑漂浮其中。

風雨交加的傍晚黯色沉沉，等啊等啊，終於一抹刺眼的黃光穿透雨幕，綠色車皮的火車嘯叫著停下來。

總算結束了耗盡體力的長途旅行，乘客們擁擠成一堆紛紛掉出車門。張乃馳站在遠處猶豫著，不知該不該迎過去。那麼多衣衫不整、面容憔悴的人渾身散發臭氣，連踩下的足跡和經過的空氣都立時變得骯髒，他都想要掉頭逃跑了。

「華濱……」一聲顫抖的輕輕呼喚，聽不出有多少喜悅，倒像是被無限多的不安和愧疚譜成了曲。

稍不留神，袁佳已經瑟縮地站在他的面前。四年不見，張乃馳對她今日的模樣倒也不生疏，到底是她有心，不斷地寄照片給他，也就把年華流轉、青春易逝於悄然中潛移默化了。此時落入他眼底的女子清麗未改，燙得微卷的長髮披在肩頭，又添了幾分成熟的韻味。

可終究還是變了。

張乃馳是從袁佳的眼神，而非從她的容貌中體會到這種變化的。四年未見的嶄新形象，不屬於她卻屬於他！只不過短短的一瞬，他就從她的目光中讀到了驚喜、讚歎、熱愛、惶恐和……自慚形穢。那道深深的鴻溝就在她遲疑的身影前劃下，從此再也無法逾越。於她，是不能；於他，則是不願。

張乃馳只象徵性地向前踏出一小步，鋥亮的BOSS皮鞋在滿地污跡中小心地尋到一片淨土，便再也不肯挪動了。

「姊姊。」

從小到大他就是這麼叫她的，今天叫來卻似乎有了點特別的味道。他又向她綻開極富魅力的笑容，這是他在香港練就的新本領——如同空服員面對旅客時的職業化笑容。張乃馳把這種笑容像陽光般灑向每一個對面的女人。

就在這一叫一笑之間，袁佳被張乃馳展臂擁住，與他肩並肩向出站口走去。走著走著，袁佳也笑了，但是她的笑裡飽含悽楚，像本能地回應，而沒有半點發自內心的歡愉。女人是最敏感的，也許在她隔著人群遠遠看見他的第一眼，心中便已了然，只是心的冷卻需要一個過程，何況這顆心在愛火中燃燒了那麼多年，總得先燒成了灰燼，才能隨風四處飄散吧。

張乃馳攔下一輛出租，向深圳市內最豪華的五星級酒店駛去。一九九一年的深圳比當時的上海繁榮很多，出租車窗外的市景燈火一經雨水渲染，越發顯得不真實。

他倆真不像一對久別重逢的戀人，彼此始終默默無語。張乃馳在心裡排練著、默誦著今晚的臺詞，這些臺詞實在太殘忍，他還需要積攢膽氣。而袁佳呢，只管把炙熱的臉孔貼在他的肩頭，她的左手緊握著他的右手，計程車的音響裡播著嘰哩呱啦的廣東話，也許是在講什麼笑話，司機時不時爆出一陣大笑。就在這粗獷的笑聲中，張乃馳感到肩上涼涼濕濕的，像是漫天的大雨從窗縫裡漏了進來。

直到進了酒店房間，張乃馳問袁佳先休息還是先去餐廳時，她才對他說了見面後的第一句話：「先把它們放好吧？」張乃馳剛剛注意到她提起的大竹簍，裡面有些可疑動靜，還飄出一股淡淡的腥味。

「這是……」

「六月黃，你和威連從小都愛吃這個，我想香港吃不到，就帶了些來。放在哪裡？」

「放、放冰箱吧。」張乃馳低下頭，不敢再看那張突然間光芒四射的臉。

在酒店餐廳的小包房裡，張乃馳點了一桌子菜。從對面射來的貪戀目光裡彷彿有著燃盡一切的激情，使他越來越坐立不安。張乃馳一杯接一杯地喝起酒來，想把自己灌醉，醉了就能逃離抉擇、逃離貪欲、逃離罪惡、逃離……良心嗎？

「華濱，別喝得太急了。」她仍舊伸出左手，輕輕握住他的酒杯，用最溫柔殷切的口吻說，「你要對我說什麼，就說吧。」

颱風之夜的前半段記憶裡，最後的清晰內容就是他自己的一席話。張乃馳說了很多，從剛到香港的窘境起，說到酒店值班房裡的低聲下氣，說到夜大學上課的辛苦，又說到在新公司中環境的傾軋、奮鬥的艱辛……他也不知道袁佳聽進去了多少，只記得她那雙會說話的眼睛自始至終凝注在自己的臉上，眼波婉轉澄澈，無喜亦無悲。

終於說到最關鍵的部分了——他編造了一個富家女與自己熱烈相戀的故事，充滿感情地描述起對方國色天香的容貌、萬貫家財的背景、歐美名校和淵博家世共同培育出的才華、氣質和風度，尤其是願意為他付出一切的癡情……張乃馳是把未來企圖俘獲的獵物，打算一步登天的夢想全部端了出來。連他自己都有些信以為真了，彷彿僅隔著一個羅湖口岸，那繁花似錦又浪漫高貴的玫瑰色人生就等待著他，

而他卻不得不在這個亂糟糟的深圳羈留，只為了接待她、安頓她……這個身分蹊蹺的「姐姐」嗎？

袁佳一聲不響地聽完了，小包間裡的金色燈光也蓋不住她慘白的臉色了。經過一天一夜的長途旅行，她的眼圈本來有些發青，這時倒泛出微微的粉紅色，也跟喝了酒似的。

張乃馳快醉倒了，囁嚅著說出最後的臺詞：「姐姐，明天我就帶你去看房子，先找個合適的地方住下。工作嘛不急，慢慢再找，你英語好肯定能有用武之地……我、會常來深圳看你。」

「華濱，不急的。」她雙手托撫他的面頰，涼涼的好舒服，「唉……剛才忘了件事，吃飯前應該把『六月黃』交給這裡的廚房蒸，現在就好吃了。」

「明後天也行的。」

「明天、後天嗎？」她微笑起來，「本來想親手蒸給你們倆吃的，怕這裡沒有鎮江醋和黃酒，我也特地帶來了呢，真可惜……」

前半段的記憶到此結束，隨後的半段記憶在張乃馳腦中只剩下零碎的殘片、黑暗中閃著白光的影像，猶如晚春的丁香花樹，在暗夜裡靜靜地落英繽紛。

他肯定是醉了，丁香的馥郁又把他從沉醉中喚醒。迷離的醉眼裡，那一整片潔白跌宕起伏地吸引著他的雙手，還有順著肩膀垂落的漆黑長髮，像一條蜿蜒的黑色小河從柔軟的田野上流過。他把臉深埋入田間溝壑，用力咬下去，隨著極輕微的一記呢喃，花香從舌尖、鼻腔一起湧進肺腑，他再也無法克制渾身熱血的奔湧，傾盡全力注入這片雪白的土地，隨後便又醉得昏沉了。

這並不是唯一的段落，在他的腦海裡偶爾還會浮起另一幅畫面。

她坐在桌前書寫著什麼，檯燈映出她鏡中的面容，這張他從記事起就熟悉的臉，此刻卻美得讓他陌生。

夜還很深吧，為什麼她已經打扮得這麼整齊漂亮？昏暗裡撲入眼簾的又是叫人失神的潔淨，她換上了嶄新的白色連衣裙。他好像知道花香從何處而來了……就是從這身白裙上的淡紫色碎花間飄出的。

她寫完了，疊起的紙端端正正放在燈下。她又抬起雙臂把秀髮向上攏起，端詳著鏡子裡自己的面容。就在這時，她好像發現了他從背後投來的目光，卻沒有回頭，而是對著鏡子展顏一笑，正如前一刻的花香吸走他全身的熱血，這一刻的笑容又帶走了他的整個魂魄。

風聲和黑暗鋪天蓋地而來，夜晚走向盡頭。

第二天醒來時，屋裡剩下張乃馳一個人。留在桌上的紙裡面，她只寫了一句話：「我走了，不會拖累你，祝你幸福。姐姐。」

他捧著這張紙看了半天，胸口脹得發痛，眼睛卻是乾澀的。把信撕成碎片後，他去退了房。袁佳什麼都沒帶走，所有的行李都還在房間裡，這令張乃馳很是為難。最後他決定去火車站，把行李送到失物招領處，又特意去登記了尋人啟事。尋人啟事只是為了對李威連有個交代，根據張乃馳對袁佳的瞭解，她必然是一去不復返了。給上海研究所的電話更是裝裝樣子。

張乃馳不去想袁佳會怎樣生活下去，反正他沒有說過一句要趕走她的話，純粹是她自己要走，想必也考慮清楚了利害關係。頗令他慶幸的是，當初多留了個心眼，從沒在信中向袁佳透露過「美國大公司」的確切名字，她對他現今「張乃馳」的身分更是一無所知。

那是一九九一年，作為內地居民的袁佳即使反悔了，要想在沒有直接線索的情況下找尋香港的親友，是難於上青天的。

何況張乃馳相信，袁佳絕對不會反悔，她是典型的外柔內剛的性格。按故去多年的婆婆的說法：佳佳是個打碎了牙往肚子裡咽的傻丫頭，和她那苦命的媽媽一模一樣……

如果說他的心中還有不安，這些不安僅在後半段記憶的混沌中若隱若現。丁香的芬芳、純白的笑容，兩個片刻帶給他雖死猶生的悸動，也使他從此再不敢回想。

還有竹簍裡的六月黃，實在叫他手足無措。本想和其他行李一起扔進火車站，不料一失手竹簍傾覆，青春幼嫩的大閘蟹們在站廳裡四處亂爬，數量比他想像的還要多。他擠出人群，心緒分外茫然。自那以後不久，李威連就帶著他重闖大陸市場，由南往北殺回上海，持螯大啖的享受卻就此與他無緣。張乃馳再也沒有吃過大閘蟹。

這是美好的回憶？還是可怕的回憶？這是不願記起的回憶？還是永難忘卻的回憶？

張乃馳呆望著自己落在玻璃窗上的影子，曾幾何時，他對李威連常持的懷舊情思頗不以為然，但是這些天來，他倒有些理解李威連了。

再多的物質也填補不了心靈的空洞，野心和抱負只能起一時的興奮作用，賭得越大、鬥得越狠、算得越精，就越被如履薄冰的孤獨包裹。丁香花雨紛紛落下，伊人只餘夢中倩影。張乃馳抱著微痛的良心躲入噩夢，倒比眼前CBD的財富勝景更令他感到安全，他在皮椅上似睡似醒地縮成一團，直至電話鈴聲如喪鐘般鳴響。

「早上好，Gilbert？」他有氣無力地打了個招呼，假期在即，猶太人提前兩天回了羅馬。

「Richard，你在幹什麼！」

張乃馳騰地坐直身子，猶太人在當地時間凌晨一點打來國際長途，顯然不是要問候他。他還沒來得及開口，帶著義大利口音的英語像飛彈連連襲來：「那位鄭總究竟是怎麼承諾你的？啊？他真的許諾只向我們一家公司詢價嗎？你知不知道他到底想幹什麼？」

「我不、不明白……」張乃馳完全懵了。

「不明白就讓我來告訴你！就在昨天，歐洲近十家最大的化工企業全部收到了來自中國的HDPE詢價，要貨量每家幾千噸不等。而這位來自中國的大客戶，正是你所謂絕對掌握在手心裡的中華石化！」

張乃馳張大了嘴：「什麼？！……這不太可能吧？」

「怎麼不可能！」Gilbert氣急敗壞地嚷著，「我剛到羅馬機場就接到了朋友的來電，之後我一直在證實各方面的資訊，現在我可以百分百確定地告訴你，中華石化的詢價行為確鑿無誤，而且絕不僅僅只面向歐洲的供應商。你可以去問問那幾家給我們報價的北美和亞太廠商，他們有沒有剛從中華石化直接收到詢價要求？」

張乃馳的汗水不知不覺就從額頭淌下來，眼睛裡一陣發澀。

「哼，這就是你掌握的客戶關係！這就是你發誓能夠大賺一票的好生意！」假如能夠沿著電話線穿越時空，只怕此刻Gilbert已經用雙手掐住了張乃馳的脖子，「你知道現在市場是什麼狀況嗎？供貨商都樂得發了瘋，一向在這個時段滯銷的HDPE成了緊俏商品，本來大家的存貨都不多，所以全都打算坐地起價，短短幾個小時裡面HDPE的報價已經上漲了20%，而且還有進一步暴漲的趨勢！Richard，我們的這筆生意徹底沒戲了！」

「沒戲了……」張乃馳喃喃，「不會的，肯定不會的。」

Gilbert厲聲說：「好吧，你要是不相信我，就自己去找鄭總證實吧。我看他是把你給耍了，Richard，今後你還是少跟他打交道為妙。好在我們報的是虛盤，就等著看他們的進一步反應吧。」

「是，是的……」

電話斷了好一會兒，張乃馳的腦袋裡還滿是猶太人尖利的叫聲。更可怕的是Gilbert還不知道，張乃馳已經向中華石化報了實盤！價格、供貨量和有效期都無法再變更，更不可能撤回！這是他瞞著Gilbert私下操作的，因為猶太人絕不會同意他這樣孤注一擲的瘋狂行為，老謀深算的Gilbert萬萬不肯承擔如此巨大的風險。

張乃馳把所有的寶都押在鄭武定的身上，因為他堅信老鄭是和高敏一樣的人物，在豐厚利益的驅使之下，必定會和自己沆瀣一氣。

怎麼會出這樣的差錯！自己報的是實盤，供應商那裡一旦出問題，後果張乃馳連想都不敢想。他哆哆嗦嗦地按下了鄭武定的號碼。

對方接起來了：「喂？」

「鄭總，是我，乃馳啊……」雖然竭盡全力控制，張乃馳的聲音仍如風中秋葉般搖擺不定。

「哦，是張總啊，最近好嗎？」

「好，挺好的……咳，鄭總，關於那批HDPE的事……當初您和我談妥只向我們一家詢價的，可現在聽說市場上……好像……」

「市場上怎麼了？」

張乃馳咬著牙說：「好像許多供應商都接到了中華石化的直接詢價？」

「哦，你是說這個啊。」鄭武定的語調波瀾不驚，「這是集團公司的決策，要求擴大詢價範圍，保持招標過程的透明公正嘛，我們貿易公司當然要大力支持的。」

張乃馳真不知道自己該哭還是該笑了：「可是鄭總，您這麼一來市場都沸騰啦！」

「你的說法不準確，是中華石化使市場沸騰了——這不是很尋常的事情嘛，沒必要大驚小怪。」

「當然，當然，中華石化的市場地位誰不清楚！可是鄭總，我們之前不是有過共識嗎？為了避免供應商大肆提價，由我的貿易公司以相對隱蔽的方式詢價，如今中華石化一出面，全球市場上的HDPE價格大漲，剎都剎不住啊，鄭總！」張乃馳最後的這聲呼喚，實在有點垂死掙扎的味道了。

鄭武定絲毫不為所動：「他們要漲就隨他們去漲吧，市場經濟嘛。」

「不……鄭、鄭總！」張乃馳淒切地喊，「可我已經按照您的吩咐報了實盤，那裡面的價格可是很低……的呀！」

「哦？是這樣……」鄭武定沉吟了片刻，才說，「這很好啊，這樣你們的價格就更加有競爭優勢了嘛。對了，我再給你通個氣，客戶方面對你的報價很感興趣，國慶期間隨時有可能確認訂單，一旦他們確認接受你公司的報價，你就準備著簽合同交貨吧！」

淋漓的冷汗模糊了張乃馳的雙眼，鄭武定的態度顯然說明了什麼，但張乃馳從耳朵到頭腦都拒絕去理解，只是拚命握住手機不放，像溺水的人拚命抓住最後一根稻草：「鄭總，我的……報價是基於原先的市場價格，現在全球價格波動，我……可不可以撤回報價……」

「你說什麼？張總，你開什麼玩笑！好歹你也在這行裡幹了二十多年，不會連實盤報價意味著什麼都不懂吧？」鄭武定猛然提高聲音，似乎對張乃馳相當不滿，頓了頓，又氣呼呼地說，

「張總，你可別忘了，你的報價中承諾了合同總額60%的違約保證金！除非你現在就想付幾百萬美金的罰款，那麼報價隨便你撤！」

張乃馳的脊背上一片冰涼。他大口大口地喘息著，卻什麼話都說不出來。

「我馬上要開會了，國慶假期還要和客戶一起加班，制定訂貨方案。我們再聯絡吧。」

電話從張乃馳的手中掉落，輕飄飄地砸進厚厚的羊毛地毯，沒有半點響聲。落地長窗外，刺目的陽光從浦江對面的高樓幕牆上反射過來，使他的眼前一片漆黑。

長三角地區的農村現代化程度已經相當高了，很難看到真正意義上的鄉野。公路一直延伸到村鎮的深處，在交通便利、資訊發達的同時，也破壞了鄉村生活純樸自然的原味。當我們的車一路揚塵飛土，駛經大片平整單調的工業開發園區，又路過許多散落無序的簡陋小型加工作坊，眼睛被無遮無攔的焦土和烈日灼傷，只能在蒙著灰沙的路邊河溝中尋覓一絲殘留的田園之色時，我不禁要質疑——這樣的發展對人們的心靈，對孩子們的想像力，對人與自然和諧共處的領悟又有什麼益處呢？

八月流火的鄉間人跡罕見，孫承律師開車越過橫跨在小河上的石板橋，總算在橋頭的這側看見一塊歪斜的石碑——吳下鄉。石碑下趴著一隻土狗，正在半片陰影中無精打采地伸著舌頭。

「就在這裡附近。」孫律師瞧了眼車載GPS，「前面不遠應該到周建新的家了。」

他身邊坐著位年逾六旬的男士，鼻子上架一副金絲眼鏡，顯得文質彬彬。聽到孫律師的話，他才停下在平板電腦上的奮筆疾書，也朝車窗外頭看去：「來之前我查了資料，吳下鄉地屬蘇州工業園的整體規劃裡面，所以大部分農田都被陸續徵用了。年輕人轉產進了工廠，老農民則利用剩餘的小幅土地種植高產值的經濟作物，生活比較富庶。只是……孫律師你看看，這裡的自然環境本身仍然給人相當貧瘠的感覺，好像人們在獲取金錢的同時，卻把周圍的一切忘記了。」

孫律師緩緩駕駛著汽車，笑著說：「可能還來不及吧，剛才我們經過的園區就很平整嘛。」

身邊的男士搖了搖頭，沒說話，只是在平板電腦上又寫下一段話：

毀壞曾經的家園，在廢墟之上重建現代化廠房、公路，以及從遠處移植過來的樹木，這些小樹纖細得令人擔心它們存活的能力。我們的國家處處可見這種情景——無根的發展，與祖先、歷史、傳統文化的聯繫被活生生地扯斷，人的靈魂因而感受到失落、徬徨……

一個急刹車差點讓他把平板電腦甩出去。一群人氣急敗壞地朝石板橋的方向衝過來，剛才還昏昏欲睡的土狗亂竄亂吠，狗叫混雜在聲嘶力竭的哭號中，火熱的豔陽照耀下一切都變了形，但是在人們簇擁環抱中那張少年煞白的臉，卻像鏡面一般奇異地反射出明晃晃的亮光來。

等平板電腦再度為它的主人當起忠實記錄的載體時，傍晚已過。沉沒的夕陽仍然懸在半空中，半輪淺灰色的月亮剛剛在另一側的天空升起。空調在頭頂嗡嗡地叫著，隱約的抽泣聲從緊閉的房門外擠進來，少年仰面朝天地躺在床上，兩隻眼睛一眨不眨的睜著，天花板上的頂燈開了，一隻飛蛾繞著它不停歇地舞動。

今天下午他被送來醫院搶救時，年邁的外祖父母圍在身邊嚎啕慟哭，痛心疾首。但當孩子狀況穩定下來之後，我詢問他們事發的前後經過，兩位農村老人卻什麼都說不清楚。孩子的舅舅、舅母與他們共同生活，也表示周建新來鄉下之後就很少與人交談，一有機會就跑去網吧上網，常常徹夜不歸。大家都把這種現象歸咎於家庭的巨變、父母先後出事給孩子造成的不利影響。可是周建新的表弟卻斷言，周建新本來就性格古怪，過去偶爾到鄉下來玩時，就沉默得讓人害怕。表弟說——他從來不和大家交朋友，也沒有人知道他在想什麼。

輸液以後，周建新脫離了危險。甦醒後，面對親人們的關懷，他很不以為然，甚至極不耐煩。青少年可能由於一時衝動而採取輕生的行動，但在死裡逃生後往往會感悟到親情的可貴，對人生的留戀。可是從周建新的神態舉止中，我們只能觀察到冷酷、厭惡和蔑視。最後他竟然對著流淚的外婆大聲呵斥，把親人全部趕出病房，他的自我中心和利己人格暴露無遺。

而當周建新面對孫律師時，又顯露出十分刻意的自我防範。聽說是孫律師開車將他及時送到醫院後，他也沒有表達一絲一毫的感謝。對孫律師所有的問話，他都非常警惕，回答得過分小心，漸漸一言不發，以最冷漠的姿態拒絕交流。當然，從心理學的角度分析，這恰恰是周建新缺乏自信、意志力薄弱的表現。

孫律師避開了，現在我要試試突破他的心理防線。

——我將和他探討死亡這個話題。

這個周建新不認識的男人走進病房，不慌不忙地在床邊的椅子上坐下。他自我介紹是孫律師的朋友、大學的心理學教授，姓戴，是孫律師特意請來為周建新做心理關懷的。

周建新像什麼都沒聽見，仍然一動不動地仰躺著。戴教授並不在意，自顧自地講了起來。他從人們對死亡的恐懼談起，能夠從容赴死的人很少見，往往具有超越普通人的勇氣。戴教授說，那些在門外哭泣的人不瞭解周建新，認為他是受到刺激後才會吞藥自盡，他卻理解周建新，他還希望周建新能夠向他分享在死亡線上徘徊的感受。

「死是很酷的事情……他們都是笨蛋！」

周建新突然有反應了。心理學家的話引起了他的共鳴，他開始和對方交談起來。

不出我所料，他果然有強烈的交流渴望，對於死亡這個話題，他有著超常的興趣。他很可能經常造訪一些以死亡為主題的網站，青少年們很容易被這類內容吸引和蠱惑，沉溺其中後就會對生命失去敬畏，把殺人和自殺都看得如同遊戲一般。

三言兩語之後，他就開始主動向我提問，他最關心死亡來臨時意識的活動——什麼樣的死才能讓人感到最大的恐懼？

我回答他，當然是清醒地迎接死亡最令人恐懼，如果像他這樣服用藥物，意識首先模糊，知覺就變得遲鈍了。再比如他的父親周峰，因為陷入沉睡狀態而發生撞車事故，根本沒有時間察覺到自己面臨死亡的威脅，所以周峰的死是迅速和無意識的。從某種角度來說，周峰的死甚至可以稱為是幸運的。

「爸爸是個膽小鬼！」周建新惡狠狠地說，「讓人欺負了卻不敢吱聲，活得這麼窩囊還不如去死算了！稀裡糊塗的死對他很合適，要不然他會嚇破膽子的！可是……」他遲疑了一下，眼神突然閃爍不定，「當時他車上要是還有別人，而那個人是清醒的，他眼睜睜地看著撞車，自己就要這麼完蛋，會不會害怕極了？」

「這是有可能的。不過考慮到撞車的片刻性，這種恐懼持續的時間也不會很長。」

「是這樣……」周建新好像努力思考了一陣子，才咬牙切齒地說，「那麼他現在應該感到恐懼了！」

周建新怨毒的語氣讓我震驚，他對於自己父親的死亡毫不悲痛，卻對效果的缺失深感遺憾，所有的注意力都圍繞在仇恨之上，對其他一切都漠不關心。我決定對他做出進一步的引導。

「如果說到對死亡的恐懼，你媽媽現在所承受的恐懼應該是相當巨大的。」心理學家觀察著周建新，用平緩的語調說，「而你今天的行為一旦傳到她的耳朵裡，肯定又會給她增添更大的壓力。」

「那也是她活該！」周建新突然失控地嚷起來，「她是個不要臉的女人！爸爸的死都是她的錯，她應該為爸爸償命！可她還在公安局裡拖拖拉拉的，我不明白，她為什麼不去死呢？她死了對大家都有好處，她還活個什麼勁！」

多麼自私、無恥和任性的言行，連最起碼的人性都喪失了，這是典型的變態心理特徵。在這樣的心理驅使下，人的行為偏離將有多麼可怕呢？

「所以你就用自己的行動來提醒她？催促她去死？」心理學家突如其來地直接發問。

周建新愣了愣：「……她會明白我的意思嗎？」

他竟然默認了我大膽的假設！正常人根本無法理解的思維在他身上一再顯現，人格缺陷導致了最詭異的邏輯。

「這我可不敢下結論……」戴教授回答，「但假如今天搶救不及時，你自己就會先送命。你不覺得這種方法太冒險嗎？畢竟──我認為你並不想死。」

「我當然不想死！」周建新氣呼呼地辯駁，「可也我不怕死！」

「你怕的！而且我還知道，今天你確信自己絕不會死。」

心理學家自信的話語中飽含無形的氣勢，周建新有些畏縮，又有些不忿，不由自主地反問：

「你怎麼知道？」

我是怎麼知道的？因為他醒來後的冷靜完全不符合人之常情，既然他沒有必死的決心，為什麼會對自己的生還毫不慶幸呢？除非他從一開始就確知自己死不了！

「新一代的安眠藥藥效雖強卻不致命，過量服用只會讓你長睡不醒，也許睡上一個星期但卻不會死。單單靠吃安眠藥自殺早就行不通了。周建新，你從哪裡搞來這種特效安眠藥的？你家裡的這種藥應該都讓公安局收走了，你手上怎麼還有這麼多？」

他沒有回答，我也不需要他回答。他對這種藥物的深刻瞭解已經說明了很多，還企圖利用手中的藥物來脅迫他的母親。警方遲遲不肯定案，所以他對她的認罪效果非常不滿意，他要逼她用更激烈的方式攬下罪責。他認定周圍的人全都愚蠢閉塞，沒人能夠察覺出他的動機和手段來。但是這次他的運氣不好，孫律師和我恰巧在事發之時來到吳下鄉。鎮醫院識別不出化驗結果中的特殊成分，而我一眼就能認出這種美國產的新型安眠藥。

心理學家離開病房時，周建新衝著他的背影聲嘶力竭地叫起來：「我才不想死！那個害了我一家的人還沒有死，我活著才能報仇，他必須要死，我媽也必須要死！他們都得死！」

我事先為去吳下鄉做了很多準備工作，孫律師也提供了大量的背景資料，因此在見到周建新前，我已對他的心理特徵做了一定的描繪。這次見面證實和豐富了我的許多設想與判斷，周建新具有鮮明的人格缺陷：漠視生命，心中充滿仇恨、冷酷、自私、乖戾，所有這些都構成完整的犯罪心理。

我願意向警方提供這些報告，以作為案件調查的輔助材料。我也希望能夠繼續追蹤周建新這個案例，為他做出完整的心理分析。不論案件最終的結果是什麼，我們都能清晰地看到父母親在倫理道德上不適當的態度，將會對子女的人格形成帶來怎樣巨大的影響。這是整個社會都應該引以為鑑的。

戴希在和爸爸媽媽一起去三亞旅遊時，從爸爸那裡讀到了這份報告。直到此刻她才第一次知道，為宋采娣辯護的孫承律師在案件發生後不久，就聯繫到了戴教授，邀請他以心理學專家的身分介入案件調查，分析周峰兒子周建新的心理狀況。這不是警方授權的正式調查，只是學術性質的輔助研究，但到今天的進展已遠遠超過了預期。

戴希猜測，李威連一定早就讀到了這份文件，她也認定，邀請心理學家參與調查本來就是他的意思。

戴希不敢想像的是，李威連看完這份文件時的心情——一顆尚且年幼的心靈已墮落為罪惡的淵藪，甚至很有可能就是這個孩子，親手犯下了殺父的罪行，他還想逼死自己的母親……

誰應該為此承擔責任？戴希真心希望，李威連不要執著於這個問題。

第三十七章

多麼舒爽而富麗的秋夜。

天高雲淡、星疏月圓。滿街的梧桐樹葉蒼翠如昔，紅楓已展露嬌顏，盛裝出遊的人們在華燈霓虹下簇擁、穿梭，直把秋夜從靜美點染成絢爛。

唯有「逸園」，依舊沉睡在與世隔絕的酣夢裡，對近在咫尺的火熱人間無知無覺。在五彩斑斕的秋夜裡，「她」是最黑暗的一處，也是最明亮的一處。

可是今夜，怎麼會有一個影子，悄悄潛入到「她」幾乎無人光顧的寂寞夢境中？怎麼還會有另一個影子，靜靜地等待在那片暗香浮動的草坪上？彷彿為了今夜的相逢，他們都已經等待了好多好多年……

今夜，我又回到了你的面前——「逸園」。

我曾經的家園，你比我記憶中的任何時刻都更美麗，就像被真愛滋潤的女子般容光煥發，又帶著欲拒還迎的嬌羞。是誰？用他的生命之泉澆灌你，又用至愛之火將你點燃。

你肯定認不出我了，我早就失去當初的容顏，一起失去的還有青春和愛情，這三樣人世間最脆弱的東西，我留不住其中的任何一個，更留不住你。

「逸園」，我和你，我們都曾焚身以火，我們都得到了重生。你今天的絕世光彩令我自慚形穢，也讓我倍感欣慰。我是應該放心地向你告別了，可是為什麼、為什麼我的心會再度在離別之痛中顫慄？

是你嗎？是你終於回來了嗎？我找尋、等待了二十年的人，二十年不算太長，卻已是我的半生。在無數次尋尋覓覓、失敗失望之後，我相信只有等待，依靠等待我們才能重逢。

你看見她了嗎？——「逸園」，你看見她今天的模樣了嗎？你喜歡她今天的雍容華貴嗎？當然她已不再年輕，她今日之美乃是歷盡滄桑的。可是正因為她的身上鑿刻著哀痛、懊悔和一次次錯失的傷痕，我才要傾盡所有奪回她、裝扮她、珍愛她，守在她的身邊，在她的懷抱裡緬懷過去，銘記那永不再來的時光。

啊，我明白了，都是你這聰明絕頂的傢伙在搗鬼呢。可是想一想，這世上除了你，除了你還有誰能做到這一切？誰還擁有這樣的智慧、決心、魄力……以及瘋狂。不過，要說起我記憶中關於你的第一個片斷，卻只是個傻乎乎地呆立在母親身邊的小男孩。那一刻，我完全被她的光芒照花了眼——我聽見婆婆叫她露絲小姐，她卻讓我喊她玫瑰阿姨。

Rose，玫瑰……我的媽媽。

是的，你的媽媽——我這一生所見過的最美麗的女人。在那時的楓林橋，我家周圍全是歪歪扭扭的破房子，從天到地都好像塗了一層厚厚的灰漆，從我這小女孩的眼睛看出去，張張臉孔都愁眉不展，每一個身影都在重荷之下佝僂著。因此當我看見玫瑰阿姨時，真像見到灰暗天地間升起的一抹七彩霞光。

其實她身上的衣服式樣和大家的一樣醜陋，褐色的天然鬈髮不得不梳成密實的髮髻，把誘人的芬芳牢牢封鎖。雖然如此，她的眼睛卻比閃電還要亮，她的微笑攝人魂魄，她的舉止裡有我從沒見過的神韻。

但在那個年代裡，即使女神般的玫瑰阿姨也是憂傷的。婆婆拉著她在桌邊坐下，叫我去倒水。我動起腦筋來，從五斗櫃的抽屜裡找出家裡僅有的四只緹花玻璃杯，倒了滿滿的一杯熱水捧過去。她伸手摸了摸我的頭髮，笑著說謝謝，可她的眼圈卻是紅紅的，面頰上還有濕漉漉的光。我大吃了一驚，怎麼這樣美麗的阿姨也會哭呢？

記得嗎？那天她是為了你在哭泣呢！

記得，當然記得。其實那不是我們第一次見面，婆婆說過從出生起，媽媽就常把我送去你們家，直到幾年後你多了個「弟弟」，才去得少了。只不過，嬰幼兒期的記憶早就沉沒在你我生命海洋的最深處，無從尋覓罷了……還是說回你對我的第一個清晰印象吧。大約是我那天的狼狽樣子使你從此記憶猶新：頭上臉上青一塊紫一塊，右手纏著厚厚的紗布，血跡一直滲到最外層。呵呵，其實是為了爭奪一把西瓜刀，我和比我大八歲的哥哥大打出手。媽媽難得帶回家一個西瓜，哥哥卻不肯分給我吃。當時他抓著刀柄，我搶不過來，就撲上去死命握住了刀身。媽媽尖叫著衝過來分開我們，血順著我的胳膊流下來，淌了一地，哥哥不得不放開手，最後還是我搶到了那把刀。

嗯，婆婆要和玫瑰阿姨講悄悄話，把我打發到外間，讓我領著新來的「哥哥」和「弟弟」一起玩兒。可我很為難呀，這個小哥哥怎麼老是哭喪著臉呢？華濱還小，只會好奇地繞著你轉圈。我問你手上的傷疼不疼，你也不理睬我。我只好坐在你身邊，用自己的左手拿起筷子，自說自話地安慰你——右手壞了沒關係呀，你可以跟我學著用左手，吃飯、寫字都沒問題的！

你這溫柔的左撇子小姑娘。就是聰慧善良的你，還有最最慈祥可親的婆婆把我從冰冷的沮喪帶回溫暖的陽光下。那天媽媽離開時，把我留給了婆婆，我和哥哥姊姊層出不窮的爭端讓她筋疲力盡，她求婆婆照管一陣我這個最不聽話的小兒子。太陽落山的時候我看著媽媽遠去，層層疊疊的灰色破房子間，她那金色的背影慢慢消失在夾道裡，好像抽走了我的心——明明是哥哥的錯，殘酷的懲罰卻落在我的頭上。總是如此，永遠如此！我並沒有哭鬧，心頭撕裂般的痛楚讓我完全忘記了手上的傷。

從那時起，媽媽就開始持續不斷地遺棄我……嗯，或許用遺棄這個詞太嚴重，但至少也是逃避吧。她似乎在哥哥姊姊身上耗盡了母愛，再沒有多餘的可以分給我。幸運的是，我在楓林橋找到了另一個家。

可是頭一天在「新家」，你就出了事故！你這驕傲的小男孩，給我上了男人死要面子活受罪的第一課。就因為家裡有我和婆婆，你死活不肯在家裡方便，一定要去弄堂口的公共廁所。真是天曉得，那是個多麼可怕的地方呀，蒼蠅蚊子像烏雲一樣罩在上頭，臭氣連隔著三個拐角的我家都聞得到。可你固執極了，我只好捂著鼻子把你領到廁所附近，就趕緊逃回家。

沒多久你回來了，臉色白得像紙。婆婆招呼大家吃晚飯，你坐在小凳子上，連一眼都不看桌上的飯菜。我以為你是右手疼，握不了筷子，就拿把勺子往你左手塞，可你還是什麼都不吃。

我是被公共廁所裡橫行的蟑螂和爬在牆上的蚰蜒嚇壞了，還有滿地的髒水污垢，必須不停地揮手才能趕開衝到臉上的蒼蠅。那天晚上我是噁心地吃不下飯，還有種生平頭一次體會到的淒涼，充斥了小小的胸膛。夕陽下媽媽的背影越走越遠，最後化成一個金色的光圈。她一路走去連頭都不回，難道她就這樣狠心地把我拋棄了，永遠拋棄在散發惡臭的困苦現實中嗎？我感到了絕望的滋味……絕望的七歲男孩甚至用一顆幼稚的心想到了死，呵呵，有點誇張是不是？然而哪個孩子生來不是脆弱和感情用事的呢？或許這才是最本初、最真實的我。

還好我並沒在哈姆雷特式的困惑中輾轉多久，一股沁人的馨香就將我喚回天真爛漫的童年——是梔子花！你怎麼能猜出我是被廁所的髒臭熏壞了呢？總之你從婆婆種的梔子花上採了小小的一朵，又用雙手把嬌嫩潔白的花瓣托到我面前，笑吟吟的可愛臉蛋頓時幫我忘卻了一切悲苦。就是從那一刻起，我才把楓林橋真正當成了自己的家。

婆婆種梔子花是拿出去賣的，每年夏天就靠這個掙點兒錢。本來我家窩在一大堆破房子中間，一年四季陰濕霉暗，大夏天也曬不到太陽。可是梔子花沒有陽光長不好，婆婆只好帶著我把梔子花一盆盆搬到弄口去，在那裡守著，等太陽快下山時再搬回來。但自從你來了家裡，我們就再不需要搬進搬出了。你像隻靈巧的小猴子，幾下就能爬到屋頂上，還能在連成一片的碎瓦和油布屋頂上跑來跑去，把梔子花盆順著屋簷擺成一排，讓它們在屋頂上好好地享受陽光和清風。你在屋頂上手舞足蹈，我抱著華濱在屋頂下又叫又笑又跳，即使現在想起來，那情景都會讓我歡喜得落下淚來。這是最美好的回憶……屬於我們三個人的、純真無邪的童年……

純真無邪的童年……自從那個人出現以後，就再也沒有了。

那個人！……實際上，我對他的記憶倒是比對你的更久遠。也許是因為他每次出現都趾高氣揚、輕佻浮誇，也許更因為我害怕他終有一天會帶走我最親愛的弟弟，對於這個人，我心底裡的憎惡從記事起就從未停止過。我知道婆婆也不喜歡他，但又盼著他來，畢竟只有他才能帶些錢來補貼家用，還有那個年代奇缺的奶粉、麥乳精、火腿、香腸之類的食品。我總記得隔一陣子就聽婆婆唸叨：「我家裡這三個小囡，都是生來命苦的，再不想法子弄點好吃的給他們，就太作孽了。」

偏偏那一次他來，碰上了來接你回家的玫瑰阿姨！

……不久以後媽媽又把我送到了楓林橋。多麼巧合啊，那個人也來看望兒子，而過去的幾年裡，據說他最多一個季度才會出現一次。他們進門後我們就被趕出來，我只好無聊地玩起滾鐵環的遊戲，你們倆在旁邊跟著看，就這樣從弄口滾到弄尾，再從弄尾滾到弄口，整整一個下午過去了。一個星期後媽媽來接我，那個人再次出現，同樣的情況重演了一遍。晚飯時分，婆婆的煤球爐上飄出少有的肉香，只是我們這三個小孩被婆婆帶在屋外，另支起張小木板吃晚飯，炒菜裡有一年到頭都難得的肉片，可我根本咽不下去。

這以後媽媽越來越經常地把我送到楓林橋，有時乾脆在婆婆這裡把我一扔就是幾個星期，而她卻改成每隔一週來看看我，我的景況竟然變得和被寄養的張華濱相似起來。不過她每次都來去匆匆，送一點東西給婆婆之後就離開了，往往連話都和我說不上一句。她帶來的食品倒是很不錯，有魚有肉，這樣一來，我們差不多每週都有機會改善伙食。

後來我想過，或許是婆婆提醒了媽媽，她和那個人會面時就特意避開了我。我回家時還發現，哥哥姊姊也都分享到了那些難得的美味。當時的我並不明白究竟發生了什麼，我只是本能地覺得，正是因為那個人的出現才使媽媽更加忽略我，把媽媽對我僅有的一點關愛都奪去了——我從心底裡憎恨他！

我知道……漸漸地你就變了，你的變化叫我又心悸又心酸——本來你這個哥哥出現後，華濱更喜歡賴在你的身邊，你也對他很好，稍微走遠一點的路，原先都是我抱他，後來就是你揹著他。唉，就連這些也都變了，你再不肯帶著華濱玩男孩子的游戲，不懂事的他纏著你多鬧了幾次，你居然動手打了他。

我已經記不清他是怎麼惹惱了我，也許只是那雙和他父親一模一樣的眼睛讓我厭惡之至，我正在幫婆婆生煤爐，手裡握著一根燒得滾燙的鐵釬，想都沒想就朝他的身上揮去——我犯下了讓自己後悔一輩子的罪過！是你毫不猶豫地擋在我們中間，通紅的鐵　在你的手上冒出白煙。我驚呆了，你疼得立刻就迸出淚來，儘管如此，你還是拚命護著弟弟，字字如錐地衝我喊：「大的欺負小的，算什麼男子漢！」

你可知道你這句話的力量？就是這句話從此奠定了我和張華濱的關係，一直到今天！

我知道，我知道你恨的不是華濱，而是那個人。可我不能讓你遷怒於無辜的弟弟，這不僅是為了華濱，更是為了你，為了我們三個。你和華濱都是對我最重要的人，我的心願正像婆婆最後的心願一樣：即使我不在了，也要你們好好的，永遠開開心心地在一起。

婆婆！她的白髮、她的皺紋、她粗糙寬厚的雙手、她微癟著嘴的笑容……假如沒有她，我的童年不知還要慘澹多少。是婆婆用慈愛為我彌補了親情的缺失，是她和你共同給了我一個溫暖的家。所以當她離去的時候，我的整個世界好像都垮塌了。

婆婆離開的時候身邊只有我們這三個孩子。玫瑰阿姨要離開上海了，那時婆婆已經得了重病，她就請玫瑰阿姨幫忙，輾轉聯繫上了還在勞改農場的爺爺，要把我的將來託付給他。當時允許爺爺返城的正式通知還沒下達，他匆匆趕回上海，和婆婆見了最後一面後又被迫返回農場。婆婆很快臥床不起，玫瑰阿姨已經和你的爸爸、哥哥姊姊去了香港，孤身一個留在上海的你乾脆搬來我家，和我一起看護婆婆，照顧華濱。兩個十二歲的孩子，共同擔負起了一個家庭的責任。自從玫瑰阿姨離開後，那個人就再沒出現過，對兒子、對婆婆全都死活不管了。

婆婆真是心疼我們啊，明白自己已然不治，她生怕拖累了我們這幾個孩子，堅持不肯看病不肯吃藥，很快便連水米都不能進了。彌留的時刻，她把我們三個叫到床邊，用瘦得像薄紙片似的手輪番抓住我們。那是個滴水成冰的寒冬，我家那終日不見陽光的破房子像個冰窟，從婆婆身上散發出濃烈的瀕死氣息更把這冰窟變成了陰森的墓穴。

最後的時刻，婆婆抬起了許久以來都無力舉起的手臂，枯樹枝般的手指從我們幼嫩的臉上劃過，細碎的畯畯聲破開凍結成塊的空氣。最小也最受寵愛的華濱站在前面，然後是你，最後……才是我。

「我的小囡……都這樣好看，聰明……你們要永遠好好地……在一起……」婆婆的聲音越來越弱，可她的手仍然抬得高高的，泛白的眼珠裡一抹微芒執著地閃耀，遲遲不肯熄滅。枯枝終於撫上我的臉，一遍又一遍，婆婆是要把無盡的憐惜和眷愛都傾注給我……突然，她臉上的慈愛凝固了，生命最後的微風突破蒼老的唇扉，她咽了氣。

婆婆就這樣永遠離開了我們。呆了好一會兒，華濱率先哇哇大哭起來，他的哭聲也喚醒了我的悲慟，我倆一起撲在婆婆冰塊樣的身軀上嚎啕不絕。只有你，不曾落下一滴淚。後面幾天我過得稀裡糊塗，除了哭就是哭，哭累了便睡。是你找來了幾位好心的鄰居幫忙，總算把婆婆送進了火葬場。由三個小孩送葬的婆婆走得那麼淒涼，卻又有著令人動容的、別樣的體面。

回到再聽不到婆婆慈祥呼喚的家中，卻不像想像的冰冷徹骨，是你早早生起了煤爐，放上了開水壺。華濱哭得餓了，還能吃到鄰居送來的飯菜，也是你替他在煤爐上熱好的。那天晚上，睡到半夜時我從夢中哭醒，眼前伸手不見五指，耳邊一起一伏的柔緩呼吸，是九歲的小弟弟正在酣眠。我覺得心裡好受些了，剛要擦淨流在腮邊的淚，突然瞥見通往外屋的門縫下有一縷細弱的光。

我爬下床，悄無聲息地打開房門。在外屋中間用兩把椅子搭起的小床上，你蜷縮成一團，閉著眼睛不停地發抖，一支小手電筒滾在枕邊，已經放不出多少光了。我還以為你病了，連忙去拉你的手，手是涼的，並沒有發燒。你把眼睛睜開了，卻是通紅通紅的。

威連，威連，你怎麼了呀？我慌了神。

婆婆走了以後，我連著幾天晚上無法睡覺，一闔眼腦子裡就全是婆婆臨終的模樣。婆婆死後我一直沒有哭，不是因為冷漠，而是因為我的心已經讓悲哀擊打得麻木了。媽媽徹底拋棄了我，代替她給我關愛的婆婆也離我而去，那幾天我努力擔當起一家之主的職責，按婆婆的心願照顧你們，可我自己卻連哭泣都無力做到。那天晚上你來到我床邊時，我正在身心崩潰的最後時刻。所幸……我還有你。

是你爬上了我的小床，剛滿十三歲的女孩摟著同樣剛滿十三歲的男孩，模仿著姊姊甚至媽媽的口氣柔聲安慰，終於讓我把鬱塞在胸口的淚水全部傾倒出來，因為有你溫暖的雙手環繞，我的熱淚才不至於凍結在絕望淒苦的寒夜。那個晚上，我不知道自己在你的懷裡哭了多久，直到安寧地沉入漆黑的睡眠。

那也是我們三個親密相聚的最後一夜吧。第二天早晨，消失了許久的那個男人又出現了。雖然我和華濱哭得天昏地暗、難分難捨，他還是無情地拉開我們，把華濱帶走了。又過了一陣子，爺爺總算等到了正式回滬的許可，還在「逸園」裡爭取到了一間小屋的居住權。就這樣，在寒假快結束的時候，我也離開楓林橋的家，跟著爺爺住進「逸園」。

那天我們是一起走的，你回自己的家，我和爺爺去「逸園」。你幫我提著行李，跟爺爺和我坐上同一輛電車。電車走走停停，冷風不停地從窗縫裡灌進來，車上的人們全把脖子縮在厚厚的棉衣裡。離開楓林橋之後，鉛灰色連成片的破屋斜牆漸漸見不到了，街道兩邊的梧桐樹伸著光禿禿的枝幹，被樹枝擋在後面的房子整齊了許多，但也都是蓬頭垢面的。

爺爺把車窗搖下來，寒氣頓時衝入電車，他讓我把頭探出去——看，那棟白色的大房子就是「逸園」，咱們的家啊！哦，我還沒來得及看清楚，就被售票員叫罵著揪回車裡。

電車停在「逸園」的大門口，我和爺爺下了車。我轉身向坐在車裡的你招手，你一個人站在車窗前，突然奮力拉下車窗。售票員又衝過來了，可你連睬都不睬她，只是拚命把頭伸出窗外，你的目光緊緊盯住我們的方向，但卻分不清是在看我和爺爺，還是在看「她」——這座兀自矗立在晦暗世界中的破敗宮殿？

「袁佳……再見！」電車開出去很遠，寒風還送來你的叫聲，那樣清脆、那樣堅決，真像是要擊破苦悶人間的一句吶喊！

是的，袁佳——今夜我們終於再見了！

「是誰在那兒？」

影子從側門翩然而入，踏過青草的雙腳卻似走在荊棘之上，每一步都無比艱難。她的躑躅前行驚動了在夜色中佇立良久的另一個影子，他從丁香樹下跨出來。

她站住了，卻沒有回答。

無風的秋夜，一鉤細細的上弦月隱在濃雲之後。「逸園」龐大靜謐的身影擋住了星光，也遮去了不遠處的城市霓虹、萬家燈火。

相距咫尺，他們沉默相對。等待了太久，似乎等待本身已成為習慣，真等到時反而不知該如何是好了……

轟！一朵金花在頭頂粲然怒放，緊接著是千樹萬樹的銀柳如瀑而下。剛剛還被「逸園」的憧憧黑影覆蓋下的草坪，轉瞬便亮似白晝。國慶的焰火正在燃放，接連不斷的巨響震顫了大地，秋夜的靜美不復存在，頭頂上已然是瓊樓玉宇、火樹銀花的天宮。

於是……看見了。在好似攝影棚裡的強光下，兩個人的臉龐都蒼白如紙，但又毫髮畢現地展露出最本真的模樣。

「你是……」

多麼難得啊，在李威連的聲音裡竟也有了些許不確定。他又向前邁了一步，細細打量出現在眼前的這個陌生女人。

她還是什麼都沒說，只是抬起雙眸承接住他探詢的目光。

李威連向她伸出右手，她會意，垂眸微笑間也遞出自己的右手。

在又一束綻放的焰火照耀下，被鐵釺烙下的半圓形傷疤酷似今夜的月牙兒。他把這隻手緊緊握入自己懷中：「袁佳。」

「威連。」

可是……他依然不停端詳著她：「你的容貌為什麼完全改變了？」

「只要傷痕不變，你就能認出我來，對嗎？」

是的，只有傷痕不會變，因為它深深地鐫刻在你我的心上。

右手被他牢牢攥住貼在胸前，她便抬起左手，輕輕撫上他的面頰。他微微閉起眼睛，低垂下臉孔任她溫柔撫摸。

「你的容貌雖然改變，倒是青春長駐了，而我卻老了。」

「怎麼會？婆婆早說過，威連長得像媽媽，會越長越討人喜歡，將來必定是我們三個中最好看的。真的是這樣呢……」

無數朵紅綠相雜的菊花在頭頂次第綻放，破空之聲淹沒了她後面的話語。當李威連再次睜開眼睛時，只為她所熟識的憂傷男孩瞬間老去，目光中重現銳利和滄桑。

「袁佳，今夜你為什麼來？」

「我……來看看你、你們。」

「是嗎？既然幾個月前已經到上海，為什麼又等了這麼久才來？」

她驚問：「你怎麼知道的？」

他將她的手緩緩放開：「一九九八年我正式回到上海時，就把寄存在龍華殯儀館裡婆婆的骨灰安葬到了青浦的墓園裡。從那以後，每年清明前後我都會去……也只有我一個人去，這樣整整十年。今年是第十一年，清明我卻沒能去成，六月底的時候，為了安葬另一個人我才去了墓園，在婆婆的墓地前我看見了三盆花。袁佳，那是只有你我才會獻給婆婆的花——梔子花，並且是不多不少的三盆！從那時起，我就知道你回來了，就開始等待你。但你……還是讓我等到了現在。」

在七色紛呈的絢爛天幕下，李威連的目光穿越現在這張叫做林念真的女人的臉，向他記憶中的袁佳提出質問：「自從一九九一年你在深圳消失，到今天已經十八年了。你肯定準備好了回答我的問題：十八年前你為什麼離去，今天你又為什麼回來？」

是的，為了今天的相遇她準備了很久，並不畏懼回答他的任何問題。不料啟齒之前，潮水般的心痛仍然哽住了她的喉嚨。

第一節焰火表演接近尾聲，各色繁花不間斷地升空、綻放、凋謝……彷彿要集合起所有轉瞬即逝的輝煌，與永夜抗爭到底。多麼像袁佳，她在那個颱風之夜裡傾盡畢生之愛盛放，曇花一現後便永遠地凋零了。

「那天我在火車站沒有找到華濱，心裡又急又慌，就獨自一人出了站，在街上漫無目的地走。天已經全黑了，風很大，雨也很大……我越走越害怕，頭腦都混亂了。突然，我好像看見對面的馬路上有個熟悉的身影。我以為是華濱，就喊著他的名字衝過馬路，兩道黃光撲面而來，我覺得自己像一片羽毛一樣飛向半空，隨後就什麼都不知道了。」

焰火燃放暫歇了，大半個夜空都被硫磺燃過的煙霧籠罩著，寂靜降臨，兩人重新回到沉黯的黑夜中。

過了好一會兒，他才又問：「後來呢？」

「後來……等我恢復意識，已經是整整一個月之後了。我聽人們告訴我，那個晚上我撞上一輛飛速行駛中的轎車，被送到醫院時已經奄奄一息了。雖然經過急救，但仍處於重度昏迷中。由於當時深圳的醫院水準有限，第二天我就被轉到了廣州市最大的醫院，在那裡又經過兩次腦部手術，才漸漸從昏迷中甦醒。雖然清醒了，我對一切都喪失了記憶，連語言和行動等各項基本功能也幾乎減弱成零，我當時的狀況只比『植物人』略好一些吧。發生車禍時我身上什麼都沒帶，沒有錢、沒有身分證明，我自己又不能表達，接下去怎麼處置我就成了個大難題。這時候，有一個好心人挺身而出，他就是撞倒我的那輛出租車上的乘客——一個美國人。」

「美國人？」

「是的，他是在香港參加完學術會議後，順道來中國大陸旅遊的……結果就碰上了我這件事。他覺得自己應該承擔部分責任，他本身也是腦神經外科的專家，恰好能夠對我進行對症治療，於是他在當地美國領事館的協助下，為我這個『無名氏』辦理了出國手續。就這樣，出事兩個多月後，我被擔架抬上了去美國的飛機……沒想到一去就是十八年。」

「原來如此……」他的聲音無比苦澀，「難怪我先在深圳、後來在上海，一次又一次找你，始終失望而歸。不過我一直堅信，你是躲在某個地方生活著，只是不願意再見到我們。所以，最後我決定改變策略，守在『逸園』的旁邊，我想——你早晚都要回到這裡來的。」

她悠長地歎息著：「我在美國治療了半年以後，才慢慢恢復了記憶，身體機能也逐步正常。儘管如此，心靈上的創傷卻殊難痊癒，我又花費了十多年的光陰，才能重新拼合起破碎的心，才敢於以今日的面孔來見你。」

隨著一聲尖嘯，銀紫色的牡丹劈空而放，焰火又開始了。

他用雙手托起她的臉，她不得不閉上眼睛，焰火太亮了……

冰涼的水滴落到「她」的臉上，和她的淚匯合在一起。男人用盡全身的力量，將這有著一張陌生面孔的女人擁入懷中。他好像還在說著什麼，卻被焰火的轟鳴蓋住了。

「你沒有說實話。」

她聽清的竟然是這樣一句話，詫異地抬起頭。

明暗交疊、絢彩紛呈的天幕下，李威連的臉突然顯得有些猙獰。

「假如你是因為在火車站沒等到張華濱，自己一個人在深圳街頭徘徊，那麼你的身邊肯定帶著所有的行李，就算你把行李暫存了，至少也會揹個裝了錢和身分證的挎包！袁佳，這麼拙劣的謊言是騙不過我的。你們在火車站見面了，對不對？不僅見面了，你們之間一定還發生了什麼……」焰火燃放的間歇，他咬緊牙關的聲音聽得這樣真切，「袁佳，告訴我真相！」

她把頭低下去，片刻之後，又下定了決心似的抬起來：「你說得對，威連，我們見面了，然後，是我自己決定離開的。我獨自走上深圳的街頭，徘徊了一陣子，才發現忘記帶隨身的背包，我想返回賓館，但人生地不熟，心裡又急，橫穿馬路時就……」頓了頓，她露出淒婉的微笑：「相信我，威連。這就是真相。」

「好吧，就算你回答了第一個問題。現在你要回答我的第二個問題：你為什麼回來，又為什麼等了半年的時間才出現？」

「我是跟著我的丈夫來中國的。」

「你的丈夫是不是姓希金斯，David Higgins？」

「你早就知道了？」她驚訝地盯住他慘白的面容。好一會兒，才從這張臉上擠出一絲悲愴至極的笑容：「那是另外一個可笑的故事，你不會感興趣的。可是袁佳，你還沒有回答我，為什麼回來？」

「我想念中國，想念上海，想念『逸園』，記掛著孤孤單單留在殯儀館裡的婆婆……」

「你已經來過『逸園』了？」

「只在圍牆外經過。也許是近鄉情怯吧，真來了卻不敢多看『她』一眼。不過，今天我都看見了。」

她情不自禁地握住他的手，兩張臉龐齊齊仰起，璀璨夜色映得「逸園」如玉般晶瑩剔透，滿天繁花似乎替她戴上一朵燦爛的花冠，今夜的「逸園」多像一位盛裝的新娘，她不禁喃喃自語：「她多美啊，美得真像是一場夢。如果爺爺能看到，該有多開心啊……」

「所以，我可以乞求你的原諒了嗎？」

「原諒？」

「是的，為了爺爺的死。」他果斷地抽離了自己的手，頓時她覺得雙手空落落的，無所寄託、無所依絆。

「……那只是個意外，早就有結論了。」

「不要再自欺欺人，袁佳。如果沒有疑點，你我怎麼會從那樁意外之後就再也不聯絡了？當初不就是因為解釋不清，我才無顏面對你？不就是因為心存懷疑而又不忍心懷疑，你才沒有勇氣面對我？事實證明逃避是最愚蠢的，我們就這樣白白錯失了大半個人生。袁佳，二十多年過去了，現在我就可以告訴你，我已經找到了當年真正誣陷我的那個人！事發的整個過程她都從對面的窗口親眼目睹到了，可以確鑿無誤地為我澄清！」

固執的小男孩又回來了，讓她感到既親切又悵然。

「威連，真的不必了。今天和你一起站在這裡，知道是你一直悉心呵護著『逸園』，什麼樣的疑問都不存在了。」

他低下頭，似乎在靜候又一陣狂烈的焰火過去。金花銀葉如細雨紛紛落下，在他的目光裡執著地閃耀著。

「袁佳，你太善良了。不論遇到什麼樣的傷害，你就只會承受、忍耐，最多是逃避。當初對懷疑害死了爺爺的我是這樣，而今對另一個傷透了你的心的人，你還是這樣。好吧，你不願意做的事情，就由我來做吧！」

「你要做什麼？」

「我要了結這一場恩怨。」

袁佳翕動著雙唇，似乎想說什麼。但是焰火表演進入了最後的高潮，雷鳴聲此起彼伏，她只能等待一切重歸靜默，才拚盡全力問出來：「威連，是不是他對你做了什麼不好的事情？」

「我不會告訴你的，你最好也什麼都別問。」

「可不可以……可不可以……」

李威連輕輕地搖了搖頭：「袁佳，有些事情一旦開始，就無法停止了。假如現在中止的話，就只能是我死。我是可以為你去死的，袁佳，如果你希望如此，那麼現在就告訴我吧！」

她再也無法開口了。

李威連用突然變得平靜又惆悵的語氣說道：「袁佳，你還記得嗎？中學時代你最喜歡讀俄國小說，而我呢，卻把全部課餘時間都用來背英語小說。在這一方面，我們從來沒有同步過。不過，這些天我突然有了許多空閒，多年來頭一次，我決定讀一讀你推薦的書，用這種方式來準備和你的重逢。」他注視著她的眼睛：「袁佳，我終於讀完了你最愛的那本書——《卡拉馬助夫兄弟們》，並且和你一樣愛上了它。今天機會難得，我想做一件我最擅長，卻從來沒有為你做過的事。袁佳，我背一段書裡的話給你聽吧？」

她多麼想立即逃離，但是來不及了。

「『……我不願有和諧。我寧願執著於未經報復的痛苦。我寧願執著於我的未經報復的痛苦和我的未曾消失的憤怒，即使我是不對的。和諧被估價得太高了，我出不起這樣多的錢來購買入場券。所以我趕緊把入場券退還。只要我是誠實的人，就理應退還，越早越好。我不是不接受上帝，只不過是把入場券恭恭敬敬地退還給他罷了。』」

袁佳淚如雨下。

李威連珍愛地捧起她的臉：「雖然你不肯說，但是我知道你為什麼來找我。袁佳，你不是來替他求情的，你是來給我送通向天堂的入場券。你知道嗎，袁佳？這麼多年來，你和『逸園』一直是我活下來的動力。但是很抱歉，今天我要讓你失望了。杜思妥也夫斯基說：『無力愛人的煎熬就是地獄。』我選擇留在地獄裡。」

最後的時刻到了，整個天空都被鮮紅的薔薇花佔滿，持續了將近一分鐘，終被黑暗徹底吞噬。同時被吞噬的還有袁佳，她踏著遍野血色，頭也不回地離去了。這一次，是真的永訣了吧。

夜空中硝煙瀰漫，星月俱無蹤跡。極盛之後，落寞才是永恆。

「逸園」空蕩蕩的大草坪上，只剩下一個蹣跚獨行的黑影。李威連搖搖晃晃地走著，來到丁香樹冠下時，他好似再也支撐不住了，斜斜地靠上樹幹。

嗯，那是什麼？

一隻黃色的小狗蜷縮成團，緊靠在樹根處，一動不動。李威連艱難地伏下身去，小心翼翼地探手去摸，牠不躲也不逃，用悲戚的眼神膽怯地望望面前的陌生人，又溫順地低下頭，全身還在不停地打著哆嗦。

「原來是你啊。」

他認出來了，牠就是那隻流浪小狗，看樣子是讓剛才那場焰火給嚇傻了。

也不管小狗的毛髒得都打了結，眼睛旁、爪子邊沾滿黑乎乎的污物，李威連一把將牠抱入懷中，輕輕地撫摸脆弱的小身體。

牠好像稍微緩過來了，在他的愛撫下發出低低的哼聲，挪動著小腦袋一個勁往他胸口鑽。

「嗯，不怕、不怕，都過去了。」抱牠的男人微笑著說，淚水卻止不住地淌下來，一直掉到小狗的鼻子上。

第三十八章

同城焰火，各樣情懷。

在離「逸園」並不算遠的馬勒別墅花園裡，焰火把在大草坪上舉行的花園婚禮推向最高潮，賓主俱已微醺，歡聲笑語蓋過了焰火的轟鳴。新郎新娘在眾人的起鬨聲中，不得不一次又一次相擁親吻，滿臉又幸福又尷尬的笑容。

「他們這樣真好，真讓人羨慕啊。」

柯亞萍呆呆地望著場中央的新人，輕聲說道。

此刻她和孟飛揚正遠遠地站在一片柏樹之下，孟飛揚還沉浸在璀璨即逝的惆悵中，一下子沒反應過來：「你說什麼？」

柯亞萍指了指前方：「我是說他們……唔，終於能夠相伴一生了，多麼幸福。」

「哦，是啊。」

「飛揚，其實我一直覺得，那些轟轟烈烈的愛情都是故事，真正的愛情就是兩個人平平淡淡地過日子，相伴相守，和和睦睦地度過一生，到老到死都在一塊兒，這才是最大的幸福。你說是嗎？」

「呃……是吧。」

她那神采灼灼的目光讓孟飛揚略微有些不自在，他含混地應了一聲，又抬頭仰望夜空。硝煙逐漸散去後，黛藍的天空上重現黑雲，幾點星光無精打采地忽閃著。剛剛還那樣激動人心的輝煌，一旦消失就好似從未存在過。

可是我們會記得——那曾經有過的綻放。

孟飛揚看了一眼身邊的柯亞萍，纖細的身影是這樣平凡，神情中還有種平常罕見的懇切。他向她微笑了，是的，綿長雋永的當然是愛，共度一生更是難得的幸福。然而，假使無法共度一生呢？愛，難道就不存在了嗎？

孟飛揚知道，在自己的心中還保存著一份最深摯的情感，一種可以為之獻出生命的激情。這甚至都不能被稱為愛情，更像是對自我、對存在、對胸懷中一切美好的證明。

孟飛揚的手機恰逢其時地喧鬧起來，現實一如潮水退卻後裸露出的砂石海灘，污濁、粗礫、望不到盡頭……

孟飛揚向柯亞萍使了個眼色，接起電話：「喂？」

「飛揚！哈哈哈哈！節日快樂！」

伴隨著尖利的怪笑，張乃馳在電話那頭扯著嗓子叫喊，一聽便知醉得不清。

「節日快樂。」孟飛揚皺起眉頭說。

「剛才的焰、焰火看了沒……太美啦！哈哈！」

孟飛揚把手機拿開一些，耳朵都讓他給震聾了。

「張總，你有事嗎？」對於張乃馳的生意成敗，孟飛揚現在有種強過以往的莫名關注。

「有！當然有！飛揚，你趕緊過來一趟，來！我們的生意成功啦！哈哈哈哈！」

怎麼回事？孟飛揚的心頓時收緊了。

「好，我馬上過來！」

商住兩用的客廳裡黑黢黢的、瀰漫著一股濃重的酒氣。剛剛落幕的焰火好像還在玻璃窗上殘留著姹紫嫣紅，一踏進這間屋子，孟飛揚就明白自己的擔心純屬多餘，不由在心裡對自己苦笑，終究還是太在意了……

「不許動！」

角落裡響起一個陰陽怪氣的聲音。孟飛揚猛地轉過身，長沙發隱在最暗處，上面模糊可見一個人形，手裡還平端著根長長的東西，似乎在向他瞄準。

「張總？」

「說！是不是你把我們的商業機密洩露出去的？！你給我老實交代！」

「您說什麼？」孟飛揚有點摸不著頭腦，又對張乃馳的這種做派異常反感，於是冷冷地問，「對不起，我可以開燈嗎？」

「咚！」張乃馳手中的高爾夫球杆落地，在茶几腳上砸出一聲脆響。

「飛揚，我完了！」他捧著臉哀號。

「您到底是怎麼了？」

「全球的主要供應商都收到中華石化的直接詢價了，要貨量有兩千噸的、三千噸的，還有五千噸的！這幾天HDPE價格瘋漲，已……已經比我們給中華石化報的價都高50%啦！」

「是嗎！」孟飛揚頭一次聽到這個消息，震驚之餘趕緊細想：先拋出鉅額利潤的誘餌；魚咬鉤後果斷掃貨斷其後路；再全面出擊引爆市場；獵物終遭前後夾擊無處逃生！

是了，就是這一整套堪稱完美而又狠辣至極的手段。難得的是步步為營操作精準，當然，眼前這個蓬頭垢面、已大失往日風采的男人的貪婪和愚蠢，才是計畫得以順利實施的關鍵因素。

那個幕後操縱者太瞭解自己要絕殺的對象了，或者說他太瞭解人類的弱點——永無止境的貪欲和狂妄之心。

孟飛揚想起了有川康介，僅僅一年不到的時間裡，他目睹日本人被殺於無形，今天幾乎一模一樣的事情在他的眼前重演，只不過換了伎倆、換了演員、換了犧牲品，結局卻沒有任何改變。

不曾改變的還有狙擊手的冷靜、精確和凜冽如鋼的殺氣。

張乃馳癱倒在沙發上，痛苦不堪地輾轉呻吟：「我們報的是實盤啊……從現在到報價失效還有整整八天！照這個勢頭HDPE還會不斷上漲，而中華石化隨時會確認我們的報價……到時候我們就必須要按實盤交付……這太可怕、太可怕了！」

孟飛揚發覺，自己現在的心情和當初看著有川康介垂死掙扎的時候十分相似：對其人其品的鄙視和厭惡、冷眼旁觀中的淡漠，以及一點點莫名的同情……我們都毫無抵抗能力地敗給了同一個人——只是輸在不同的方面而已。

他默默估算了下價格：「按原價交貨的話，公司要賠將近一千萬美金了。」

「如果不交貨，違約賠償金也差不多！！！！！」張乃馳聲嘶力竭地喊起來。

「哼。」孟飛揚發出一聲冷笑，他實在沒什麼別的可說了。

他想告辭了。

「飛揚，飛揚！」就在這當兒，張乃馳餓虎撲食似的一頭扎到孟飛揚的胸前，雙眼圓睜，口沫飛濺，「我想不通，我怎麼也想不通！中華石化這麼耍我，對他們到底有什麼好處？！現在HDPE漲成這樣，他們也拿不到便宜貨。難道就打算從我這裡撈違約金，去補貼貨價上漲的差額？可是這樣操作，時間上也來不及呀！我不懂，我真的不懂，我和他鄭武定無仇無怨，他幹什麼這樣處心積慮地要搞死我呢？啊？你說啊！」

張乃馳雙手揪上了孟飛揚的衣服領子，孟飛揚厭煩到了極點，正要把他扯開，張乃馳又把手縮了回去，繼續自說自話：「除非……除非中華石化這個訂單根本就是假的！那他就不單單是耍了我，他是把全世界的化工廠商都耍了！卑鄙！無恥！這是毫無商業信譽的惡劣行徑！我、我要向媒體、外國媒體曝光！我、我要讓中華石化在全世界供應商面前把臉丟盡！」

「別再胡扯了！」孟飛揚忍無可忍，「張總，事情都到了這個地步，你還是好好想想自己的退路吧。據我所知中華石化的訂單是確實的，而且他們一定有辦法能及時拿到便宜的貨！難道你還沒看出來嗎？這根本就是一場佈好的局，和逼死有川康介的那齣戲如出一轍。恐怕還是那隻黃雀，早就等在後面了！」

孟飛揚甩手而去，剩下張乃馳大張著嘴呆坐在沙發上，猶如一座蠟像。夜越來越深，為節日特別燃起的彩燈也一盞一盞熄滅了，窗外的浦江夜景歸入沉寂，屋裡屋外的黑暗終於連成一片。

唯有兩隻血紅的眼睛，像牢籠中的野獸的雙眼般放出最瘋狂的光。

與其說是孟飛揚的一番衝動之辭提醒了張乃馳，倒不如說是他讓張乃馳徹底放棄幻想，被迫直面心中最深的恐懼。

10月8日。

離開家之前戴希照了照鏡子，三亞之行使她比節前曬得更黑了，這下李威連又會怎麼說呢？他多半只會淡淡地掃上一眼，不予任何評論。可僅僅是對這一瞬間的暢想，便令戴希的心在胸膛裡如小鹿般突突亂撞起來。身為心靈的探索者，戴希已經能夠捕捉到發生在自己內心的這種震盪。自我克制也開始令她感到了痛苦，戴希以年輕人才有的勇敢姿態迎向這種痛苦：不妄想，亦不畏懼。她知道自己面對的謎題有多麼沉重，唯有真誠才是她的武器，戴希會堅持不懈地握緊它。

痛苦不重要，甜蜜也不重要，重要的是他們彼此間始終如一的坦誠。李威連把信任放在比愛更高的位置上，戴希願意尊重他，因為他是對的，還因為尊重他就等於尊重自己心中的情感。

這份情感纖細、誠摯，無從表白，因而更加珍貴。

初秋差不多是上海最好的季節了，淨朗空氣中的欲望顯得寡淡，街道兩旁的法國梧桐再過一個月就會發黃、凋落。在前往「雙妹1919」的路上，戴希好幾次抬頭仰望，卻看不到半點枯敗的跡象，茵茵的綠色冠蓋恬靜得能引人入夢一般。這一枯一榮，本就是春風和秋風攜手滌蕩起的一場夢吧。

今天，「雙妹1919」的銅門環上沒有掛小木牌。

戴希推門而入，店堂裡坐滿了客人，就連最裡面的靠窗位上也有人了。

「對不起沒位了！」褐色旗袍束領上是一張死板的臉。

「……我找人。」戴希昂起頭，越過邱文忻的肩膀往後看。

「儂要尋啥人？」

「李威連，」盯著對方的眼睛，戴希特意理直氣壯地補充，「是他叫我來的！」

邱文忻臉上的表情實在很難形容，和戴希對視了足足幾秒鐘，她才怒氣沖沖地回答：「伊不來各得，伊去對過大房子了。」

「大房子？哦！」戴希轉身要走。

「裡廂走啦！對過只有小門開呃。」

戴希幾乎是被邱文忻推到對著「逸園」的夾弄上，一抬頭，隔著弄堂就能看見「逸園」圍牆上的小小邊門。兩棵高大的香樟並排而立，把黑漆鐵門擋在背後，走到近前才能發現它微微側露著一條窄縫。

「雙妹」的後門重重地關上了，「逸園」的側門卻在戴希手指的輕觸下開啟。踏進去，腳下是一條狹窄的鵝卵石鋪就的小道，兩旁栽著密密的翠竹，好似探秘於林間幽徑，兩三個轉折後，猛然一座頗有規模的花房佇立在跟前。

陌生人到花房就以為此路不通了，卻不知穿過花草叢才是別有洞天。「逸園」主樓後側的穿廊與花房相連，實際上這裡才是直通主樓的捷徑。

「逸園」作為西岸化工大中華區總部時，花房曾是員工休憩的最佳場所。西岸化工撤走時把咖啡機和桌椅都搬走了，可是今天戴希在這裡看不到絲毫蕭條、寥落的跡象，兩米多高的木架上爬滿藤蘿，文竹、鐵樹、散尾葵綠意盎然，潔白的茉莉和黃色的菊花開得正酣，馥郁濃厚的香氣在整座花房中縈繞不絕。

從玻璃穿廊通往「逸園」大廳的門也虛掩著，空曠的大廳裡落滿從各扇花式玻璃長窗透進的彩色陽光，於一片靜謐中悄然變換著形狀。在沒有一件傢俱的大廳裡，時間成了唯一一樣可以感知的東西，如行雲如流水，無聲無息地流淌……

「汪！汪！」

「戴希，攔住牠！別讓牠跑出去！」

戴希一驚，就見一個黃色毛團奮勇地朝自己衝過來。戴希趕緊擋住門，小狗來了個急剎車，扭頭又往回跑。

「Lucky！Lucky！你再不聽話！」李威連從樓梯上跑下來，小狗顯然沒把他的呵斥放在心上，朝他挑釁地晃了晃尾巴，繞著大廳的牆根繼續飛奔。

「戴希，幫我抓住牠！」

「啊？我……」戴希慌了手腳，這輩子還沒抓過小狗呢。

李威連一邊盯著繞圈子的小狗，一邊壓低聲音對戴希說：「牠腳上有傷，跑不了多久。你故意去抓牠，把牠往我的方向趕就行。」

「哦。」

小狗看看李威連沒有追趕的意思，果然減緩了速度，戴希立刻發現牠走起來一瘸一拐的，右前爪上還拖著根白布條。

戴希故意大搖大擺地向小狗走了幾步，牠站在原地相當警惕地看著她，卻顧此失彼，沒注意到李威連已從另一側迂迴到牠的身後。

「我來抓你啦！」戴希大喝一聲，朝小狗猛撲過去。牠應聲向後高高躍起，剛好落入李威連的圈套。

戴希驚喜地叫：「抓住啦！」湊過去一看，小傢伙嘴裡發出懊惱的「嗚嗚」聲，雖然身子乖乖地趴在李威連的懷裡，尾巴還十分不甘心地來回直晃。

「你自己說說該不該打？」李威連高高抬起巴掌，待落到小狗的脊背上，卻變成極盡愛憐的撫摸。

戴希依稀認出了這隻黃毛狗：「呀？牠就是那天你要找的流浪小狗？在哪裡抓到的？」

「鬧了半天牠就躲在這個院子裡，那棵丁香樹下。」

小狗被李威連摸得瞇縫起眼睛直哼哼，一副陶醉享受的樣子，梳理乾淨的黃毛蓬鬆亮澤，確實叫人愛不釋手。

「好可愛的狗狗，牠好像還很小吧？」

「嗯，才兩三個月大，而且是隻品種很不錯的黃金獵犬，估計是不小心走失的。」李威連抱著Lucky朝樓梯走去，「戴希，你來得正好，還沒和牠折騰完呢，需要你繼續幫忙，先上樓去我的房間吧。」

「我見過的金毛犬都很聽話的呀，牠怎麼這麼皮？」

「牠叫Lucky。」

「哦，Lucky啊！」戴希覺得這名字真棒，而且一聽便知是隻小公狗啦。

和底樓大廳一樣，二樓也是空蕩蕩的，所有的房門都緊閉著，只有李威連的辦公室大門敞開。

「小時候的黃金獵犬都是魔鬼，長大以後才會成為貼心的天使。至於Lucky嘛，牠基本上是魔鬼中的魔鬼，黑幫老大那個級別的。我現在只能祈禱牠日後會突變成聖母級別的天使。」

戴希笑出了聲，他們進了原來的總裁辦公室，房間還保持著戴希最後一次離開時的樣子。當初搬離時她和葉家瀾、Lisa一起作了主，把這間辦公室裡所有的東西都歸為李威連的私人物品，原封不動地保留下來，由Lisa通知李威連自行處理。沒想到誤打誤撞還真省了麻煩，朝向橢圓形大陽臺的窗戶半啟著，窗下的那盆棕竹越發蔥翠欲滴了。

不過在李威連的那張特別寬大、氣派又典雅的辦公桌上，原先的整潔已蕩然無存，而是擱滿了大大小小的水盆、紗布、繃帶、剪刀、藥膏、狗食盤子、小狗玩的塑膠骨頭……李威連把Lucky放到桌子中央的空處，一隻手還緊緊地握著Lucky的後脖頸：「戴希，你幫我摁住牠。」

戴希連忙把四腳朝天的小狗按住，李威連從桌上拿起個小藥水瓶：「牠被毆打過，身上有不少傷，眼睛也發炎了，一天要給牠點三次眼藥水。可是這個小東西實在太不聽話，每次都要和牠搏鬥。」

眼藥水點好了，Lucky一骨碌翻過身來，嘴裡發出呼嚕呼嚕的聲音，還在搖頭擺尾地表示抗議。李威連又解開牠右前爪上的綁帶：「這處的傷口很深，剛給牠敷上藥裹好紗布，一會兒工夫牠就把綁帶咬開了，從早到晚我要給牠綁十幾次！」

「為什麼不用膠布呢？」

李威連細心地打著結：「我怕牠會把膠布咽下去。」他打了個活結，戴希不解：「為什麼不打個死結？你可以用剪刀剪開的。」

「打死結的話Lucky會亂咬，說不定又要把傷口碰壞。」說著，他又把打好的結小心地拉鬆了些。

戴希看得有些失神，今天的李威連在她眼前呈現出從未有過的樣子——是哪裡變了呢？戴希想不清楚。

「怎麼才能不讓牠咬呢？」李威連抱著胳膊想了一會兒，突然說，「戴希，請你倒杯咖啡給我，咖啡壺在茶几上。」

戴希連忙去茶几上倒來滿滿一杯。出乎她意料，李威連將剛打好的結又鬆開，還把綁帶的兩端放進咖啡杯裡浸了浸，這才重新繫緊。

Lucky早就百般不耐煩了，李威連剛一放手，牠立刻低下腦袋去啃綁帶，啃了兩下驟然停止，好像受了極大委屈似的，衝著李威連憤怒地咆哮：「汪！汪！汪！」

李威連大笑起來。

「是我太笨了，居然沒早點想到這個主意。」他扔了個小皮球給Lucky，安撫牠說，「寶貝，和我作對可沒那麼容易。你怎麼來的？是邱文忻告訴你我在這裡？」他問戴希。

「是啊，她好凶的。」

「呵呵，我和Lucky都是被她趕出來的。不過Lucky也確實有點過分，牠起碼打碎了二十幾只杯子、盤子，糟蹋了三十來份蛋糕，還騷擾了不少膽小的女客人。所以現在邱文忻規定我和Lucky在營業時間必須迴避，還要求我賠償她的經濟損失一千八百八十八元人民幣。」

「太誇張了吧？」

「不睬她。我跟她說我沒錢，欠著！」李威連拍了拍悶悶不樂地叼著小球的Lucky，「Lucky，爸爸是個窮人，所以你一定要乖，否則爸爸可養不起你了。」

戴希垂下眼瞼。她所熟悉的李威連像個戰士，始終穿著隱形的盔甲，光芒四射又咄咄逼人，令所有人望而生畏。但是今天的李威連脫下了盔甲，他的銳利不再、光華盡斂，卻因為平易真實而富有了愈加動人的魅力，戴希比過去任何時候都更不敢看他了。

「戴希？」

她抬頭，看見他的微笑——「Lucky自己會玩，我有話要和你談。」

在正對著棕竹的長沙發上坐下，遠遠的大班桌上Lucky玩著藍色的小球，通身黃毛被陽光照得金燦燦的。

他沉默了一會兒，才說：「戴希，你父親，戴教授還在繼續對周建新進行心理干預吧？」

「是的，爸爸說不論案件結果如何，他都會一直追蹤周建新這個案例。」

「我的看法是，即使周建新犯了罪，也仍然是個受害者。任何孩子原本都是無辜的，是我們這些成人在他身上施加了罪惡和仇恨，如果要懲罰，首先也應該懲罰我們。戴希，這幾天我一直在想，人生就像是許多個迴圈的組合。你以為自己在拚命向前，可是停下來仔細一看，卻發現又回到了原點。今日的自己，只不過是曾經自己的影子，多添了幾條皺紋而已……戴希，正如你在天星小輪上背誦給我聽的那段話，你還記得嗎？」

「於是我們逆水行舟、奮力前行，卻……」戴希沒有背下去，陽光的映照下那多添的幾條皺紋尤其觸目驚心，使她不願再繼續。

李威連並不催她，只是沉浸在自己的思緒中：「逆流前行，我確實曾努力過好幾次。母親拋下我離開上海時，我就試了第一次；因為和英語老師的關係喪失高考機會，我再次嘗試重新開始；受重傷後被迫去香港治病，在那裡拚搏奮鬥、謀職求生，這是第三次……每次都很艱難，每次都有過成功，但是最終呢？」他輕輕地歎了口氣，語調十分平靜：「所有的成功都轉瞬即逝，直到今天我收穫的仍然是失敗，戴希，我是個徹頭徹尾的失敗者。」

失敗者嗎？也許吧……每個人對成功、失敗的標準都不盡相同。真正令戴希難過的是李威連談話時的超脫口氣，多少年了，他就是用這種方式固守著自己的孤獨，絕不妥協。

「這次我還是可以選擇重新開始、逆流前行，但意願和勇氣都有些匱乏……我恐怕是真的老了……好，不說這些了！」李威連改換了話題，「戴希，在資金方面還有些後續的事務要麻煩你。」

又是準備好的資料夾，早已端端正正地擺在茶几的一側，戴希伸出左手就能拿到。他的精準和整潔如故，而且越發自然、不露痕跡。

第一頁上是一個銀行帳戶的資訊。

「戴希，CarpeDiem公司的生意做得很成功，兩週內買方支付的貨款就會全部到位，應該是這個數。」

他在紙上寫一個數字，示意戴希看過後，又寫下第二個數字。

「這個數就是我要還的高利貸本息合計，你收到貨款後就立即如數匯款到這個帳號。根據我和抵押貸款公司的約定，只要錢一匯過去，『逸園』的抵押就失效了。」

「好，你放心吧，一定辦到！」

戴希熱忱的樣子引得李威連微笑起來：「戴希，前兩個數字相減之後就是我們的純利潤，大約一百萬美金……合七百萬人民幣吧。對這筆錢我有兩個用處。」

「嗯，你說。」

他把文件翻到下一頁，那上面是另一個銀行帳戶的資訊。

「請你先把其中的五百萬人民幣轉到這個帳戶裡——是孫承律師的事務所帳號。這五百萬是我給宋采娣和周建新母子今後的生活費用，周峰案件的律師費我已經另付了，不在這裡面。」

他看出戴希有些疑惑，便解釋說：「現在周峰案還未水落石出，周建新又是未成年人，所以我委託孫律師代管這筆錢，根據需要和宋采娣協商使用。如果最終宋采娣能夠洗清嫌疑，孫律師就會把錢直接轉給她。」

Lisa說過，周峰家有套位於市區的三房兩廳公寓，再加上這五百萬，應該能夠維持一個小康之家的生活水準了吧。戴希的心裡很不是滋味，這個家庭和孩子心靈所遭受的劫難又何止是五百萬能夠彌補的呢？但是她也明白，李威連已經竭盡所能，人人都可以指望他、責怪他、苛求他，唯有他必須承擔一切，這公平嗎？

「我可以往下說了嗎，戴希？」

「哦，好的！」

李威連把文件翻到下一頁，卻遲遲不開口。戴希看不見文件上的內容，只看見他的手在紙面上輕輕拂動，濃濃淡淡的陰影遮在面頰上，令他顯出一種愛惜和悵惘交織的複雜表情。戴希意識到，他馬上要說到一件至關重要的事情了。

「戴希，這份文件是我簽署的『逸園』贈與聲明，你要幫我交給一個人。」

「贈與？」戴希接過文件一看，不禁叫出了聲，「林念真！」

「是的，希金斯教授的中國夫人，你和她挺熟的吧？」

「我不明白……」

「這個……還真是說來話長了。戴希，『逸園』的最後一位主人叫袁伯翰，他有一位在世的孫女叫袁佳。我和袁佳是從幼年就開始的、最好的朋友。」

「袁佳……」戴希重複著這個名字，多麼動聽的名字，像早春雛菊一樣純真而嬌柔，她在哪裡？

「袁伯翰生前最鍾愛的就是孫女袁佳，他一直致力把『逸園』要回來，還想讓袁佳繼承下去。可是，袁老先生還沒來得及留下任何遺囑就意外猝亡，袁佳的身分無人證明，她的權利更得不到主張——結果袁佳被袁氏家族剝奪了『逸園』的繼承權，對此我有不可推卸的責任。因為正是我，間接造成了袁老先生的死。這麼多年來，把『逸園』奪回來還給袁佳，始終是我最大的心願。今天，我終於做到了。」

戴希還是不明白：「可是希金斯夫人？」

「她就是袁佳。」

「她是？！」

李威連笑了笑：「至於袁佳如何變成了希金斯夫人，戴希，假如你對此很感興趣，就自己去找希金斯夫人瞭解吧。這是她的隱私，我無權向他人談及。總之，她才是『逸園』真正的主人。你只要將這份贈與文件交給她，她就可以去辦理相關手續。咱們還剩下的兩百萬人民幣，你也一併交給她，以此來支付『逸園』過戶所需要的手續費、稅費等等。」他輕輕地靠到沙發背上：「好，都說完了。戴希……謝謝你。」

藍色小皮球滾到李威連的腳邊，Lucky歪歪扭扭地跑到沙發前面，一邊推搡著小球轉來轉去，一邊故意在李威連的褲腿上來回嗅，想要引起他的注意。這個小傢伙雖然調皮搗蛋，但已對李威連產生了深深的依戀，才這麼會兒工夫沒理牠，牠就失落了。

李威連卻一動不動，這一刻的他是與世隔絕的。

轉贈聲明的內容簡單明瞭，才佔去一頁A4紙中間很小一部分，周圍留著大片刺眼的空白，看得戴希的眼睛又脹又痛。

「……Jane，她會接受嗎？」

戴希以為李威連大概聽不見自己的問題，但他立即回答了：「我估計她不會。重要的不是她是否接受，重要的是我給了。」李威連把目光從窗前搖擺的樹葉上收回來：「戴希，我活到今天這個年紀，明白了一個道理：人生中的結果並不重要，重要的是過程。因此我一點不在意希金斯夫人是否接受『逸園』，對我來說，當把這份聲明交給你的時候，我的心願就達成了。現在我真的感到……很輕鬆。」

「明白了，可你為什麼不自己交給她？」

「我和她應該永遠不會再見面了。」

戴希沒有再問一遍為什麼。

「戴希。」李威連注視著她，問，「你幫了我這麼多，我可以為你做些什麼呢？」

這個問題讓戴希始料不及。

「戴希，我與人相處時有個原則，就是絕不欠人情。必須是我給予對方的多於從對方那裡得到的，只有這樣，我才願意把關係維持下去。可是我想來想去，在你這兒似乎出現了例外。」

「那又怎麼樣？」戴希沒好氣地反問。

他對她的無禮一笑置之：「又不能再給你錢，況且我也沒錢了。」

「對了，你繼續去做心理治療啊！」戴希想起來了，「這是我幫你忙的交換條件！」

「你還真是執著啊，戴希。談到心理治療，我確實還有一些話要對你說，一些必須向你坦白的真相。」頓了頓，李威連才說，「事實上，我到希金斯教授在史丹佛的心理諮詢室去，真正的目的並不是做心理治療。而是——為了尋找袁佳。」

突然間，一直以來困擾著戴希的謎團就像陽光下的肥皂泡，碎裂成了五顏六色的光影。

李威連繼續說著，很顯然這些話他已經思考了太久，今天無論如何都要說出來：「十八年來，我一直在斷斷續續地尋找袁佳，經歷了無數次的失望，我卻始終不肯死心。去年年初的時候，我雇傭的一個私家偵探送來一條信息：史丹佛大學的心理學教授希金斯的中國夫人有可能是我在找的人。我立即趕到史丹佛，遠遠地觀察了希金斯夫人。她的外貌和我記憶中的袁佳完全不同，但她的氣質中又有著令我心悸的熟悉感，我不知該如何是好了。我害怕假如直接去與她相認，一旦遭到拒絕，就再也不能挽回了。可我又無論如何不願意放棄。必須找到辦法證實她的身分，而且要在不驚擾她的情況下，給我和她都留下充足的迴旋餘地。結果我絞盡腦汁，想出了一個這輩子最糟糕的主意。」說到這裡，他自嘲地笑了。

「我預約了希金斯教授的心理諮詢。語言障礙的問題是真的，已經折磨了我很多年，但我早就放棄治療牠了。可是要面對最權威的心理學專家，我知道我必須拿出真正的問題來，否則會被他一眼就看穿。但是我也做了充分的準備，我特地閱讀了希金斯教授的著作，研究了他建立在社會心理學上的精神分析理論。於是，我按計畫在心理諮詢的過程中袒露我的隱私，因為在這個世界上除了我本人之外，只有一個人知道這些往事，那就是袁佳。我指望著教授會與他的中國夫人探討我的案例，那麼袁佳，如果教授的夫人就是袁佳的話，她就一定會認出我來。可是，我大錯特錯了。我既低估了教授的職業操守，也低估了教授的專業水準。幾次諮詢之後，我沒有等來袁佳，卻發現自己已經被教授剖析得體無完膚了。繼續下去的話，我很快就會在他的面前徹底失控。我並不是真的想做心理治療，為什麼要遭受這樣的折磨呢？於是我決定暫時放棄，再另想辦法。戴希，後面的事情你基本上都知道了。」

是的，現在她全都明白了。李威連從來就沒有想要她做心理諮詢，只是想透過她接近希金斯夫人。卻不料戴希透過希金斯教授的檔案資料認出了他，使他感受到了現實中的巨大風險，才企圖用金錢和心理諮詢的行業操守來制約她。這也就是為什麼，他們之間的心理諮詢從未真正開始過。

「戴希，應該是我向你道歉。是我利用了你的信任，對不起。」

戴希垂下眼簾，什麼都沒有說。不，她並沒有生他的氣，對於他的自負和精明，她一點兒都不感到意外。但她從諮詢者X的檔案中，從一次次與他的長談中，分明聽到了潛意識迸發出的求助的呼喊，早就脫離了他那自以為是的強悍意志的操控，無比真切。

「所以，我不能兌現本來就不存在的約定，也不需要任何心理治療。戴希，我對你再也沒有價值了。而做一個於人無益的人，對我而言是真正的恥辱。很小的時候我讀過一個童話，說的是非洲的大象，牠們一旦年老體衰或者患了重病，就會主動脫離象群去自生自滅。這個故事給我留下了深刻的印象，戴希，這也是我必須堅持的，既然我無法為你做得更多，那麼就只能從你的面前消失了。」

她終於聽懂了這番長談的最終指向——他是在與她訣別。正如他已經和袁佳訣別了一樣！李威連把一切都安排好了。接下去他會怎麼樣？戴希不敢想。但有一點她可以確定，他將會去到一個暗無天日的黑暗所在。

不，絕不可以！她情不自禁地握緊雙拳：我必須要做點什麼！我還能做什麼？！

「我不接受你的歉意。」戴希抬起頭，直視著他說，「除非你做我的第一個病例，完成我們之間的心理諮詢。」

李威連皺起眉頭：「我說過了，沒有所謂的心理諮詢。並且，你不是已經決定放棄心理學了嗎？」

「我是打算放棄心理學，但不是像現在這樣！我把諮詢者X的課題搞砸了，我還違背了心理諮詢的專業規則，洩露了病人的諮詢資料，如果我就這樣離開心理學，今後一輩子都會感到恥辱的。因為我玷污了我的理想，當了可恥的逃兵。」

「那你想怎麼樣？」

「我想……從哪裡跌倒就從哪裡爬起來，我一定要做完諮詢者X的案例！」戴希用最堅決的語氣說。

李威連看著她：「你在逼我？」

「就算是吧。」戴希的聲音發顫了，「是你欠我的。」

過了好一會兒，李威連才說：「為了滿足你的助人情結，我就非得去受那些罪嗎？」

才不是受罪呢。戴希在心裡說，是讓你得到陪伴、傾聽、疏解和安慰，得到所有這些你迫切需要，卻一直都在固執拒絕的幫助。

「我不是在逼你，我是在懇請你再給自己一個機會……相信我，會好的。真的。」然後她低下頭，盯著面前的淺灰色資料夾，不知道看了多久，直到封面在她的眼裡悄悄改變了形狀。

「唔？Lucky呢？」

戴希抬頭看時，李威連已叫著Lucky的名字匆匆走出房間。她忙從沙發上跳起來，也跟到走廊裡。

小皮球滾到了樓梯邊，李威連站在二樓的樓梯口為Lucky擋著道，默默地看著牠玩耍。等戴希走到身邊，他說：「中學時代我每週來袁老先生這裡上紳士課程，他很喜歡我，一直悉心培養著我。其實在老先生對我的厚愛裡還隱含著一個心願——他希望撮合我和他最心愛的孫女袁佳。可惜在這點上，老先生一廂情願了，袁佳與我各自心有所屬，所以我們倆在他的面前表現得十分疏遠。儘管如此，我和袁佳暗中卻保持著最親密的友誼，她是真正能夠理解我的人，也是我最忠實的同盟軍。

「高考前我和英語教師的關係遭人誣陷，使我的前途遭到重大打擊。那年九月的一天，我在廠裡接到袁老先生的傳呼電話，約我週日來家裡談談。袁佳已經上了復旦大學，『逸園』裡再沒人給我偷偷打開邊門，我是從正門按鈴進入的。談了一會兒後我才發現，袁老先生約見我的目的就是要表達對我的失望。我再三重申自己的清白，袁老先生卻說我的錯誤不在於是否真的做了什麼，而在於向內心的軟弱屈服。他說真正的紳士應該將自己奉獻給價值遠大於個人的崇高目標，而不是像當時的我，犧牲得毫無意義。那時候我真的不理解他的話。我可以忍受外人對我的非議，但袁老先生就像我的親爺爺一樣，他這樣不分青紅皂白的訓斥真是傷透了我的心。於是我們就用英語爭吵起來，越吵越凶，吵著吵著，老人家突然捂住胸口倒下去。我嚇壞了，還好他神智清楚，讓我找出保心丸來給他吞下。慢慢緩過來之後，老先生便執意要趕我走，因為袁佳馬上就要回家了，他不希望孫女見到我。我心裡也賭著氣，就斷然離開了。可就是我這一走，釀成了大禍。那天保姆離開時忘記關廚房煤氣的火，袁佳又晚到家半小時，陰差陽錯，袁老先生死得不明不白。再加上邱文悅、文忻姊妹自相矛盾的證詞，號稱從『雙妹』二樓看見了我在『逸園』穿廊裡的經過，哦，袁老先生當時就住在由穿廊改成的小屋裡。她們的話更是把我拖進百口莫辯的境地。

「從那時起我就背負著殺害袁佳爺爺的嫌疑，再也無法和她坦然相見了。後來她又因此失去了『逸園』，我就暗暗發誓，不徹底查清袁老先生死亡的過程，不替袁佳把『逸園』奪回來，我就永遠不再見她！事情的經過就是這樣……戴希，我的故事很乏味吧？」

這段並不冗長的敘述似乎耗光了他的精力，李威連看上去十分疲憊。

戴希連忙否認：「一點兒不乏味。你說吧，我都喜歡聽。」

他搖了搖頭：「不早了，我陪你下樓，你該回家了。」

「可是你……」戴希不肯動。

「我今天不太舒服。」李威連說，「耐心些，再給我一點時間考慮吧。」

他沒有斷然拒絕，所以就有希望！戴希感到受了莫大的鼓舞，幾乎是歡快地回答：「好的！」

剛要邁步下樓，李威連突然指著自己的鞋面呵斥：「Lucky！」原來Lucky啃不了自己爪子上的綁帶，就報復地扯開了李威連的皮鞋鞋帶。李威連皺了皺眉，似乎費力地想彎下腰，卻又面帶痛楚地停住了。

「你怎麼了？」他的樣子讓戴希緊張起來。

「是我的腰傷……」

「哦，你別動。我來！」

戴希走下兩級樓梯，回過身來幫他繫鞋帶。光可鑑人的黑色皮鞋上沾滿了Lucky的口水，碰上去黏糊糊的。戴希想笑，偏偏淚水也要向外湧。恰在這時，她的頭頂感覺到柔緩而有力的撫摸，正與那個夜晚她在昏暗的寶馬車中所感覺到的、至今仍記憶猶新的撫摸一模一樣。

戴希不由自主地抬起頭，他沉默地看著她，目光卻與她記憶中的那次迥然相異。當時她從他的懷抱裡掙脫出來，然而今天，她只想以最本真的姿態投入他的懷中。

這也是頭一次她為李威連做事，他沒有說謝謝。

戴希幾乎無法自持了，她好像聽到從身後的樓梯下傳來什麼聲音：「有人來了嗎？」她沒來得及說完這句話，更沒來得及轉身，就被李威連用力擁入懷中。這個擁抱更和她在香港機場所得到的截然不同，不再克制、得體，相反卻像傾注了全部的生命、熱血和激情。

「戴希，為我做個見證吧！」旋即她被猛地推倒在樓梯上。剛才還行動不便的李威連像一頭發怒的獵豹，從她的身邊直衝而下。

從樓梯上傳來連串的悶響，在戴希的驚叫聲中，兩個男人互相撕扯，順著樓梯接連翻滾一直墜落到地面。

戴希飛奔下樓，卻立刻滑倒了。整個樓梯下都是濕滑的液體，從通往穿廊的門一直流過來，汽油的味道撲面而來，一股火苗已經躥過半個大廳。

「戴希！快滅火！」李威連聲嘶力竭地喊著，他和張乃馳扭打在一起。張乃馳手裡握的尖刀放著明晃晃的光，Lucky銜著他們拚命地狂吠。

戴希跌跌撞撞地朝穿廊右側跑去，她還記得，滅火器在那裡！

滅火器噴出雪白的泡沫，可是被汽油引燃的火龍仍在迅速蔓延。

「戴希！」又是一聲嘶喊。戴希猛回頭，閃著寒光的刀子正打在她手中的滅火器上，刀身已被血染得通紅。

戴希扔下滅火器，不顧一切地朝倒在不遠處的李威連撲過去。

「都去死吧！」張乃馳瘋狂的叫聲在她的頭頂響起，戴希的眼前一黑，有什麼攔在了她和砍下的刀刃之間。

「小希！」

戴希腦海中最後的印象，是聖潔的瑩白大廳裡熊熊燃燒的紅色火焰、Lucky的叫聲，還有孟飛揚變了形的臉。

第三十九章

從十月中下旬開始，上海的天空就始終陰沉沉的。濛濛細雨總在不經意中飄飛天際，淅淅瀝瀝地一下就是一天，秋意漸濃之時，夏日的餘韻越走越遠，只有不落雨的秋夜依舊靜美。

「梧桐更兼細雨，到黃昏，點點滴滴。這次第，怎一個愁字了得！」華海初級中學的教學樓裡傳來朗朗的誦讀聲，孩子們的嗓音清脆悅耳，烘托不出半點詞句中的愁緒。還未到詞中描述的黃昏時分，細雨乍歇的操場邊，梧桐樹葉上積聚的水珠不停落下。塑膠跑道上水澤斑斑，跳遠用的沙坑裡黃沙已結成一團團的泥濘。

期盼已久的下課鈴終於響起，學生們歡笑著湧出教室，早把幾百年前女詞人的閒愁拋到九霄雲外去了。

這次第，是要等他們經歷了愛恨別離之後才能領悟的。

從初一年級的教室裡跑出幾個男孩，把書包像沙袋似的在頭頂上拋著，打打鬧鬧地衝到操場邊。沙坑裡的積水讓他們很失望，別的孩子都走了，只有一個皮膚白白的男生不甘心地留下來。他把書包掛在單槓上，獨自一人站到濕漉漉的跑道頂端，深吸口氣就開步跑！他的身姿很靈巧，速度飛快，腳下濺起連串的水花，最後一步用足力氣蹬踏——「啪！」

男孩子重重地摔倒在沙坑旁，骨碌碌滾了三滾，才齜牙咧嘴地撐坐在一個小水塘裡。

「摔疼了嗎？」

多麼好聽的聲音！男孩子抬起頭，俯向他的美麗面龐從沒見過：「……老師？」

她向他露出溫柔親切的笑容：「我不是老師，是過去華海中學的畢業生——你的校友。」

「哦！校友阿姨好！」

男孩子忘了疼，騰地從地上跳起來，滴滴答答的髒水順著褲腿往下淌。美麗的阿姨向前微傾著身子，體貼地捏了捏他的衣角：「這麼濕的跑道不能運動的，知道嗎？」

他拚命點頭，臉漲得通紅。男孩害起羞來：「阿、阿姨，我要回家了……」

「嗯，小心點。」

「阿姨，再見！」

男孩接過她遞來的書包，一溜煙地往校門跑去。她癡癡地望著孩子的背影，時光停滯在那瘦小卻生機勃勃的身影上，幾番疊印、漸漸幻化出心底最深處的眷戀——是那兩個男孩一高一矮，肩並肩朝前走著，走了幾步他們一齊駐足回望，綻放出同樣青澀又明朗的笑容，她看得眼花繚亂了，她的心醉了，她情不自禁地想叫住他們，等等我！可是突然，他們又分別轉了個身，彼此向著相反的方向走開去。她愣住了，不知該跟上誰的腳步，就在猶豫不決的瞬間，跑道盡頭升起黑色的迷霧，把他們都吞沒了。

頭頂上的梧桐樹葉沙沙作響，她仰起臉，一束夕陽透過樹葉的縫隙投射過來，把面頰上兩顆瑩潤的水珠映得通透。

「林女士，你好。」

林念真應聲回頭，童明海從操場的另一頭匆匆走來。老人鬢邊的白霜似乎較之前更濃重了些，不過腰板依舊筆直，步履亦矯健如飛。

「唉，華海中學，我和這所學校可打過不少交道啊！」與林念真握手時，童明海一邊感慨，一邊仔細打量著她，神情中充滿慈祥和關切，「今天林女士特地要約在這裡會面，是不是因為袁佳？我記得她在這裡上過三年的高中。」

她垂首沉默，片刻之後，抬起頭向老人含淚微笑：「童叔叔，是我……我是袁佳。」

縱然是意料之中的事，童明海還是愣了愣，隨即長歎一聲：「唉！你這孩子……」

「對不起，一直沒跟您說實話。」

「唉，告不告訴我有什麼要緊？要緊的是你過得好，還有你爺爺的心願……不管怎樣，今天能看到你好好的，我也就放心了。」

「可惜的是『逸園』又遭了一次劫難，實在令人心痛。」不知什麼時候童曉來到兩人身邊，冷不防插了這麼句話。

話一出口，如利箭穿空而過，帶著呼呼的風聲。

「他瘋了。」林念真果然被狠狠地射中了，臉色慘白，身軀在秋風中止不住顫抖，「沒有人可以毀了『逸園』，她是有生命的——毀壞『逸園』就意味著，毀壞自己的靈魂。」

童明海嗔怒地瞪了一眼兒子，童曉保持沉默。今天的他穿著全身筆挺的警官制服，顯出平日少有的幹練和嚴謹。

林念真從飄搖不定的狀態中振作起來，殷切地向父子倆致謝：「我聽說多虧童警官及時趕到，才救了『逸園』，救了他……們。謝謝您，童警官，童叔叔，真的非常感謝你們！」

童明海又歎一口氣。

童曉卻注視著她說：「袁佳女士，張乃馳的精神病司法鑑定結論出來了。鑑定委員會確認被鑑定人在實施危害行為時，已患有精神疾病，由於嚴重的精神活動障礙，無刑事責任能力……也不知道這算不算好消息。」

「嚴重的精神活動障礙，無刑事責任能力……」

她自言自語地重複著，連嘴唇都變得慘白，臉上亦浮現出似笑非笑的神情。童明海不由緊張起來，六十多年的人生經驗告訴他，人只有在傷痛到極點的時候，才會有這種冷漠與激動交織的古怪表情，顯然在她的內心深處，針鋒相對的情感正在劇烈碰撞。

「袁佳，你……」老人擔憂地叫她的名字。

「哦。」她恍然夢醒一般，長舒了口氣，臉色漸漸舒朗起來。命運的苦果在口中來回咀嚼，那滋味畢竟還是會淡去的，「這麼說，他在犯下那些……罪行的時候，自己也並不清楚自己在做什麼。這麼說的話，我的心裡倒是好受些了……」

「而且也可以免於相應的刑事責任了。」童曉耐人尋味地又追了一句。

「童曉！」童明海簡直忍無可忍了。

林念真反倒完全鎮定下來，看看滿臉怒氣的父親，又看看神清氣爽的兒子，聲音低沉但口齒清晰地說：「喪失理智、生不如死，他已經遭到最嚴厲的懲罰了。」

一語之間，情仇俱散。是寬容還是棄絕，這秘密將永遠封存在她的心中。

「袁女士，你去看過『逸園』的現狀了嗎？」童曉說，「還算萬幸吧，大火雖然把底樓大廳燒成一片黢黑，樓梯也受損不小，但因為撲救及時，『逸園』的整體結構沒有受到影響，二樓基本上完好無損，今後修復的難度應該不太大。」

「太好了……真是多虧了你們。謝謝！」

「袁女士太客氣了。其實這回還應該特別感謝一個人──對面咖啡廳『雙妹1919』的老闆娘邱文忻。呵呵，這個邱文忻特別愛從『雙妹1919』的二樓臥室偷窺『逸園』裡的動靜。事發那天她正看得起勁，頭一個發現張乃馳在底樓大廳裡潑灑汽油，她立即打了110和119，所以火剛燃起不久消防車就趕到了。如果等我們把張乃馳制服以後再開始救火，恐怕災情還會嚴重許多。」

「哦，是這樣。」

她的耳邊似乎又響起那個固執的聲音──袁佳，有人從窗口看到了你爺爺死亡的經過，過去她沒有說真話，現在她可以為我澄清！

「袁佳，關於一九八一年你爺爺去世時的情況，邱文忻還可以提供進一步的證詞──」

「不必了。」她打斷童明海的話，「童叔叔，我已經知道爺爺所厚愛的人並沒有辜負他，爺爺的在天之靈可以安息了。」

童明海父子略感困惑地互相望了望。

林念真溫婉地向他們點頭：「童叔叔、童警官，今天請你們二位來，其實是想談談……我、李威連和張……華濱，我們三個人的過去，但願能對澄清事實有所幫助吧。」

她從手提包裡取出一樣東西，遞到童明海面前：「童叔叔，你還……認識上面的人嗎？」

這是一張些微泛黃的黑白照片，但人像依舊清晰。緊緊相偎的一老三少，都有著那個貧瘠年代中最樸素的衣著和最純淨的表情。

童曉一眼就認出了那兩個男孩，小時候的他倆都出奇漂亮，只有眉目如畫才能形容。兩雙憂傷的眼睛何其相似，同樣被孤單包裹起的嚴肅表情，使這兩個少年看上去像一對真正的親兄弟。就連他們自己也沒想到吧，有朝一日會成為你死我活的仇敵。

照片中央的小姑娘倒是笑得很開心，細長的眼睛彎成月牙兒的形狀，沒有劉海，露出明淨高闊的額頭，眼角眉梢盡是恬淡溫柔。

這一刻她肯定是最幸福的，因為最愛的親人們都圍繞在身邊，坐在前面的是外婆，左邊站著哥哥，右邊站著弟弟。

「婆婆六十歲生日那天，在威連的提議下，我們一起去照相館拍了這張照片。第二年婆婆就去世了，我把它從楓林橋家裡的牆上取下來，帶到『逸園』。後來爺爺也過世了，我又帶著這張照片離開『逸園』。三十多年過去了，唯有它始終陪伴在我的身邊。」

只有一次她險些失去它，那個風雨之夜她倒在深圳街頭，血紅的雨水橫流，沖脫了緊攥在手中的照片。是救下她的美國人小心地收起了照片，也是靠著它，屬於袁佳的往事才被慢慢喚起，而彼時，她已經兩世為人了。

童明海的聲音有些發澀：「袁……佳，你的樣子怎麼變了這麼多？」

容顏不再，微笑卻恬美如初：「童叔叔，是女人老得快吧。」

「哦。」童明海的心顫得厲害。就在剛才，絲絲縷縷的白色從她隨風輕拂的秀髮間探出。是的，照片中那個天真秀麗的小女孩，以及他記憶中那個端莊溫柔的姑娘——袁佳老了，老得認不出來了。

「童叔叔，童警官，你們已經知道了，我和李威連、張華濱是從孩提時起的好朋友。我們三人在楓林橋共同度過艱辛而充滿友愛的童年。外婆是在一九七六年初嚴寒的冬季永遠離開的，從那以後我們才不得不分開。我跟著爺爺住進『逸園』；華濱被他爸爸領了回去；威連的父母兄姊在他上初中之前就搬去香港，只剩下他一個人留在上海生活。

「分離之後，我們各自的景況有了很大的區別。威連從小就很自立很能幹，獨自生活得井井有條，而且他每週日都會到『逸園』來接受爺爺的教導，所以我和他一直有機會見面。反而是華濱最可憐，自從被張光榮領回以後，華濱連吃飯都變得有一頓沒一頓，更別說其他方面的關心和愛護。華濱那時還在念小學，沒有我和威連管著，成績很快變得一塌糊塗，還跟著張光榮沾染上了不少惡習，蹺課、撒謊、打架偷東西……那時我們三個經常偷偷約在威連的家裡見面，每次華濱都要向我們哭訴，抱怨他爸爸的種種惡行。我記得那些時候威連總是很沉默，偶爾還會教訓華濱幾句，他小小年紀就有種天生的威嚴，華濱一直很怕他。

「我們就這樣保持著不為人知的友誼。很快三年過去了，威連順利升上華海中學的高中，我也從外校考了進去。『文革』結束後張光榮越來越落魄，憑著一些文娛方面的特長，好不容易混到華海中學當上代課教師，把華濱也弄進了華海中學，我們三個又在華海中學重聚了，我大概是其中最興奮的一個，兩個男孩子卻沒什麼特別的喜悅。在這個過程中我發現了，男孩長大後會變得相當深沉，會隱藏真實的內心，注意力也漸漸跨越眼前的小圈子，投向更加遠大的目標。而我這個女人卻只會瀕於情感，在愛的樊籠裡兜兜轉轉……

「當時威連定下了規矩，在學校裡我們不能表現出任何相互熟識的跡象，只能定期在他家裡悄悄聚會。雖然心裡對他的規定很困惑，但我和華濱都已經習慣了對他言聽計從。而不久之後發生的張光榮意外死亡事件，恰恰證實了威連的先見之明。

「一九七九年，嚴冬。當時張光榮酗酒越來越嚴重，上課時都常帶著酒氣。校長找他談了幾次話，如果他的情況再不改善，只怕連工作也保不住了。因為生活極不如意，張光榮把鬱悶全都發洩到華濱身上，平日裡對他非打即罵，華濱對父親的憎恨也與日俱增，好幾次聚會時，他都哭著給我看他手臂和胸口的傷痕，我傷心地直落淚，威連卻冷冰冰地說：『這種人還不如死了好！』他說話時冷酷的樣子讓我害怕，更令我膽戰心驚的是華濱眼中隨之而現的凶光。

「張光榮是在那年期終考試的前幾天出的事。事發的當天傍晚，我們三個又約在威連的家裡見面。華濱功課太差，威連一直在幫他補習，而我負責給大家做飯。每次看著兩個男孩狼吞虎嚥地把飯菜消滅，就是我最大的快樂。可是那天，我和威連一直等到晚上九點多，華濱才驚慌失措地出現。他告訴我們，張光榮喝醉了酒，失足跌下華海中學的沙坑，現在生死不明。我正急著想出門喊鄰居去救人，卻被威連阻止。他讓我和華濱都待在家裡，自己先去看看情況。威連大概半小時左右就回來了，他說自己爬下沙坑看了，張光榮已經沒有呼吸，肯定是死了。這下我和華濱都沒了主意，只能全聽威連的。

「為避免不必要的麻煩，在威連的安排下，我和華濱裝作什麼都沒發生似的，各自回家睡覺去了。第二天中午張光榮的屍體被發現，公安局經過勘察，確認張光榮是失足跌落後直接摔斷脖頸，當場死亡。張光榮本來就令大家厭惡，所以他的意外死亡沒有引起任何疑問和悲戚，很快就被淡忘了。但從那以後，根據威連的吩咐，我和華濱再沒去過威連的家。

「華濱從此擺脫了他的流氓父親，被一戶印尼華僑家庭收養了。這戶人家的女主人是位小有成就的鋼琴演奏家。張華濱跟著這家人過了幾年舒服日子，還學會了彈一點鋼琴。」

童曉聽到這裡樂了，忍不住插嘴：「呵呵，如果不是他在去年公司年會上曬琴技，也就不會發生有川康介企圖用愛滋毒血玻璃片扎他的詭異情節了。」

林念真又是淒婉一笑：「可惜華濱的命不好，三年後那家人接連生了兩個兒子，對華濱的關愛一下子全轉移到自己的孩子身上。又過了一段時間，這家人舉家遷回印尼，也沒有帶上華濱。再後來，華濱在瑾江飯店工作時碰上了一些不如意的事情，就以去印尼探親的名義申請出國。其實，印尼的養父母根本不願接納他，華濱只是找了這個管道去香港投奔威連。從那以後，他們倆就一起在香港奮鬥，具體的情況我就……不清楚了。」

林念真結束了她的追述。童明海父子一時無言，心中滋味雜陳。

「我們三人的過去就是這樣。如果沒別的事，我先走了……」她輕聲說。

「好，好！」童明海猛醒，「有事我們再和你聯繫。」

林念真沒有動，卻微笑著伸出左手。

「哦對不起！」童曉把照片背面朝上送回到她的手中，「『最要緊的是我們首先應該善良，其次要誠實，再其次是以後永遠不要相互遺忘。』袁女士，我也很喜歡杜思妥也夫斯基。」

她輕輕摩挲著自己寫於三十多年前的這行字：「我現在才懂得，要做到這三點是多麼的不容易……」

「袁女士，還有個小問題。」

「什麼？」

童曉問道：「袁女士，你爺爺死去的那天，你比平時晚到家半小時。據弄口的傳呼電話說，你曾打電話回家過，而你卻否認了。我只想再和你證實一下：那個電話是你自己打的嗎？你確實是因為電車開得慢才晚到家的嗎？」

即使在童曉一瞬不瞬的注目下，林念真的臉上也看不到絲毫波瀾。她的回答確切而簡明：「當年是我撒了謊。我是因為和張華濱約會才遲到的，電話也確實是我打回家的。但是爺爺意外猝亡，我不想讓華濱牽連在裡面，所以沒有說實話。」

「是這樣……」童明海不禁有些發愣。

面對老人躊躇的模樣，她最後一次抱歉地微笑：「真的很對不起，童叔叔，瞞了你這麼多年。」

「其實她該對不起的是李威連吧。」等林念真的背影完全消失在教學樓後面，童曉才說，「這麼說來，袁老先生的死他們三個都有責任啊！就為了她和張華濱的姦情，卻讓人家李威連一個人背了黑鍋。」

「怎麼說話呢！」童明海又是一臉的沒好氣。

童曉朝童明海歪了歪腦袋，老爸到底還是偏心袁佳。

「估計李威連心裡是很明白的，他也樂意給袁佳打掩護。你聽她今天說的話，這也不是頭一回了！」

沒必要再追究下去了……在不知不覺中，童曉發現自己的心也隱痛起來。

照片上三個孩子清純的面孔栩栩如生，叫人更難接受往事裡的無盡悲涼。命運何其殘酷，在他們的身上施下一道又一道魔咒，環環相扣、糾結纏繞，究竟是罪還是罰？

「我怎麼不知道你還看俄國人寫的書？」

童曉歎了口氣：「老爸，你兒子可是個文藝青年哩。」

「那書叫什麼名字？」

「《卡拉馬助夫兄弟們》。」

童明海擰著眉頭，沉默了。

夕陽已經完全落下，童曉看著父親的臉，濃重的暮色和老人面龐上的悲憫糅合在一起，黑與白的界線不再那樣分明。

「爸，周建新已經承認了是他將安眠藥放在周峰的杯子裡。大約從半年前開始，就有不明身分的人往他的郵箱裡發李威連和宋采娣發生關係的視頻，還寫了很多侮辱和激怒他的語言，使他對自己的父母以及李威連均恨之入骨。正是在這些郵件的蠱惑下，周建新漸漸產生了殺心。案發前一個多月，那個神秘的發信人開始更加頻繁地與他聯絡，他們交流的內容逐漸集中在如何實施謀殺上。是神秘發信人建議周建新給他父親下藥，並說這是最萬無一失的方法，既可以同時殺死李威連和周峰，又可以偽裝成車禍。周建新決心按照神秘發信人的辦法實施謀殺。在他們商定的謀殺日期前一天，神秘人送了個快遞給周建新，裡面就裝著一瓶李威連平常服用的特效安眠藥。

「西岸化工的原人事總監朱明明作證說，炮製郵件者正是張乃馳，而神秘人慫恿周建新作案的日期又恰好在郵件發出當天，說明神秘人很可能也就是張乃馳。他是想同時達到殺周峰滅口和害死李威連的目的。辦案小組當前最關鍵的任務就是確認神秘發信人的身分。但是周建新把來往郵件都刪除了，快遞單據也扔了，追查線索比較困難。不過，根據朱明明和其他西岸化工內部人員的證詞，張乃馳和周峰的關係一向不錯，張乃馳的妻子和李威連也有曖昧關係，因此周峰和張乃馳勾結向李威連實施報復計畫，是完全符合邏輯的。」

童明海點點頭：「雖然張乃馳已經被鑑定為精神病，但假如能夠證明他就是周建新殺父的教唆犯，至少對於周建新的量刑判決，還是相當有參考意義的。」

「是的。李威連應該也有類似的懷疑，所以他為宋采娣母子聘請了最好的律師，還請來心理學專家對周建新進行心理干預。我認為，他這樣做並不單單是出於對周峰一家的愧疚，恐怕他早就猜出真凶另有其人，只是沒有證據罷了。」

「那麼……袁佳呢？」

是啊，袁佳呢？今天她又所為何來？硬生生剝下結了大半生的舊瘡，撕破命運強加的偽裝，難道她不痛嗎？

肯定是痛徹肺腑的吧。但是為了今天的孩子和當年的孩子，為了相似的命運和罪惡，為了救贖，為了原諒，她勇敢地揭開心中埋藏的最後一道秘密。

就讓我們竭盡所能，去拯救那些依舊在徬徨和掙扎的靈魂吧。

「姐姐！」

她一踏進門，他就認出她來了。袁佳愣住了，但他晶亮的眼神猶如兒童般純淨，就那麼熱切地望著她，還向她伸出雙手：「姐姐！」

她笑了，熱淚隨即滾落，舌尖品到鹹澀的滋味，笑容卻更加甜潤。

「華濱，華濱。」她坐到他的身邊，相隔了整整十八年，她又一次和他靠得這樣近，幾乎能看清他那每一根漂亮的睫毛。他還是和她記憶中一樣好看呢，小麥色的皮膚就是不容易顯老，剎了個板刷頭，更顯得輪廓分明，眉清目秀，眼角雖然也有了皺紋，都還是細細的，在笑意中若隱若現。

「華濱……」她忍不住又叫了一聲，理智喪盡之後，他回歸了本初的模樣，正如她記憶中那個最可愛、最心疼、最捨不得的小弟弟——不論世事如何變幻，甚至可以不談善惡、不講恩怨情仇，他就是她至今仍然深愛著的人。

袁佳從來不認識張乃馳，就像張華濱也茫然不知有林念真的存在。今天他和她執手相對，彷彿十八年前深圳的相聚重新來過，只是這一次，他不會再傷她的心了吧？

「姐姐，你怎麼哭了？」張華濱歪著腦袋打量了她半天，探手去抹她面頰上的淚。袁佳含淚向他微笑：「華濱，姐姐變了嗎？」

「沒有啊，姐姐不就是這樣的嗎？一點兒沒變。」

她的淚滂沱而下，那次經過「逸園」門前時，癡呆的尹惠茹也一眼就認出了袁佳。當容顏蒙蔽了理智時，陷入混沌的他們反而用心靈的慧眼辨別出她的本來面目。

袁佳無限愛憐地整理著張華濱的條紋病人服：「華濱，在這兒住得習慣嗎？過得開心嗎？」

「哦……還好。」他也跟著扯扯衣襟，「姐姐，我喜歡這件衣服，好看！你覺得呢？」

「好看，我的華濱穿什麼都好看。」

——你肯定想像不到一件襯衫值幾千塊！這麼貴的衣服就穿在每天在我酒店出出進進的那些人身上。我發誓，有一天我也要過上這樣的生活！

你爭取過了，也得到過了，對嗎？所以你今天無憂無慮，像一個孩子般心滿意足。

袁佳從脖子裡拉出一條項鍊，輕輕掀開心形的墜子，捧到張華濱的眼前：「華濱，你看看這個，知道他是誰嗎？」

「唔？」他才看了一眼就說，「那不是我嘛！」

她又笑了，眼淚卻更迅急地淌下：「是和你一模一樣呢，可他不是你，他叫Eric，到明年就滿十八歲了。」

「哦……」張華濱不感興趣了，只是專心地給袁佳抹著眼淚。

「我答應過他，在他年滿十八歲的時候就告訴他父親的情況。所以我才回到中國，所以我才想要找到你，華濱，華濱，我該怎麼對他說，怎麼說呀……」

因為坐落在郊區，市精神病院有一個很大的院子。秋風瑟瑟中，黃葉已經開始飄飛，一片一片，掉落在黃灰色的大草坪上。偌大的花園裡人影稀疏、清靜寂寥，病人蹤跡不定，醫生和訪客都是來去匆匆，越發使這裡有種脫離了繁華俗世的感覺。

一棵高大的桉葉樹下，林念真和戴希面對面坐在石桌兩旁。

「戴希，替我謝謝你的爸爸，給他做了這樣周到的安排。」

「Jane，別客氣了。」

「你怎麼樣？戴希，傷都好了嗎？」林念真伸出手，輕輕拂過戴希的額頭，靠近髮際線的地方，一塊淡褐色的疤痕清晰可見。

「嗯，早沒事了。」

「這個疤應該會褪掉的。」

「褪不掉也沒關係，我可以用劉海遮住它。」戴希笑著說。

「這麼漂亮的額頭，還是不要遮住的好。」

「嗯，讓它時刻提醒我自己有多笨嘍。」戴希頭上的傷是昏倒時撞的，她為此懊惱了好久，覺得自己實在太沒用了。

林念真像是看穿了她的心思：「戴希，你很勇敢，也很堅強，比我當初強多了……」

「Jane，你和教授什麼時候回美國？」

「大後天。」

「這麼快？」

「是啊，快到年底了，一年的交換學者專案結束，David必須要回去。」她的目光迷茫，似乎又看向久遠的過去，「況且，我在上海也沒什麼牽掛了。」

戴希垂著頭，源源不斷的悲傷從心底翻湧起來，堵住了她的喉嚨。

「戴希，還是沒有他的消息嗎？」突然一陣秋風，把林念真的聲音吹得縹緲不定。

「沒有……」戴希抬起頭來了，「只知道他去了美國，可是任何人都聯繫不到他。」

那天在「逸園」裡受傷最重的是李威連，但他只在醫院裡待了兩天，接受了初步的急救治療後，就堅持出院，直接登上了去美國的飛機。陪同他前往美國的除了雇來的特別看護之外，只有小狗Lucky。

從那以後，再沒有人得到他的任何消息。

「他就是這個脾氣。那時候在金山石化受了傷，我是直到他去香港之後才聽說的。他這個人呀……有時真叫人生氣。」林念真像在嗔怪又像在眷念，「記得爺爺過去常說，威連天生貴氣，在他的個性中，本來就有紳士最重要的特徵：自律、自尊和對完美的追求。要把他培養成紳士是最容易的。所以我一直都認為，威連不會被任何事情打倒。我相信，他一定會好起來的。」

靜了片刻，戴希說：「Jane，還有件事，是……他託我辦的。」

戴希打開挎包，薄薄的一張紙放到石桌上，她必須用手按著，才能不讓它被簌然而過的秋風吹走。

「那天在『逸園』，William讓我把這個轉交給你。」

林念真看著這張紙，許久不置一詞，端麗的面容猶如雕塑一般沉靜安詳。

戴希又從包裡取出一張銀行卡，大喘了口氣：「還有一筆錢，也是他讓我給你做、做手續費——」

「戴希。」林念真打斷她，「別再說了。這些你都收好，我不要。」

「Jane……」戴希像在哀求，卻不知道是為了誰，為了什麼。

林念真把那張紙輕輕遞回戴希手邊：「原來你也習慣用左手，我剛剛才發現。」

戴希說不出話來，她只覺得傷心，肝腸寸斷般的傷心……

「『逸園』再珍貴也不過是一棟房子。她只對真正愛她的人才有價值，而我，是不會去愛一棟空房子的。」

鉅額財富、數載情思，就這樣被毫不留戀地捐棄了。枯黃的秋葉飄落到石桌上，是要與那張白紙同歸塵土吧？

站在孟飛揚家的樓下，戴希有些神思恍惚。最後一次離開這裡時，還是大年初三的下午，孟飛揚拖著行李箱送她到社區門口，通道上的鞭炮和煙花殘跡已經掃乾淨了，但路邊花壇裡的殘雪中依舊點綴著紅紅綠綠的碎屑，很喜慶、也很骯髒。

他在她的唇上印下最後一吻，看著她上了計程車。車子開動了，戴希隔著車窗向後望去，孟飛揚穿著薑黃色羽絨風衣的身影在一片灰暗中熠熠生輝，很快就被車窗裡凝結起的霧氣遮去了……

來開門的是柯亞萍，卻直愣愣地瞪著戴希不說話。

「你好，我找……孟飛揚。」戴希只好說。

柯亞萍乾脆把目光都移開了，稍微偏過身子站到門邊——請進的姿勢，抗拒的表情。

就在戴希進退兩難之際，孟飛揚出現在門前：「戴希，你來了。」

孟飛揚的家裡收拾得相當整潔，還添了一些戴希不曾見過的小東西：窗臺上的幾盆仙人掌開著粉紅色的花，進門過道的牆上豎起了一面S形的宜家風格穿衣鏡，沙發上多了幾個印著碎花圖案的靠墊……「田螺姑娘」的心思和勞作使這個簡陋的小家散發出溫馨氣息，也深深地刻下了她的個人印跡。戴希想起春節假期裡孟飛揚特地為自己做的整修：時近冬令，想必廚房裡的熱水龍頭、洗手間裡的新暖風機都可以派上用場了。雖然自己始終沒機會享用，至少那份感動實實在在地保留下來，並未落空。

孟飛揚和柯亞萍在廚房裡低聲交談，戴希獨自坐在沙發上，對面書桌上的電腦開著，螢幕閃閃發亮。就是在這臺電腦上，戴希收到西岸化工發來的入職郵件，也是在這臺電腦上，她把諮詢者X的自述讀了一遍又一遍，在不知不覺中將他深深地裝進心裡……

往事歷歷在目，每個片段都讓戴希確信，自己真實地愛過，也同樣真實地被愛，他們從未辜負過彼此，也從未辜負過自己的心。

「戴希，要喝什麼嗎？」孟飛揚架著右臂走過來，「茶還是咖啡？」

她噗哧笑了：「好帥的酒店招待。」

「嗯，五星級酒店滴！」孟飛揚一本正經地點頭，在戴希身邊坐下，目光落在她的額頭上，「這塊疤還沒褪啊。」

戴希不覺抬手遮了遮額頭：「都盯著這個看，真討厭！」

「好、好，不看了。」孟飛揚嘴裡這麼說，眼睛卻不肯挪開半分，盛不下的憐惜、不捨、疼愛，點點滴滴都要溢出，「唉，要是我能再早點到就好了……」

「飛揚！」

兩人不約而同地沉默了。10月8日假期結束，孟飛揚從早上開始就不停地給張乃馳打電話，始終無人接聽。到下午，在公司裡上班的孟飛揚再也坐不住了，直接衝到了張乃馳的寓所。他所見到的是一片狼藉，撕碎的文件、砸爛的杯盤、遍地的污跡……尤其令孟飛揚觸目驚心的是：乳白色的牆紙被利刃劃得支離破碎，依稀可以辨認出三個血紅的字塗滿了一整面牆——李威連！

孟飛揚的心頓時抽緊了，本能地抓起手機連撥戴希的號碼。對方無法接通，孟飛揚的頭腦裡亂哄哄響成一片，打車直衝西岸化工，得到的消息是戴希請了半天假，吃完中飯就離開了。她會在哪裡？為什麼打不通手機？大約就是心有靈犀吧，在西岸化工樓下團團亂轉的孟飛揚突然記起來：有一個地方的手機信號不暢——「逸園」！

「逸園」緊閉的正門又耽擱了孟飛揚不少時間，等他好不容易摸到邊門時，這扇小門已經被張乃馳大大地推開了，花房裡、穿廊中一路滴下的汽油給孟飛揚指出了方向。就在張乃馳高舉尖刀刺向戴希時，孟飛揚及時趕到，千鈞一髮之際，他不假思索地將自己的肩膀頂在了張乃馳的刀刃之下。

李威連掙扎起來，兩個受了傷的男人一起和握著凶器的瘋子搏鬥。所幸孟飛揚在「逸園」牆外時已經覺察到了強烈的殺機，給童曉打了電話。差不多在同一時間，邱文忻從「雙妹1919」的樓上觀察到了異狀並報了警，幾路人馬在十分鐘內先後趕到，這才制服了張乃馳，撲滅了熊熊燃燒的大火。

戴希輕輕碰了碰孟飛揚吊在脖子上的右臂：「還疼嗎？」

「呵呵，男人皮糙肉厚的，沒事兒！再過兩個禮拜就一切正常了。」孟飛揚低下頭看了看，

「再說，現在這樣才是標準的招待姿勢嘛，對不對？」

戴希勉強笑了笑，突然想起柯亞萍來：「……她呢？」

「哦，買菜去了。」

「飛揚，」戴希眨眨眼睛，「和她，你開心嗎？」

孟飛揚微笑地看著戴希，她問話的意思只有他才能懂，她的心情也只有他才能體會。因此他沒有直接回答她，卻反問：「戴希，聽戴伯伯說你辭職了？」

「嗯。」

「這樣也好，有什麼新打算？是要跳槽還是……」

「我還沒想好。」戴希低下頭。

「小希，」孟飛揚又一次用好多年來習慣的方式叫她，「小希，去做你真正想做的事情。只要你開心，我就開心。」

她一直以為是自己在呵護他的快樂，事實卻是他在包容她的理想。這就是她最好的飛揚哥哥，遠比她所以為的更成熟、理智和堅強。

他們望進彼此的心中，這一刻如此珍貴，足可告慰青春。

又過了好一會兒，孟飛揚伸出左手捏了捏戴希頸間的絲巾：「還記得嗎？CarpeDiem……」

細膩滑潤的絲綢質感十足，從他的手指間一掠而過。這條火紅色的愛馬仕絲巾是孟飛揚送給戴希唯一的一件奢侈品，那時他倆對著絲巾的介紹興奮地研究了好半天，戴希尤其喜歡其中提到的古羅馬詩人賀拉斯的名句：CarpeDiem。

親愛的，請把我的祝福永遠繫在頸間——珍惜年華。

柯亞萍買菜回來時，戴希已經離開了。柯亞萍沒有多問什麼，只是默默地洗菜做飯，自孟飛揚受傷起，她每天都這樣悉心地照料著他，從醫院到家，無微不至、任勞任怨。

孟飛揚的右手還沒好，弄不了多久電腦。和過去戴希常住在這裡的時候一樣，電腦不設開機密碼，方便兩人同時使用。如今回憶起來，孟飛揚和戴希都以為，只有這樣才能證明他們彼此坦白，互相之間毫無秘密。如今回憶起來，孟飛揚總會不無苦澀地想，他們曾經是多麼天真啊。

真正的秘密從來就不是鎖在電腦裡面的，它躲藏在心的最深處，除了自己，任何人都無從挖掘。

晚上九點半剛過，他們就上床了。柯亞萍先幫著孟飛揚洗漱，然後收拾他的內衣，整理洗手間，等到她自己洗完澡鑽進被窩，一個多小時都過去了。

孟飛揚面朝左側躺著，右臂徹底痊癒之前，他還得把這個睡姿維持一段時間。柯亞萍小心翼翼地從他身上伸過手去，想關上他那一側的床頭燈。

「亞萍。」

她身子一軟，又忙撐起：「哎呀，弄疼你了嗎？」

孟飛揚嘶嘶地吸了口氣：「疼啊……你關燈幹什麼？」

「啊？那怎麼辦？」柯亞萍有些發慌，「我還當你睡著了。」

「沒睡，我等你呢。」

「等我？」

床頭燈光斜斜地照在他的臉上，柯亞萍突然意識到什麼，臉刷地紅了。她在孟飛揚的注視下囁嚅起來：「……你想幹嘛？傷還沒好透呢。」

「是胳膊沒好透，可別的地方好好的啊。再閒就該閒壞了。」

「那也不能，多不方便……」

「我沒覺著不方便。」

孟飛揚目不轉睛地盯著柯亞萍，她半推半就地依偎進他的懷抱。

他只能用左臂半撐起身子，這姿勢到底還是很勉強。試了一回，他輕聲問：「要不你在上面？」

「還是等以後吧。」柯亞萍躺在他的左臂彎裡，「今天就這樣，好不好？」

「嗯……」孟飛揚把她的手放到自己火熱的慾望上，只能如此了，因為他不能也不願向她解釋清楚：今天他有多麼想要、多麼想、多麼想。

他終於在她的愛撫下釋放了，如期而至的虛脫感讓澎湃的心潮歸於平靜。關上床頭燈，他們分開躺好，幾分鐘後柯亞萍低聲說：「飛揚，仲介給我推薦了一套兩室一廳的房子，離這裡不太遠，明天我們一起去看看吧。」

「好。」

柯亞萍的呼吸漸漸均勻綿長，孟飛揚卻在黑暗中大睜著眼睛。既然已決定給出完整的感情，那麼今夜，只有今夜，他允許自己在思念中沉醉。

……有研究證明，那個器官的功能和狀態能夠最真實地反映男人的生理年齡。

……太監嘛，他們只有作為人的年齡，沒有作為男性的年齡！

從今以後再不會有人對他說出這樣的話了。

他今後的人生將平淡而紮實，等到退休，他或許會成為另外一個老柯。他將不再是那個懷著樸素的正義感的年輕人，就因為看不慣領導和海關官員之間的權錢交易而從大型貿易公司辭職；也不再會為了逞英雄而一時衝動，匿名舉報海關的貪腐行為，並企圖同時阻止有川康介的商業欺詐……結果他失去了工作，又引發一連串意想不到的變故，他並不為此後悔，卻終於決定要統統忘卻。

作為一個人他必然會成熟、會衰敗、會老朽，但他的男性年齡將永遠為摯愛的女孩留存起來，不論生理年齡到了六十、七十還是八十歲，他都會記得那個女孩說過的最觸動他心弦的話語：「我只希望，最後能夠由我一個人來驗證，你的男性年齡達到了一百歲……」

孟飛揚感到，有什麼溫熱的東西順著眼角緩緩流下，無聲地滲進枕頭裡。

你知道嗎？我已經一百歲了……

在這個萬籟俱寂的夜裡，孟飛揚向珍藏在心中的戴希告別：

「最最親愛的佛洛伊德小姐，在心靈的世界裡自由飛翔吧——願你幸福。」

第四十章

這天晚上十點多，戴希接到來自香港的國際長途。

「喂，葆齡？」

「戴希，你睡了嗎？」薛葆齡的聲音聽上去很不安，也很悲傷。「逸園」的事情一出，薛葆齡就在香港得到了消息，待她心急火燎地趕到上海，李威連已飛往美國，張乃馳則在看守所裡徹底發了瘋。

生命中兩個最重要的男人以如此慘烈的方式終結了爭鬥，也終結了和她之間曾經的血肉相連。薛葆齡在為他們痛心疾首的同時，不得不再次認識到，這兩位過客真的從此遠離了自己的生命。

事實雖然早就擺在眼前，要死心仍然殊為不易。

在上海徘徊兩天之後，薛葆齡失魂落魄地返回香港，開始透過自己的管道四處尋找李威連的下落，至今無果。

「我沒睡，還早呢。葆齡，有什麼事嗎？」

「戴希，我想問問Richard的情況……」

「他……還好吧。你有時間可以來上海看看他，這裡醫院的條件還可以的。」儘管張乃馳的住院費用都從薛葆齡的帳戶裡支出，她卻一直沒有來看過他。

「還有希望恢復嗎？」

「……聽我爸爸說，希望很渺茫了。」

從電話那頭傳來長長的歎息，再開口時，薛葆齡的嗓音有些發緊：「雖然他……今天落到這個地步，我心裡還是挺難過的。」

戴希沉默著。對於今日的張乃馳來說，喪失理智究竟是喜還是悲？戴希沒有能力做出判斷。

隔了一會兒，薛葆齡又問：「William呢，戴希，你有他的消息嗎？」

「沒有。」

每次和薛葆齡通電話都要重複這個問答，來來回回之間，無力和心痛的感覺不減反增。

「戴希！我……倒是聽到一些情況。」

「啊？什麼情況？」

「戴希，我告訴過你今年六月William從美國回來，是先到香港再回上海的。我本以為他來香港只是處理一些財務上的事情，可前兩天我的家庭醫生無意間說出，那次William請他幫忙打聽過一位著名的外科專家，還專程去拜訪過。我連忙和那位老醫生取得聯繫，剛剛和他見完面。他說、說……」

「葆齡，你快說呀，到底怎麼回事？」

薛葆齡的聲音十分低沉：「原來他就是二十五年前給William動腰部手術的醫生，William是來找他複查的。老醫生說，William當初的傷情非常嚴重，雖然二十五年前的手術很成功，但隨著年齡的增長，脊椎老化和勞損越來越厲害，William的情況很有可能突然惡化，檢查的結果證實了這一點。William必須立即接收新的手術，否則很快又將要面臨癱瘓的危險。老醫生還說，當年他就對William印象特別好，所以一再叮囑他要注意保養，過有節制的生活，才能避免情況加速惡化，可是William顯然根本沒聽話。老醫生還說，就William目前的狀況看，即使馬上動手術，恐怕結果也不樂觀。」

電話掛斷很久了，戴希還坐在電腦螢幕前發著呆。

他是怎麼說的？——做一個於人無益的人，對我是一種真正的恥辱。很小的時候我讀過一個童話，說的是非洲的大象，一旦年老體衰或者患了重病，就會主動脫離象群去自生自滅。

所以，他那麼急著離開上海不是為了躲避麻煩，而是為了拒絕恥辱。

他又說——這次我還是可以選擇重新開始、逆流前行，但意願和勇氣都有些匱乏了。

總是獨自面對一切，他到底還是累了。

戴希晃了晃腦袋，不，不想這些了！現在她有份很重要的東西要看——希金斯教授剛剛發給戴希的郵件。

回到美國的第二個星期日，我的諮詢室裡迎來一位特殊的貴客。一到美國Jane就開始四處尋找她，還算順利，沒有花太多時間就得到了她的聯繫方式，更令人驚喜的是，她和丈夫、女兒一家就住在舊金山市區。Jane本來打算登門拜訪，但是和她聯絡之後，老太太堅持要親自訪問我在史丹佛的研究室，於是我們倆在這個星期日鄭重其事地等在研究室裡，迎候她的到來。

李夫人，Jane口中的玫瑰阿姨，這位年近八旬的老婦人自己駕著車來到史丹佛。雖然從諮詢者X和Jane的敘述中，我對她的美貌和風度已有充分的心理準備，看到她時我仍禁不住發出由衷的讚歎。

完美的女性，歲月絲毫不能減損她那高雅的儀態與風采，滿頭白髮更襯托出時光雕琢的美麗。一見到她，我便認出了那雙和諮詢者X一模一樣的眼睛，兒子全盤繼承了母親的相貌和氣質，這並非簡單的相似，而是一種從外表到內在的深度契合，一種靈魂上的酷肖。聯想到這對母子之間一言難盡的複雜關係，這樣的契合與酷肖卻令人情不自禁心生感慨，而此後的交談也從更多的側面加深和詮釋了這種特殊感受。

李夫人已經知曉了發生在上海的事情，雖然很多細節還有待證實，但她對諮詢者X目前的艱難處境極其擔憂，也至為關切他的現狀。但令人遺憾的是，事發之後諮詢者X始終沒有和她聯繫，連李夫人也猜測不出他會在哪裡。

李夫人非常傷感地告訴我和Jane，雖然過去她和這個小兒子的關係並不親密，還曾經分開過相當長時間，但在他去香港之後，母子關係有了很大改善。最近這些年，諮詢者X在美國建立的家庭已經成為李夫人生活中最大的快慰，一直到今年四月之前，李夫人還常常興致勃勃地來往於加州和紐約之間，去長島看望心愛的孫女Isabella，並且按照兒子的再三囑咐，堅持和Isabella說中文，培養她對中國文化的興趣。

當得知諮詢者X突然離婚的消息，李夫人十分震驚，更令她難以接受的是，兒子竟然是因為醜聞敗露而被迫離婚，還斷送了奮鬥多年、來之不易的大好前程。五月的一天兒子來到母親這裡，李夫人在盛怒中要求他解釋，結果母子二人發生了二十多年來不曾有過的激烈爭吵，諮詢者X奪門而去，從那以後就再沒和李夫人通過一次話。

說到這裡李夫人的眼圈紅了，她說她最捨不得的還是未滿十歲的Isabella，兒子的私生活混亂她早有所聞，但她對兒子的精明很有信心，的確沒想到他會鬧到這樣不可收拾的地步。

我和Jane保持著沉默，等待李夫人自己慢慢恢復平靜。不久之後，李夫人果然詢問起諮詢者X所患心理疾病的狀況——為什麼？她急迫而痛切地追問：為什麼他非要那麼作踐自己？

此前Jane已經在電話裡向李夫人說明了大致情況，因此我很坦率地告訴她，鑑於諮詢者X來訪的目的並不單純，而且單方面中斷了諮詢，所以我對他的精神分析進行得既不完整，也不深入。我只能說，諮詢者X在童年時期就經歷了巨大的心理創傷，其後的成長過程中，時代和環境變遷所造成的壓力累積疊加，最終形成了他在人格上的扭曲和病態。所以他的種種行為，都可以被看作是在巨大的內外部壓力下，為了維持相對平衡的精神狀態，避免徹底崩潰的畸形手段。換言之，諮詢者X放任自己沉淪於過度的受難中，是為了獲得類似於鴉片止痛的麻痹效果。我預計對諮詢者X的治療將會相當困難，很可能要持續漫長的時間。但是無論如何，治療開始得越早越好。

李夫人專注地聽完後，請求我重複諮詢者X自述裡關於她的段落，尤其是她將諮詢者X拋棄在上海，自己和丈夫以及另外兩個孩子移居香港的內容。我照她的要求又講了一遍，李夫人沉默了很久，卻說出令我訝異的話，她說：「這是謊言。」

李夫人說，當他們一家終於爭取到離開上海的許可時，她肯定是想把三個孩子都帶上的。但是就在收拾行李做準備的時候，最年幼的兒子，當時才十二歲的諮詢者X主動向父母提出，要獨自留在上海生活。李夫人非常吃驚，但諮詢者X的態度十分堅定，這個小兒子一貫和母親關係冷淡，與哥哥、姊姊更是矛盾重重，只要在一起就吵鬧不斷，所以李夫人常年將他寄養在別處，他突然提出這種要求，也是有一定邏輯的。儘管如此，要把這麼小的孩子一個人拋在上海，李夫人還是猶豫再三，畢竟是自己的親生兒子啊。這時她的大兒子和女兒發表意見，他們都很不喜歡這個小弟弟，不願意和他一起生活，既然他自己要留下，為什麼不順水推舟呢。李夫人的丈夫在諮詢者X出生前就被下放，對父親來說，這個小兒子完全是個陌生人，彼此都沒什麼感情。

最終事情就這麼定下來，李夫人闔家移居香港，唯獨留下了諮詢者X。此後將近十年中，母子間除了一年兩三封信件和匯款之外，再沒什麼聯繫。如果不是一九八四年諮詢者X因傷去香港治療，或許他們將從此不相往來。

「教授，你說被母親遺棄是造成他心理疾病的重要原因之一，但我可以發誓，我從來沒有主動拋棄過他。」李夫人流著淚問，「他為什麼要說謊？為什麼要把遺棄的罪責強加到我的身上？他是不是非常恨我？」

我無法立即回答她，扭曲的事實背後掩藏著深刻的心理動因，需要極為謹慎地挖掘和驗證。

「我想他是為了婆婆，為了我……我們……才主動要求留在上海的。」Jane說，就在我和李夫人都沒有注意到的時候，她也悄悄地落下淚來。

短暫的寂靜充滿壓迫感。

高貴的老婦人泣不成聲：「我的孩子，當年他還那麼小……我可憐的孩子……其實我一直、一直都是最愛他的啊……」

李夫人的話使我對諮詢者X的內心世界有了進一步的認識。遺憾的是，如今連她也找不到他，這未免叫人很為他擔心。到目前為止唯一的線索是大約一週多前，諮詢者X給女兒Isabella打過電話。Isabella告訴奶奶，爸爸一如既往地在電話裡和她聊天，用中文給她講故事和朗誦詩歌，這次講的故事Isabella尤其喜歡，是關於小王子馴服狐狸的美麗童話。

電腦螢幕由亮轉暗，螢幕保護的藍色小圖示落寞地飛了一陣子，乾脆隱身不見。屋子裡最後的亮光湮沒，在書桌前坐到現在，夜晚降臨時戴希沒有拉上窗簾。現在從她背後的窗戶透進淡淡的夜光，又由漆黑的電腦螢幕反射回來，使戴希能夠看到自己的眼睛，閱讀了這麼久，仍舊亮晶晶的。

她讀到許多謊言，把他的生命塗抹得如同一幅層層疊加的油畫。

八十歲的老母親說，我已經這把年紀了，沒必要再欺騙任何人。從而，他由被拋棄變成了主動選擇的棄絕，真相就是如此，母親還在辯解，而他已經沉默了。

在現實生活中他幾乎擔當起所有，在心靈的世界裡卻像個無賴一樣撒謊逃避。他深深地藏匿起自己最脆弱的一部分，以浮於表面的傾訴取代了說不出口的絕望。

所以他才會堅持說，並不存在心理諮詢的約定，我也不需要任何治療。

「鎖起來。」

李威連離開上海的那天，邱文悅抱著Lucky趕到機場。他還無力說話，卻艱難地吐出三個字：「鎖起來。」

飛機起飛之後邱文悅才明白，他是要她把「逸園」鎖起來。因此警方的調查剛一結束，邱文悅就把「逸園」原封不動地鎖上了，黑色的大鐵鍊在門環上繞了一圈又一圈，鎖上大門，鎖上邊門，鎖上所有的門。聞風而至的媒體和看熱鬧的人們在附近逡巡許久，始終只能從圍牆外遠眺「逸園」那超凡脫俗的潔白立面。

很多人覺得不可思議，因為從外面根本看不到絲毫損傷。無論內部如何遍佈瘡痍、空寥衰敗，只憑一句——鎖起來，「逸園」維持了最後的自尊。

李威連又何嘗不是如此？

鎖起來，用外在的風華顛倒眾生，又用超脫的姿態自我欺騙；撐下去，一邊掌控一邊放縱，把體力、智力和心力全部發揮到極致，直到謊言破滅、身心俱朽的那一天。他奮力攀至巔峰，再如隕石般直線墜落。因為只有這樣，他才可以對自己，也對所有的人說：你們口口聲聲的愛都是謊言，唯有背棄才是真相。

這就是在累累創傷下扭曲的人格為他所指出的——人生的終途。

然而戴希知道，他其實是不甘心的。

已不知是第幾回了，她與他彼此孤離，卻交談了整整一夜。每當這樣心靈相通的夜晚之後，她又總會為自己感到深深的遺憾：雖然擁有了他最寶貴的信任，卻無法帶給他一分一毫的真實安慰。

打開寫了半年多的研究報告，戴希將今夜的所思所想整理成文，落筆在報告的最後。然後她創建了一封新郵件，收件人是David Higgins。

「親愛的教授，」戴希寫道，「隨信附上諮詢者X的案例研究報告，我知道它的內容並不完整，亦欠缺深度，對患者心理疾患的形成原因有很多主觀推斷的成分。之所以會這樣，患者自我陳述的模糊不清當然是一個因素，但更主要的原因還是本人的研究能力有限，經驗不足並且缺失自信。一直以來，我無法確定自己是否有能力駕馭心靈的陰暗面，不論是他人還是自身的，正是這種恐懼讓我在黑暗的心靈世界前裹足，使我傾向於放棄。

「但是諮詢者X的案例給了我活生生的感受，讓我深切地體會到心靈沉淪的痛苦。圍繞在他身邊的人和事，更讓我認識到了當代中國普遍存在的焦慮，和由此帶來的扭曲的心理狀況。諮詢者X的案例由語言障礙所引發，我看到的卻是，在這個病例中，英語並不僅僅是一門外語，而是象徵著被剝奪的自由和尊嚴，求而不得的忠誠與奉獻，是我們在人生中所嚮往的一切美好，是諮詢者X孜孜以求的愛的幻影。事實上，在今天的中國，它還可以是一套體面的住房，是一次變美的整容手術，甚至是一支最新款的蘋果手機……在過去的歲月裡，我們失去得太多了，所以才要拚命追趕，為此我們情願陷入競爭、恐懼、猜疑和被猜疑當中，我們願意付出任何代價去獲取權力、地位和財富，因為我們相信，只要有了這一切，就會得到幸福。

「然而，我們不僅沒有如願以償，反而變得前所有未有的孤獨。

「使情況更加惡化的，還有整個社會的不理解、不寬容。對於心靈的痛苦，人們或者視而不見，或者加以曲解，用『變態』『矯情』『自作自受』『意志薄弱』等等字眼來施加進一步的傷害，彷彿這樣就可以使自己立於不敗之地。

「因此，假如像我這樣的專業人士都沒有勇氣去面對、去理解並幫助諮詢者X這樣的人，那麼又讓他去依賴誰呢？

「心靈的陰暗面不足為懼，因為我們可以彼此相助。

「今天我依然無法肯定能治癒諮詢者X，但我至少應該付出努力，去傾聽他的訴說、瞭解他、陪伴他、安慰他，幫助他恢復信心，讓他明白自己絕非孤立無援。

「教授，要做到這些我還有太多需要學習的東西，所以我想請求您，重新接納我做您的學生，為成為一名真正的心理學專業人員繼續學業。」

電腦螢幕上反射出淡淡的紅色，戴希背後的窗戶朝向東方，她知道，快要日出了。

當此黎明來臨之際，戴希閉起眼睛，將額頭靠在緊握的雙拳上，學著記憶裡他的樣子——為他，也為所有沉淪在痛苦中的心靈祈禱。

輕輕的一聲「滴」，教授的回覆這麼快就來了。

只有兩個單詞：「WELCOME BACK.」

中午時分升溫很快，從太平洋上吹來的海風沒有早晚那麼涼了。冬季的太平洋上空雲層舒展，雪白的雲絲拉得老長老長，尾端漸漸變成灰色，在遠方沉入海平面。海水的顏色也明顯比夏天深得多，層湧的青黑色中彷彿時刻孕育著狂烈的風暴。

駕車駛過半月灣向海上凸出的深褐色岩岸時，戴希打開車窗，讓帶著鹹味的風一路灌進來，汽車沿著公路向海灘盤旋而下，面孔突然黏上冰涼的水滴，初來乍到的人會誤以為是頭頂那朵烏雲裡飄下的細雨，其實這裡的冬季極為乾燥，幾乎從不下雨。

飛入車窗的水滴是風捲起海水脫離廣袤母體，飄逸的姿態裡盡是掩不住的張惶——這一走就再也回不去了。

守著地球上最遼闊的海洋，卻沒有半點潮濕的感覺。陽光四季充裕，加州人笑口常開，絕少流淚。戴希覺得，想哭的時候只要看一看這片沒有盡頭的藍色海水，就會發現自己的淚微不足道，實在不值一流。

大洋的氣勢壓過了所有創傷。

戴希的心情很好，又因為懷抱著期待而骨骼緊張，握住方向盤的手心裡全是汗，車速時刻控制不住。

……等我不能動了，讓你帶我去兜風。

戴希急踩剎車，停在一棵巨大的古松之下。細碎的陽光在道邊的木牌上躍動不止，戴希抬起手，指尖上流過細潤的觸感，楓木的清香盈盈。

木牌上指示，沿著這條林間小道一直向前，是一所私立脊柱外科醫療中心。即使從未聽說過它的名字，只看坐落的位置，就能猜測出這所醫療中心超一流的水準。

還有五分鐘的車程，戴希決定從現在開始步行。今天她要到這裡來找一個人。

醫療中心保護病人的隱私，不親自造訪就打聽不到任何消息。戴希倒是可以請希金斯教授幫忙想想辦法，但曾經犯下的錯誤教會她謹慎——如果他不願為人所知，那麼就是不願為人所知，任何好意也不能成為違背他意願的理由。

曾經，他也是這樣小心翼翼地尋找、接近袁佳，現在戴希完全能夠體會他當初的心情。

越走越近了，前方的大片草坪沿著斜坡向下攤開，連綿的綠色背後隱約透出潔白的屋頂。雖然是十二月底的冬季，加州的陽光仍然毫不吝嗇地揮灑著，曬得頭頂微微發熱。戴希張開雙手合成一個取景框，把純白色建築的圓形屋頂裝入其中，見到的就是以假亂真的「逸園」。

戴希啟程赴美之前，負責代管「逸園」的邱家姊妹專程來告訴她，上海市政府沿用歷史建築保護條例，計畫出資對「逸園」進行修繕，但需要獲得房主的授權，並承諾一定程度的公益開放。她們怎麼也聯繫不上李威連，只能來找她。戴希將情況寫成郵件，發到了Lisa給的郵箱地址，始終沒有得到回覆。

就在昨天上午，一份由律師認證的文件送到了戴希在史丹佛的研究室，正式授權上海市政府修繕並管理「逸園」，僅限於非營利性的保護、紀念和展覽用途，產權方保留年度審計的權利，為期三年。三年後，在雙方均無異議的情況下，產權方將把「逸園」無償轉讓給上海市政府。

授權文件分別以中、英文手書而成。戴希還是第一次看見李威連寫的中文，不禁大為驚喜，遠遠超過了授權書的內容所帶給她的震撼。她心想，是時候把與他交談的語言由英文改為中文了。雖然聽他說英語是一種莫大的享受，但是她相信，中文會讓他們之間的交流更加深入、更加雋永。因為，那裡面有屬於他們共同的文化的根，葉落歸根的那種根。

戴希在綠草如茵的小山脊上坐下來，仰面朝天躺下，等一等，她要再等一等。

閉起眼睛，光消失了，代之以變化萬千的黑暗。青草散發著清新的香氣，從皮膚的每一個縫隙裡滲透進身體內部。海浪拍擊沙灘的悶響隔著身後的陡崖傳過來，單調而沉重，周遭因此顯得出奇寧靜。調節呼吸，心跳慢慢和波濤協調一致，奔湧、回落，無始無終，這節奏亙古不變，與天地萬物生靈的心脈吻合。也必然與他吻合。

所謂息息相關。

有很多事情要告訴他：西岸化工大中華區的新總裁將在元旦後正式上任；Lisa生了個三點五公斤多重的男寶寶，剛剛辦過滿月酒；Gilbert從公司辭職了，有流言說他捲入了張乃馳的生意中遭到巨大虧損，被義大利黑手黨追討欠款走投無路；宋采娣的嫌疑排除已經回家，對周建新的訴訟正在按程序進行，孫律師找到了更多周建新受到蠱惑、被教唆殺人的證據，心理學家的分析報告也會成為辯護資料的一部分……

很有可能這些他都已經知道了，但戴希還要說的一件事，肯定是他從未聽過的。

是袁佳告訴了戴希這件往事：一九八一年初夏，住在對面石庫門小樓裡的女人來到「逸園」，流著眼淚向如同師長的袁伯翰訴說，說自己因為軟弱、因為瀕於情感而使一個無辜的少年受到牽連——袁伯伯，您是校長的老同學、好朋友，您去向校長說說好話吧，千萬別毀了他，他是那麼聰明而良善的孩子，他還那麼年輕……袁伯伯，求求您了，我發誓我們之間是清白的。只要您肯去說情，讓我做什麼都行。

早就瞭解內情的袁佳也在一旁偷偷落淚，她看見爺爺的臉色因為憤怒而漲得通紅——他不懂，難道你也不懂！誰會管你們是不是清白！只要你動了情，就已經犯了罪，對那個孩子的罪！他痛斥女人，而她只是默默地流淚，不做一句辯解。最後，爺爺長歎一聲——好吧，我就拉下一張老臉去試試，但是你要答應我，從此再不與他見面。

這就是戴希要告訴他的，只需要達到一個目的，她要他明白：他們都是那麼愛他，沒有條件無所保留地愛著他，只是他自己不知道罷了……

那麼，這算不算心理治療的一部分呢？戴希不急著回答。包括他們在「逸園」最後一次談話時，那個懸而未決的問題——她都還要等待他的決定。當時，他對她說：耐心些。

好的。

等待總是漫長，時間需要消磨。只有在過程中我們才能明瞭心跡，才能排除萬難。所以，為了不留遺憾，在通向目標無限趨近的時刻，我們會有足夠的耐心，慢慢來。正如希金斯教授曾經分享給她的詩人里爾克的話：「耐心對待所有尚未解決的事情，努力去愛問題本身。」

努力去愛……

「汪！汪！汪！」

戴希猛地睜開眼睛，還是沒來得及躲開熱呼呼的舌頭。眼皮和額頭上濕了一片，戴希跳起來，小狗早已身手敏捷地躍開，歪著腦袋瞥一眼戴希，全身黃毛被陽光鑲了一條金邊。

多麼熟悉的金黃色，多麼熟悉的淘氣表情！是牠嗎？才兩個多月不見，牠居然長大了那麼多？戴希的心快要跳出來了：「Lucky？」

「嗷嗚！」小狗歡快地回應她，往地上一滾，衝著戴希四腳朝天。

「真的是Lucky！」戴希撲過去，手指剛剛觸到Lucky的肚皮，牠又一躍而起跑開了，興奮的歡叫聲在空曠的草坡上迴盪。

戴希站起身，眼睛裡果然乾乾的，天地如此靜美，實在沒有理由悲傷。

Lucky跑了幾步停下來，回頭看著戴希，好像在說：「等什麼呢？快來呀！」

是，我來了。

戴希笑著跟上Lucky，朝加州明媚的陽光裡走過去。

請允許我來到你的身邊，陪伴你。

讓我們再試一試逆流前行。

—全文完—

唐隱作品 12

佛洛伊德小姐（下）

作者	唐隱	總經銷	楨德圖書事業有限公司
總編輯	莊宜勳	地址	新北市新店區中興路二段196號8樓
主編	鍾靈	電話	02-8919-3186
出版者	春天出版國際文化有限公司	傳真	02-8914-5524
地址	台北市大安區忠孝東路四段303號4樓之1	香港總代理	一代匯集
電話	02-7733-4070	地址	九龍旺角塘尾道64號 龍駒企業大廈10 B&D室
傳真	02-7733-4069	電話	852-2783-8102
E－mail	frank.spring@msa.hinet.net	傳真	852-2396-0050
網址	http://www.bookspring.com.tw		
部落格	http://blog.pixnet.net/bookspring		
郵政帳號	19705538		
戶名	春天出版國際文化有限公司		
法律顧問	蕭顯忠律師事務所		
出版日期	二〇二四年一月初版		
定價	480元		

ISBN 978-957-741-791-6　Printed in Taiwan

國家圖書館出版品預行編目(CIP)資料

佛洛伊德小姐／唐隱作. -- 初版. -- 臺北市：春天出版國際文化有限公司, 2024.01
冊；　公分. -- (唐隱作品；11-12)
ISBN 978-957-741-790-9(上冊：平裝). --
ISBN 978-957-741-791-6(下冊：平裝)
857.81　　112019321